重庆师范大学2013年博士启动基金项目『重庆时期的冰心创作与活动研究』
重庆师范大学文学院中央专项配套资金青年人才培训与研究支持计划『重庆时期冰心的创作与活动研究』最终成果

重庆时期冰心的创作与活动研究

CHONGQING SHIQI BINGXIN DE CHUANGZUO YU HUODONG YANJIU

熊飞宇・编著

GUANGXI NORMAL UNIVERSITY PRESS
广西师范大学出版社
・桂林・

图书在版编目（CIP）数据

重庆时期冰心的创作与活动研究 / 熊飞宇编著. —桂林：广西师范大学出版社，2015.8

ISBN 978-7-5495-6884-0

Ⅰ. ①重… Ⅱ. ①熊… Ⅲ. ①冰心（1900～1999）—文学创作研究 Ⅳ. ①I206.7

中国版本图书馆 CIP 数据核字（2015）第 140752 号

广西师范大学出版社出版发行

（广西桂林市中华路 22 号 邮政编码：541001
网址：http://www.bbtpress.com）

出版人：何林夏

全国新华书店经销

衡阳顺地印务有限公司印刷

（湖南省衡阳市雁峰区园艺村 9 号 邮政编码：421008）

开本：880 mm ×1 240 mm 1/32

印张：13.75 字数：352 千字

2015 年 8 月第 1 版 2015 年 8 月第 1 次印刷

定价：45.00 元

前　言

自1940年冬至1946年4月，冰心客渝五年有余。有关冰心这一时期的创作与活动的研究，首先，主要见诸其传记与评传，如范伯群、曾华鹏的《冰心评传》，万平近、汪文顶的《冰心评传》，肖凤的《冰心评传》，卓如的《冰心全传》和陈恕的《冰心全传》，均有或详或略的记载；其次，是研究者截取这一时段，对冰心创作与活动的整体把握和宏观叙述，如康清莲等的《山路上的繁星——冰心在重庆》、卓如的《冰心在重庆》、韩西芹的《冰心在重庆》、江震龙的《论冰心重庆时期的创作》，刘家鸣的《冰心在重庆的散文创作漫议》，程小强的《走出"亭子间"之后——冰心抗战时期的文学叙事》等，但各有侧重；再次，是对冰心这一时期作品和思想的单体研究，如廖浩月的硕士论文《冰心〈关于女人〉在女性主义视域下的解读》、张武军的《西南生存体验与冰心的〈关于女人〉》、李文平的《从抗战背景看冰心的〈关于女人〉》等。此外，如晏红的《生命的沉潜：抗战文学的另一种形态——品味冰心40年代的〈再寄小读者〉》等，也值得关注。

不过，上述研究还存在着美中不足之处。一、冰心曾参与新生活运动促进总会妇女指导委员会并任文化事业组组长，同时，还以社会贤达身份担任国民参政会参政员。由于上述机构和宋美龄、国民党以及国民政府有着密切的关联，研究者或避而不谈，或语焉不详，在转转相因中，甚至出现史实的错误。因此，有必要进行意识形态的去蔽，并进一步丰富其中的历史细节。二、冰心在重庆时期的创作，大部分已收入《冰心全集》，但也有部分作品散落在外，成为佚文，因此，有必要再做发掘和考证。三、对这一时期冰心作品的解读，主要集中在对小说化散文集《关于女人》及其女性思想的分析和阐释，其余则较少涉及。

由上观之，抗战时期冰心的研究，相对于整个冰心研究来说，还是一个比较薄弱的环节。本著以“重庆时期的冰心”为论题，从其创作与活动两方面，进行全面梳理和系统研究，无疑会对冰心研究有所充实和完善。

然而，没有信实的文本和确切的背景，就很难产生令人信服的结论。资料的湮灭，也会导致历史信息的丢失。《冰心全集》虽已出至三版，但鉴于编纂时的客观原因，获取资料远不如今日便易，故留下不少遗憾。本著的重点，首在于文本的汇校。笔者引以为傲的是，除少数篇章，如《力构小窗随笔》之《探病》，未能找到初刊本，其余文字均是依据原刊原文，并在此基础上，对《冰心全集》做出大量的补正。这些补正性的文字，或在正文出现，或通过注释带出。不过，既是依据《冰心全集》去查证原文，这也决定了本书的局限，即对于全集以外的文章，因为未能穷尽资料而可能再次遗漏。后来的研究者，对此仍需加以关注。

冰心离开重庆后，亦有许多回忆性文字，为这一时期的研究提供了第一手资料，但由于时间的流逝，更主要的是时过境迁，这些记忆并不可完全征信。笔者一贯主张，事实本身自有其不言自明性，有时并不需要长篇大论，故只是将冰心的前后文字照录，相信读者通过对比，会有自己的判断。此外，笔者有感于断章摘句的弊害，同时，许多旧时文章也不是每一位读者都触手可得，所以，不乏全文引述，这使得本书的性质，在很大程度上堪称编著。不过，虽是编著，却为他人的研究奠定了资料始基。

如前所说，冰心在重庆时期最主要的作品《关于女人》已得到研究者较为充分的关注。笔者对此既无新的文献发现，也无新的见解发表,故在书中,只在不同地方顺便提及,未以专题或专文示人。而冰心与当时个别作家的友情,如巴金、老舍、郭沫若等,早已为研究者大书特书,相关文章,真不知凡几,为避免老生常谈,本书也只做概略的记述。对与浦薛凤、顾一樵、罗常培等人的交谊,则有较多的文字叙录。

总的说来,抗战时期冰心在重庆的创作,是其创作生涯的重要阶段,如《关于女人》《空屋》等,在西方文学理论的观照下,其阐释空间日益扩大,其文学史地位也日益凸显。与此同时,冰心在重庆并未远离当时的主流社会。她参与活动的机构,不管是“新运妇女指导委员会”,还是国民参政会,抑或是三民主义青年团,虽具有浓重的官方色彩,但在抗战时期,国民党的领导地位和国民政府的合法性,已普遍得到国内各党派和国际社会的明确认可。冰心有限度地参与社会事务,发挥其专长与影响,服务于抗战,自在情理之中。

目　录

冰心自述

社会活动

佚作辨识

原文校读

附　录

冰心自述

冰心自述之一：言说重庆

抗战时期，冰心曾长期寓居重庆。关于其起讫时间，陈恕的《冰心全传》所附《冰心生平著作年表简编》云，1940年“冬，举家迁到四川省重庆市”；1946年“4月，离开重庆，5月1日到达南京”①。总计五年有余。

冰心在重庆，先后居住过的地方，大约五处。

一是嘉庐。初到重庆，冰心一家暂居顾一樵的嘉庐。嘉庐在七星岗，“原题嘉卢，交通方便，地区热闹”②。其后，顾一樵举家移住青木关，却仍保留住房。吴文藻转租一间，为嘉庐5号。③ 关于这间小屋，冰心1945年5月26日在信中，曾对赵清阁提及：“天气热，嘉庐那间屋子气闷得很。”④另外，1940年12月20日，冰心在致巴金的信末，曾附告：“信请寄中一路嘉庐九号转。”⑤嘉庐9号是燕京大学在重庆所设的西南边疆研究站，这是左派之外不为外人所熟知的另一

①陈恕：《冰心全传》，中国青年出版社，2011年版，第502页。

②浦薛凤：《浦薛凤回忆录》（中），黄山书社，2009年版，第231页。

③浦薛凤：《浦薛凤回忆录》（中），黄山书社，2009年版，第218页。

④陈恕、周明编：《冰心书信全集》，人民文学出版社，2010年版，第224页。

⑤陈恕、周明编：《冰心书信全集》，人民文学出版社，2010年版，第22页。

个文化人雅集的据点。① 1940年,冰心一家吃年夜饭的“三六九”点心店②,也在七星岗,与嘉庐不过百步之遥。

二是春森路19号。1941年2月9日,冰心在致包华国的函件中说:“心现居春森路十九号。”③但此处究竟为何种建筑,未能确考。④

三是潜庐。《山路上的繁星——冰心在重庆》所附《冰心年谱》云,“1941年夏”,冰心“搬到歌乐山居住,取名‘潜庐’”。⑤ 但其具体日期,则不得而知。据《蜀道难》记载,1941年5月31日,罗常培一行曾到歌乐山“文藻和冰心的家里”小坐,⑥可知此前冰心即已迁居。

今人多认为“潜庐”即林家庙5号,原为中央银行职工宿舍。⑦

---

①李镇回忆:“雾季会议多了,来重庆开会的人多了,休会时间嘉庐便成了群英沙龙,高朋满座,畅谈国事、官场轶闻、文学潮流、新书话剧,来言去语,情趣风生。”与会者有梁实秋、罗隆基、瞿菊农(瞿秋白的叔辈)、张鸿沅(重庆大学校长)、冰心夫妇、顾毓琇。驻苏大使蒋廷黻住楼上,也偶尔参加。(李镇:《迟来的悼念——追思冰心恩师夫妇》,原文载美国《世界日报》副刊,具体日期不详,今转引自杨筱《探寻陪都名人旧居》,重庆出版社,2005年版,第164页。)

②事见冰心《〈关于女人〉三版自序》,《冰心研究资料》,知识产权出版社,2009年版,第151页。“三六九”点心店是浙江饭馆,所卖食品主要是甜烧肉和素烧的“烤麸”。

③《包华国、谢冰心关于限期调查重庆市各机关、团体职业妇女数目的函、训令》,1941年,重庆市档案馆藏,档号:00600006000680000008。

④据《黄炎培日记·第8卷(1942.9—1944.12)》(黄炎培著,中国社会科学院近代史研究所整理,华文出版社,2008年版)1944年8月20日载“讯复俞颂华(问住址,春森路19号烟类专卖局俞湘文转)”(第303页),则春森路19号为烟类专卖局。又据胡志金《春森路19号——访〈一双绣花鞋〉旧址》(载《家庭与生活报》2005年8月30日第12版),春森路19号位于上清寺,相传是戴笠公馆,影星胡蝶曾在此小住。

⑤康清莲、赵红梅、程永伟:《山路上的繁星——冰心在重庆》,重庆大学出版社,2010年版,第129页。

⑥罗常培:《蜀道难》,河南人民出版社,2008年版,第85页。

⑦杨筱:《探寻陪都名人旧居》,重庆出版社,2005年版,第163页。林家庙,系林氏家族所建的佛堂,或谓“是原国民政府主席林森为烧香拜佛而盖的‘念经堂’”。(魏晋风:《冰心在歌乐山跑警报》,《巍巍歌乐山——沙坪坝文史资料第十八辑》,2002年10月印,第51页。)

但在罗常培笔下,则是"林家庙三号"①。《第三届国民参政会便览》之六《国民参政会通讯录》,亦作"谢冰心 福建 重庆歌乐山林家庙三号"②。由此可见,林家庙 5 号之说,当系谬传。

这是"一所没有围墙的土屋",是用"卖书的六千元买来的"③。潜庐有室,名"难为春室"④;室有小窗,名"力构小窗"。平常所居,主要是冰心与三个孩子。吴文藻上班时,仍住嘉庐,周末上山。冰心进城,如参加国民参政会时,也在嘉庐小住。如《国民参政会第三届第二次大会开会期各参政员通信录》⑤和《国民参政会第四届第一次大会参政员临时通讯录》⑥所登记的谢冰心的通讯地址,均为"中一路嘉庐九号"。此外,则有保姆富奶奶及其丈夫黄志廷。其间,富奶奶病故,安葬于歌乐山墓地。"香港陷于敌手"后,冰心三弟谢为楫一家撤退到重庆,也在此同住。⑦

潜庐与傅斯年所住兔儿山中央研究院"望衡对宇",中间只隔一道山谷,"有时两家站在廊子上就可谈话"⑧。冰心的邻居还有梁士

---

①罗常培:《蜀道难》,河南人民出版社,2008 年版,第 85 页。

②国民参政会秘书处编印:《第三届国民参政会便览》,"中华民国三十三年八月重订",第 67 页,重庆市档案馆藏,档号:00930003003090000001。

③冰心:《我的老伴——吴文藻》(之二),《冰心全集》(第六册),海峡文艺出版社,2012 年版,第 310—311 页。

④冰心:《题〈悲鹭春懋图〉》,《冰心全集》(第三册),海峡文艺出版社,2012 年版,第 27 页。关于"难为春室",还可参见后文《力构小窗》的叙述。

⑤国民参政会秘书处编印:《国民参政会第三届第二次大会开会期各参政员通信录》,1943 年 9 月 7 日,重庆市档案馆藏,档号:0274-0002-00001-0100-003-000。

⑥国民参政会秘书处编印:《国民参政会第四届第一次大会参政员临时通讯录》,1945 年,重庆市档案馆藏,档号:00930003001380000001。

⑦卓如:《冰心全传》(上),河北教育出版社,2007 年版,第 435—436 页。据此还可知道,谢为楫后被借调到交通部的管理委员会,与吴文藻一起住在嘉庐,周末方回潜庐,但夫人刘纪华与孩子则留歌乐山。

⑧罗常培:《蜀道难》,河南人民出版社,2008 年版,第 85 页。

纯夫妇及徐樱女士。梁士纯系燕京大学教授，曾任新闻系主任。徐樱系徐树铮之女、徐道邻之妹，李方桂夫人。三人“均擅桥术”，冰心常“约请此三位来玩桥，尽半日之欢”[①]，虽为排遣浦薛凤的寂寞，但由此也可见出冰心在歌乐山上生活的另一面。

张耀杰说，在冰心的“成功经营之下”，当年的“潜庐”，曾经是重庆政学两界的一个重要聚会场所。居住在歌乐山的冯玉祥、李德全夫妇、老舍、臧克家[②]、叶君健，以及当年的社会名流郭沫若、巴金、茅盾、史良、刘清扬等人，都是这里的常客。[③]

四是戴家巷2号，即陈叔敬处。抗战胜利后，1945年8月17日，顾一樵被国民政府委任为上海市教育局局长。18日，即与李惟果等飞抵昆明，19日飞湖南芷江，任陆军总司令部中将参议，9月9日返南京，出席受降典礼。9月12日，上海市政府成立，顾一樵正式就任教育局局长[④]，夫人王婉靖则自青木关迁回嘉庐。1945年10月16日，冰心在致赵清阁的信中说明：“因为顾太太住了‘嘉庐’，我们让她进城时就住戴家巷二号（陈叔敬处）临时借住，不大方便”。（此处断句极不自然，当是“因为顾太太住了‘嘉庐’，我们让她，进城时就

---

①浦薛凤：《浦薛凤回忆录》（中），黄山书社，2009年版，第233页。

②1942年8月14日，臧克家到达重庆，暂居张家花园65号“文协”。1943年8月，经余心清安排，臧克家始安家于歌乐山大天池6号赈济委员会留守处。夫人郑曼先在战时儿童保育会儿童疗养院工作，后调任中央卫生实验院附属小学教师（孙晨：《世纪诗星——臧克家传》，山东大学出版社，2000年版，第273—274页）。据田稼《抗战时期冰心在歌乐山》，1945年2月，臧克家因为青年诗人力扬的敦促，一同去冰心家，请她在《文化界对时局进言》上签名。其间，臧克家对力扬说：“我和她不熟，虽然我们同住在歌乐山。”（沙坪坝区文史资料委员会：《烽火集：纪念抗日战争胜利五十周年·沙坪文史资料总第11辑》，1995年8月印，第278页。）

③张耀杰：《冰心：左右逢源的女性智慧》，《民国红粉》，新星出版社，2014年版，第311页。不过，上述诸人，除老舍与冰心往来较密，余者是否称得上是“常客”，甚或是否到过“潜庐”，尚无文献印证。

④顾毓琇：《百龄自述》，《中国的文艺复兴》，科学出版社，2011年版，第105页。

住戴家巷二号(陈叔敬处)。临时借住,不大方便”。这里的“我们让她”是冰心的口语化表达,意为冰心把嘉庐让出来给顾一樵太太。——编者注),吴文藻则住“国防最高委员会宿舍(林森路军事委员会对面)”①。10 月 22 日,冰心信中再次提到:“文藻住林森路国防最高委员会。”②陈叔敬(1906—1996),重庆人。1931 年,与陈敦川在沙坪坝嘉陵江边的土湾,共同创办重庆奶牛场,是为天友乳业的前身。1932 年至 1939 年,兼任重庆中华国货介绍所经理。1942 年 2 月至 1944 年 12 月,任国民政府粮食部信都民食供应处副处长。1979 年至 1985 年,任重庆市第六至第八届政协副主席、四川省人大常委。③

五是曾家岩端木恺家④。1946 年 2 月 5 日,冰心在信中告诉赵清阁,“我于上月十四日迁到端木家里来了”,并对此略有描述:“有两间屋子,即他从前之书房和客厅,还有大走廊,怪好的。”⑤3 月 16 日的信中又说:“昨夜同文藻出去避客步月,曾家岩一带寂静得很!”⑥据此可知,冰心搬离歌乐山潜庐的时间是 1946 年 1 月 14 日。而冰心一家离开重庆也正是从此处出发。

冰心在重庆留下大量经典的作品,其中更不乏对重庆的直接描述,如《从昆明到重庆》《力构小窗随笔》。冰心离开之后,对重庆,对沙坪坝,对歌乐山,对潜庐依然念念不忘,比较典型的则是《从歌乐山到箱根》和《我记忆中的沙坪坝》,并以歌乐山为背景,创作了脍炙人口的《小橘灯》。而《从昆明到重庆》《从歌乐山到箱根》,从题目上看,就呈现出一种行走的状态,勾勒出冰心迁徙的轨迹,且暗含着

①陈恕、周明编:《冰心书信全集》,人民文学出版社,2010 年版,第 225 页。

②陈恕、周明编:《冰心书信全集》,人民文学出版社,2010 年版,第 225 页。

③《重庆政协志》编纂委员会:《重庆政协志 1950.1—1997.5》,1998 年印,第 540 页。

④与“周公馆”同楼。

⑤陈恕、周明编:《冰心书信全集》,人民文学出版社,2010 年版,第 228—229 页。

⑥陈恕、周明编:《冰心书信全集》,人民文学出版社,2010 年版,第 230 页。

"昆明"与"重庆"、"歌乐山"与"箱根"的比较。这些文字,或已收入《冰心全集》(本书中简称"《全集》"),或还散佚集外,同时,由于种种原因,《全集》所录文章,与原文多有差异。今乃根据原刊原文,重作辑校。

一、《从昆明到重庆》

喜欢北平的人,总说昆明像北平,的确底,昆明是像北平。第一件,昆明那一片蔚蓝的天,春秋的太阳,光煦的晒到脸上,使人感觉到故都的温暖。近日楼一带就很像前门,闹烘烘的人来人往。近日楼前就是花市,早晨带一两块钱出去,随便你挑,茶花,杜鹃花,菊花,……还有许多不知名的热带的鲜艳的花。抱着一大捆回来,可以把几间屋子摆满。昆明还有些朋友,大半是些穷教授,北平各大学来的,见过世面,穷而不酸。几两花生,一杯白酒,抵掌论天下事,对于抗战有信念,对于战后的回到北平,也有相当的把握。他们早晨起来是豆付①浆烧饼,中饭有个肉丝炒什么的,就算是荤菜。一件破蓝布大褂,昂然上课,一点不损教授的尊严。他们也谈穷,谈轰炸谈的却很幽默,而不悲惨,他们会给防空壕门口贴上"见机而作,入土为安"的春联。他们自比为落难的公子,会给自己刻上一颗"小姐赠金"的图章。他们是抗战建国期中最结实最沉默最中坚的份子。昆明还有个西山,也有个黑龙潭,还有很大的寺院,如太华寺、华林寺等。周末和朋友们出去走走,坐船坐车,都可到山边水侧。总之,昆明生活,很自由,很温煦,"京派的"——当然轰炸以后又不同一点了。

一种因缘,我从昆明又到了重庆。

从昆明机场起飞,整个机身浴在阳光里,下面是山村水郭,一小

---

① "豆付",现作"豆腐"。

簇一小簇的结聚在晓烟之下。过不多时,下面就只见一片云海,白茫茫的,隐过了可爱的云南。

钻过了云海,机身不住的下沉,淡雾里看见两条大江,围抱住一片山地,这是重庆了,我觉得有点兴奋。"战时的首都,一切政令军令的出发点,支持了三年的抗战,而又被敌机残忍的狂炸过的:"倚窗下望,我看见林立的颓垣破壁,上上下下的夹立在马路的两旁,我几乎以为是重游了罗马的废墟。这是敌人残暴与国人英勇的最好的纪录。

飞机着了地,踏过了沙滩上的大石子,迎头遇见了来接的友人。

我的朋友们都疲了,都老了,然而他们是疲老而不是颓倦。他们都很快乐,很兴奋,争着报告我以种种可安慰的消息。他们说忙,说躲警报,说找不着房子住,说看不见太阳,说话的态度却仍是幽默,而不悲惨。在这里我又看见一种力量,就是支持了三年多的骆驼般的力量。

如今我们也是挤住在这断井颓垣中间。今年据说天气算好,有几天淡淡的日影,人们已有无限的感谢,这使我们这些久住北平而又住过昆明的人,觉得"寒伧"。然而这里有一种心理上的太阳,光明灿烂是别处所不及的,昆明较淡,北平就几乎没有了。

重庆是忙,看在淡雾里奔来跑去的行人车轿。重庆是挤,看床上架床的屋子。重庆是兴奋,看那新年的大游行,童子军的健壮活泼和龙灯舞手的兴高采烈。

我渐渐的爱了重庆,爱了重庆的"忙",不讨厌重庆的"挤",我最喜欢的还是那些和我在忙中挤中同工的兴奋人们,不论是在市内,在近郊,或是远远的在生死关头的前线。我们是疲乏却不颓丧,是痛苦却不悲哀,我们沉静的负起了时代的使命,我们向着同一的信念和希望迈进,我们知道那一天,就是我们自己,和全世界爱好正义和平的人们,所共同庆祝的一天,将要来到。我们从淡雾里携带了心上的阳光，以整齐的步伐，向东向北走，直到迎见了天上的阳光。①

该文发表于《妇女新运通讯》1941 年第 3 卷第 1、2 期合刊，“卅年一月出版”，亦见于《文摘月报》②1941 年第 1 卷第 3 期，第 154 页。而后者版面远较前者清晰。

按八卷本和九卷本《冰心全集》，编者在录入本文时，存在一些瑕疵。首先是误将刊物栏目“摆龙门阵”当作文章的正题，于是，文章的标题变成了《摆龙门阵——从昆明到重庆》。其次，正文与原文亦多有差异。兹举一二：1.原文：“一小簇一小簇的结聚在晓烟之下”，《全集》：“一小簇一小簇的结聚在绕烟之下”；2.原文：“隐过了可爱的云南”，《全集》：“飞过了可爱的云南”；3.原文：“战时的首都，一切政令军令的出发点，支持了三年的抗战，而又被敌机残忍的狂炸过的：”，《全集》：“战时的首都，支持了三年的抗战，而又被敌机残忍的狂炸过的。”；4.原文：“我的朋友们都疲了，都老了，然而他们是疲老而不是颓倦”，《全集》：“我的朋友们都瘦了，都老了，然而他们是瘦老而不是颓倦”；5.原文：“说话的态度却仍是幽默，而不悲惨”，《全集》：“说话的态度却仍是幽默，而不是悲伤”。如此等等。最后，其文末注“本篇最初发表于 1940 年 1 月《妇女新运通讯》第 2 卷第 1 期”，从时间到刊期全部错误。2012 年的《冰心全集》第 3 版，虽然改正了题目和文后注，但正文的内容尚未订误。

冰心到重庆，究竟是一次还是两次，目前大多倾向于两次。最初，由于《冰心全集》的错误标注，研究者以为：冰心第一次来渝，是在 1940 年 1 月。但随着文献的证伪，此说自然不再成立。其后，根据新发现的冰心佚文《我所见到的蒋夫人》，王炳根的《谢冰心与宋

---

①冰心：《从昆明到重庆》，《妇女新运通讯》1941 年第 3 卷第 1、2 期合刊，第 4—5 页。

②“《文摘月报》(1941.3—1944.12)/陶滌亚编，重庆文摘月报社出版，综合性文摘刊物/总 1:1—4:12”(丁守和、马勇、左玉河等主编：《抗战时期期刊介绍》，社会科学文献出版社，2009 年版，第 169 页)。

美龄》认为:“卓如在《冰心全传》中记载了冰心与吴文藻乘飞机搬家至重庆的情景,实际上他们不是一次而是两次飞往重庆,第一次是面谈,第二次才是搬家。”“第三次上黄山”,“就是确定搬家的计划”。“回到昆明之后,冰心、吴文藻稍作安排,开始了战时的第三次的搬家(第一次是从北平搬到昆明,第二次是从昆明搬到呈贡)”,“冰心、吴文藻到达重庆的时间,为这年11月份左右。清华留美同学顾毓琇(时任教育部政务次长)、浦薛凤(国防最高委员会参事室参事)到机场迎接”①。那么,问题是:《从昆明到重庆》描写的是第一次到渝还是第二次呢?

关于冰心抵渝的时间,卓如的《冰心生平著作年表简编》,均作“1940年冬”,并不具体。上引文中,王炳根初步断定为“11月份左右”。不过,较为可靠的是《广东妇女》1941年第2卷第6期的“妇女动态”,其中云:“女作家谢冰心女士于十一月廿二日左右抵渝,据云谒见蒋夫人后即将就任新运妇女会文化事业组组长,妇女文化委员会主任委员。”②据此则可知其时间为1940年11月22日左右。

二、《力构小窗随笔》

力构小窗

“力构小窗”是潜庐里一间屋子的向东的窗户。这间屋子就算是书房罢,因为里面有几只书架,两张书桌,架上有些书籍报章,桌上也有些笔墨纸砚。不过西墙下还放着一张床,床下还有书箱,床边还有衣架。这床常常是不空着,周末回家的学生,游山而不能回去的客人,都在那里睡下,因此这书房常常变成客室,可用的时候,

---

①王炳根主编:《冰心论集(四)》(下册),海峡文艺出版社,2009年版,第301—303页。

②《妇女动态:女作家谢冰心》,《广东妇女》(曲江),1941年第2卷第6期,第60页。

也不算多。

在北平的时候，曾给我们的书房起了一个名字，是“难为春室”，那时正是九一八之后，满目风云，取“四海皆秋气，一室难为春”之意。还请我们的朋友容希白①先生，用甲骨文写了一张小横披。南下之后，那小横披也不知去向。前年在迁入潜庐之先，曾另请一位朋友再写这四个字的横额，这位先生嫌“难为春”三个字太衰飒，他再三迁延推托，至终这间书房兼客室的屋子，还没有名字。

中国人喜欢给亭台楼阁，屋子，房子，起些名字，这些名字，不但象形，而且会意，往往将主人的心胸寄托，完全呈露——当然用滥了之后，也往往不能代表——这种例子俯拾即是，不须多说。

潜庐只是歌乐山腰向东的一座土房，大小只有六间屋子，外面看去四四方方的，毫无风趣可言！倒是屋子四围那几十棵松树，三年来拔高了四五尺，把房子完全遮起，无冬无夏，都是浓阴逼人。房子左右，有云顶兔子二山当窗对峙，无论从哪一处外望，都有峰峦起伏之胜。房子东面松树下便是山坡，有小小的一块空地，站在那里看下去，便如同在飞机里下视一般，嘉陵江蜿蜒如带，沙磁区各学校建筑，都排列在眼前。隔江是重庆，重庆山外是南岸的山，真是“蜀江水碧蜀山青”，重庆又常常阴雨，淡雾之中，碧的更碧，青的更青，比起北方山水，又另是一番景色。

潜庐不曾挂牌，也不曾悬匾，只有主人同客人提过这名字，客人写信来的时候，只要把主人名字写对了，房子的名字，也似乎起了效用。四川歌乐山的潜庐和云南三台山的默庐一样，都是主人静伏的意思。因此这房子里常常很静，孩子们一上学，连笑声都听不见。只主人自己悄悄的忙，有时写信，有时记帐，有时淘米，洗菜，缝衣裳，补袜子……却难得写写文章！

---

①容庚(1894—1983)，字希白，号颂斋。广东东莞人。古文字学家、金文专家。曾任燕京大学教授、《燕京学报》主编。

如今再回到“力构小窗”——这间书客室既是废名，而且环顾室中，也实在不配什么高雅的名字，只有这个窗子，窗前的一张书桌，两张藤椅，窗外一片浓荫，当松树抽枝的时候，桌上落下一层黄粉，山中浓雾，云气飞涌入帘，这些光景，都颇有点诗意。夜中一灯如豆，也有过亲戚的情话，朋友的清谈，有时雨声从窗外透入，月色从窗外浸来，都可以为日后追忆留恋的资料。尤其在当编辑的朋友苦苦索稿的时候，自己一赌气拉过椅子坐下，提笔构思，这面窗子便横在眼前，排除不掉。

一个朋友说：“你知道不？写作是一分靠天才，九分靠逼迫……”如今这一分天才，已消磨殆尽，而逼迫却从九分加到十分，我向来所坚持的“须其自来，不以力构”的写作条件，已不能存在了。忙病相连，忙中病中所偶得的一点文思，都在过眼云烟中消逝，人生几何？还是靠逼迫来乱写吧，于是乎名吾窗曰“力构小窗”，也是老牛破车，在鞭策下勉强前进的意思！①

原文标题前有序号“一”，文后有“编者识”：“冰心女士年来很少写文章，但现在我们可以告诉读者，她已答应在百忙中给导报写《力构小窗随笔》了。上面刊出的可说是一段序，以后正文将陆续在本报发表。”

探　病

因为自己常常生病，也常常伺候生病的人，冷静旁观，觉得探病实在是一种艺术！

探病有几种条件：第一，这病人是否你所十分关怀的人？第二，这病人是否会因为你的探视，而觉得愉快，欢喜？第三，探病时的谈话；第四，探病时所携带赠送病人的物品，如书籍、花朵、糖果，及其

①冰心：《力构小窗随笔·力构小窗》，《生活导报周年纪念文集》，1945 年 11 月，第 24 页。

他的用具和食物。

探病不是一件“面子事”，譬如某人病了，某人某人都已去看过，我同他也还算是朋友，不好意思不去走走。而你探望时的态度往往拘束，谈话往往勉强，比平常寒暄，更不自然，结果使病人也拘束，也勉强。因此而使他生出乏倦和厌烦，这种探病，于病人实在是有损无益。假如你觉得他会因你之不去而见怪，则不妨写一封小启，纸短情长，轻描淡写，自此而止。或者送一束鲜花，一本闲书，一袋糖果，附以小小的卡片，心到神知，也还不俗。

假如这病人是你的至友，他无时无刻不在悬盼你的来临，你准知道你推门进去，立刻会遇到他惊奇的笑容。但你也要防备到他会因着你的探视，而过度兴奋，谈话太多，休息不足。在这种情况之下，你最好有时送花，有时赠果，有时介绍一两本装潢轻巧的书本或闲书，然后特别在风雨之日，别人不大出门的时候，去看他一看。那时你会发现病室很冷清，病人很寂寞，正在他转侧无聊的时候，你轻轻进去，和他独对，这样，病人既无左右酬应之烦，又有静坐谈心之乐。如中间又有别人来看，你坐坐就走，既予别人以慰问的机会，又减少病人的困慵，这种探病，往往是病人所最欢迎的。

有的人是自己闲着没事，又找不着闲人来共同消磨时间，忽然想到某人正在养病，何不去找他谈谈？这种探病的人，最是可怕！他会因着你的肠炎，而提到他自己的回归热，他的太太的斑疹伤寒，他的孩子的破伤风，缕缕不倦，如数家珍，直闹到病人头昏脑热，觉得屋角床头，尽是病鬼！或则对病人感世忧时，大发牢骚，怀家念乡，聊抒抑郁，结果使病人也抑郁牢骚，不能自制，这种探病的人，最为医生及侍疾者所厌恶。所以对病人宜用轻松愉快的谈话，报告以亲友间可喜可笑的消息，使他喜悦，使他发笑。假如他是喜好文艺的人，不妨告诉他，你最近看到的诗文中的警句。假如他是关心音乐或体育的人，你也可以报告他以时下什么精彩的音乐演奏，或球类比赛。临走时你还可以给他点喜悦的希望，比如你说“下次我再来时，可以陪你散散步了”。或者说：“下星期日晚上，我可以陪你去听听音乐了。”这都使他在幽闲的病榻上，有许多快乐的希冀与憧憬。最要紧的还是想法子减轻病人心中的负担，例如你可以替他写几封信，办几件事，看几个人，这些负担，都可以从谈话里探问出来的。

至于礼物的赠送，花朵当然最为适宜，鲜花是病人最大的安慰和喜乐。但花的种类，颜色和香味，都应当有个拣选。最好要知道病人平时所喜爱的花草和颜色，而且合他的欢心。有的人不喜欢浓郁的花香，气息太微的人，香花也会引起他的头痛。花的香要甜而清，如兰花、桂花、莲花、玫瑰花、香豆花，都是属于清甜一路。否则有色无香的花，如海棠、杜鹃、山茶、石竹，都是艳而不香，最合于病人的观赏。假如可能，花瓶也要送者配置，妥帖古雅，捧供床侧，不但受者欢欣，送者也会高兴。还有一件，送花要在病者床侧无花的时候，否则和许多别的花束，参在一起，不但显得喧闹，颜色也许还有不调和之处。

书籍的性质要轻松，文章要简短，使病人可以随时拿起放下，不费脑力。书的装潢要小而轻，不费病人的臂力腕力，字体要大而清楚，不费病人的眼力，画册也最适宜，如美术画、风景画等，使病人可以时常卧游。至于购送食品，要先得医生的许可，再适合病人的嗜好，果品常是有益无害的，如橙橘、苹果之类。自己烹调的菜肴，会引起病人的食欲，清淡整洁，而在医生许可之列者，也不妨随时致送。

生病是件苦事，但如有知心着意的人，来侍疾探病，生病不但变成件乐事，并且还是个福气。因病得闲，心境最清，文思诗情，都由此起，“维摩一室常多病，赖有天花作道场”。等到病室变成道场的时候，生病真是最甜柔最幸福的一件事了。[①]

---

①卓如编：《冰心全集》（第三册），海峡文艺出版社，2012年版，第39—41页。原刊未见。

做梦

重庆是个山城，台阶特别的多，有时高至数百级。在市内走路，走平地的时候就很少，在层阶中腰歇下，往上看是高不可攀，往下看是下临无地，因此自从到了重庆以后，就常常梦见登山或上梯。

去年的一个春夜，我梦见在一条白石层阶上慢慢的往上走，两旁是白松和翠竹，梦中自己觉得是在爬北平西山碧云寺的台阶，走到台阶转折处，忽然天崩地陷的一声巨响，四周的松针竹叶都飞舞起来，阶旁的白石阑干，也都倾斜摧折。自上面涌下一大片火水，烘烘的在层阶上奔流燃烧。烟火弥漫之中，我正在惊惶失措的时候，忽然听见上面有极清朗嘹亮的声音，在唤我的名字，抬头却只看见半截隐在烟云里的台阶。同时下面也有个极熟习的声音，在唤我的名字，往下看是一团团红焰和黑烟。在梦里我却欣然的，不犹疑的往下奔走，似乎自己是赤着脚，踏着那在阶上流走燃烧的水火，飘然的直走到台阶尽处，下面是一道长堤，堤下是充塞的更浓厚的红焰和黑烟，黑烟中有个人在伸手接我，我叫着说："我走不下去了！"他说："你跳！"这一跳，我就跳回现实里来了！心还在跳，身子还觉得虚飘飘的，好像在烟云里。

这真是春梦！都是重庆的台阶和敌人的轰炸交织成的一些观念。但当我同时听见两个声音在呼唤的时候，为什么不往上走到白云中，而往下走入黑烟里？也许是避难就易，下趋是更顺更容易的缘故——

做梦本已荒唐，解说梦就更荒唐。我一生喜欢做梦，缘故是我很少做可怕的梦。我从小不怕鬼怪，大了不怕盗贼，没有什么神怪或侦探的故事，能够扰乱我的精神。我睡时开窗，而且不盖得太热，睡眠中清凉安稳，做的梦也常常是快乐光明的，虽然有时乱得不可言状，但决不可怕。

记得我母亲常常笑着同我说："我死后一定升天，因为我常梦见住着极清雅舒适的房子。"这样说，我死后也一定升天，因为我所看过的最美妙的山水，所住过的最爽适的房子，都是在梦里看过住过的，而且山水和房屋都是合在一起。比如说，我常常梦见独自在一个读书楼上，书桌正对着一扇极大的玻璃窗，这扇窗几乎是墙壁的全面，窗框是玲珑雕花的。窗外是一片湖水，湖上常有帆影，常有霞光。这景象，除了梦里，连照片图画上，我也不曾看见过——我常常想请人把我的梦，画成图画。

我还常梦见月光：有一次梦见在潜庐廊下，平常是山的地方，忽然都变成水，月光照在水上，像一片光明的海。在水边仿佛有个渔夫晒网。我说："这渔夫在晒网呢……"身边忽然站着一位朋友，他笑了，说："月光也可以晒网么？"在他的笑声中，我又醒了，真的，月光怎可以晒网？

"梦是心中想"，小时常常梦见考书，题目发下来，一个也不会，一急就醒了。旅行的时候，常常梦见误车误船，眼看着车开出站外，船开出口外，一急也就醒了。体弱的时候，常常梦见抱个极胖的孩子，双臂无力，就把他摔在地上。或是梦见上楼，走到中间，楼梯断了，这楼梯又仿佛是橡皮做的，把我颤摇摇的悬在空中。但是，在我的一生中，最常梦见的，还是山水，楼阁，月光……

单调的生活中，梦是个更换；乱离的生活中，梦是个慰安；困苦的生活中，梦是个娱乐；劳瘁的生活中，梦是个休息——梦把人们从桎梏般的现实中，释放了出来，使他自由，使他在云中翱翔，使他在山峰上奔走。能做梦便是快乐，做的痛快，更是快乐。现实的有余不尽之间，都可以"留与断肠人做梦"。但梦境也尽有挫折，"可怜梦也不分明"，"梦怕悲中断"，"怎不思量，除梦里有时曾去。无据，和梦也新来不做"。等到"和梦也新来不做"的时候，生活中还有一丝诗意么？①

---

①冰心：《做梦》，《自由导报》1945年第4期，第14页。

"所谓《力构小窗随笔》内含三小篇散文——《力构小窗》《探病》和《做梦》,据文末的附记,这一组散文最初发表于 1943 年 12 月 13 日出版的《生活导报周年纪念文集》里。"①但在《冰心全集》(第三版)中,《力构小窗》附云:"本文最初发表于《生活导报周年纪念文集》",具体时间,则未标注。《探病》之后,仅注明"最初发表于《生活导报》"。具体刊期不详。《做梦》的文后注曰:"本文最初发表于 1943 年 12 月 13 日《生活导报周年纪念文集》。"该文亦见诸《自由导报》周刊 1945 年第 4 期。《书报精华》1946 年第 18 期也曾转载(第 61 页,署"冰心")。1947 年 5 月 6 日,北平《诗文学》第 3 期,再刊此文。

据《抗战时期期刊介绍》,"《生活导报周年纪念文集》(1942.11—1943.11)/云南昆明生活导报社编;综合性刊物/总 1—49"②。既然《生活导报周年纪念文集》终刊于 1943 年 11 月,则《全集》所谓"1943 年 12 月 13 日出版",或许有误。而据民国时期期刊全文数据库,《力构小窗》的发表时间也是在 1943 年 11 月。

请　客

藻和我都喜欢客人。我们都不能过酒食征逐,酣歌狂舞的社交生活,而最喜欢的是请几位知好的朋友,吃菜吃饭,茶余酒后,围炉剪烛,总是乐而忘倦。近年来,"贫病交逼",不但无此能力,也无此精神,朋友们又是天各一方,风流云散,而且因着交通关系,即使在方圆数十里的路程,也有咫尺天涯之叹,因此"请客"二字,几乎要从我们日常生活的字典中,轻轻删去。

但如遇忽然有朋友送来一筒好茶叶,一瓶好酒,一罐好咖啡,一

---

①解志熙:《人与文的成熟——冰心四十年代佚文校读札记》,《鲁迅研究月刊》2010 年第 1 期,第 86 页。

②丁守和、马勇、左玉河等主编:《抗战时期期刊介绍》,社会科学文献出版社,2009 年版,第 221 页。

包好烟，或是偶然买到两斤肉一只鸡，这请客的毛病便要发作，呆立室中，踟蹰搔首，我们想到人，想到时间，想到路程，结果总是“无结果而散”！

前春病中，在床上看到美国《读者文摘》，二十年纪念文选里，有一篇巴登先生写的，《五位最好的饭客》，在他的幻想中，他挑选了五位他认为最合式的古人，来做他的饭客。这五位是苏格拉底，约翰孙，巴毕斯（S.Pepys）①，孟大尼（Montaigne）②和林肯。他说：“那些只在钱财上富足的人，不能使我们发生兴趣。这五位是享有了世界，而不被世界所据有……他们享有了他们所经验的一切，如好的书籍，好的谈话，好的思想，和好的朋友。和他们同在，使我们更为富足，也就是在‘生命’——我们唯一的真正的财产中，更为富足。”

看毕使我拊枕欢笑！这幻想多么洒脱，多么美丽！抛书倚枕，我也就拟出我们请客的名单。凑起一桌客人，本是难事，要他们兴趣相同，嗜好相近；为谈话流畅起见，也不能有一人太狂放，也不能有一人太拘谨，而且两位主人都要列席，单请女客或单请男客，似乎都不大相宜。若请夫妇一对，这客人人选，就难而又难。经过长时间的思索，依据我们从前请客的习惯，我们拟定四对夫妇，连两个主人，正好一桌。名单如下：

第一对是李易安和赵明诚。这一对诗人学者夫妇，是最理想的客人，他们对于文学艺术的造诣和鉴赏，都是卓绝一时，无劳介绍。

第二对是管道昇和赵松雪。他们二位也都是书画名家，而且从管夫人小词中，可知他们夫妇的情好，一定会谐谑风生，四座绝倒。

---

①Samuel Pepys，现译作“佩皮斯”（1633—1703），英国文学家、海军行政长官，以所写的《佩皮斯日记》闻名于世，日记记述了王政复辟、鼠疫的恐怖和伦敦大火等。

②Michel Eyquem de Montaigne，现译作“蒙田”（1533—1592），文艺复兴时期法国思想家、散文作家，用怀疑论从研究自己扩大到对人的研究，反对经院哲学和基督教的原罪说，主要著作为《随笔集》。

第三对是谢道韫和王凝之。我们谢家这位姑奶奶，咏絮才高，而且能敷青纱步障，为小郎解围，她的谈锋一定不弱。至于王姑老爷凝之，虽然使他的夫人有"天壤王郎"之叹，我以为这是因为王谢门风太高，贬低了他的地位，事实上，谢家肯招他为婿，以配道韫，他也一定不会俗到那里去。

第四对是周瑜和乔夫人。周都督羽扇纶巾，翩翩儒将，在"吟肩双耸"的文人学士之间，需要这么一位风流俊逸，顾盼如神的少年将军，来调剂一下空气，使它不至过于酸涩。小乔夫人，号称国色，才学谈吐，我们虽无从知道，但她初嫁之年，会使得周郎雄姿英发，这"灵感"一定不浅！满坐倾谈，只要她把酒含笑，已彀四座春生的了。

想像在潜庐廊上，松光掩映，山头开遍了杜鹃。藤床竹椅，瓦壶陶杯，略加布置。这四对嘉客，陆续莅临，读书，谈画，谈金石，谈词曲，谈火烧赤壁……直到明月中天，山风峭厉，才呼车乘马，纷纷离散，送客回来，余香在座，碧天如水……

幻想是多么痛快的一件事，这样请客，真是惠不伤廉。贫和病不能减少了我们精神上的愉快，我们所引以为虑的，是即使在幻想里，只因主人太平凡了，这些客人，会不会在请帖上题覆了"敬谢"两字？①

《冰心全集》2012 年版在收录此文时，曾附记："本文最初发表于昆明出版的《自由导报》1945 年 11 月 3 日第 5 期"，第 16—17 页。而此前一期，即第 4 期，《自由导报》也曾刊发冰心的《做梦》，出版时间为 1945 年 10 月 27 日。此两说，均来自解志熙②。又据《抗战时期期刊介绍》，"《自由导报》(1943.11—1944.11；1945.11—1946.6)/重庆自由导报社编，本刊原名《自由东方》；时论刊物/总 1:1—2:3；

①冰心：《请客》，《自由导报》1945 年第 5 期，第 16—17 页。

②解志熙：《人与文的成熟——冰心四十年代佚文校读札记》，《鲁迅研究月刊》2010 年第 1 期，第 86 页。

新 1:1—2:2”[①]。《自由导报》不同于《生活导报》,原本是重庆的刊物,不知为何要在昆明出版?且《自由导报》复刊是在 1945 年 11 月,与两文的发表时间也难吻合。该刊未曾亲见,故留此疑问。不过,可以明确的是,《做梦》的发表早于《请客》。因此,《力构小窗随笔》的排列顺序应当是:《力构小窗》《探病》《做梦》和《请客》。但《冰心全集》第三版却将《请客》置于《做梦》之前,似有不妥,今做调整。

另外,日本京都立命馆大学非常勤讲师岩崎菜子曾在日本刊物发现日译文的《请客》和《梦》,后由旅日的爱知大学国际问题研究所研究员虞萍译为中文,并作为新发现的佚文,收入《我自己走过的路》[②]。据《冰心文选·佚文选》,《请客》日译文的原题为《请客》,谢冰心著,大山郁子(いく)译,发表于《国际》11 月号,1947 年 11 月 1 日出版。[③] 而《做梦》日译文的原题为《梦》,谢冰心著,译者不详,载《新日本文学》3 卷 6 号,1948 年 6 月 15 日出版。[④] 只是此《梦》即《做梦》,早被编者纳入《全集》,算不上是佚文。

三、《从重庆到箱根》

从羽田机场进入东京已经是夜里。呈现在街灯下的街道一片冷落,看不见人影,比起人声嘈杂、车辆拥挤的上海完全成了两样。

我想这才是真正的夜。白天决不是这样寂静。我到东京的第

①丁守和、马勇、左玉河等主编:《抗战时期期刊介绍》,社会科学文献出版社,2009 年版,第 295 页。

②解志熙:《人与文的成熟——冰心四十年代佚文校读札记》,《鲁迅研究月刊》2010 年第 1 期,第 86 页。

③王炳根选编:《冰心文选·佚文选》,福建教育出版社,2007 年版,第 86 页。

④王炳根选编:《冰心文选·佚文选》,福建教育出版社,2007 年版,第 105 页。

三天，友人带着去了箱根。从东京到横滨的途中，印象最深的是无边的瓦砾、衣衫褴褛的妇女、形容枯槁的人群，但是道路很平坦光洁。快到箱根，森林渐渐深起来，红叶映着夕阳，弯曲的道路，更增添了一层秀媚。在山路大转弯的地方，富士山头顶雪冠、裹着紫云，真有一种难以形容的美。

比起欧美的一流旅馆，箱根的旅馆也不算差。从窗口望去，到处溢满东洋风味。山岭、房檐、石塔、小桥等等，使人感到幽雅、舒适。

那一夜我怎么也不能入睡，各种各样的想法千头万绪，自己也说不清楚为什么有这样的感情。

这二天，天还没亮就起来，卷起窗帘，完全裹住了山峦的浓雾中隐约地露出青松的绿色。“啊！我的歌乐山！”突然间多么想这样叫一声——重庆的奇峰歌乐山是我的。

我必须在这里介绍那令人留恋的歌乐山。歌乐山比起箱根来要小得多，红叶也没有这样多。歌乐山被茂密的松林包裹着，一到春天，鲜红的杜鹃漫山盛开。

春夜里可以听到杜鹃那令人伤感的鸣叫，山上杜鹃花的红色据说就是杜鹃吐的血染的。

轰炸的日子，常常是晴空万里。

惊慌的尖叫的警报声中，带着食粮、饮水、蜡烛、毛毯，抱着孩子跑进阴冷的防空洞。

这里面，吓得发抖的妇人和孩子们，脸色变得发青。

我们没有声音，对着头上飞过的成群的飞机和轰轰的爆炸声，还有那猛烈摇动的狂风长长地叹息，然后好不容易爬上山顶，望着被滚滚白烟笼罩的重庆，惦念着自己的亲人是否安全。

夜间轰炸一定是美丽的星月夜。在夜里我们不能进入洞中。

让孩子们睡下之后，抱在膝上，等待在狭窄的洞口。

往下看萤火虫一样的光亮渐渐消失，很快街道被黑色完全包围，万籁俱静，只有远处传来的微弱的犬吠声。

嘉陵江犹如银白色的绢带。

淡淡的月光中看不见机影，只有爆炸声渐渐地传来，突然有几条探照灯光在天空中一扫而过。

“打中了！”“打中了！”九架、六架、三架，白蛾一样的飞机摇晃着冲向重庆，紧接着是震撼大地的爆炸声，火光冲上了天空。

就这样流走了五年的日日夜夜。歌乐山的五年，是在“好天良夜”中度过的。

可怕的、令人诅咒的战争。

战争结束我们懂得了怨。而且我们虽然体验了激烈的战争，也懂得了同情和爱。因此，我在歌乐山最后的两年中，听到东京遭受轰炸的时候，感到有种说不出来的痛苦之情。我想象得出无数东京的年轻女性担心着丈夫和亲人，背着软弱的孩子在警报声中挤进防空壕那悲惨的样子。

看见了东京我想起了重庆，走在箱根感到是走在歌乐山。痛苦给了我们贵重的教训，最大的繁荣的安乐不能在侵略中得到，只有同情和互助的爱情才能有共存共荣。

今后永远再也不要使歌乐山和箱根成为疏散地，要让热爱山水的人们常常登上山顶享受美丽的风光，不能再从自然的美中挤进黑暗的防空壕。

民国三十五年十月二十二日在东京①

《冰心全集》在录入时，曾有说明：“原为日文，最初发表于1946年11月25日日本报纸，由刘福春译为中文。”该文亦发表于上海《世界半月刊》第1卷第5期，出版时间为1947年1月1日，题目则作《从歌乐山到箱根》。其文如下：

①卓如编：《冰心全集》（第三册），海峡文艺出版社，2012年版，第75—77页。

到东京的第三天,便有朋友们邀游箱根。

那天夜里由羽田机场到的东京,一路灯光之下,觉得东京一片萧瑟荒凉,路上简直没有什么行人,和车水马龙的上海比较起来,有天壤之别!那时我还以为是夜里,没想到白天也没有一点升平气象。特别从东京到横滨一条路上,瓦砾场有时可以一望无际!路边偶然有几所新支起来的木屋,几个衣服褴褛的妇女,在晾晒些破烂的衣裳,这些都使人起无尽的凄凉之感。

不过道路仍是平坦光滑的,一般的整齐清洁。将到箱根时节,树密林深,斜阳下红艳夺目,迂曲行来,引人入胜。山路萦回之中,远远地看见富士山峰,雪积云绕,一种清寒挺拔的气象,真是难以形容比拟!

到了箱根,旅馆里面的广场,和欧美一般大旅馆没有什么分别,但窗外风光,便充满着东方的意味:屋瓦,檐角,石塔,木桥,都是极其幽雅,极其妥帖……

这夜睡的不稳,心中似乎感慨万千,但这感慨的情绪,却乱乱的解说不出!

第二天清晨一觉醒来,卷起窗帘,看见了一山的浓雾,雾里隐现着浓绿的松枝……呵!我的歌乐山,我的“渝西第一奇峰”的歌乐山。

让我来介绍我的歌乐山。

歌乐山比箱根小,也没有这许多红叶,但歌乐山是遍山的松树,春来是满地的红杜鹃花。当杜鹃鸟在春天夜里,声声哀唤的时候,会使你想到案头所供养的,是它一夜吐出的一朵朵的血花。

歌乐山在重庆西边十六多英里,在重庆受最猛烈的轰炸时节,是最美丽安全的“疏建区”。海拔三千英尺,在渝西一带山岭之中,最为幽秀挺拔,而且山上栽遍了松树,终年是重重叠叠的松影,山径上遍铺着软软厚厚的松针。一个空军军官对我说,他从空中认得歌乐山,就是因着这一带树林。他在兔儿山和陈家山浓密的松影之中,可以认得出我们小屋一角的灰瓦。

若没有抗战，我不会到得重庆，若没有猛烈的轰炸，我不会到得歌乐山。我对于歌乐山的回忆，固然有许多愉快的，美妙的，清丽的，但最使我不能忘记的，就是在轰炸时节的白天和夜间！

轰炸的白日，总是万里的晴空，松林和竹树，青翠得沁人心脾，而我们总不能悠闲的欣赏，我们在惨厉的汽笛声中，忙忙的预备食粮，饮水，腊烛①，毡毯，抱儿携女的赶到冷阴阴的防空洞里，在那里常常是充满了恐慌惊惶的妇孺，和带着大箱小箧的公务人员，黑压压的水泄不通！我们静默无声的听着沉重的机声，从头上缓缓过去，听见了重庆震响的弹声，大家喘过一口气，纷纷走到洞外山头，来认重庆城里烟焰的方向，猜想我们亲属的安全。

夜间轰炸，总是最清美的月夜，我们照例是不下洞去。在安顿小孩子就寝以后，自己抱膝坐在廊上，看山下丛丛的灯光，逐一熄灭，万籁无声，微闻犬吠。嘉陵江像一条银白的缎带，在月光中无可隐藏的闪烁着。然后机声从屋后的天空中传来，直到你头上，在几条探照灯光聚射之点，看见了灯蛾似的，九架，六架，三架银白的飞机，徐徐的向重庆前进，然后是几阵巨响，几片火光……

这样的过了五年，这样的度过了歌乐山五年的“好天良夜”！

可怕可恨的战争！

经过战争的才懂得“恨”，经过战争的也更懂得“同情”和“爱”，所以当我末两年在歌乐山，听到东京天天被炸的消息时，心中总有说不出的难过！我知道有无数的东京妇女，心中记挂着丈夫和父兄伯叔的安全，身上背着病弱的儿女，在警报声中，急急忙忙的走到防空洞里去。

看见东京，我想到重庆，看见箱根，我想到歌乐山。让我们在创巨痛深之后，得到最宝贵的教训：最澈底的繁荣与安乐，是不能从侵

---

① 腊烛，现作“蜡烛”。

略战争夺中①得来,只有同情和互助,才是"共存共荣"的基础。

让歌乐山,和箱根一样永远成为风景区而不是"疏建区",容我们这些爱好山水的人们,在山头悠闲的欣赏眺望,而不是急急忙忙的抛开天光云影,跑下到黑暗的防空洞里去。

三五年十一月廿二日东京②

关于此文的写作时间,《冰心全集》署"民国三十五年十月二十二日",《世界半月刊》则署"三五年十一月廿二日",有一月之差。早在2009年,解志熙在《补遗与复原——冰心四十年代佚文辑校录》(载《鲁迅研究月刊》2009年第12期),就对此文有过辑校。其后,又在《人与文的成熟——冰心四十年代佚文校读札记》(载《鲁迅研究月刊》2010年第1期)做过论说。至2012年,陈学勇再次以《新发现的冰心佚作》(载《现代中文学刊》2012年第4期,以下简称"陈文")为题,对两个文本展开详细的比对,并附录《从歌乐山到箱根》全文(第108—109页)。但遗憾的是,陈文的移录远未忠实原文,如:1.原文:"那天夜里由羽田机场到的东京",陈文:"那天夜里由羽田机场的的东京";2.原文:"特别从东京到横滨一条路上",陈文:"特别从东京到横滨的一条路上";3.原文:"雪积云绕,一种清寒挺拔的气象",陈文:"血积云绕,一片清寒挺拔的气象";4.原文:"和欧美一般大旅馆没有什么分别",陈文:"和欧美一般大旅馆没有什么区别";5.原文:"呵!我的歌乐山",陈文:"啊,我的歌乐山";6.原文:"让我来介绍我的歌乐山",陈文:"现在让我来介绍我的歌乐山";7.原文:"我不会到得歌乐山",陈文:"我不会到的歌乐山";8.原文:"美妙的",陈文:"美秒的";9.原文:"松林和竹树",陈文:"松林和竹林";10.原文:"在那里常常是充满了恐慌惊惶的妇孺",陈

①此两字宜颠倒,调整后,该句为"是不能从侵略战争中夺得来"。

②冰心:《从歌乐山到箱根》,《世界半月刊》1947年第1卷第5期,第29页。

文:“在那里常是充满恐慌惊惶的妇孺”;11.原文:“从头上缓缓过去”,陈文:“从头上缓缓的过去”;12.原文:“几阵巨响”,陈文:“几声巨响”;13.原文:“看见东京,我想到重庆,看见箱根,我想到歌乐山”,陈文:“看到东京,我想到重庆,看到箱根,我想到歌乐山”;14.原文:“最澈底的繁荣与安乐,是不能从侵略战争夺中得来,只有同情和互助,才是‘共存共荣’的基础”,陈文:“最彻底的繁荣与安乐,从侵略和争夺中得来,只有同情和帮助,才是‘共存共荣’的基础”。标点和分段的不一致,也不止一二。

四、《小橘灯》

这是十几年以前的事了。

在一个春节前一天的下午,我到重庆郊外去看一位朋友。她住在那个乡村的乡公所楼上。走上一段阴暗的仄仄的楼梯,进到一间有一张方桌和几张竹凳、墙上装着一架电话的屋子,再进去就是我的朋友的房间,和外间只隔一幅布帘。她不在家,窗前桌上留着一张条子,说是她临时有事出去,叫我等着她。

我在她桌前坐下,随手拿起一张报纸来看,忽然听见外屋板门吱地一声开了,过了一会,又听见有人在挪动那竹凳子。我掀开帘子,看见一个小姑娘,只有八九岁光景,瘦瘦的苍白的脸,冻得发紫的嘴唇,头发很短,穿一身很破旧的衣裤,光脚穿一双草鞋,正在登上竹凳想去摘墙上的听话器,看见我似乎吃了一惊,把手缩了回来。我问她:“你要打电话吗?”她一面爬下竹凳,一面点头说:“我要××医院,找胡大夫,我妈妈刚才吐了许多血!”我问:“你知道××医院的电话号码吗?”她摇了摇头说:“我正想问电话局……”我赶紧从机旁的电话本子里找到医院的号码,就又问她:“找到了大夫,我请他到谁家去呢?”她说:“你只要说王春林家里病了,她就会来的。”

我把电话打通了，她感激地谢了我，回头就走。我拉住她问："你的家远吗？"她指着窗外说："就在山窝那棵大黄果树下面，一下子就走到的。"说着就登、登、登地下楼去了。

我又回到里屋去，把报纸前前后后都看完了，又拿起一本《唐诗三百首》来，看了一半，天色越发阴沉了，我的朋友还不回来。我无聊地站了起来，望着窗外浓雾里迷茫的山景，看到那棵黄果树下面的小屋，忽然想去探望那个小姑娘和她生病的妈妈。我下楼在门口买了几个大红橘子，塞在手提袋里，顺着歪斜不平的石板路，走到那小屋的门口。

我轻轻地叩着板门，刚才那个小姑娘出来开了门，抬头看了我，先愣了一下，后来就微笑了，招手叫我进去。这屋子很小很黑，靠墙的板铺上，她的妈妈闭着眼平躺着，大约是睡着了，被头上有斑斑的血痕，她的脸向里侧着，只看见她脸上的乱发，和脑后的一个大髻。门边一个小炭炉，上面放着一个小沙锅，微微地冒着热气。这小姑娘把炉前的小凳子让我坐了，她自己就蹲在我旁边，不住地打量我。我轻轻地问："大夫来过了吗？"她说："来过了，给妈妈打了一针……她现在很好。"她又像安慰我似地说："你放心，大夫明早还要来的。"我问："她吃过东西吗？这锅里是什么？"她笑说："红薯稀饭——我们的年夜饭。"我想起了我带来的橘子，就拿出来放在床边的小矮桌上。她没有作声，只伸手拿过一个最大的橘子来，用小刀削去上面的一段皮，又用两只手把底下的一大半轻轻地揉捏着。

我低声问："你家还有什么人？"她说："现在没有什么人，我爸爸到外面去了……"她没有说下去，只慢慢地从橘皮里掏出一瓤一瓤的橘瓣来，放在她妈妈的枕头边。

炉火的微光，渐渐地暗了下去，外面更黑了。我站起来要走，她拉住我，一面极其敏捷地拿过穿着麻线的大针，把那小橘碗四周相对地穿起来，像一个小筐似的，用一根小竹棍挑着，又从窗台上拿了一段短短的蜡头，放在里面点起来，递给我说："天黑了，路滑，这盏小橘灯照你上山吧!”

我赞赏地接过,谢了她,她送我出到门外,我不知道说什么好,她又像安慰我似地说:“不久,我爸爸一定会回来的。那时我妈妈就会好了。”她用小手在面前画一个圆圈,最后按到我的手上:“我们大家也都好了!”显然地,这“大家”也包括我在内。

我提着这灵巧的小橘灯,慢慢地在黑暗潮湿的山路上走着。这朦胧的橘红的光,实在照不了多远,但这小姑娘的镇定、勇敢、乐观的精神鼓舞了我,我似乎觉得眼前有无限光明!

我的朋友已经回来了,看见我提着小橘灯,便问我从哪里来。我说:“从……从王春林家来。”她惊异地说:“王春林,那个木匠,你怎么认得他?去年山下医学院里,有几个学生,被当作共产党抓走了,以后王春林也失踪了,据说他常替那些学生送信……”

当夜,我就离开那山村,再也没有听见那小姑娘和她母亲的消息。

但是从那时起,每逢春节,我就想起那盏小橘灯。十二年过去了,那小姑娘的爸爸一定早回来了。她妈妈也一定好了吧?因为我们“大家”都“好”了!①

本文写于1957年1月19日,发表于1月31日《中国少年报》,后收入《小橘灯》,作家出版社1960年4月初版。或被认为是叙事散文,或被认为是儿童小说。“但从它的环境描写、情节设计、结构安排,特别是人物塑造来剖析,说它是小说,似更合乎实际。”②

这里关注的主要是《小橘灯》与重庆的关联。“一九七九年三月十二日晨”,冰心在《漫谈〈小橘灯〉的写作经过》中说:“这件事发生在一九四五年的春节前夕”③,“故事就用了重庆郊外的歌乐山作为背景。抗战期间,我在那里住过四年多。歌乐山下,有一所医学院,

---

①卓如编:《冰心全集》(第三册),海峡文艺出版社,2012年版,第473—475页。

②陈恕:《冰心全传》,中国青年出版社,2011年版,第281页。

③卓如编:《冰心全集》(第五册),海峡文艺出版社,2012年版,第469页。

我认识这学院里的几位老师和学生。上山不远有一些平地，叫做莲花池，池旁有一个乡公所，楼上有公用电话，门外摆有一块卖水果、花生、杂糖的摊子，来往的大小车子，也常停在那里"①。其中所谓"医学院"，是指国立上海医学院。抗战爆发，国立上海医学院先是内迁至云南昆明白龙潭，1940 年夏，又辗转迁至歌乐山，在国民政府卫生署中央医院附近建校，朱恒璧任校长。1942 年 2 月 13 日，歌乐山重庆中央医院又奉令归上海医学院接办，更名为国立上海医学院附属医院。对于这所医院的人和事，冰心在《我的老伴——吴文藻》（之二），以及《记富奶奶——一个高尚的人》中也有过叙述。

五、《我记忆中的沙坪坝》

抗战时期，我住在重庆郊外的歌乐山，每天总在没有围墙的土屋廊上，看着远远山下的嘉陵江缓缓地东流。在嘉陵江的东岸有一大片土地，就像今天北京西郊的中关村一样，是学术机关和好几个大学，如中央大学、南开大学②的所在地，这片土地就是沙坪坝！我的儿子吴平那时——1943—1945——就在南开大学附中③就学。南开大学的校长张伯苓老先生曾和我的父亲谢葆璋在北洋水师学堂同过学，但是他没有毕业就离开了，不过每次在重庆见到我时，他总是拍着我的肩膀用很浓重的天津口音对人家说："她的父亲是我同班！"就是在他的支持下，我的儿子才能进入这所重点中学的。从沙坪坝爬上歌乐山，总有好几里的山路，我记得每个周末吴平回家时，

---

①卓如编：《冰心全集》（第五册），海峡文艺出版社，2012 年版，第 468 页。

②原注：南开大学应是南开大学经济研究所。

③原注：南开大学附中应是重庆私立南开中学，现仍是一所著名的重点中学。一九八四年六月邓颖超同志亲笔题写了校名，嵌在整修一新的校门上。

晴天就大汗淋漓，雨天当然是浑身精湿了，那时他才十二岁。

我永远也忘不了四十年代初期，日本帝国主义者的轰炸机，对重庆的疲劳轰炸！我在1940年除夕写的一首《鸽子》的诗，就是讲述这个经历的。那夜我望着在蒙蒙的雾气中忽然熄灭的一大片闪闪烁烁的灯光，在砰砰的炸弹声中，火焰四起，我就悲愤地想到在这几百几千个血肉横飞的同胞中，会不会也有我的儿子？

我还记得在那时候我曾到过沙坪坝的中央大学和大学生座谈，至于校舍和座谈的内容都记不清了，只看到沙坪坝的确像一座小城市。

1945年8月日本帝国主义者无条件投降了，第二年我也离开了歌乐山，沙坪坝也就不在我的望中了。

说起来已是将近半世纪以前的事了，但是我一闭上眼睛，就能看到山下远远的那个小城市——沙坪坝。这城市如今一定不"小"了吧？

1990年1月16日①

此文原载《怀沙坪 忆当年》(续集)第21—22页。该书由重庆市沙坪坝区政协文史委员会编，1991年6月问世。《冰心全集》收入时，从正文到注释一律照录。由于年代久远，且冰心已是九十高龄，难免记忆不清，故文中有几处与事实不符。如《鸽子》一诗，就并非作于沙坪坝。

不过，文章提到"曾到过沙坪坝的中央大学和大学生座谈"，相关资料却多歧说。一是据《怀沙坪 忆当年》(续集)的注释云："座谈内容为1945年5月4日开始的全国第一届文艺节期间，在沙坪坝学生公社讲的《中国文学之过去和未来》和在歌乐山讲的《文艺的欣赏》。"并云："以上内容可参阅重庆市沙坪坝区地方志办公室编辑出版的《抗战时期的陪都沙磁文化区》一书。"1945年，全国第一届文艺

①卓如编：《冰心全集》(第七册)，海峡文艺出版社，2012年版，第256—257页。

节自5月4日开始，文化区各学校、文艺团体组织各种文化活动，盛况空前，茅盾、叶以群、冰心在沙坪坝、歌乐山对学生文艺活动进行辅导，应邀到沙坪坝学生公社演讲，文化活动持续达一月之久。对于冰心的活动，《抗战时期的陪都沙磁文化区》仅云："冰心则奔波于歌乐山、沙坪坝两地，给学生讲《中国文学之过去和未来》《文艺的欣赏》等专题。"[①]二是魏晋风的《冰心在歌乐山跑警报》一文中如是说："应沙坪坝学生公社和中央大学学生的邀请，到沙坪坝正街青年会礼堂学生举办的'文艺讲座'发表讲演，讲题是《中国文学之过去和未来》；在歌乐山学校联合举办讲座，讲的是《文艺的欣赏》。"[②]三是《重庆市沙坪坝区文化志》，其中的"大事记"有两则：1945年"5月11日 中央大学女同学会请冰心讲《文艺的欣赏》……5月16日 冰心应上海医学院邀请，前往讲演《中国文学之过去和未来》"[③]。

冰心与南开中学也颇多往来。1944年，南开中学曾致函谢冰心，"请来校讲演"：

冰心先生 赐鉴：

敬启者：本校高中，每周订有集会一小时，约请校外名人，为学生讲演关于学术或时事[④]问题，久仰[⑤]先生文坛巨子，士林钦仰！[收悉]于六月十八日（星期一）上午十一时至十二时（新时间）本校高中学生讲演一次，讲毕在校便餐，未审得暇否？特函奉约，敬希俞

①重庆市沙坪坝区地方志办公室编：《抗战时期的陪都沙磁文化区》，科学技术文献出版社重庆分社，1989年版，第106—107页。

②重庆市沙坪坝区政协文史资料委员会编：《巍巍歌乐山——沙坪坝文史资料第18辑》，编者印，2002年10月，第51页。

③方海洋主修：《重庆市沙坪坝区文化志》，重庆大学出版社，2012年版，第26页。

④底稿显示：起草者对"时事"二字有涂抹的笔痕，并在旁边补入另两字，但难以辨认，姑从其最初文字。

⑤原稿有此两字，但在语意上多余。

允示复为荷,耑此顺请

大安!

并附言:"□□①因派车不便,先生来时,请代学校雇用滑竿一乘,说明来回,聘资方便,费神谢谢。"②

1945年10月5日,南开中学再次致函谢冰心,"请来校讲演":

冰心先生大鉴

敬启者:本校高中,每周订有集会一小时,约请校外人士作学术讲演,借增见识。先生文坛巨子,士林钦仰,敬恳于十月十五日(星期一)上午十一时至十二时,为本校高中学生讲演一次,未审得暇否?敬希俞允示复为荷,耑此顺请

大安!③

吴平入读南开中学后,冰心更是多次下山去看望,并亲自到张伯苓校长府上拜望。为了解孩子的学业,冰心还数度到南开中学津南村拜访吴平的老师杨明志④。

---

①两字或为一字,不能确定。

②重庆私立南开中学:《关于请来校讲演学术问题致谢冰心的函》,1944年,重庆市档案馆藏,档号:0142000100029000008l。

③重庆私立南开中学:《关于请来校为高中学生讲演致谢冰心的函》,1945年10月5日,重庆市档案馆藏,档号:01420001000300000022。上两函通信处一栏,所填均为"歌乐山林家庙三号"。

④魏晋风:《冰心在歌乐山跑警报》,《巍巍歌乐山——沙坪坝文史资料第18辑》,2002年印,第51—52页。

冰心自述之二：言说自己

重庆时期，冰心有两篇文章谈及自己，这对于理解冰心、研究冰心，具有重要的参考价值。兹录之于后。

一、《我的童年》

提到童年，总使人有些向往，不论童年生活是快乐，是悲哀，人们总觉得都是生命中最深刻的一段；有许多印象，许多习惯，深固的刻划在他的人格及气质上，而影响他的一生。

我的童年生活，在许多零碎的文字里，不自觉的已经描写了许多，当曼瑰对我提出这个题目的时候，我还觉得有兴味，而欣然执笔。

中年的人，不愿意再说些情感的话，虽然在回忆中充满了含泪的微笑，我只约略的画出我童年的环境和训练，以及遗留在我的嗜好或习惯上的一切，也许有些父母们愿意用来作参考。

先说到我的遗传：我的父亲是个海军将领，身体很好，我从不记得他在病榻上躺着过。我的祖父身体也很好，八十六岁无疾而终。

我的母亲却很瘦弱，常常头痛，吐血——这吐血的症候，我也得到，不是肺结核，而是肺气枝涨大，过劳或操心，都会发作——因此我童年时代记忆所及的母亲，是个极温柔，极安静的女人，不是作活计，就是看书，他①的生活是非常恬淡的。

虽然母亲说过，我在会吐奶的时候，就吐过血，而在我的童年时代，并不曾发作过，我也不记得我那时生过什么大病，身体也好，精神也活泼，于是那七八年山陬海隅的生活，我多半是父亲的孩子，而少半是母亲的女儿！

在我以先，母亲生过两个哥哥，都是一生下就夭折了，我的底下，还死去一个妹妹。我的大弟弟，比我小六岁。在大弟弟未生之前，我在家里是个独子。

环境把童年的我，造成一个"野孩子"，丝毫没有少女的气息。我们的家，总是住近海军兵营，或海军学校。四围没有和我同年龄的女伴，我没有玩过"娃娃"，没有学过针线，没有搽过脂粉，没有穿过鲜艳的衣服，没有戴过花。

反过来说，因着母亲的病弱，和家里的冷静，使得我整天跟在父亲的身边，参加了他的种种工作与活动，得到了连一般男子都得不到的经验。为一切方便起见，我总是男装，常着军服。父母叫我"阿哥"，弟弟们称呼我"哥哥"，弄得后来我自己也忘其所以了。

父亲办公的时候，也常常有人带我出去，我的游踪所及，是旗台，炮台，海军码头，火药库，龙王庙。我的谈伴是修理枪炮的工人，看守火药库的残废兵士，水手，军官队员，他们多半是山东人，和蔼而质朴，他们告诉我以许多海上新奇悲壮的故事。有时也遇见农夫和渔人，谈些山中海上的家常。那时除了我的母亲和父亲同事的太太们外，几乎轻易见不到一个女性。

四岁以后，开始认字。六七岁就和我的堂兄表兄们同在家里读

①"他"，当作"她"。

书。他们比我大了四五岁，仍旧是玩不到一处，我常常一个人走到山上海边去。那是极其熟识的环境，一草一石，一沙一沫，我都有无限的亲切。我常常独步在沙岸上，看潮来的时候，仿佛天地都飘浮了起来！潮退的时候，仿佛海岸和我都被吸卷了去！童稚的心，对着这亲切的“伟大”，常常感到怔忡。黄昏时，休息的军号吹起，四山回响，声音凄壮而悠长，那熟识的调子，也使我莫名其妙的要下泪，我不觉得自己的“闷”，只觉得自己的“小”。

因着没有游伴，我很小就学习看书，得了个“好读书，不求甚解”的习惯。我的老师很爱我，常常教我背些诗句，我似懂似不懂的有时很能欣赏。比如那“前不见古人，后不见来者，念天地之悠悠，独怆然而涕下”。我独立山头的时候，就常常默诵它。

离我们最近的城市，就是烟台，父亲有时带我下去，赴宴会，逛天后宫，或是听戏。父亲并不喜听戏，只因那时我正看《三国》，父亲就到戏园里点戏给我听，如《草船借箭》《群英会》《华容道》等。看见书上的人物，走上舞台，虽然不懂得戏词，我也觉得很高兴。所以我至今还不讨厌京戏，而且我喜听须生，花脸，黑头的戏。

再大一点，学会了些精致的淘气，我的玩具已从铲子拿①沙桶，进步到蟋蟀罐同风筝，我收集美丽的小石子，在磁缸里养着，我学作诗，写章回小说，但都不能终篇，因为我的兴趣，仍在户外，低头伏案的时候很少。

父亲喜欢种花养狗，公余之暇，这是他唯一的消遗②。因此我从小不怕动物，对于花木，更有普遍的爱好。母亲不喜欢狗，却也爱花，夏夜我们常常在豆棚花架下，饮脾酒③、汽水，乘凉。母亲很早就进去休息，父亲便带我到旗台上去看星，他指点给我各个星座的名

①“拿”，《全集》作“和”。

②“消遗”有误，当作“消遣”。

③“脾酒”，现作“啤酒”。

称和位置。他常常说:“你看星星不是很多很小,而且离我们很远么?但是我们海上的人一时都离不了它。在海上迷路的时候看见星星就如同看见家人一样。”因此我至今爱星甚于爱月。

父亲又常常带我去参观军舰,指点给我军舰上的一切,我只觉得处处都是整齐,清洁,光亮,雪白,心里总有说不出的赞叹同羡慕。我也常得亲近父亲的许多好友,如萨镇冰先生,黄赞侯先生——民国第一任海军部长黄钟瑛上将,他们都是极严肃,同时又极慈蔼,生活是那样纪律,那样恬淡,他们也作诗,同父亲常常唱和,他们这一班人是当时文人所称为的“裘带歌壶,翩翩儒将”。我当时的理想,是想学父亲,学父亲这些好友,并不曾想到我的“性”阻止了我作他们的追随者。

这种生活一直连续到了十一岁,此后我们回到故乡——福州——去,生活起了很大的转变。我也不能不感谢这个转变!十岁以前的训练,若再继续下去,我就很容易变成一个男性的女人,心理也许就不会健全。因着这个转变,我才渐渐的从父亲身边走到母亲的怀里,而开始我的少女时期了。

童年的印象和事实,遗留在我的性格上的第一是我对于人生态度的严肃,我喜欢整齐,纪律,清洁的生活,我怕看怕听放诞,散漫,松懈的一切。

第二是我喜欢空阔高远的环境,我不怕寂寞,不怕静独,我愿意常将自己消失在空旷辽阔之中。因此一到了野外,就如同回到了故乡,我不喜城居,怕应酬,我没有城市的嗜好。

第三是我不喜欢穿鲜艳颜色的衣服,我喜欢的是黑色,蓝色,灰色,白色。有时母亲也勉强我穿过一两次稍为鲜艳的衣服,我总觉得很忸怩,很不自然,穿上立刻就要脱去,关于这一点,我觉得完全是习惯的关系,其实在美好的品味之下,少女爱好天然,是应该“打扮”的!

第四是我喜欢爽快,坦白,自然的交往。我很难勉强我自己做些不愿意做的事,见些不愿意见的人,吃些不愿意吃的饭!母亲常说这是"任性"之一种,不能成为"伟大"的人格。

第五是我一生对于军人普遍的尊敬,军人在我心中是高尚,勇敢,纪律的结晶。关系军队的一切,我也都感到兴趣。

说到童年,我常常感谢我的好父母,他们养成我一种恬淡,"返乎自然"的习惯,他们给我一个快乐清洁的环境,因此,在任何环境里都能自足,知足。我尊敬生命,宝爱生命,我对于人类没有怨恨,我觉得许多缺憾是可以改进的,只要人们有决心,肯努力。

这不是一件容易事,因为生命是一张白纸,他的本质无所谓痛苦,也无所谓快乐。我们的人生观,都是环境形成的。相信人生是向上的人,自己有了勇气,别人也因而快乐。

我不但常常感念我的父母,我也常常警惕我们应当怎样做父母。

三十一年三月二十七日,歌乐山。

这是其初始文本,发表于《妇女新运》[1]1942年第4卷第4期,第67—68页,不过第68页因纸张透墨,字迹多与前页重叠,颇难辨认。从作者的叙述来看,此文是应李曼瑰之请而写。1982年8月24日,冰心曾作附记:

这篇文章是我四十年前在重庆写的。那时我的学生李曼瑰正在编一种妇女刊物,她给我出了这个题目。因为当时常有人要我"做些不愿意做的事,说些不愿意说的话,见些不愿意见的人",而我却很难勉强我自己那样做,我就借这机会发挥了我的意见。写过以后我就把这篇《我的童年》忘得干干净净!这次卓如同志替《新文学史料丛书》编我的《记事珠》,又从重庆的刊物上抄了出来,我读了如见故人。因为这篇短文里的末一句有:"我不但常常感念我的父母,

①《冰心全集》(第三册)将"《妇女新运》"写作"《妇女新动》"(第7页),有误。

我也常常警惕我们应当怎样做父母。”当《父母必读》的编辑来向我索稿的时候,我只好拿这篇旧作来塞责。不知对四十年后的父母,有没有参考的价值?①

《妇女新运》是期为儿童专集,其“文艺栏”以“人之初”为题,同时刊发冯玉祥的《我的童年》、老舍《病》、晓岚《高尔基的童年时代》。其文本二,发表于《时论月刊》1942 年第 1 卷第 8 期,第 48—49 页。署名“冰心”,末尾隐约可见“新运”二字,应当是其出处《妇女新运》的标注。“《时论月刊》(1941.6—1943.6)/重庆时论月刊社编;时事刊物/总 1:1—2:1”②。文本三,发表于《时兆月报》1943 年第 1 卷第 3 期,第 28—29 页。署名“冰心女士”。有副题“由野孩子变成整洁恬淡的女文豪”。文末注“半月文萃第一卷第二期”。由此可见,该文还被《半月文萃》转载过。“《时兆月报》(1905.? —1915.9;〔1915.10〕—1951.12)/时兆报馆编,本刊在上海创刊,1941.11—1942 年停刊,1943 年 1 月迁重庆复刊,抗战胜利后迁回上海;综合性刊物/总 1—101;10:1—46:12。”③“《半月文萃》(1942.5—1944.6)/广西桂林半月文萃社编;综合性文摘刊物/总 1:1—3:3。”④上述文本,在重刊的过程中,文字、标点乃至分段都略有不同。

---

①卓如编:《冰心全集》(第三册),海峡文艺出版社,2012 年版,第 7 页。

②丁守和、马勇、左玉河等主编:《抗战时期期刊介绍》,社会科学文献出版社,2009 年版,第 388 页。

③丁守和、马勇、左玉河等主编:《抗战时期期刊介绍》,社会科学文献出版社,2009 年版,第 388 页。

④丁守和、马勇、左玉河等主编:《抗战时期期刊介绍》,社会科学文献出版社,2009 年版,第 229—230 页。

二、《关于自传》

蓬子先生来信叫我为《文坛》写稿，并说最好能作一小传，真是一部二十四史，何从说起。十年前就有书店约我写自传，我没有答应，我觉得我这个人并没有写自传的资格。“若有其事”的写了出来，未免令人笑话，而且我的生命中，也没有什么太与别人不同的地方。还有，我总觉得以自己来叙述自己，描写自己，主观的情感奔放之余，不免有两种危险：一种是意识的不忠实，一种是下意识的夸大，这两种毛病都会减少文字上的真和美。

六年前冬季，我在伦敦，找房子住，天天看广告。有一次看到一条广告，说是有一间广大的卧房，带有浴室，后面对街一个 Back garden。这 Back garden 译出来，就是“后花园”，至少也会像北平的“后院”，我欣然立刻去看，一看之下，大失所望。原来我意想中以为是“后花园”的，不过是一块豆腐干大的污湿的草地，用篱笆围了起来，篱前放着鸡笼和狗屋！

下午到女作家乌福女士①（Uirginia Wolfe②）处吃茶，无意中提起这个笑话，我说，“我们中国的后花园，是可以‘订终身’的地方。再不济也有一个亭子，几盆花草，几根树。比如我们老家的后花园，在故家中，算是很小的，却也比我今天所看的大到几百倍……”她也大笑。从那里我们就说中国的园林，中国的岁时节序，中国大家庭的

①《全集》在此有“（吴尔夫）”。

②《全集》改正为“Virginia Woolf”。吴尔夫（1882—1941），英国小说家、评论家，L.S.吴尔夫之妻，主张淡化情节，运用内心独白和意识流手法写作，著有长篇小说《海浪》《黛洛维夫人》《到灯塔去》《幕与幕之间》等，评论集数种。

种种风俗习惯,说到我的祖父,我的童年……她忽然说:"你为什么不写本一①自传,把这些都详细的描写下来,这对于我们外国人,一定是很有价值的。你赶紧写,我替你翻译。"我谢了她,说:"难得你如此热心,我回国后就开始,希望你不厌烦才好。"

我回国后不到一个星期,中日战事就爆发了。在迁徙流离之中,我始终找不到写长篇文字的时间。去年夏天又得到了乌福女士自杀的消息,写自传的兴趣,也就减到零度。

不过和几个学优生学,社会学的朋友谈起,他们仍是鼓励我写,他们说一个人的遗传和环境,和他个人的理想与成就,是有种可寻迹的关系的,客观地写了出来,无论好坏,都有历史上的价值。我想想倒也不错,我是生在庚子年后,中国的一切,都有极大的转变,假若只把自己当做一条线索,来联络起四十年来周围一切的事实,也许可以使后人在正史②之外,得到一个更生动更详尽的参考。而且在不以自己为中心的描写之中,也许使"渺小"的我,敢于下笔。

我还不知道什么时候可以开始写,一则在抗战期间,故乡隔绝,许多有关的文献都找不到——例如祖父和父亲的年谱——二则有些朋友预先断定到这本自传的失败,说是关于有些事件,也许不会写的③太详细,太忠实。④ 不过我仍想尝试,也许等到文献易于收集,同时自己年纪再大一点的时候,我能够更从容,更准确,⑤更客观的写了下来,使人知道在抗战以前四十年中一个小小生命的社会背景。

---

①"本一",当作"一本"。

②"正史",《全集》作"历史"。

③"的",《全集》作"得"。

④《全集》此处为逗号。

⑤《全集》此处无逗号。

因着蓬子先生的索稿①,特自述我的愿望如上。

三十一年三月二十八夜,歌乐山。

本篇最初发表于《文坛》1942 年第 3 期。《文坛》,文艺半月刊,1942 年 3 月 20 日创刊于重庆,徐霞村、姚蓬子、老舍、赵铭彝编辑,由蓬子在重庆开办的作家书屋(重庆白象街 88 号)出版发行,蓬子为发行人。前 8 期结为一卷,为四开小报型。1943 年 4 月 30 日出版第 2 卷第 1 期(总第 9 期),改为杂志型,三十二开本,由老舍、姚蓬子主编。同期终刊,共出 9 期。刊物改版前后均以报道文坛消息和勾稽文艺史料为主要内容和特色。② 该期出版时间为 1942 年 5 月 5 日。移录所据刊物,破损严重,勉强辨认,其错难免。

其实,《关于自传》谈论的主体并非作者“自己”的生平,而是作者对“自传”这一体裁的感想与看法。不过,至 1980 年 6 月,冰心果真撰有一篇《自传》,发表在同年 8 月 20 日的《南方日报》。只是这篇《自传》更像是个人简历,其中涉及抗战时期,仅有如下几句:“抗日战争时期,一九三八年我先到了昆明,一九四〇年又到重庆,曾用‘男士’的笔名写了《关于女人》,先由天地出版社,后由开明书店出版。”③

①“索稿”,《全集》作“来稿”。

②唐沅、韩之友、封世辉等编:《中国现代文学期刊目录汇编》(第五卷),知识产权出版社,2010 年版,第 3045 页。

③卓如编:《冰心全集》(第六册),海峡文艺出版社,2012 年版,第 42 页。

社会活动

冰心与“新运妇指会”

关于冰心和“新运妇女指导会”以及《妇女新运》的关系，长期以来，研究者或语焉不详，或置而不论，甚至出现刻意回避的倾向。2002年，卓如的《冰心全传》出版，其中的记载虽然分散，但较为详实。2011年，陈恕的《冰心全传》，以“参加宋美龄的妇女指导委员会”为题，始有集中的叙述。不过，其中的历史细节尚待丰富和辨析，而参加“新运妇指会”，主持文化事业组，对冰心创作和思想的影响，也有待开掘与探讨。

一、“新运妇指会”、文化事业组及《妇女新运》

“新运妇女指导会”，全称“新生活运动促进总会妇女指导委员会”，又简称为“新运妇指会”。1943年5月，“新运妇女指导委员会”在其所制《工作概况表》中，备注栏曾有简介：“本会于二十三年(此处为民国纪年——引者注)二月成立于南昌，继迁南京；二十七年七月奉命扩大改组于汉口，复迁重庆。”1938年的改组，设有委员46人，常务委员10名，分别是：蒋宋美龄、陈谭曼意、曾宝荪、宋霭龄、吴贻芳、郑毓秀、李德全、张肖梅、刘蘅静、马沈慧莲。宋美龄任主任委员,总干事张霭真,总务组长谢兰郁,训练组组长刘清扬,文化事业组组长沈兹九,生活指导组组长黄佩兰,战地服务组组长陈逸云,儿童保育组组长钮珉华(代理),联络委员会主任委员史良。其后又有生产事业组、慰劳组、乡村服务组的增设。"新运妇指会"在抗战期间,对组织动员妇女参加抗战建国,起着举足轻重的作用,《新华日报》评论其为"全国妇女动员的总机构"①。

文化事业组组长有三任,分别是沈兹九、谢冰心和李曼瑰。现略作介绍。沈兹九(1898—1989),浙江德清人。日本女子高师毕业,救国会成员。曾任《申报》"妇女园地"编辑、《妇女生活》半月刊主编,战时儿童保育会常务理事。到职时间为"二七年七月"。1939年,经邓颖超、钱俊瑞介绍,加入中国共产党。"皖南事变"后,被派赴新加坡,协助胡愈之开展南洋华侨工作,后两人结为夫妇。其弟为沈西苓。沈兹九去职后,曾由李昆源代理组长②。李曼瑰(1907—1975),广东台山人。戏剧家。1926年,"北平(真光)中学毕业,保送入北平燕京大学,主修教育,旋转入国文系,并尝试正规编剧"。1940年,"应成都金陵女子文理学院之聘,任英文系副教授"。1941年,"于重庆应蒋夫人之聘,任新生活运动妇女指导委员会文化事业组组长"。1942年,"于重庆膺选为三民主义青年团常务监察,兼任

①《妇女指导委员会的抗战建国工作——妇女指导委员会》,《新华日报》1939年7月9日,第3版。

②郑还因:《沈大姐在妇指会》,董边主编《女界文化战士沈兹九》,中国妇女出版社,1991年版,第85页。据该文,沈兹九是在"1940年夏","离开重庆去解放区"(第85页)。李昆源,山东临沂人,北京女师大毕业,张郁光烈士夫人。曾任武汉临时第一儿童保育院院长。

女青年处副处长”。1943年,“于重庆任青年干部空校研究部英文教授”①。李曼瑰学名李满桂,“曼瑰”与“满桂”谐音。

文化事业组负责“新运妇指会”文化工作的开展。创建初始时,有股长罗叔章(1898—1992),湖南岳阳人。国立暨南大学政治经济系毕业。1938年5月,参加“新运妇女指导委员会”,参与负责文化事业组的工作,分工主办女工识字班。1939年,在中共南方局领导下,从事工商界和上层妇女抗日统战工作。另有办事员郑还因(郑炜),江苏人,上海中学高中普通科毕业②。文化事业组的工作,主要包括编辑、研究和宣传三个方面,故后来有研究股和编辑股的设置,但具体人员不得其详。就编辑工作而言,可谓成绩斐然。1945年,文化事业组在七周年纪念之际,曾开列《历年出版刊物及期数比较表》(廿七年七月至卅三年十二月),统计如下:1.各纪念日宣传大纲,1938年7月创刊,64次;2.壁报资料,1939年4月创刊,280期;3.妇女新运月刊③,1940年1月创刊,41期;4.妇女新运丛书,1944年6

①《国史馆现藏民国人物传记史料汇编》第十五辑之《李曼瑰女士事迹》,台湾秦贤次先生提供,引文原文是“北平中学”,秦贤次先生在传来的图片中将“北平”修正为“真光”,“真光”两字为其手书,可供参考。又据夏蓉《妇女指导委员会与抗日战争》(人民出版社,2010年)第273页“表4-1 新运妇女指导委员会各部门新任负责人履历表”:李曼瑰,“1930年毕业于燕京大学国文系;1934年入美国密西根大学英文系主修戏剧,1936年获硕士学位,并赴哥伦比亚大学选修戏剧及小说写作”。“先后任广州培道中学教员、美国哥伦比亚大学图书馆馆员、成都金陵女大英语系副教授。”谢冰莹曾评价说,“李曼瑰这个人好”,“对朋友啊热情”,“爱国家”。“她的戏剧写得好”,“不是八股戏剧”,而是“表现人生的喜乐,或者是什么描写社会的某一方面。好的方面,坏的方面,都写”。([澳大利亚]孟华玲:《谢冰莹访问记》,《新文学史料》1995年第4期。)

②郑还因,曾参与苏州艺社(1934年成立),后为戴伯韬(白韬、百滔、白桃)夫人。

③《妇女新运》月刊,由郑还因负责编辑工作。具体情况见后文介绍。

月创刊,4 种;5.妇女新运季刊,1938 年 9 月创刊,9 期;6.妇女新运周刊①,1939 年 1 月创刊,233 期;7.妇女新运通讯半月刊②,1939 年 9 月创刊,78 期;8.时事研究资料,1941 年 1 月创刊,39 期;9.妇女新运

①《妇女新运》周刊,创刊于 1939 年 1 月 14 日,是国民党《中央日报》的一个副刊,每星期一刊出。由进步妇女魏郁(何文)负责编辑工作。多从妇女解放的角度发文。针对现实社会所发生的各种妇女问题,如妇女教育、妇女参政、女公务员平价米、重婚、弃婴、保护母性、儿童福利、妇女职业及战时妇女工作等问题,该刊均有专文讨论,并设有“信箱”,征集各界妇女的意见,共同研讨,以期得到合理解决。出到第 230 期后,因国民党《中央日报》紧缩篇幅而停刊。(刘巨才、宋学群:《抗日战争、解放战争时期的妇女报刊》,《新闻研究资料》总第四十五辑,中国社会科学出版社,1989 年版,第 102—103 页。)

②《妇女新运通讯》半月刊,一说是 1939 年 10 月 1 日创刊。中共地下党员夏英喆负责编辑工作。主要面向“新运妇指会”所属的乡村、工厂服务队和各省市妇女工作委员会及各有关妇女团体,刊载与当时政治形势有关的文章,并推荐进步节目,从理论和思想上武装妇女工作者。其发刊信说:“《妇女新运通讯》是本会工作联系,工作报道,工作研究和反映各地妇运以促进本会工作发展的一个枢纽”,“比《妇女新运》月刊更有时间性,比周刊内容更丰富,而反映、交换同人的意见也最为迅速。”其创刊号为油印,从第 2 期改为铅印。内容轻松活泼,多刊实际工作材料,分为论坛、工作报道、妇女常识、学习指示、通讯、信箱、习作等栏目。出版 3 卷后,因印刷困难,并入《妇女新运》月刊中,辟“通讯”栏。(刘巨才、宋学群:《抗日战争、解放战争时期的妇女报刊》,《新闻研究资料》总第四十五辑,中国社会科学出版社,1989 年版,第 102 页。)

双周刊①,1943 年 1 月创刊,20 期;10.妇女文化②,1944 年 6 月创刊,6 期。

《妇女新运》虽有季刊、月刊、双周刊、周刊的分别,但若以卷数来看,季刊与月刊实为一种。据《妇女新运》创刊号,其出版时间为“廿七年十二月二十日”。发行者:新运总会妇女指导委员会;编辑

---

①《妇女新运》双周刊,是“新运妇指会”文化事业组在重庆《商务日报》所办的副刊,创刊于 1943 年 1 月 7 日。内容多为轻松隽永的小品文,兼及妇女问题和各国妇女战时工作报道,各地妇女生活素描等。共出 20 期。(刘巨才、宋学群:《抗日战争、解放战争时期的妇女报刊》,《新闻研究资料》总第四十五辑,中国社会科学出版社,1989 年版,第 103 页。)其《发刊词》颇可一观:“本会承商务日报之邀约,在商务日报的副刊篇幅里刊登《妇女新运》双周刊。谨于发刊之始,为妇女界感谢商务日报社同人对妇女的盛意,让出宝贵的篇幅以为妇女发表言论的园地。”“凡阅读过《妇女新运》月刊和《妇女新运》周刊的读者大都知道本会的宗旨与态度。第一,我们信仰三民主义,认为妇女运动当建筑在三民主义的基础上。惟有民族能够独立,妇女才可以言独立,民权能够发展,女权才可以发展,惟有全民的生活解决了,妇女才有真正合理的生活。在这抗建期间,我们中国的妇女更当全体总动员,参加战时工作,贡献成绩。到了抗战胜利,建国完成之日也就是妇女运动成功之时了。”“第二,我们要鼓励妇女同胞,实行新生活,本着我们固有的民族道德,礼义廉耻的精神,在日常生活上求其简单朴素,清洁整齐,养成守纪律,守时刻的良好习惯,创造理想的,美丽的新生活。”“第三,我们认为要解决妇女的问题,首先要妇女有独立的人格与健全正确的人生观。我们主张:妇女要求经济之独立,不要依附男子以求生活;要发展理智,不要感情用事;要努力苦干,不要苟且贪安;要求实际,不务虚荣;要以创造事业为生命的鹄的,不要认婚姻为一生最后的目标;要做一个完整的‘人’,尽量发展其个性与通性,不要单作贤妻良母;要实际地工作,不要空言呐喊;要保持妇女的尊严,少作无谓之呼吁与怨尤。当用成绩与奋斗建筑妇女的地位,换取妇女的权利。”“第四,我们希望社会能帮助妇女运动之推进,几千年的风习所型成的歧视妇女的心理希望能澈底铲除,压迫束缚妇女的桎梏希望真正的解放。妇女极需要社会的同情与鼓励,需要良好的社会环境与风气,扶助她们走上光明的路途,替她们解决困难的问题,使他们能够过着合理的生活,创造事业,贡献成绩,以增进世界的文明。”

②《妇女文化》是“新运妇指会”在重庆《时事新报》开辟的专栏,1944 年 5 月开始,每日出版一期,内容偏重于妇女对于文化的创造及学术研究,仅出 4 期而停刊。(刘巨才、宋学群:《抗日战争、解放战争时期的妇女报刊》,《新闻研究资料》总第四十五辑,中国社会科学出版社,1989 年版,第 103 页。)

者:文化事业组;地址:重庆曾家岩求精中学[1];印刷者:福利印刷所(重庆曾家岩58号龙泉观)。初版时为会报性质,内容多着重“妇指会”的工作报导及工作讨论。创刊时为季刊,翌年改为月刊,但内容仍侧重工作报告与讨论。1941年,因应妇女读者要求,内容略有改变,论著文艺与工作报告并重。然是年以空袭频繁,印刷困难,故又改为季刊。1942年,恢复为月刊,内容则大加刷新。[2] 不特“专供知识妇女阅读,并替全妇女界发言”。每期均有讨论中心,“讨论并研究妇女及其他各项问题,目的在增加妇女的知识,启发其自身之认识,加深其对人生之了解,以培养妇女真正人格,鼓励女子的奋斗,确定女性的地位”[3]。另兼载时事、学术、文艺、各地妇女通讯、史料、家庭、书报介绍等文稿。至1945年,文化事业组已迁址重庆春森路17号。此后,因故停刊两年。1948年1月在南京复刊,9月出版第8卷第6、7期合刊后,即终刊。《抗战时期期刊介绍》有其条目,可作参考:《妇女新运》(1938.12—1948.11)/(重庆)新生活运动总会妇女指导委员会文化事业组编,曾改名《妇女新运月刊》《妇女新运季刊》;妇女刊物/总1:1—8:9。[4]

---

①当时“新运妇指会”即设址于求精中学。《钱用和回忆录》(东方出版社,2011年)亦说:“抵重庆……奉命辞去赈济会职务,迁住求精中学内新生活运动妇女指导委员会,便利协助夫人处理会务。……住指导会,每晨走出求精中学校门过街,至蒋夫人官邸办公,迄深夜始回宿舍,有时栉风沐雨,往返约半里路程,习以为常。”(第42页)

②《本会五年工作之回顾》,《妇女新运》1943年第5卷第7期,第44页。

③《文化事业》,《妇女新运》1942年第4卷第7期,第38页。

④丁守和、马勇、左玉河等主编:《抗战时期期刊介绍》,社会科学文献出版社,2009年版,第345—346页。按此介绍,《妇女新运》的终刊号是第8卷第9期。重庆图书馆所藏最后一期为第8卷第6、7期合刊。

二、冰心在文化事业组的任职时间

冰心在文化事业组任职时间很短。1940年12月20日,冰心在致巴金的信中说:“我在妇指会言明系义务性质,且为期不过三月(每星期去一次)。”①其后,冰心又有不同的自述,因此,研究者的判定,也多有差异。其一,1947年4月,日本《主妇之友》第31卷第4号,曾发表谢冰心的《我所见到的蒋夫人》,其中云:“到了重庆,由于健康的关系,我在妇女指导委员会只帮了四个月的忙就搬到了郊外。”②或许因为如此,陈恕在《冰心全传》中也说:冰心在妇女指导委员会里,不过“工作了四个月”③。其二,据《冰心生平年表(1900—1999)》,1940年,宋美龄以威尔斯利大学校友的名义,用同学身份邀请冰心到重庆参加“妇女指导会”工作。冬冰心由云南赴重庆。后刘清扬、史良告以“妇女指导委员会”内部的复杂情况和背景,冰心当即退回聘书与薪金。因年关迫近,生活费用拮据,乃答应为《星期评论》撰稿,并改用“男士”的笔名。④ 其中“当即退回”,意谓冰心不但未在文化事业组任职,甚至根本没有加入“妇女指导会”。可以与之印证的是,冰心在《我记忆中的沈兹九大姐》一文中写道:在史良和刘清扬“悄悄”告诉作者沈兹九和宋美龄之间的斗争后,“我觉得我是落进了圈套!我立即写了辞呈,退还了工资,连夜

---

①陈恕、周明编:《冰心书信全集》,人民文学出版社,2010年版,第22页。

②王炳根:《冰心文选·佚文卷》,福建教育出版社,2007年版,第77页。

③陈恕:《冰心全传》,中国青年出版社,2011年版,第199页。

④范伯群编:《冰心研究资料》,知识产权出版社,2009年版,第17页。该书是在1984年由北京出版社初版,考虑到当时的政治气候乍暖还寒,《年表》有为冰心“撇清”的考虑。2009年再版时,除标题增加了冰心的卒年,其内容并未见有过修订。

搬到重庆郊外的歌乐山上去"①。"立即"与"连夜"二词,均显示出冰心的果决。不过,既然冰心有言在先,参加"妇指会"系"义务性质",后又申明是"帮忙",有无薪金,尚属疑问。即便是退还薪金,也在情理之中。其三,据《山路上的繁星——冰心在重庆》所附年谱,1940年12月,"冰心正式接替赴新加坡从事抗日救国宣传工作的沈兹九,出任妇女指导委员会文化事业组组长一职"。"1941年夏,冰心辞去妇女指导委员会文化事业组组长一职,搬到歌乐山居住。"②以此观之,冰心担任文化事业组组长,当有半年之久,已远远超过约定的"三个月"期限。三种说法,各执一词。

首先来看冰心就任的时间。1940年12月出版的《妇女新运通讯》第2卷23、24期合刊,曾刊登一则启事(第3页)云:"本组新任组长谢冰心女士已来会办公",但并不具体。同年12月2日,国民党《中央日报》副刊《妇女新运》周刊第83号,有《本会消息》:"文化事业组组长谢冰心女士,于上月二十六日首次到会,不日即将正式到会领导该组工作。"据此可以确知:冰心到会的时间是1940年11月26日。

再看冰心辞职的时间。通常的说法是:冰心迁居歌乐山之前,

①冰心:《我记忆中的沈兹九大姐》,《冰心全集》(第七册),海峡文艺出版社,2012年版,第260页。

②康清莲、赵洪梅、程永伟:《山路上的繁星——冰心在重庆》,重庆大学出版社,2010年版,第128—129页。

决定辞职,并向宋美龄举荐时在金陵女大的李满桂[①]接任,又致信校长吴贻芳,请求得到许可[②]。但当时的报道是:“谢冰心女士数月来因健康欠佳,又复呕血,除请假外,并推荐金大女教授李曼瑰女士代理事业组长职务。李女士系旧燕京学生,留学美国多年,学识均甚丰富。”[③]此处仅云“请假”,未言“辞职”,且李曼瑰也只是“代理”而已。钱用和在其回忆录中也说:“沈滋九离去,由谢冰心女士继任,谢请李曼瑰女士代理。”[④]后冰心在其《评阅述感》中,开篇即云:“从去年三月八日蒋夫人文学奖金举办以后,转瞬已一年多了。现在本会第三期季刊拟出征文专号,要我说几句话,我就把这次征文的经过情形和评阅文卷的一点感想约略说说,以供读者们的参考。”该文发表于《妇女新运》1941 年第 3 卷第 3 期“蒋夫人文学奖金征文专号”。据其《编后记》,“本专号适在九月出版,故特用以代替《妇女新运》季刊第三期”。冰心在文中自称“本会”,可见其至 1941 年 9 月,仍未退出“新运妇指会”。再按《妇女新运》第 4 卷第 3 期,其中《女作家近况》谈及“谢冰心女士,现任新运妇女指导委员会文化事业组组长,去夏因病在歌乐山养疴。其子女(一男二女)亦相随山居。其

①李满桂于 1931 年毕业于燕京大学国文系,而冰心自 1926 年下半年即在燕京大学担任国文系助教,1929 年 11 月提升为讲师。从 1930 年起至 1931 年,在北平女子文理学院兼课,为国文系讲师。说二人为师生关系,当成立。另外,卓如和陈恕的《冰心全传》均提到冰心之所以举荐李满桂,是因为其新近在刊物上发表了独幕剧《慈母心》。但什么刊物,则未说明。今查,《慈母心》发表于《妇女新运》1940 年第 2 卷第 9、10 期合刊,署名为“李曼瑰”。李曼瑰以“李满桂”之名所发文章,有《托尔斯泰研究》,载《女青年》1928 年第 14 卷第 4 期;《托尔斯泰研究(续)》,载《女青年月刊》1930 年第 9 卷第 2 期;《〈沙贡特拉〉和〈赵贞女型〉的戏剧》,载《文学》1934 年第 2 卷第 6 期;等等。

②卓如:《冰心全传》(上),河北教育出版社,2007 年版,第 428 页。

③《妇女动态:国内部分:(四)新运妇会事业组组长谢冰心因病请假由李曼瑰代理》,《江西妇女》1941 年第 5 卷第 6 期,第 41 页。

④钱用和:《钱用和回忆录》,东方出版社,2011 年版,第 42—43 页。其中“沈滋九”当为“沈兹九”。

夫吴文藻博士则每星期末上山团叙。女士最近精神极佳,不久想能复原”①。该期出版于1942年3月。既是“现任”,又说“去夏”,则由此可以推知:冰心自1941年夏天,即未参与“新运妇指会”的具体工作,不过仍挂衔“文化事业组组长”。

1943年《妇女新运》第5卷第7期,为“新运妇女指导委员会”成立五周年特刊,李曼瑰发表《妇女文化事业的商榷》一文,其中回顾道:“本人自卅年秋奉蒋夫人之命,来渝主持妇女指导委员会文化事业组,于兹将及两载。”②时间同样也不具体。据1941年8月4日国民党《中央日报》副刊《妇女新运》周刊第116号《本会消息》,1941年7月3日,李曼瑰“因冰心女士请,暂离金大职务”,担任文化事业组代理组长。

参照上文所述,似可认为:自1941年7月,至少至1942年3月,冰心仍挂名文化事业组组长,而实际主持工作者为李曼瑰。出现这种情况,在冰心而言,大约是一入“朝阙”,便身不由己。对李曼瑰来说,毕竟当时初出茅庐,社会声望并不卓著,仍需借重冰心的名义。此后,“民国三十二年五月”制《新运妇女指导委员会工作概况表》中,文化事业组组长已明确为李曼瑰。又“民国三十二年十二月”制《新运妇女指导委员会工作概况表》(载1944年7月《妇女新运》第6卷第7期“六周年纪念专刊”),文化事业组组长一职未变。

三、冰心处理公务一例

冰心就任文化事业组组长之后,如何办理公务,兹有一例。

---

①《女作家近况》,《妇女新运》1942年第3期,第41页。该文同时提到的女作家还有:白薇、凌叔华、苏雪林、袁昌英、陆晶清、安娥、许景宋(许广平)。

②李曼瑰:《妇女文化事业的商榷》,《妇女新运》1943年第7期,第15页。

1941 年 2 月 9 日，冰心曾致函重庆市社会局局长包华国①：

华国先生大鉴：

前在文化工作委员会，未能晤谈，怅怅！兹本会为纪念三八妇女节起见，敝组拟制一渝市职业妇女统计图表，特奉恳台端将贵局关于本市各机关职业妇女统计表册（公函已去）暂假一用，以资参考。一俟用毕，当即奉还不误。心现居春森路十九号，暇时请移驾舍下一叙为荷。敬[祈]

台绥！

谢冰心启②二月九日

信函是新生活运动促进总会妇女指导委员会用笺。旁批："文化股一科速办 二、十、"

包华国的批复，（一）为笺函，送达谢冰心（"春森路十九号"）。信云：

冰心先生大鉴：

接诵大扎，敬悉种切。所嘱检奉关于本市各机关职业妇女统计表册一节，已转令重庆市妇女会遵照将最近本市各机关团体职业妇女数目及工作情形分别详确调查统计，并限期本月二十日前制表报局。一俟该会呈报到局后当即奉上也！耑复并颂

---

①包华国（1902—1963），四川成都人。早年入清华大学，后留学美国，获斯坦福大学学士、硕士学位。归国后，曾任四川大学教授。后历任国民政府实业部劳工司科长、中国驻国联办事处一秘及代表团专员、第三战区政治部主任秘书、三青团中央宣传处副处长、国民党重庆市党部委员等。1941 年至 1945 年任重庆市社会局局长。

②"启"既可用于信封上，也可用于信函内。信封上的"启"表示"开拆、启封"。信函内的"启"大多位于写信人姓名之右。启者，白也，告也，即陈述告知之意。这里的"启"既是对收信人的敬称，也是写信者的谦称。（李文海：《书信中的"启"》，《语文学习》2002 年第 2 期，第 41 页。）

台绥！

包〇〇启 二月 日

（二）为训令。“局 衔训令 三十年社元一字第四三一六号”“令重庆市妇女会”：

查自抗战军兴，全国妇女界奋起动员，参与抗战工作，对于抗建前途，殊多贡献。本市为战时首都，尤为抗战军事，政治，经济，文化之重心，妇女界参与各部门努力工作，坚苦英勇，表现实多。值兹“三八”妇女节将届，本局为明了本市妇女界工作之实际情形起见，特令该会将本市各机关团体职业妇女数目及工作情形之各种统计表册，从速整理一份，限于本月二十日以前呈送到局，以备查考为要！

此令。

局长包〇〇

旁批：“最速件（限本月十二日前发出）。”①

从上述档案，一方面可见出当时公务办理的程序与效率，另一方面，这一来一往的笺函，也是《冰心全集》和《冰心书信全集》所失收者，可视作冰心的佚简。

四、冰心辞职的原因

冰心加入妇指会，不过是“临危受命”，其初衷就在于过渡。但关于冰心辞职的原因，后来却多是政治性的解读。如《年表》所说，是为解脱复杂的政治环境。多数研究者也沿袭这一说法，借以彰显

①《包华国、谢冰心关于限期调查重庆市各机关、团体职业妇女数目的函、训令》，1941年，重庆市档案馆藏，档号：0060000600068000008。

冰心鲜明而决绝的政治取向。根据宋青红对抗战时期“新运妇指会”组织者群体所做的研究，其委员包括国民党政要夫人，国民党与共产党的妇女干部、专家学者，基督徒等，不少是具有大学以上学历或海外留学背景（其中又以留美人士居多）的知识女性。随着国共冲突的加剧，尤其是皖南事变之后，中共党员和左派人士纷纷撤离或退出，国民党对“妇指会”的主导地位有所加强①。如此构成，不可谓不“复杂”。但更为“复杂”的是，国共两党的争取乃至争夺，让冰心感到难以适从，甚至是厌倦。国民党方面，有宋美龄的宴请、张霭真的探病、陈布雷的“求见”、程沧波的造访等。左翼方面，则有刘清扬、史良的提醒。

此外，冰心本身体弱多病，重庆潮湿多雾的气候，则又成为其不时发病的诱因。抵渝不久，冰心就有生病的记载。“廿九年除夕”，她在致巴金的信中大倒苦水：“这些日子伤风头痛，鼻腔发炎，头痛得八日夜不能睁眼，”并发恨地说：“身体坏的人，真不应当过城市的生活！”②冰心生病的消息，也不时见诸报端，如《妇女月刊》1941 年第 1 卷第 1 期的“文坛点滴”，就说：“谢冰心女士近养疴歌乐山，似无意重登文坛。但国内文艺界仍属望甚殷。”（第 55 页）又如《时与潮文艺》1944 年第 3 卷第 6 期的“艺文情报：国内之部”之“一、文坛”（刘居序辑）云：“冰心患肾结石，至今未愈，现仍住渝郊歌乐山休养中。”（第 125 页）“新运妇指会”的工作，虽按约定，不过“每星期去一次”，但对于病体支离的冰心来说，显然是不堪其负。称病辞职，也是实情③。

---

①宋青红：《抗战期间“新运妇指会”组织者群体研究》，《抗日战争研究》2012 年第 2 期，第 99、102 页。

②陈恕、周明编：《冰心书信全集》，人民文学出版社，2010 年版，第 22—23 页。

③王炳根在分析冰心离开“妇指会”上歌乐山的原因时，曾提及此两点，以为“较为切实”（王炳根：《王炳根说冰心》，海峡文艺出版社，2011 年版，第 90 页）。

最主要的原因,还是为躲避日本飞机的轰炸。自1938年2月18日至1943年8月23日,日本对重庆进行长达五年半之久的战略轰炸,其中最为惨烈的是1939年的"五三、五四大轰炸"、1940年的"八一九大轰炸",并在1941年造成"六五隧道惨案"。冰心对重庆的听闻与观感,一开始便与轰炸相连。重庆,"战时的首都,一切军令政令的出发点,支持了三年的抗战,而又被敌机残忍的狂炸过的"。飞临重庆上空时,冰心"倚窗下望……看见林立的颓垣破壁,上上下下的夹立在马路的两旁……几乎以为是重游了罗马的废墟"①。1940年除夕,冰心又作诗歌《鸽子》,从中可以见出她作为母亲,对轰炸可怖情景的感受。② 初到重庆,冰心一家暂居"嘉庐"。而嘉庐既在闹市,又是公职人员聚居地,很容易成为轰炸的目标。

雾季将尽,冰心夫妇在歌乐山购得一幢土房。"歌乐山在重庆西边十六多英里,在重庆受最猛烈的轰炸时节,是最美丽最安全的'疏建区'。"之所以"美丽""安全",是因为歌乐山"海拔三千英尺,在渝西一带山岭之中,最为幽秀挺拔,而且山上栽遍了松树,终年是重重叠叠的松影"。冰心的"小屋",就在"兔儿山和陈家山浓密的松影之中"。所以,冰心说:"若没有抗战,我不会到得重庆,若没有猛烈的轰炸,我不会到得歌乐山。"③浦薛凤在《回忆录》中,也为此提供佐证:"婉莹初到渝时,蒋夫人曾邀请参加工作,旋任国民参政会参政员。嗣后因轰炸关系,移住歌乐山。"④冰心将歌乐山的寓所名为"潜庐",与云南呈贡的"默庐"一脉相承,都是表示"主人静伏"⑤之意。政治上的一些联想,似乎有些多余。其辞职与迁居,首要考

①冰心:《从昆明到重庆》,《妇女新运通讯》1941年第3卷第1、2期合刊,第4—5页。

②对此,卓如在《冰心全传》中有过说明。

③冰心:《从歌乐山到箱根》,《世界半月刊》1947年第1卷第5期,第29页。

④浦薛凤:《浦薛凤回忆录》(中),黄山书社,2009年版,第232页。

⑤冰心:《力构小窗随笔·力构小窗》,《冰心全集》(第三册),海峡文艺出版社,2012年版,第38页。

量的因素，当是子女和自身的安全。

五、《妇女新运》所刊冰心作品

冰心在《妇女新运》所发表的文章，有如下数篇：

其一，《由评阅蒋夫人文学奖金应征文卷谈到写作的练习》，谢冰心讲，宋雯[①]记，刊 1940 年第 2 卷第 9、10 期合刊“生活指导专号”[②]。该期《编后拾零》之四云：“谢冰心先生的《由评阅蒋夫人文学奖金应征文卷谈到写作的练习》一文，不但详尽论到这次应征稿件的品质，并且发挥了许多文学理论珍贵的意见，是值得仔细阅读的。”[③]

其二，《评阅述感》，署名“谢冰心”，刊 1941 年第 3 卷第 3 期。其《编后记》云：“首先感谢蒋夫人和谢冰心先生在百忙之中为本刊撰文，充份(分)表现她们对应征姊妹及一切女文学青年的热切关怀。”

其三，《悼沈骊英女士》，署名“冰心”，“三十年十二月二十一日”，作于“歌乐山”，刊《妇女新运》第 4 卷第 1 期(1942 年 1 月出版)。

①宋雯在《妇女新运》上也多有文章发表，如：《出发工作的第一天》，1939 年第 3 期；《砍柴的姑娘》，1941 年第 1 期；《最近四年全国男女学生人数比较》，1943 年第 5 期；《怎样做壁报》，1943 年第 6 期；《恋爱，结婚，家庭》，1943 年第 8 期。《妇女新运通讯》则有：《张总干事在纪念周报告》，宋雯记录，1940 年第 2 卷第 3 期；《纪念“九一八”九周年要坚持抗战到底》，1940 年第 2 卷第 17、18 期合刊；《三八特写：妇女日在陪都》，1941 年第 3 卷第 5、6 期合刊；《纪念“七七”抗战四周年应有的认识和任务》，1941 年第 3 卷第 13、14 期合刊。

②关于这期合刊的出版时间，由于原刊未标注，解志熙推断是在 1940 年 12 月至 1941 年 1 月之间(《人与文的成熟——冰心四十年代佚文校读札记》，《鲁迅研究月刊》2010 年第 1 期)。然该期所发文章，其中有陈逸云的《关于生活指导工作的几点意见》，文末注“三十年元月三十日于重庆”(第 13 页)；又有刘蘅静的《美国妇女生活》，文末注“三十，二，十重庆”(第 51 页)。从上两文的写作时间来看，则该期的出版，至少是在 1941 年 2 月的中下旬。

③《编后拾零》，《妇女新运》1940 年第 9、10 期合刊，第 76 页。

其四,《送迎曲》,刊《妇女新运》1942 年第 4 卷第 1 期。两首分别是《别一九四一年》和《迎一九四二年》,署名“冰心”,“三十年十二月二十四夜”,作于“歌乐山”。原载 1942 年 1 月 1 日的国民党《中央日报》,《冰心全集》和《冰心文选·佚文选》均未收,可视为冰心佚文的新发现。

其五,《我的童年》,署名“冰心”,1942 年 3 月 27 日作于歌乐山,刊 1942 年第 4 卷第 4 期①。

其六,《生命》,署名“冰心”,“三十一年春月”作于“歌乐山”,刊 1942 年 11 月第 4 卷第 9 期。

其七,《写作经验》,署名“谢冰心”,系“在三民主义青年团中央团部”的“演讲”,“沈琬②纪录”,刊 1943 年 11 月第 5 卷第 9 期“论著栏”。如果加上《妇女新运通讯》第 3 卷第 1、2 期合刊上的《从昆明到重庆》,则有 8 篇。

又据《冰心全集》,《鸽子》一诗“最初发表于《妇女新运》第 87 期”。这里的《妇女新运》,从期数来看,显然不是《妇女新运》月刊,可能是“周刊”③。《献词》刊于 1941 年 7 月《新运妇女指导委员会三周年纪念特辑》;《对于妇女参政的意见》刊于《妇女新运》1943 年 3 月第 5 卷第 3 期。这里需要说明的是,《献词》,原题作《献辞》。所谓《献辞》,准确地说,是指《新运妇女指导委员会三周年纪念特刊》

①该文亦载《半月文萃》1942 年第 1 卷第 2 期。

②沈琬似乎是专司记录者。如:1939 年《外交研究》第 1 卷第 2 期,有《九国公约之前途:本会第二次讨论会记录(二十七年十二月二十三日),为“沈琬记录”;1944 年《中华基督教卫理公会通讯》复刊后第 21、22 期合刊,有《美国观感》,系“吴贻芳博士在妇女指导委员会讲,三十三年二月二十八日”,“沈琬速记”;1944 年《妇女共鸣》第 13 卷第 6 期,有《英国战士妇女》,“叶公超先生讲,三十三年十月廿九日”,“沈琬速记”;1944 年《妇女新运》第 9 期,有《儿童的保养与教育》一文,亦署“沈琬记”。

③查《妇女新运》与《妇女新运通讯》均无。王炳根以为是“周刊”,按上文所述文化事业组编辑出版过的刊物数目来看,应当成立。

的“献辞”,作者署名“谢冰心”。封面为“蒋宋美龄题”的书名,封二则是黄仁霖①为“新运总会妇女指导委员会三周年纪念”“敬题”的“觉世牖民”四个大字。特刊编辑者和发行者均为“妇女指导委员会文化事业组”,印刷者:重庆巴渝印刷所。“中华民国三十年七月一日出版”。《编后记》云:“本刊因已包括三年来本会工作概况,又在七月出版,故特用以代替妇女新运季刊第二期,特此声明,望读者鉴谅!”②《全集》的附注中说:“最初发表在《新运妇女指导委员会三周年特辑》,1941 年 7 月”③,其中,首先是书名有误,不作“特辑”,当作“特刊”;其次是出版时间不完善。至于正文部分,《全集》除有删节之外,第七节倒数第二行的“要不停的创造”,其中的“的”原文作“地”。

或许因为冰心的关系,吴文藻也在 1941 年 12 月的《妇女新运》季刊第 3 卷第 4 期发表一文,题名《抗战时期与恋爱问题》。文章共分五部分:(一)恋爱与抗战是否冲突?(二)恋爱的意义和功用;(三)恋爱的过程和归宿;(四)恋爱的恒常性;(五)抗战时期恋爱问题的特性。该期《作者介绍》云:“吴文藻博士为燕京大学社会学系主任并国防最高委员会参事。”

六、《妇女新运》关于冰心的点滴

除了发表冰心的文章,《妇女新运》对冰心的生活与活动也有所

---

①黄仁霖(1901—1983),字顺龙,江西安义人。宋美龄的同学,国民党高级将领,东吴大学毕业,哥伦比亚大学硕士。曾任励志社总干事,为 CC 系骨干。1937 年 3 月,接替钱大钧任新生活运动促进总会总干事。抗战时期,又先后担任国民政府军事委员会伤兵慰问组组长和战地服务团主任。1943 年随侍蒋介石出席开罗会议。

②《编后记》,《新运妇女指导委员会三周年纪念特刊》,1941 年,第 80 页。

③卓如编:《冰心全集》(第二册),海峡文艺出版社,2012 年版,第 596 页。

报道。

1941年2月出版的《妇女新运通讯》第3、4期合刊,对十五位女参政员有介绍,第十三位即谢冰心,文字云:"福建人,现年四十一岁。亦毕业于美国厄士莱大学,与蒋夫人前后同学。早岁以女作家名于世。现任全国妇女文化工作委员会秘书,妇女指导委员会文化事业组组长。"①冰心曾任"全国妇女文化工作委员会秘书"(或云"妇女文化委员会主任委员"②),至今无人提及。这一历史信息,弥足珍贵。不过,"全国妇女文化工作委员会"在当时究竟是何种机构,目前尚未找到相关的介绍。

1942年10月出版的第4卷第8期③的"妇女动态","国内"方面之17,即国民参政会第三届女参政员名单的公布,后文将有述。

1943年3月出版的第5卷第3期,有《中国的女参政员》一文,在"第二届女参政员十五人"一节中,说:"第一届参政员中除喻维华已故外,其余九位均蝉联下任并有六位增加,即:(一)谢冰心　福建人。是早期的女文学家,燕京大学毕业。民二十五年到欧美游历,二十六年夏季回国。曾执教燕京大学。"④

1943年11月出版的第5卷第9期,其"妇女动态"云:"三民主义青年团蓉市支团部鼓励女青年写作,十月二十八日举行团员及女青年写作竞赛,请谢冰心女士评阅。"是则冰心的评阅活动,至少当

---

①《十五位女参政员介绍》,《妇女新运通讯》1941年第3、4期合刊,第5页。

②《妇女动态:女作家谢冰心》,《广东妇女》(曲江),1941年第2卷第6期,第60页。不过,此则报道用词是"即将就任",与《妇女新运通讯》所说的"现任"自有区别。需要说明的是,"新运妇指会"成立后,国统区的一些省份,先后建立了以省主席夫人为指导长的地方"新运妇女工作委员会"。这些组织也纷纷创办会刊,如:《湖南妇女》《河南妇女》《广东妇女》《广西妇女》等。

③同期张芗兰、潘璟琮设计的《常识测验》亦有关冰心,其五:"下面的几位女作家那一位时代最早?甲、李清照,乙、曹大家,丙、丁玲,丁、谢冰心。"

④《中国的女参政员》,《妇女新运》1943年第5卷第3期,第43页。

有两次。

七、"新运妇指会"对冰心创作的影响

参加"新运妇指会"并主持文化事业组,对冰心的创作和思想不无影响。在冰心接任文化事业组工作之前,妇女指导委员会于1940年3月8日,曾举办蒋夫人文学奖金的征文活动①。关于这次评奖活动,钱用和②有过总结性的回忆:

民国廿九年,为奖励妇女写作及提拔妇女作家起见,以纪念"三

①关于这一活动的时间安排,可补充如下资料。1940年3月16日出版的《妇女新运通讯》半月刊第2卷第6期,有启事《蒋夫人文学奖金延期报名》云,由于报名的踊跃,拟"将报名期延到八月底截止,交稿期延到十月底截止,揭晓期延到元旦日"。又据1941年《妇女新运通讯》第3卷第13、14期合刊,有艾原《纪念三周年本会招待各界代表盛况》,其中说到:"七月二日,是本会成立三周年纪念日的次日……蒋夫人文学奖金揭晓名单,亦在此时公布。""此时"是指"三周年纪念日",是则该项活动的流程又有推延。同时,《妇女新运》1941年第3卷第3期的《编后记》亦云:"蒋夫人文学奖金征文已在本年七月揭晓,唯因评判员散处各地,稿件寄递需时,故直至现在始能汇集获选文稿付梓。"由此也可见出,解志熙对这次活动评阅与揭晓时间的推测(《人与文的成熟——冰心四十年代佚文校读札记》,《鲁迅研究月刊》2010年第1期),似乎不能成立。首先,既然"交稿期延至十月底截止",则"评阅工作大概到1940年'双十节'前夕就结束了"一说,仍然难以坐实;其二,蒋夫人文学奖金揭晓名单的公布是在1941年7月1日,"至于是否按时揭晓",应该可以"清楚"。

②钱用和(1897—1990),又名禄园,字韵荷,江苏常熟人。1923年毕业于北京女子高等师范学校,受聘为江苏省立第三女子师范学校校长。1925年赴美留学,先入芝加哥大学,后转哥伦比亚大学。1929年回国,受聘于上海暨南大学。1931年担任国民革命军遗族女校校务主任,本年末,任宋美龄私人秘书,此后一直追随宋美龄左右。1938年3月,任"中国战时儿童保育会"常务理事,12月,当选国民参政会参政员。此后直至1948年,担任过国立交通大学教授、监察院监察委员等职。1949年去台湾,任"监察院监察委员""中央评议委员"等职。

八”妇女节，特举办蒋夫人文学奖金，由文化事业组长谢冰心女士主持，夫人①嘱我任秘书协助办理。谢女士在燕京女大肄业时，我正在国立女高师就读，五四运动，我任北京女学界联合会会长，谢女士任燕京女大团长，所以早已熟识。她以写作新诗闻名，与抗战期间教育部次长顾毓琇先生友善，特推荐于蒋夫人，但体弱多病，常住歌乐山，很少到会办公。蒋夫人文学奖金无形中由我一人办理，可是在手续关系，我却几次上歌乐山征询她的意见。当时应征者计五百五十二人，实收到征文稿件三百六十份，其中甲种论文一百四十六名，乙种文艺二百四十名，初审后选录一百二十名，由蒋夫人亲自聘请评判员十人组织评审委员会。论文请吴贻芳，陈衡哲，陈布雷，罗家伦先生与我评阅，文艺请郭沫若，杨震声②，朱光潜，苏雪林，谢冰心诸位评阅。计取论文第一名一人，第二名三人，第三名四人，文艺第一名因无标准分数故缺，第二名三人，第三名二人，第四名四人，于三十年七月一日③，指导会三周年纪念时在各报揭晓。④

通过评阅，冰心颇有感慨，并总结出其中的得失。征文的成功，主要有三点：“第一是自己亲切的生活环境的叙述……第二是本地风光的描写……第三是抗战意识的增进。”其失败，也体现在三个方面。关于题材，最大的缺点是过于偏重英雄主义，而且在心理过程的描写中，既无矛盾，也无冲突。其次是“爱写理想的事物，不求经验”。“努力出棱，有心作态”，结果弄巧成拙。技巧方面，最大的缺点是缺少剪裁，以致事实杂乱，人物太多，轻重倒置，无法收场。就

①“夫人”指蒋夫人宋美龄。

②“杨震声”当作“杨振声”。

③据此可确证蒋夫人文学奖金的揭晓时间是1941年7月1日。

④钱用和：《钱用和回忆录》，东方出版社，2011年版，第44—45页。

文字而言，一是不会使用新式标点，再则别字太多。① 最后，冰心提出自己的建议，最后三条，尤须重视：一、作家应当呈示问题，而不应当解决问题。也就是说，作家应当站在客观的立场上来透视社会，解剖社会，暴露社会的黑暗。二、不要先有主义后写文章。因为先有主义，便会左右你的一切。最好先根据发生的现象，然后再写文章。三、不要受主观热情的驱使，而写宣传式的标语口号的文艺作品，使人看到感觉滥调和八股。② 上述意见，不仅是针对一般初学者的通病建言，也可视作是对中国新文艺的批评，如左翼文学的公式化，以及当时盛行的抗战八股等。借助这次活动，冰心将自己的写作经验和创作观念集中概括起来，通过演讲的方式，传达给战时中国的文学界。如此公开宣扬自己的文学主张，在冰心而言，当属首次。③

与此同时，冰心应吴文藻的同学刘英士④的请求，为其主编的《星期评论》撰稿。自 1941 年 1 月至 12 月，冰心大致一月一篇，陆续发表九篇文章，总题《关于女人》。后又补写七篇。1943 年 9 月，由

---

①谢冰心：《评阅述感》，《妇女新运》1941 年第 3 期，第 210—211 页。

②谢冰心：《由评阅蒋夫人文学奖金应征文卷谈到写作的练习》，《妇女新运》1940 年第 9、10 期合刊，第 68 页。

③解志熙的《人与文的成熟——冰心四十年代佚文校读札记》（《鲁迅研究月刊》2010 年第 1 期）有类似看法。

④关于此人生平，现综合几种资料，得其简历如下：刘英士（1899—1985），本名善乡，号合一，江苏海门人。在私立海门中学高中毕业后，考入南京河海工程专门学校。“五四”运动爆发后，被推为南京学生代表团成员，赴北京声援学生爱国运动。后留学美国哥伦比亚大学，主修政治、经济。1924 年获硕士学位。1925 年归国，先后担任上海政治大学、中央党务学校、国立暨南大学、中国公学等校教授，安徽大学经济学院院长，行政院行政法规整理委员会委员。1930 年代中期，任国民政府教育部编审、南京国立馆编译兼人文组主任，主编《图书评论》等刊物。抗战时期，在重庆主编《星期评论》，特约著名学者和作家撰稿，报道抗日形势，评论国事。1944 年任教育部参事。1945 年 4 月 16 日再任教育部秘书。1949 年去台湾，任“国防部”国军军事教育研究委员会委员、联合国文教组织“中国委员会”秘书长。1958 年前后任“教育部”参事室首席参事。著有《欧洲的向外发展》《西洋史 ABC》等。

天地出版社出版。"1943 年 8 月 30 日午夜",作者在"四川大荒山"为本书撰写《后记》时,说明成书的经过:"廿九年冬,我初到重庆,《星期评论》向我索稿,我一时高兴,写了一篇《关于女人》来对付朋友,后来写滑了手,便连续写了下去,到了《星期评论》停刊,就没有再写。"①由此可见,冰心写作的过程充满愉悦,丝毫没有勉为其难的感觉。但是,1947 年 6 月 17 日晚,冰心特应燕大教职员会邀请,在临湖轩发表演讲。回答问题时,首次谈及《关于女人》的写作,是"因为没钱过年,东拼西凑"②而成。1980 年 8 月 3 日,冰心在《关于女人》(宁夏人民出版社,1980 年 12 月版)第三版《自序》中,再次说明该书的来由,是因为"那时——1940 年—1943 年——经济上的确困难,有卖稿的必要"③。物质上的窘迫,在当时确实存在。冰心此言不虚。不过,后来的研究者对此却片面强化,从而影射国民党政府对知识分子的漠不关心,形成一种政治上的批判。其实,冰心有关拿稿费吃年夜饭的回忆,似乎并不能证明其生活有多困难,从另一方面来看,倒可见出冰心的稿费所值不菲。因此,相关分析,需要重置背景。

冰心之所以在此时撰写《关于女人》的系列文章,其原因正是因为加入"新运妇指会"。五四新文化运动所掀起的个性解放浪潮,带动了女性意识的觉醒、解放与张扬。作为在此期间登上文坛的冰心,自然不能置身度外。此后,冰心在威尔斯利女子大学的就读,以及随同吴文藻到欧美的访学,与冰心女权意识的蕴蓄与萌动,都有

---

①冰心:《〈关于女人〉后记》,《冰心研究资料》,知识产权出版社,2009 年版,第 134 页。

②路囚:《关于〈关于女人〉的作者谢冰心》,《现实文摘》1948 年第 3 卷第 2 期,第 20 页。该文原载《人物杂志》1948 年第 3 卷第 6 期。

③冰心:《〈关于女人〉三版自序》,《冰心研究资料》,知识产权出版社,2009 年版,第 151 页。

很大的关系。只是冰心早期的作品,虽然宣扬了“爱的哲学”,但却是立足于“母性”,并未站在女性本位的基础上来反思与审视女性的命运。而“妇女新运”的推行,如“新运总会”书记阎宝航所做的解释,“新生活运动在促进全体国民生活革命,使整个的民族都走向合理的生活,妇女是家庭的中心,自然应该和其它各界运动,同时并进”①。“新运妇指会”的成立,其宗旨在于:“指导全国各地妇女整个生活之改进,并使德智体群富美各得充分的发展,共负服务社会复兴民族之责任。”②冰心既然加入这一组织,就不能不对此有所思考。实际上,正是以此为契机,才引发了冰心对女性在家庭中的地位、战时妇女精神状态持续而广泛的关注。《关于女人》便是其关注的文学化。而写作的流畅自如,也显见冰心是有感而发,更何况,《关于女人》“实际上”还“是一个长篇的准备”③。抗战胜利后,冰心在旅日时,对日本妇女的现状也多有观察、思考和呼吁。妇女问题和女权意识,在冰心的思想中一直贯穿,并通过创作得以表达。④

《关于女人》出版后,《妇女新运》在第5卷第10期,率先通过“书报介绍”加以评价,评者署单字“巧”。《关于女人》首先予人“新鲜的印象”者,是抄书代序。作者借曹雪芹《红楼梦》所说“闺阁中历历有人”,道明自己写作的动机。除代序与后记外,全书共有十五篇文章。第一篇《我最尊敬体贴她们》,“用最客观的态度……仔细刻

---

①阎宝航:《全国妇女新生活运动——蒋夫人宋美龄女士负责指导》,《新生活运动促进总会会刊》1936年第32期,第12页。

②《本会成立之经过》,《妇女新生活月刊》1936年创刊号,第34页。

③路因:《关于〈关于女人〉的作者谢冰心》,《现实文摘》1948年第3卷第2期,第20页。

④冰心这一时期,有关女性的文章,主要有:《给日本的女性》,载《世纪评论》1947年第1卷第3期;《女性的风格》,载《学生导报》1947年第26、27、28、29期合刊(该文亦以《谈各国女人的风格》为题,发表于《书报精华》月刊1947年第10期)。另有陆以真的《冰心女士谈对于日本妇女的印象》,载《妇女》1947年第2卷第5期;等等。

划出……战时妇女的苦衷”,即“在这伟大的时代”,妇女如何“茹苦含辛”尽其“双重责任”①,认为抗战“提高了中国的地位……乃至一般工人的地位”,但“提得最高的”还是“那些忍得住痛耐得住苦的妇女”②。第二篇《我的择偶条件》实则是作者心目中的女性标准。“文中所提出的条件,虽然多是着重于嗜好与习惯上的小节,但也未始不含有相当的至理”,其“好处在于处处都是就自己已有的去求人来配合,不是如一般人的只是一味苛求于对方而不反躬自问”。这两篇,是作者对女人的一般性见解。接下来,作者用“优美的文笔描述了十三位令人敬爱的女性”③。冰心曾坦言,自己最喜欢的是其中第十三个女性④。这些女性,“虽然都很平凡”,但却“表现了女性的‘真’‘善’‘美’”⑤。作者的持论,从总体而言,堪称“平淡”“稳静”“健全”⑥。

冰心采用“男士”的笔名,虽不为外界知晓,但在文化事业组,应该不是秘密。书评对此也有所暗示,“聪明的读者”,只要“细细欣赏……书中轻松的笔调,细腻的描写,与乎优美的辞句”,便会知晓“男士……在文坛上不但不陌生,并且还是一位不少青年男女倾倒崇拜的名作家”⑦。在此之前,“冰心女士”的笔名已广为人知,由“女士”而“男士”,也是转念间的事,但恐怕不是为了“避免国民党的纠缠”⑧,而是以自设的身份与角度,有利于展开自由的观照。这一点,

①巧:《关于女人》,《妇女新运》1943 年第 5 卷第 10 期,第 51 页。

②男士:《我最尊敬体贴她们》,《星期评论》1941 年第 8 期。

③巧:《关于女人》,《妇女新运》1943 年第 5 卷第 10 期,第 51 页。

④路囚:《关于〈关于女人〉的作者谢冰心》,《现实文摘》1948 年第 3 卷第 2 期,第 20 页。

⑤巧:《关于女人》,《妇女新运》1943 年第 5 卷第 10 期,第 52 页。

⑥冰心:《〈关于女人〉后记》,《冰心研究资料》,知识产权出版社,2009 年版,第 132 页。

⑦巧:《关于女人》,《妇女新运》1943 年第 5 卷第 10 期,第 51 页。

⑧《冰心生平年表(1900—1999)》,《冰心研究资料》,知识产权出版社,2009 年版,第 17 页。

冰心不乏自我说明。不过,作者既然设定为“男士”,因应而来,文风的转变也就非常必要。用冰心的话来说,《关于女人》比以前的作品更加“粗壮”,更加“现实”①。但推究起来,归根结底,还是粗砺的抗战现实使然。

①路囚:《关于〈关于女人〉的作者谢冰心》,《现实文摘》1948 年第 3 卷第 2 期,第 20 页。

冰心与国民参政会

一、国民参政会简说

“国民参政会是抗战时期由国民党设立的特殊政治机构”，或称“战时中央民意机构”“战时国会”“咨询机构”。其前身为“国防最高会议参议会”（“国防参议会”）。1938 年 3 月，国民党临全大会通过的《抗战建国纲领》，为国民参政会确立了政治目标，即“团结全国力量，集中全国之思虑与识见，以利国策之决定与推行”。从 1938 年 7 月至 1947 年 5 月，国民参政会共历四届 13 次大会。

关于国民参政会的职权，1938 年 4 月公布的第一次《国民参政会组织条例》，授予国民参政会三项权力：1.对政府对内对外施政方针的决议权；2.向政府提出建议案之权；3.听取政府施政报告及向政府提出询问之权。与此同时，国民参政会在一定层面上，对战时国家政务也有所介入，后又两度扩权。1940 年 9 月，国民参政会被赋予针对政府委托事项的调查权。1944 年 9 月，该项调查权得到很大扩充。国民参政会及其驻会委员会有权调查政府施政情况，并根据调查情况向政府提出建议案。同年，国民参政会还获得对国家总预算编制的初审权。

抗战时期的国民参政会①,"集中了中国各主要政治派别、各社会阶层的重要代表",对当时的政治、经济、军事、外交等重大问题,均有所触及,"不失为既具进步意义又具广泛代表性的民主政治形态"②。

国民参政会先后共有19名女参政员(包括连任),她们分别是:吴贻芳、史良、伍智梅、张肖梅③、刘王立明、罗衡、陶玄、邓颖超、刘衡静、喻维华、陈逸云、张维桢、曾宝荪、谢冰心、钱用和、吕云章、张邦珍、胡木兰、唐国桢。这些"各党各派各团体的女性代表群体……在抗战的烽火中……站到政治舞台的前沿。……她们肩负着使命,以女性特有的视角为抗战献计献策,同时本着理性和执著的精神,追求'民族-国家'和妇女力量的同步增强,争取在赢得民族解放的同时,提升妇女的社会地位"④。

二、冰心参加国民参政会的情况

首先来看冰心担任参政员的时间。第二届国民参政会参政员的名单,于1940年12月23日便由国民政府公布,其"丁、依照《国民

①据邓又萍等著《陪都溯踪》(重庆出版社,2005年),该会旧址在重庆市渝中区中华路174号,是一座别致的西式小楼,二楼一底,楼宽18.9米,进深19.3米,楼高15.3米,共有房屋21间。现为重庆市交通局使用。(第43页)

②章红:《国民参政会述论》,《抗日战争研究》1996年第3期,第47—49页。

③张肖梅,或作"张晓梅"。

④郭昭昭:《抗战期间国民参政会中女参政员群体的考察》,《安徽大学学报》2006年第6期,第102页。

参政会组织条例》第三条丁项[1]遴选者”,谢冰心为最后一名。[2] 需要说明的是,国民参政会参政员的任期,前后不同。依照1938年4月12日公布、6月21日修正的《国民参政会组织条例》第八条的规定,“国民参政会参政员之任期为一年,国民政府认为必要时得延长之”。故“第二届参政员任期,起于三十年三月一日即第一次大会召集之日,由三十一年二月二十八日延长至七月二十一日,共计一年五个月。第三届参政员任期起于三十一年十月二十二日,延长至三十四年四月二十三日,共为两年七个月。第四届参政员任期起于三十四年七月七日,延长至三十七年三月二十八日,合计两年九个月”[3]。正因为如此,陈恕《冰心全传》所附《冰心生平、著作年表简编》云,“1941年3月”,冰心“以社会贤达身份担任国民参政会第二届参政员”[4]。卓如所编《冰心生平著作年表简编》亦同此说。[5]

冰心参加国民参政会,总共三届,即二、三、四届,任期为六年又九个月。

第二届第一次会议是在1941年3月1日至3月10日间召开,冰心由于支气管扩张,未能出席。[6] 第二次会议的时间为1941年11

---

①该项内容为:“由曾在各重要文化团体或经济团体服务三年以上,著有信望,或努力国事,信望久著之人员中,遴选一百十八名。”至第二次大会召开之际,118名参政员中,已有胡石青、陆费伯鸿、罗文干、张炽章、黄君迪五位病故,因此在谢冰心之后,又补选了谭赞。

②重庆市政协文史资料研究委员会、中共重庆市委党校编,孟广涵主编:《国民参政会纪实》(下卷),重庆出版社,1985年版,第781、786页。

③马起华:《国民参政会——战时中央民意机构》,《重庆文史资料》(第二十八辑),西南师范大学出版社,1987年版,第118—119页。

④陈恕:《冰心全传》,中国青年出版社,2011年版,第502页。

⑤卓如编:《冰心全集》(第十册),海峡文艺出版社,2012年版,第390页。

⑥康清莲、赵洪梅、程永伟:《山路上的繁星——冰心在重庆》,重庆大学出版社,2010年版,第129页。

月 17 日—11 月 26 日。据《国民参政会第二届第二次大会纪录》①,可大略知道冰心出席会议的情况。本次大会,总共举行了十次会议。第一次会议时间,“中华民国三十年十一月十七日(星期一)下午三时”,至“七时”;第二次会议,“中华民国三十年十一月十八日(星期二)上午八时”,至“十二时零五分”;第三次会议,“中华民国三十年十一月十八日(星期二)下午三时”,至“七时”;第四次会议,“中华民国三十年十一月十九日(星期三)上午八时”,至“十二时正”;第五次会议,“中华民国三十年十一月十九日(星期三)下午三时”,散会时间不详;第六次会议,“中华民国三十年十一月二十二日(星期六)下午三时”,至“七时三十分”;第七次会议,“中华民国三十年十一月二十四日(星期一)下午三时”,至“六点二十分”;第八次会议,“中华民国三十年十一月二十五日(星期二)上午八时”,至“十二时”;第九次会议,“中华民国三十年十一月二十五日(星期二)下午三时”,至“六时三十分”;第十次会议,“中华民国三十年十一月二十六日(星期三)上午八时”,至“十时”。地点均在“重庆林森路军事委员会本会议场”。十次会议中,冰心仅出席前五次,至第六次会议,便不再参加,且秘书处也未报告其请假事由。在第四次会议时,“依照修正国民参政会议事规则第十一及第十三条之规定”,大会主席团提出各组审查委员会委员及召集人名单并决议通过,第五组为教育文化组,召集人黄炎培、刘百闵、杭立武,谢冰心名列委员中。

《妇女新运》第 4 卷第 8 期的“妇女动态”,云:“八月二十七日,依照修正国民参政会组织条例,分别选定国民参政员,计一百零五名,而女参政员有胡木兰、王立明、张邦珍、张维桢、吴贻芳、陶玄、伍智梅、刘蘅静、陈逸云、吕云章、邓颖超、谢冰心、罗衡、唐国桢等十四

①国民参政会秘书处编印:《国民参政会第二届第二次大会纪录》,1942 年 9 月。该书封面有“(祕)”字样。

名。”据此报道，冰心于1942年8月27日[1]，已被“选定”为国民参政会第三届参政员。第三届总共举行三次会议，第一次：1942年10月22日—10月31日，第二次：1943年9月18日—9月27日，第三次：1944年9月5日—9月18日。现据《国民参政会第三届第一次大会纪录》[2]，再来考察冰心出席会议的情况。本次大会，一共举行12次会议。预备会议，“中华民国卅一年十月二十二日(星期四)上午十一时”，至“下午零时三十分”；第一次会议，“中华民国卅一年十月二十二日(星期四)下午三时”，至“下午七时”；第二次会议，“中华民国三十一年十月二十三日(星期五)上午八时”，至“上午十一时三十分钟”；第三次会议，“中华民国卅一年十一月[3]廿三日(星期五)下午三时”，至“下午七时”；第四次会议，“中华民国卅一年十月二十四日(星期六)上午八时”，至“下午七时[4]”；第五次会议，“中华民国卅一年十月二十四日(星期六)下午三时”，至“下午七时十五分”；第六次会议，“中华民国三十一年十月二十八日(星期日[5])下午三时”，至“下午七时”；第七次会议，“中华民国卅一年十月廿九日(星期四)下午三时”，至“下午七时四分”；第八次会议，“中华民国三十一年十月三十日(星期五)上午八时”，至“正午零时二十分”；第九次会议，“中华民国三十一年十月三十日(星期五)下午三时”，至“下午七时”；第十次会议，“中华民国三十一年十月三十一日(星期六)上午八时”，至“上午十一时五十分”；第十一次会议，“中华民国三十一年十月三十一日(星期六)下午二时”，至“下午四时二十分”。会议地

①但据《国民参政会纪实》(下卷)，第三届国民参政会参政员名单是在1942年7月27日由国民政府公布(第1056页)。

②国民参政会秘书处编印：《国民参政会第三届第一次大会纪录》，1943年8月。封面有“(密)”字样。

③“十一月”当为“十月”之误。

④此一时间与第五次会议的时间无法衔接，“七时”疑为“一时”。

⑤“星期日”，当为“星期三”。

点也都是“重庆林森路军事委员会本会议场”。冰心出席的会议有：第二次、第五次、第六次、第七次、第八次、第十次，总计六次。在第五次会议时，“依照修正国民参政会议事规则第十一条及第十三条之规定”，大会主席团提出各组审查委员会委员及召集人名单并决议通过，第五组为教育文化组，召集人胡庶华、金曾澄、刘百闵，谢冰心名列其中。

1945 年 4 月 23 日，冰心再次被“遴选”为国民参政会第四届参政员。① 第四届曾召开三次会议，第一次自 1945 年 7 月 7 日至 7 月 20 日；第二次：1946 年 3 月 20 日至 4 月 2 日；第三次：1947 年 5 月 20 日至 6 月 2 日。今据《国民参政会第四届第二次大会纪录》②，藉以探知冰心出席会议的情况。此次大会，一共召开 21 次会议，具体而言：第一次会议，“中华民国三十五年三月二十日（星期三）下午三时”，至“六时二十分”；第二次会议，“三十五年三月廿一日（星期四）上午八时”，至“十二时十五分”；第三次会议，“三十五年三月二

①据《国民参政会纪实》（下卷）所载《第四届国民参政会参政员名单》（1945 年 4 月 23 日国民政府公布），其“四、依照国民参政会组织条例第三条丁项遴选者”为：“邵从恩、于斌、王云五、张澜、黄炎培、王晓籁、章士钊、李璜、陈豹隐、曾琦、周道刚、晏阳初、仇鳌、范锐、毛泽东、林祖涵、周览、杨端六、成舍我、张翼枢、秦邦宪、张君劢、钱端升、吴贻芳、钱永铭、陶玄、周炳琳、张其昀、伍智梅、刘蘅静、陈逸云、谭平山、陈绍禹、吕云章、邓颖超、马乘风、徐炳昶、董必武、余家菊、陈启天、胡秋原、许德珩、达浦生、胡霖、许文顶、胡适、莫德惠、梁实秋、常乃德、陈博生、彭革陈、杨振声、江一平、胡木兰、王世颖、王普涵、席振铎、郭任生、喜饶嘉错、何鲁之、郑振文、周谦冲、周恩来、吴玉章、卢广声、梁漱溟、章伯钧、冷曝东、端木恺、吴蕴初。”（第 1426 页）该书录入以 1945 年 4 月 24 日重庆《新华日报》为本，但明显有遗漏。所遗漏者，自许德珩之后至达浦生之前，为“程希盂、张奚若、萨孟武、谢冰心、罗衡”。程希盂疑为程希孟（1901—1976）。另有 1945 年第 2 期《政情月报》的“特种资料”之“渝国民参政会第四届参政员露布”云：“国府二十三日令，国民参政会第四届参政员业经依照修正国民参政会组织条例分别选定。”其所列名单，错字别字漏字，比比皆是，不足为凭。

②国民参政会秘书处编：《国民参政会第四届第二次大会纪录》，1946 年。本文所据出版物缺封面，目次亦有残缺。封底有“中华服务社印刷厂承印”字样。

十二日(星期五)上午八时”,至“下午一时十五分”;第四次会议,“三十五年三月二十二日(星期五)下午三时”,至“六时二十分”;第五次会议,“三十五年三月廿三日(星期六)上午八时”,至“一时三十分”;第六次会议,“三十五年三月廿三日(星期六)下午三时”,至“七时”;第七次会议,“三十五年三月廿四日(星期日)上午八时”,至“十二时”;第八次会议,“卅五年三月廿四日(星期日)下午三时”,至“七时十五分”;第九次会议,“卅五年三月廿五日(星期一)上午八时”,至“十二时五十分”;第十次会议,“卅五年三月廿五日(星期一)下午三时”,至“七时十五分”;第十一次会议,“三十五年三月廿六日(星期二)上午八时”,至“下午一时廿分”;第十二次会议,“卅五年三月廿六日(星期二)下午三时”,至“七时十五分”;第十三次会议,“卅五年三月廿九日(星期五)下午三时”开始,散会时间不详;第十四次会议,“三十五年三月卅日(星期六)上午九时”,至“十二时”;第十五次会议,“中华民国卅五年三月卅日(星期六)下午三时”,至“六时廿分”;第十六次会议,“三十五年三月三十一日(星期日)上午八时”,至“十一时四十分”;第十七次会议,“三十五年三月卅一日(星期日)下午三时”,至“六时五十分”;第十八次会议,“三十五年四月一日(星期一)上午八时”,至“十二时二十分”;第十九次会议,“三十五年四月一日(星期一)下午三时”,至“六时零五分”;第二十次会议,“三十五年四月二日(星期二)上午八时”,至“十二时二十分”;第二十一次会议,“三十五年四月二日(星期二)下午三时”,至“六时五十分”。会议地点同上。根据本“纪录”的《附一、参政员出席此次大会各次会议纪载表》,谢冰心的出席情况是:“○×○○××××○○○××○×××○××○”,其中“○”表示出席,“×”表示缺席,自左至右,为会议次别。其出席次数共九次。在第十二次大会时,依照国民参政会“议事规则第十一第十二各条及改进开会程序之规定”,大会主席团提出各组审查委员会委员及召集人名单并决议通过,谢冰心名列第二审查委员会(国际外交),其召集人为：周览、王寒生、范予遂。

三、冰心对国民参政会的态度

1986年，冰心曾以一种怨怼的语气谈到国民参政会："我这个以'社会贤达'的名义被塞进'参政会'的参政员，每月的'工资'也只是一担白米。"[①]罗常培当时也说："合起潜庐男女主人的参事和参政的薪俸来，已经超过一千元了——可是实际上还不够山上一处开支的，每月都得亏空。"[②]那么，冰心当时对国民参政会究竟持何种态度，这需从两个方面来加以考察。

一是《对于妇女参政的意见》。该文最初发表于《妇女新运》1943年3月第5卷第3期。其文如下：

妇女参政，在我们中国，仅是最近几年的事情。这件重要事情的实现，曾经过几十年男女同胞的促进和努力，才能得到这个光荣的结果。我们应当感谢我们的先烈，为我们打开了一条光明之路，我们更应该戒慎尊重我们重大的责任。

女参政员和男参政员一样的[③]是政府的辅助者，她们以在野之身，随时随地的观察报告一班人民的需要和意见，以及政治设施上应当改进之点，慎重考虑，详细提出，以供政府的参考。同时因为环境的关系，她们所接触最多的，是妇女与儿童。因此对于妇女儿童的福利，女参政员尤其应当切实注意。妇女的情感强烈，思想缜密，

---

①冰心：《我的老伴——吴文藻》（之二），《冰心全集》（第六册），海峡文艺出版社，2012年版，第311页。

②罗莘田：《蜀道难》，独立出版社，1944年版，第128页。

③"的"，《全集》无。

同情心丰富,所以女参政员对于民间疾苦的感觉,应当加倍尖锐,对于提案,应当加倍切实,务求平易可行,不作好高骛远,为"提案而提案"的提案。

我们应该努力于女参政员的大量产生,我们要促进女子教育的普及,女子教育水准的提高,使能产生出大量思想正确,眼光远大,情感均衡的女子,来作参政员的候选人。使得参政会里面,能多得女界方面的意见。

同时,各种妇女团体与女参政员之间,应当有密切的联络,使女参政员的意见,有切实的参考和后盾。各妇女团体意见的提供,对于女参政员,是有极大的"集思广益"的效果的。

以上都是极其平庸的说法和看法,但我们只要切实的做去①,已经是要用最大的努力。我们要"做"!因为妇女参政,已是超过了宣

①"做去",《全集》作"做法"。

传的阶级，而进入“实行”的阶段了。①

冰心的这些意见，有的放矢，对妇女参政，既有肯定的认同，同时也主张积极地参与。这在很大程度上，决定了她对国民参政会的

①谢冰心：《对于妇女参政的意见》，《妇女新运》1943年第5卷第3期，第17—18页。该文标题之左，有“编者附志”云：“本期为纪念‘三八’妇女节，特函约各女参政员书述对于妇女参政之意见。唯以种种原因及邮递困难，故至截稿日止，只收得四份，特先行刊载（以收到先后为序），以后如再收得，当在下期本刊陆续刊登。”“四份”中的其余三份为：唐国桢《从“三八”说到妇女参政》、胡木兰《我对于妇女参政的意见》、邓颖超《略谈妇女与参政》。因本书涉及冰心与邓颖超的关系，故将其全文照引，读者自可比较二人思想观念的异同：“妇女问题，是一个社会问题，不是一个简单的孤立的，而是与社会和政治不可分割的问题。所以，妇女问题与政治问题有着密切的关系，是互为因果，而且相辅相成的。一个国家的政治优良与否，可以影响到妇女问题解决的难易；反之，妇女问题解决的情形和妇女解放的程度，又可用作测量政治进步的尺度。同样的，一个国家女子参政的权利及机会之多少，男女平等实行程度的大小，亦可作为一个国家民主政治的广度与深度的说明。”“妇女参政，乃是民主政治组成之不可缺少的部份，而不应单纯的看作妇女本身的权利问题。妇女参政权利，是否该争取实现的，因为在男权中心的社会，妇女往往是最易被人轻忽的。只有妇女才能最懂得最关心自己的问题，故妇女参政大有助于妇女问题的解决，并能促进妇女解放运动，同时，亦必能促进政治与社会的进步。但妇女参政，仅仅是争取妇女解放的重要步骤，绝不是妇女解放的全面与全部的内容。盖妇女除了参政权利以外，还有其他有关妇女的政治权利，还有数千年来以男性为中心的封建宗法社会压迫妇女的桎梏和习俗，还有当前的敌寇侵略，特别对妇女的蹂躏和摧残，以及反妇女的法西斯思想的作祟；这些，在在都是妇女解放途程上的障碍，亦在在需要妇女用极大的勇气和力量去清除这些障碍，以开拓解放的道路，以达成妇女真正解放的目的。自然，这是一个极其复杂而艰难的任务，如果不是依靠广大妇女的努力和不懈的奋斗，如果没有第一步的民主权利的获得，尤其是如果不把敌人——日寇赶出中国去，则这些任务的解决将是不可能的。”“由此可见，妇女参政不应把它仅仅限在少数上层的知识妇女中，自然更不应与抗战分离开来。要能把妇女参政扩展到妇女大众中去，首先就要职业机会的解禁，给予妇女过问政治管理行政的机会，以便在实际工作和生活中教育她们，提高她们的政治觉悟和认识，培养她们行政的能力。因为在推进民主政治中，倘没有占全国人口半数的妇女参加与拥护，则运动将是不健全的，其发展亦将是迟慢的。为了民主运动的健全和发展，且争取其完满的实现，我们更应扩张妇女的政治活动，争取妇女在政治上，法律上已得权利的真正实现及其扩大，这就不仅仅是妇女的，而且同时亦是全国同胞的任务了。”（第20页）

态度。

二是其信件内容。冰心在致赵清阁的信中,曾频繁提到有关的信息。1944年2月2日,她在信中说:“我二月廿一至廿五,是要在城里开会的。”①4月18日:“这星期又去不成了,因为开会又改到四月,多么扫兴!但我再下一星期也许要去。”②9月9日:“连日在城开会,忙里偷闲。……九·一八闭会当即上山。”③这里所谈的是国民参政会第三届第三次会议,会期如前述,是从9月5日到9月18日。叶圣陶与冰心的第一次会面,是在9月19日,会议刚好闭幕。1945年12月3日:“文藻倒是愿意我早走,参政会怕不会开。”④1946年2月5日:“参政会定三月十五日在渝开会,国防会也快结束了。”⑤3月4日:“参政会也刚结束,虽然‘参而不政’也费不少时间。”⑥3月16日:“可惜参政会在即,纵然不尽责,一天也要花去相当时间。会完就要还都。”⑦但这三封信的内容颇矛盾。既然定在3月15日开会,缘何3月4日又“刚结束”,而到了3月16日,参政会却还“在即”。这里所指的是国民参政会第四届第二次会议,实际召开的时间是1946年3月20日至4月2日。1947年1月22日:“那时正是日本樱花时节,趁此刻去日本奈良等处旅行一下,明年春日又不知在哪里,所以我想不去印度。倒是参政会——”⑧2月4日:

①卓如编:《冰心全集》(第八册),海峡文艺出版社,2012年版,第16页。

②卓如编:《冰心全集》(第八册),海峡文艺出版社,2012年版,第17页。

③卓如编:《冰心全集》(第八册),海峡文艺出版社,2012年版,第18页。

④卓如编:《冰心全集》(第八册),海峡文艺出版社,2012年版,第24页。

⑤卓如编:《冰心全集》(第八册),海峡文艺出版社,2012年版,第27页。

⑥卓如编:《冰心全集》(第八册),海峡文艺出版社,2012年版,第28页。此信疑是编者对其写作时间辨认有误,在编次时被误植。

⑦卓如编:《冰心全集》(第八册),海峡文艺出版社,2012年版,第29页。

⑧卓如编:《冰心全集》(第八册),海峡文艺出版社,2012年版,第34页。

“参政会开时，我决定去。一有开会消息，国内会通知我。”①4 月 17 日：“参政会还没有通知，也不知道是否五月开，他们应当早通知我，好作准备。”②同年 5 月 8 日，冰心在致巴金的信中，也说：“我大概要借着参政会开会，回国一行，希望在本月十五日左右，可到上海。”③这次会议，即国民参政会的第四届第三次会议，也是其最后一次会议，自 5 月 20 日至 6 月 2 日在南京举行。冰心于 5 月 20 日回国，8 月重返日本。其间，在上海、南京和北平都有停留。除了开会，还多次应邀在各处座谈和讲演④。

从上面的引述看来，冰心对国民参政会极为重视，甚至可以说是念兹在兹。

四、关于“参而不政”一说

冰心首次提到“参而不政”，就在 1946 年 3 月 4 日致赵清阁的信中。后来，赵清阁对此有所演绎，说：“她虽被选为国民党参政会的参政员，可她除了每年不得不出席开会外，却没有参政权，所以她和朋友们谈起，常自嘲为‘参而不政’，这也是对参政会的讥讽。”⑤

不过，这一说法，似乎在当时便已流传开来。1946 年《飘》第 2 期的“文人曲线录”，讲述的便是“参而不政谢冰心”，作者署名“落花

①卓如编：《冰心全集》（第八册），海峡文艺出版社，2012 年版，第 34 页。

②卓如编：《冰心全集》（第八册），海峡文艺出版社，2012 年版，第 36 页。

③卓如编：《冰心全集》（第八册），海峡文艺出版社，2012 年版，第 37 页。

④解志熙：《人与文的成熟——冰心四十年代佚文校读札记》，《鲁迅研究月刊》2010 年第 1 期，第 89—90 页。

⑤赵清阁：《友情的记录——附冰心给我的信》，《浮生若梦》，华岳文艺出版社，1989 年版，第 47 页。

生”①,其中消息,虽不免有些道听途说,但大致属实,可作参考:

第二届参政会的名单提到中央会议,秘书长从头至尾念一篇,聪明的人,默认而已,谁还去考虑那个应当做参政员,那个不够资格,因为这些参政员不是各方豪杰也便各有后台,要是反对任何一个,便会得罪人。“得罪人”是官场最忌讳的一点,既然有资格出席中央会议,官自然是不小了。这点世故人情难道还不懂吗?

然而有个天真烂漫,忠实朴素的革命先进却有一半例外,那便是著名的护法国会议员张继(字溥泉)。他看完了这张名单,一半是勉强的世故,一半是无法不天真,站起来说:

“主席:我对于全部名单没有什么意见,不过最后的一位姓谢的女人,也请她当‘参政员’,恐怕要考虑考虑吧?”

“为什么呢?”主席反问张溥老。

“因为这个姓谢的女人,专轧姘头!”

此言一出,哄堂大笑,主席更气得发紫,张溥老还不知道大家为什么笑。后来坐在他旁边的一位中央委员轻轻地告诉他,轧姘头的不是这个姓谢的。他才晓得谢冰心之外另有姓谢的女人。

谢冰心,五四时代的红作家,署名“冰心女士,”几十年来,就没有一个女作家能够代替她的宝座,庐隐,丁玲,谢冰莹……都打她不倒,可是年纪大了。现在已经是四十几岁的中年妇女,留着发,朴素的装饰,已经没有多大兴趣写作了,然而她的名字依然存在人们的心头的。因此,蒋夫人保举她当参政员,她不好意思拒绝,可也并不感谢,所以每次出席,她从不发言,她对政治不感兴趣,对党派尤其头痛,所以她不说话,真是参而不政。

①众所周知,“落花生(落华生)”是许地山的笔名,且许地山曾经是冰心的追慕者。但许地山已于1941年8月4日在香港病逝。该文作者借用这一笔名,或许是暗示与冰心的关系较为亲近,从而增加消息的可靠性。

蒋夫人的妇女指导委员会初成立的时候，左派女作家杭州人沈兹九充当“文化组长”，此人战前在上海办《妇女生活》，读者甚众，为救国会的重要份子，后来为了“新四军事件”，跟其他左倾份子逃往南洋。蒋夫人又请谢冰心继任文化组长，谢是个中立的自由主义者，不肯得罪左派，便始终不就职，弄得该会总干事张霭真团团转。

谢虽不就文化组长，对于参政员却并不拒绝，因为只要参而不政，便无问题了。到后来也便退出，没有她的名字了。

丈夫吴文藻，西南联大的教授，也很有学者的风格，他们在重庆，进城住中一路嘉庐，出城住歌乐山，生活并不十分苦。一切可都符合正统派学者的作风，所以用了一次“男士”的笔名，写了一篇《关于女人》，便闹出许多麻烦。

老教授刘英士办《星期评论》，新月派的梁实秋，《小说月报》的谢冰心，乃至史学元老顾颉刚，一网打尽，统统是“特约撰述”，冰心忽发奇想，用“男士”笔名，发表《关于女人》一文，重庆的权威杂志《文化新闻》，马上揭发谢的秘密，报告读者，“男士”就是“谢冰心”。于是“天地出版社”便和她订约，发行单行本，天地为此发了一笔小财，因为不履条约，版权又归开明，所以上海的大公报曾经登过冰心的启事。

冰心在国民参政会，履职三届，作为提案人领衔者较少，但作为连署人，却多可见。今据《国民参政会第三届第三次大会提案原文》①上册(总第1号至第98号)，兹举一二。

作为提案人的有：1.《请政府对负担直系亲属五口以上之公教人员实行以无代价发给超额人数米粮以资救济案》(审三第14号)，提

①此为会议材料，封面有附注云：“一、出席大会及审查会时务请携带到会恕不再发。二、未经本会秘书处正式公布案件务请保守秘密。”共两册，重庆图书馆只藏有上册。原书无统一页码。

案者35人,张之江①领衔,谢冰心居第27位。理由:“查政府现时发给公教人员食米办法不论其直系亲属人口多少,概以五口计算”,“因此单身一人无家属负担者……仓米有余”;而“家庭人口众多者”,则“食米不足。……两相比较,其苦乐情形,大有天渊之别”。办法:“一、取销超额人数购买代金米办法按照超额人数以无代价发给超额人数米。……二、由各机关学校负责调查各该机关学校所属人员之直系超额人数并由保甲证明转粮食部核定由各机关学校所在地粮食供应站凭单照发。”

2.《请政府底②改善公教人员生活实行发给实物并对子女众多之人员予以补助津贴案》(审三第15号),提案者37人,张之江领衔,谢冰心居17位。理由:“一般公教人员,均因生活压迫,不能养家活眷,以致穷愁病死者,所在多有,诚为国家民族之不幸,莫大之损失也。”办法:七条,不赘。

3.《请政府广开言路登用人才以杜徇私而免幸进案》(审三第16号),提案者39人,张之江领衔,谢冰心居第15位。理由:“任贤使能为政治建设之根本……兹值抗建复兴大时代……培植后进造就新进之人才……固为当务之急……而登用已成之人才,尤为目前根本之要图。”办法:“一、严格执行考试铨叙或登记办法……二、全国人才登记应由铨叙部统筹办理……三、赋予铨叙部储备人才,及派遣调度人才之权力……四、凡登记合格人员,而领有合格证书,无重大过失者,应予以保障。”

4.《扩大举行备用县长甄审及考试以储备县政建设人才从事战后

①张之江(1882—1966):陆军上将,总司令部高级参谋团主任。字紫珉,号子姜,教名保罗,河北盐山人。抗日战争期间,入陆军大学将官班第五期受训。曾任第二、三、四届国民参政员。1945年5月当选为中国国民党第六届中央执行委员。张之江娴于武术,早年加入冯玉祥创办的武学研究会。1928年至1948年长期担任南京中央国术馆馆长。曾创办武术专科学校,致力于体育教育。著有《国术与体育》《国术与国难》等。

②查该书目录,有“澈”字脱落,当为“澈底”。

迅速复员工作案》(审三第19号),提案者40人,张之江领衔,谢冰心居第22位。理由:“我国幅员辽阔,吏治繁赜……政治千头万绪,县实始基。……际兹胜利在望……宜先县政。”办法:五条,不赘。

作为连署人的有:1.《请提早扩充海军巩固国防以维东亚永久和平案》(审一第14号)。提案人:何葆仁、连瀛洲、林庆年、许文顶、何兆祥;连署者27人,谢冰心居第16位。理由:“建国必先建军,而建军必须同时建设海军。”办法要点:“甲、建立海军舰队……乙、岸上建设……丙、训练人才。”

2.《沟通中国与南洋文化案》(审二第4号),提案人:林庆年、何葆仁、连瀛洲、许文顶;连署者21人,谢冰心居第20位。理由:“今南洋与我国虽声气相通,而文化则已相绝”,故“中国与南洋民族情感之融洽,国情之通达,文化之交流,实为当前急谋之要务”,办法:“一、创设南洋学院……二、创设南洋研究院……三、宣扬文化。”

3.《拟请组织汉奸罪行调查委员会案》(审三第13号),提案人:奚伦;连署者29人,谢冰心居末位。理由:所谓“汉奸”,“其中甘心作贼者,固不在少,然亦有迫于环境,不得不虚与敌伪周旋者,甚至有借与敌伪往来,直接间接得以保障地方安全,或居间拯救爱国志士及被害同胞者,是在表面上,固同为汉奸,而在实际上,则罪有等差”,故“拟请从速组织汉奸罪行调查委员会,精密调查,以为将来执法之准绳,庶免将来惩处时有所偏颇以及遗漏之虞”。办法:“(甲)调查方式”,四点;“(乙)惩治办法”,三点。

4.《澈底肃清烟毒以固国本案》(审三第17号),提案人:张之江;连署者45人,谢冰心居第10位。理由:“抗战以来……烟毒侵蚀,无孔不入,督禁稍疏,浸假滋蔓……鸦片为害,距根绝之期尚远,犹有待于最大之努力。”办法:六条,不赘。

作为本书最主要的资料来源:重庆图书馆和重庆档案馆,其所藏有关资料,本身即不完备,故笔者在此尚不能一一例举。不过,从冰心以上表现来看,其自嘲为“参而不政”,恐也符合实情。

五、参政员冰心对时局的主张

1944 年 12 月,《现代妇女》①杂志发表了《女参政员谈民主》一文,介绍了各位女参政员对民主的看法。记者认为:“女参政员谈民主,自然不会超出于两个范畴之外。”一是“民主自然要实行,但是要按班就绪的一步步来。今日人民的教育程度不够,要是马上实行,岂不要像还未学会走步的小孩子就想跑”。刘蘅静、陈逸云、胡木兰、唐国桢、罗衡等多数女参政员均持如此主张;而教育家如陶玄、张邦珍、伍智梅等,也都赞同“实行民主先要从教育着手……但目前的教育制度……是否可以……教育人民真正走上民主之路”,还“没有具体的答复”。二是“惟有实行民主才能挽救目前中国危难的局面”。如冰心女士就说:“民主必须早日实现,胜利才会来临。要是腐败的兵役问题,没有人说话,就不会改善。国共问题,要不是这次参政会要求,就不会公开,不公开更无从解决。”刘王立明亦“苦口婆心的提出……民主,自由,团结的论调”。张维桢的意见则介于两者之间,认为“民主政治,势在必行,尤其受双重压迫的妇女更迫切盼望”,但她又称,“目前民主政治,并不一定要争取形式的,只要精神上有民主的趋向就行,如争取言论的公开,人权的尊重等。实施宪政形式上的完成,那怕迟到五年、十年,也不要紧,英国是宪政之母的国家,它却至今没有一部成文宪法”②。由此可见,冰心并不认同

---

①据《抗战时期期刊介绍》(丁守和、马勇、左玉河、刘丽主编,社会科学文献出版社,2009年),“《现代妇女》(1943.1—1945.9)/曹孟君主编,上海现代妇女社出版,本刊在重庆创刊;政治刊物/总 1:1—6:4”(第 418 页)。月刊,“设有政论、书评、特写、小说、通讯、评论、剧评、散文、诗、杂文、传记、儿童教育、婚姻与家庭、报告等栏目。在抗日战争后期,该刊积极动员妇女投入民族解放战争的行列,争取民主自由,争取妇女解放的权利”(第 925 页)。

②记者:《女参政员谈民主》,《现代妇女》1944 年第 4 卷第 5、6 期,第 28—29 页。

从教育入手的步骤,而是主张迅速实现民主政治。但这却被冠以“歌颂民主万能”①者的标签。事实上,1945 年 2 月,冰心之所以会在文化界对时局的进言上签名,或许可以从这里找到其思想根源。

六、冰心有关国民参政会的记事

冰心直接叙述国民参政会的文字不多。不过,在《一代的崇高女性——纪念吴贻芳先生》中,冰心讲述了她与会的一些情况:

> 我和她见面较多的时期,是在一九四一年以后的重庆国民参政会上。我是参政员,她是参政会主席团之一,我最喜欢参加她主持的会议。我又是在会堂台下,仰望吴主席,在会员纷纷发言辩论之中,她从容而正确她②指点谁先谁后,对于每个会员的姓名和背景她似乎都十分了解。那时坐在旁边的董必武同志,这位可敬的老共产党员,常常低低地对我说:“像这样精干的主席,男子中也是少有的!”我听了不知为什么忽然感到女性的自豪。③

吴贻芳担任参政会主席团主席,是在 1941 年 3 月 2 日至 10 日的第二届国民参政会第一次会议上。据当时的报道,此次会议,在“大会的组织上,主席团制代替了以前的议长制。五位主席团中,蒋委员长和张伯苓是上届的正副议长,左舜生是青年党的领袖,张君劢是国社党的领袖,还有一位原定共产党的周恩来,后来因为中共参政员不出席,而让给了吴贻芳。”④吴贻芳的表现,也受到与会者的

①记者:《女参政员谈民主》,《现代妇女》1944 年第 4 卷第 5、6 期,第 28 页。

②“她”,当作“地”。

③卓如编:《冰心全集》(第六册),海峡文艺出版社,2012 年版,第 502 页。

④善徽:《国民参政会追纪》,《天文台》(半周刊评论)第 447 期第 3 版,1941 年 3 月 20 日。

高度关注和称誉:“她是主席团中唯一的女性,很为会场注目。这位金陵女大的老校长,凭她多少年管学生的经验,在主席台上很能应付裕如。”①中共参政员的“不出席”,是因为会前的1月4日至14日爆发了皖南事变。2月25日,中共参政员致电参政会秘书处,表示在政府对该事变未作裁夺之前,将不出席参政会二次大会。3月2日,中共向国民党提出关于解决事变的第二个“十二条”,其中一条是要求“中共代表加入国民参政会主席团”,但国民党反以中共出席参政会作为中共参政员进入主席团的条件,这在中共看来,是国民党为了“粉饰皖南事变以来抗战营垒内存在着的重大裂痕,和减少国内外各方对蒋的非难”,因此中共最终拒绝出席此次会议,以示抗议。至11月17—27日的国民参政会二届二次会议,在皖南事变尚未得到妥善解决,尤其是叶挺仍未获释的情况下,中共只派参政员董必武一人赴会。② 冰心与董必武相邻而坐,应该就是这次会议。

另外,则是1986年3月7日,冰心在《悼丁玲》一文中写道:“抗战期间我知道她已到延安。在重庆的参政会议上,我正好与董必武同志联坐,我向他问到了丁玲的近况。”③

---

①善徽:《国民参政会追纪》,《天文台》(半周刊评论)第447期第3版,1941年3月20日。

②章红:《国民参政会述论》,《抗日战争研究》1996年第3期,第61页。

③卓如编:《冰心全集》(第六册),海峡文艺出版社,2012年版,第450页。

冰心与中华全国文艺界抗敌协会

中华全国文艺界抗敌协会(简称“文协”),1938 年 3 月 27 日成立于武汉。同年 8 月,从武汉迁到重庆。“文协”的成立,既是民族独立的现实需要,也是文艺自身发展的必然要求。其诞生,结束了文坛上长期存在的分裂局面,有利于集中全国的爱国力量,共同为抗战建国而奋斗。①

一、参加欢迎会

1940 年 12 月 7 日,由老舍主持的“文协”在中法比瑞同学会②举

---

①靳明全主编:《重庆抗战文学论稿》,重庆出版社,2003 年版,第 67—71 页。

②中法比瑞同学会,即中国留法比瑞同学会。会所在重庆上石板街 42 号。1939 年 3 月 26 日,中法比瑞文化协会假其会所创立。9 月 20 日,迁临江门前日本领事馆旧址办公,据《中法比瑞文化协会会刊》第一期(中华民国廿八年九月十五日出版),其会址为“重庆临江顺城街五十八号”(或云“临江路横街五十八号”),但该会大礼堂仍设会所原址(第 9 页),“文协”举行的这次欢迎会,应当是在上石板街。中法比瑞文化协会,以研究及沟通中、法、比、瑞文化联系,增进友谊为宗旨。吴稚晖任会长,毛庆祥任理事长,设理事会、监事会及各种专门委员会,并在各省通都大邑设立分会。主要从事战时中国国际宣传,曾编辑出版《欧亚文化》《中法文化丛书》,设立法文专修学校等。(石源华主编:《中华民国外交史辞典》,上海古籍出版社,1996 年版,第 144 页。)

办茶话会,欢迎近期从外地来重庆的会员冰心、茅盾、巴金、徐迟等人。郭沫若、田汉、阳翰笙、洪深、艾青、冯乃超等一百多人出席这次活动。①

关于这次活动,文天行的《国统区抗战文艺运动大事记》的记载是:12 月 7 日,"'文协'假中法比瑞同学会举行茶话会,欢迎茅盾、冰心、巴金等来渝作家。到会者有周恩来、郭沫若、老舍、吴文藻、田汉、张西曼、冯乃超等七十余人。大家互相恳谈,表示要为抗战胜利而奋斗。"②据此可知,冰心是和吴文藻一同参加的。不过,两说在人数上有较大差距。茅盾虽然参加了这次欢迎茶会,但其《我走过的道路》却只字未提。

在这次茶话会上,冰心第一次见到周恩来。"文协"在其成立大会上,曾推举十三人组成名誉主席团,周恩来即其一。另外已知的还有:居正、陈立夫、方治、蔡元培、罗曼·罗兰、威尔斯、史沫特莱等七人。③ 此后,周恩来还曾多次参加"文协"的各项活动。

老舍是总务部主任,负责"文协"日常事务的开展。重庆时期,老舍与冰心往来频密,甚至被称为"潜庐"的常客。有关两人的交谊,多种版本的冰心传记都有叙述,故不再重复,兹举两首诗来加以例证。其一,1941 年 8 月 23 日,《新蜀报》发表了老舍的《诗四章》,其中之一,就是《贺冰心先生移寓歌乐山》,诗云:"敢为流离厌战争,乾坤终古一浮萍;茅庐况足遮风雨,诗境何妨壮甲兵。移竹渐添窗影绿,飞苍时映彩霞明;鸟声人语山歌乐,自有文章致太平!"④"飞

①陈恕:《冰心全传》,中国青年出版社,2011 年版,第 202 页。

②文天行编:《国统区抗战文艺运动大事记》,四川省社会科学院出版社,1985 年版,第 163 页。

③段从学:《"文协"与抗战时期文艺运动》,北京大学出版社,2012 年版,第 53 页。段从学认为,周恩来在"文协"成立大会上的身份,不能简单地看成是中国共产党的代表,而更适合看作国民政府军事委员会政治部副主任。

④卓如:《冰心全传》(上),河北教育出版社,2007 年版,第 429 页。

苍”当指高翔的苍鹰。“移竹”和“窗影”,“飞苍”与“彩霞”,一近一远,具有一种纵深的空间感。但《山路上的繁星——冰心在重庆》在引述时,将其改作“飞花”[①],取景都近在眼前,格局顿小。其二,老舍曾有《访友》一诗赠吴文藻和冰心,诗云:“中年喜到故人家,挥汗频频索好茶。且共儿童争饼饵,暂忘兵火贵桑麻。酒多即醉临窗卧,诗短偏邀逐句夸。欲去还留伤小别,阶前指点月钩斜。”[②]不过,该诗后又“写奉景星先生两政”。景星,即潘景星。潘景星(1905—1995),天津人,早年投身革命,为北伐军团长。抗战胜利后,任国民政府中央通讯总干事,属戴季陶部下。1949年去台后,供职于“行政院”。后与他人共同创立美国对华援助会。

郭沫若与冰心,既同是蒋夫人文学奖金的评判员,又先后成为文协的在渝理事。专论二人交往的文字,也为数不少。1941年7月16日,郭沫若赋诗赠冰心,由老舍转交,诗云:“怪道新词少,病依江上楼。碧帘锁烟霭,红烛映清流。婉婉唱随乐,殷殷家国忧。危怜送石瘦,贞静立山头。”[③]不过,“危怜送石瘦”句颇难解,校诸卓如的《冰心全传》,则作“微怜松石瘦”[④]。前者可能是在打印时选字错误。“卅年十一月十一日”,冰心在歌乐山,为“郭沫若创作生活廿五周年纪念册”撰文《寿郭沫若先生》,誉其为“五四”一代作家中“硕果仅存”者,并“希望”“郭先生”“能够保持”其“健康勇往的精神”,“继续的奋斗创作下去”。因为“这是我们文艺界的收获,民族、国家的收获”[⑤]。该文发表于1941年11月16日重庆《新蜀报》副刊《蜀道》第530期。

---

①康清莲、赵洪梅、程永伟:《山路上的繁星——冰心在重庆》,重庆大学出版社,2010年版,第73页。

②卓如:《冰心全传》(上),河北教育出版社,2007年版,第430页。

③陈恕:《冰心全传》,中国青年出版社,2011年版,第207页。

④卓如:《冰心全传》(上),河北教育出版社,2007年版,第432页。

⑤王炳根选编:《冰心文选·佚文卷》,广东教育出版社,2007年版,第65页。

阳翰笙是"文协"成立的最初倡议者。经朋友介绍,冰心也认识了阳翰笙,后来还成为"莫逆之交"。1987年11月4日,冰心在其"急就"章《我的朋友阳翰笙》中,回顾道:

我记得我们的第一次见面,是40年代初期,在重庆的一次文艺团体的集会,我们坐在同一个小圆桌边上。经过介绍,谈了起来,我就觉得他态度洒脱,吐属不凡。我早知道他是一位多面手的作家,写过许多话剧和电影剧本,还有许多小说。我对戏剧技巧方面,完全是外行,赞美的话,还是留给行家去讲,但从我在报刊上读过的他的那些作品,都感到革命气息,跃然纸上。他抨击了地主和与帝国主义相勾结的买办资产阶级对于农民、渔民的残酷的剥削和压迫,赞美了人民武装斗争。七七事变以后,他又写了许多抗日的剧本和文章,来唤起中国民众的抗战激情,这些功绩,别人写的都会比我详尽,我就不必多讲了。①

二、当选为理事

1941年3月15日,在中华全国文艺界抗敌协会成立三周年之际,"文协"通过信函选举的办法,选出在重庆的理事,冰心同郭沫若、老舍、茅盾、田汉、巴金等25人当选。②

对此,《国统区抗战文艺运动大事记》有更完整的叙述:

三月二十七日"文协"举行三周年成立纪念会,出席者有老舍、胡风、巴金、阳翰笙、姚蓬子、华林等五十余人。老舍报告本届改选

①卓如编:《冰心全集》(第七册),海峡文艺出版社,2012年版,第98页。

②陈恕:《冰心全传》,中国青年出版社,2011年版,第203页。

理事及响应出钱劳军之经过,旋即进行茶会。本届理事的改选没有举行大会投票,改用的是信函选举方式。信函选举是二月理事会定的,三月十五日就揭晓了。选出的在渝理事二十五名:叶楚伧、冯玉祥、郭沫若、张道藩、老舍、茅盾、田汉、姚蓬子、冰心、王平陵、郑伯奇、巴金、胡风、洪深、曹靖华、孙伏园、华林、徐仲年、何容、老向、陈望道、阳翰笙、孔罗荪、冯乃超、宋之的。选出的各地理事四名:邵力子、林语堂、叶圣陶、曹禺。选出上海理事二名:郑振铎、楼适夷。选出候补理事十五名:马宗融、沙汀、黄芝冈、张恨水、潘梓年、戈宝权、陈纪滢、葛一虹、沈起予、靳以、顾一樵、鹿地亘、艾青、叶以群、宗白华。①

需要补充的是,这次选举,“各分会理事”还“选出成都李劼人、刘盛亚,香港许地山、戴望舒,昆明雷石榆,曲江陶林英等六名。各分会理事由各分会选举:桂林、贵阳、延安三分会理事尚未选出”②。

《抗战文艺》对这次改选,曾有详尽的报道和说明:

文协原定本年三月初旬举行年会,改选第三届理事,后因交通困难,重庆附近如沙坪坝、赖家桥、北碚各地会员不易来渝出席,同时最近物价高涨,租借年会会场及向例会后聚餐,所费甚大,经二月二十八日理事会决定,改选第三届理事,改用通信选举方式,不再举行正式大会,借以节省人力物力,惟为联络会员感情起见,当于下届新理事选出后举行一茶会,以资联欢云。

此次通信选举,每封选举信收到时,即在两边封口盖上文协钤记,交由总务部保管,任何人不能擅自拆信,开票日期已由理事会决定在三月十五日,揭示当请社会部派员监票,并由文协推举开票员

---

①文天行编:《国统区抗战文艺运动大事记》,四川省社会科学院出版社,1985 年版,第 171—172 页。

②《文艺界抗敌协会第三届理事选出》,《新华日报》1941 年 3 月 23 日,第 3 版。

王平陵、老舍等十二人当场开票云。①

三、冰心与《抗战文艺》及小说《空屋》

《抗战文艺》,中华全国文艺界抗敌协会会报。1938 年 5 月 4 日创刊于汉口,抗战文艺编辑委员会编辑,以“抗战文艺出版部”的名义发行。刊物出版过程中,具体执编人、实际发行所,以及刊期、出版地点屡有变动。最初为三日刊,同年 5 月 21 日第 1 卷第 5 期改为周刊;在武汉出到 8 月 13 日第 2 卷第 4 期中止。武汉出版期间,由舒夷、姚蓬子、锡金、罗荪执行编务。武汉沦陷前夕,另出“武汉特刊”四期,由冯乃超、罗荪、叶以群、戈宝权编辑。1938 年 10 月 8 日《抗战文艺》在重庆复刊,续出第 2 卷第 5 期,仍为周刊,老舍、姚蓬子等编辑;稍后,罗荪抵渝,也参与编辑。1939 年 4 月 10 日第 4 卷第 1 期起改出半月刊。刊物第 1 卷至第 5 卷统归读书生活出版社发行。自 1940 年 3 月 30 日第 6 卷第 1 期起,又改为月刊,6 卷 1 至 3 期由上海杂志公司发行,6 卷 4 期以后归华中图书公司发行,自第 8 卷起改由作家书屋发行。1946 年 5 月 4 日出至第 10 卷第 6 期停刊,“终刊号”由三联书店发行。②

1941 年《抗战文艺》第 7 卷第 2、3 期合刊,其“文艺简讯”第一条说:“冰心最近完成一短篇小说,将发表于下期《抗战文艺》。又老舍近作三幕剧《面子问题》亦将发表于下期《抗战文艺》。”(第 168 页)该期出版于 1941 年 3 月 20 日。冰心的这一“短篇小说”,题目和内容,均不得其详。查卓如和陈恕各自所编的《冰心生平著作年表简

---

①记者:《文艺简讯》,《抗战文艺》1941 年第 2、3 期合刊。

②唐沅、韩之友、封世辉等编:《中国现代文学期刊目录汇编》(第四卷),知识产权出版社,2010 年版,第 2658 页。

编》,冰心在此期间,并无短篇小说的创作与发表。而所谓“下期”,即第7卷第4、5期合刊,实际出版时间为1941年11月10日,差不多间隔已八个月。[①] 冰心小说,未见有刊,与此同时,老舍的“近作”也未刊出。不过,是年4月,《面子问题》便由重庆正中书局出版,收入顾一樵主编的“建国文艺丛书”。该期的《编后记》,虽未对此做出解释,但却提到姚雪垠的小说《牛全德与红萝卜》在“本刊四·五月号被灾的时候……虽幸被抢出,但已失去几页”[②]。冰心的小说,是否毁于日机的轰炸,已成难以查考的谜团。

重庆时期,冰心曾创作唯一的小说《空屋》,发表于《华声》(半月刊)第1卷第2期,第17—20页。标题之下,有“短篇小说”字样。但《冰心全集》的文后附记则云:“最初发表于《华声》1944年11月25日第1卷第12期。”[③]此说刊期有误,不过出版时间正确。“《华声》(1944.11—1947.1)/重庆华声半月刊社编;综合性刊物/总1:1—2:1。”[④]《华声》既是创刊于1944年11月,又是半月刊,怎么会在11月25日便出至12期?

现将全文附录于后:

空　屋

虹和我都[⑤]把我们一生的欢乐和希望,寄托在这一所空房子上

---

①1941年2月28日,(姚)蓬子在《抗战文艺》第7卷第2、3期合刊的《编后记》说:“这是第二届出版部所主持的最后一期《抗战文艺》的合刊。”(第231页)在第4、5期合刊的《编后记》中,他再次感慨道:“这一回脱期可真长远了,从四月到现在,足足半年,我们不曾印出一期来。”(第345页)

②蓬子:《编后记》,《抗战文艺》1941年第7卷第4、5期合刊,第345页。

③卓如编:《冰心全集》(第三册),海峡文艺出版社,2012年版,第56页。

④丁守和、马勇、左玉河等主编:《抗战时期期刊介绍》,社会科学文献出版社,2009年版,第291页。

⑤《全集》无“都”字。

面——但是，为什么不可以呢？

这所房子，无论从那一方面看，都是一座极合于理想的小家庭住宅：背倚着山，房子盖在斜坡上，门对着极凹的山谷。这山峰、山坡、山谷上都满长①着青松。山上多雾多风多雨，这房子便幽幽的安置在松涛云海之间。附近并无人家，一条羊肠小径，从房子底下经过。大门是树身钉成的一个古雅的架子，除天生的几丛竹子外，没有围墙。② 几十级石阶，三四个曲折，便升到这房子的廊上，门窗很大，很低，棂木都是冰纹式的，精雅的很。隔着玻璃望进去：一色的淡黄色的墙壁和整齐的地板，左首是前后两间，光线很好。右首是长③横方形的一大间，后墙上有一个大壁炉。这一④大间的后面，是横断的两间，右边是屋子，左边的⑤是通后院的甬道。绕过廊子，推开后院的小门，就看见和前面房子只隔着一条仄小的院子，紧靠着山壁，还有一排三间小屋子，是预备做厨房和下房用的。

虹，无论从那一方面看，都是最理想的和我共营生活的一个女性：她不是太健康，也不算太美丽，但她有着极灵活的风度，极动人的颦笑，和极潇洒的谈锋。她的理想，她的见解，有许许多多和我相同的地方。一想到她，会使得我哭，也会使得我笑，她在我心里，是这样的生着根，假如我失掉她……呵，我不能想像⑥……虽然她还有一个半身不遂的母亲，一个白痴的哥哥，和一个生着肺病的妹妹，但这有什么关系呢？

我自己呢？总算是一个向上的青年，我是一个化工的大学生，毕业后在这山上的化工试验所，做着研究的工作。我没有一切的恶

①“满长”，《全集》作“长满”。

②《全集》此处作逗号。

③《全集》无“长”字。

④《全集》无“一”字。

⑤《全集》无“的”字。

⑥“想像”，《全集》作“想象”。

习惯和不良的嗜好,我尊重我的事业,我不爱钱。我相信我若埋头苦干,我是不会辜负我的国家,我的社会的……虽然我有一个老病的父亲,骄奢的继母,和五个幼小的弟妹……但这又有什么关系呢?

假如我能和我的虹,永远关闭在这所幽雅的屋子里,环境和同伴,就会把我们的精神和勇气,鼓励振作了起来。我们①同看书,一同谈话,一同研究学习,我们就是拉着重担的小牛,也要是一对快乐合作的牛,喜喜欢欢的流汗喘息前进!

这房子,据说是一个大官兼巨商的产业,是他的左右替他盖的。这不过是他许多别墅中最小最简陋的一座,他自己连看②也没有来过,好几年空在那里。当然他也许也会来住,也许会让给朋友住,但只要目前是空着,虹和我能常去走走,也是没有什么关系的。

这房子离我们的试验所,只有半里路。在两年前的一个黄昏,我工余在这条小径上散步,松影中抬头瞥见,偶然拾级而登,周视之下,十分叹赏,但那时还不过是叹赏而已。直到去年的一个月夜,因着③躲避空袭,和虹在这庙上④,抱膝对坐,谈到深夜,这窗影,这檐风,这满山的松月,和虹的清脆的语声,以及她带笑含忧的侧影,便把我整个灵魂,旋卷了起来,推塞在这所空房子里面……

虹做着教师的那个家庭,离这房子也不过有一里多路。我们第一次相逢,是在这山坡上的一个防空洞里,我带着一大包的文书,她带着三四个孩子。我们洞内的座位,恰巧相连。关闭的时间太久了,当她的学生们焦燥⑤吵闹的时候,我便讲些故事给他们听。我素来是喜欢小孩子的,和他们说得很热闹,根本没有注意到黑暗中默

---

①此处疑有“一”字脱落。

②“看”,《全集》作“来”。

③“因着”,《全集》作“因为”。

④“庙(廟)上”,当作“廊上”,形近而误。

⑤“焦燥”,《全集》作“焦躁”。

坐的女教师！等到警报解除，大家挤出①洞口，虹拉着孩子，向我道谢。她的腼腆笑容，和洞外的阳光，一样的耀眼。从那时起，我们在洞里洞外②，都常常招呼，谈话。

这一个夏天，我忽然觉得有说不出的高兴，工作之中，常常忍不住微笑，口里常常吹着短歌。接到诉苦催款的信，也不会影响到我的睡眠，粗恶的饮食，也能下咽，而且吃得很多。我觉得我是在幸福中饮食，在幸福中眠起，世界上只要有着虹和我，其他一切，又有什么关系呢？

虹和我第二次去看那房子，是在一个星期日，我们约定在那廊上野餐，我带的是两斤大饼，半斤酱牛肉和一瓶水。虹带着一包花生和几块糖。那时我们彼此都已知道对方是拉着一车重担的小牛，更不在这些事上客气，而且我们都吃得十分香甜。吃过了野餐，我带着虹从后门进去，细细的看了每一间屋子。虹张着一双大眼，不住的赞叹这建筑师的缜密的心思。那天她穿着一件淡黄色沿黑边的单衫，散发披肩，双颊上有着一层不常见的健康的红润。她兴奋的指画着说："你看这方向多好，整个房子朝着东南！这东南角的屋子正好做书房，东窗前可以放一张大大的书桌，四墙嵌上矮矮的书橱③，南窗下再放一张小小的茶几，九张小椅子，这屋子就不必再有别的陈设了。"一转身她又往后走，嘴里说："这间朝南的房子，正好做卧房，阳光也好，配上浅红色的窗帘，矮床，摇椅和一张小巧的梳妆台，空气就非常的柔静。最好的还是外面的一大间……"她说着已④走到外面大屋子里，倚着窗口，回头笑说："这四围⑤松影太浓

①"挤出"，《全集》作"挤到"。

②"洞里洞外"，《全集》作"洞里外"。

③"书橱"，《全集》作"书厨"。"书厨"同"书橱"。

④"已"，《全集》作"又"。

⑤"四围"，《全集》作"四周"。

了，这间要挂上彩云式的窗帘，才显着光亮。买白布来，自己[1]拿油彩画上去，这样，无论屋里插什么颜色的花草，全都合式。壁炉台[2]上挂上蒙纳利萨（Mona Lisa[3]）的画像，再配上一对淡黄色的蜡烛，该多么雅淡[4]！你看这壁炉，多大，多简朴！山后有的是乱柴，去检[5]些来，冬天阴雨的黄昏，把壁炉点上，不点灯，在炉火光[6]中品茶，听雨，呵，听到半夜我也愿意……”她呼吸有些急促，不住的说了下去。

我一声不响的看着她，这少女多么美丽，多么聪明！她竟在这空屋里，用幻想布置了一个最美丽的住宅……我快乐的微笑了，我说，“虹，等明儿我攒够了钱，把这所房子买下来，接你来住！”她惊异的抬起头来望着我，脸上忽然盖上一层更深的红晕。我知道我说错了话，赶紧接着说：“你既然如此喜欢，我买了这房子，分租给你。”她才笑了一笑，但立刻又皱起眉来，心不在焉的往外走，我也便跟到廊外，我们都沉默了下来。本来么，我从来没有表示过我爱她，她也没有说过她爱我，其他的更谈不到了。不过，只要我们心里都明白、都了解，一切的一切，又有什么关系呢？

此后我们又去过许多次。这一夏天，空袭太多了，我不能工作，她也没有教书，但我们都不到防空洞里去，山上本来安全，这院里又是最幽静的地方，在阳光和月色下，我们就坐在廊栏上闲谈。虹在庭院布置上，又添了许多意见：廊下要种些玫瑰，竹边要栽上美人蕉，石阶两旁要移植[7]些杜鹃，剪平了便是天然的短墙……我总是微笑的听着，这种谈话，总继续到警报解除为止。

---

①《全集》无“自己”二字。

②《全集》无“台”字。

③“Mona Lisa”，《全集》作“Mona liza”。

④“雅淡”，《全集》作“淡雅”。

⑤“检”，《全集》作“捡”。

⑥《全集》无“光”字。

⑦“移植”，《全集》作“植”。

雾季来临，空袭没有了。我赶着补做实验室里的工作，虹也给学生赶补功课，我们见面的时候很少。但在忙逼劳碌之中，我的心中，总是①憬憧②着那在幻想中布置起来的房屋和庭院，和在房里院中欢笑行走的虹。这憬憧③使我沉迷，使我陶醉，一想起来，胸头便热烘烘的！

春天该是更快乐的了，而我的心里，却加上一层重压。上海家的来信，总是提到生活越来越高，父亲的宿疾也越来越重，债是借到无可再借，希望我能够寄点钱回去。否则不但弟妹们要失学，就是全家也眼看着要断炊了。

虹呢，本来她的一家住在南岸她的表兄的工厂里。她的表兄是个厂长，手头很丰裕，待她一家也极好，但她的表嫂于春初亡过了，没有人理家。在周末，虹就常常到南岸去，回来时总是很忧郁，很沉默，难得看见她快乐的笑容。我们渐渐的觉到"现实"的箍儿，越箍越紧，虽然我们还挣扎着往幻想的道上走……

暑期中，虹住在南岸，我去兰州赴了工程师学会年会，顺便在西北考察了一趟。回到山上，在初秋阴雨的黄昏，在我杂乱的书案头，拆开了两封信。第一封是我叔叔的，上面写：

"颖侄惠青：前得汝父自上海来函，道及近来家计，已到山穷水尽地步，深以汝历年只知自己前途，不念家庭负担为憾！叔亦老矣④，家中食指浩繁，势难兼顾，研究所中薪水太薄，不足久恋，兹已为侄在××银行，谋得助理员之职，地位虽低，而薪津分红，平均每月可在三万元左右。此事之成，半由机缘，半由面子，万勿再以'兴趣''事业'为辞，坐失机会！望即日辞职，进城报到，切要切要。

①"总是"，《全集》作"总"。

②"憬憧"，《全集》作"憧憬"。

③"憬憧"，《全集》作"憧憬"。

④"矣"，《全集》作"也"。

叔字”

第二封是虹的，只短短的几个字：

“颖：我昨天已辞了这里的事，打算回到南岸去久住了，明天下午请到那空屋廊上相见，即使话别，心乱如麻，一切面述。

虹 即日”

我拿着这两封信，只觉得手足冰冷，胸头发噎，窗外已经沉黑；只有一两星微弱的灯火，在层层的雾阵中挣扎着闪烁——

第二天的黄昏，我拖着沉重的脚步，往山上走，这小径，本来是走向乐园之路，而今天……我低着头正在昏昏的想，猛抬头已到了这所房子的门前，我愣住了，擦了擦眼睛，重新再认，呵，一切都改观了！四围已编上比人还高的竹篱，两扇黑漆①的大门，紧紧的关闭着，篱笆上面露出窗户和廊子，窗上挂着白色的布帘，廊上晾着一行一行的杂色衣裤……

我打了一个寒噤，似乎整座山峰在我脚下震撼！我咬着牙，站了一站，便踉跄的走过这房子，迎着虹的来路。

在半路上我把虹截住，她的头发上满是雾珠，一件灰色的雨衣，裹住了她细小的身躯，眼圈微黑，更显出那黑大深愁的双眼，她向我惨惨的一笑，一面仍往前走。我拦住她，说：“虹，我们不能去了，那房子有人住了！”我的声音带些颤动，她抬头注视着我，咬着唇儿，又惨惨的一笑，我们就在路边站住了。

经过了久久的沉默——我慢慢的从袋里掏出叔叔的那封信来，塞在虹的手里。虹展开了信，细细的看了一遍，又无言的递回给我。她两手插在雨衣袋里，用鞋尖踢弄着地下的石子，半天，抬起头来，说：“好，我们都得走开了，你牺牲了你的事业，我……我牺牲了我的……爱情……”我抬起头来，她笑了，笑得异样：“我已答应了嫁给我

①“黑漆”，《全集》作“漆黑”。

的表兄，这当然是父母的意见。表兄从小就，[1]欢喜我[2]因着喜欢我，就担负了我的一家。我对他却只有感激，没有爱情。我总希望也许有一天，我能够独力把这病苦的家庭，负担起来，好减轻他的恩债。因着较高的报酬，我就来到这山上，做着教师兼保姆，和这几个淘气的孩子，混了三年，而现在……"

"不知是何冤孽，竟在这里遇见你！我们都是最可怜可鄙的孩子，只知道[3]往幻想中沉溺，逃避，这幻想曾使我们朦胧的快乐了许多日子，但现实还是现实！比浮云还轻，现实比泰山还重，到了今天，浮云散尽，我们才发现自己已被压在这惨重的现实之下！"

她停了一停，双颊绯红了起来，微微的咳嗽了几声，"然而我并不追悔我们的相逢——我们虽然从今永远分开了，在海角，在天涯，我们却都知道我们正在走着同一的命运，那就是无休无尽的寂寞与忧愁……"

"我并不要求你忘记了我，因为我知道你不会忘记我，正和我不会忘记你一样。"她伸出手来："再见罢，颖！不，我不说再见，我希望我们永不再见！"

眼泪塞满了我的喉头，我捧住了她的手，停了一会，她挣脱了，转身便走，我正要唤住了她，她忽然又转过身来，满脸的泪光，满脸的笑，她伸着双臂："幻想，为什么不可以呢，让我们还拿幻想来结束这别离……颖，你不是进城上班去么？别忘了你还有个美丽舒适的家，你好好上班，周末回来，我在窗口点上一支红烛，来照耀了[4]你的归途。我在壁炉边矮几上，给你预备[5]下一顿精美的晚餐，你在这小

---

①《全集》此处无逗号。

②《全集》此处有逗号。

③"只知道"，《全集》作"只知"。

④《全集》无"了"字。

⑤"预备"，《全集》作"准备"。

路上唤我，我就跑下层阶来接你！去罢，我的颖，星期六晚上见！”她在哽咽声中长笑着，回头便走入松林深雾之中——

黑暗压盖了下来！我的灵魂已离开了我，我的麻木的腿，一步一步的拖着我的躯壳，往山下走——这小路无尽的长，往下，往下，把我引到无底的深渊里去。

（三十三年十月二十五夜，歌乐山。）

关于《空屋》的艺术特色，江震龙曾指出，小说的开首“虹和我把我们一生的欢乐和希望，寄托在这一所空房子上面——但是，为什么不可以呢？”与结尾倒数第二自然段虹所说的话，“既构成前后的呼应，又形成复调与张力。夏天相识相知，秋冬相忆陶醉，春天重压抑郁，暑期天各一方，初秋劳燕分飞；把时间的绵延、感情的变化和对空屋憧憬、想象的落空等内容交织在一起，形成了事件、人物、场景、氛围、意境、象征之间的回环往复。这一切，不能不说是作者努力建构、精心剪裁的结果使然”①。

---

①江震龙：《论冰心重庆时期的创作》，《冰心论集》（2012），上海交通大学出版社，2013年版，第561页。

冰心的两次签名活动

重庆时期，冰心曾有两次签名活动。第一次是《中国诗歌界致苏联诗人及苏联人民书》，发表于“中华民国三十年十月二十七日 新华日报 星期一 第二版”。书曰：

潘友新大使请电转

苏联诗人及苏联人民

希特勒和他底团帮是一切罪恶的化身。我们完全同意你们革命诗人玛耶可夫斯基底号召：

同法西斯蒂讲话，

要用烈火代言词，

用刺刀代唇舌，

用子弹代讽刺；

这个口号。

…… ……

你们各族人民现在是这样做了，我们也这样地战斗了五年。我们和你们底奋斗就是伸张人类正义，保卫人类幸福的伟大事业。我们和你们共有一个崇高的精神伟大的理想，你们保卫祖国的英勇战斗，可歌可泣的英雄故事，正是人类历史行为中的一篇悲壮的伟大的诗章。

我们屈原、杜甫爱世爱国精神的继承者，对你们普希金、莱芒托夫、尼克拉索夫、玛耶可夫斯基战斗精神所薰陶的苏联人民，伸出热烈的友谊的手。让我们抗战的歌声互相穿过世界的屋脊，让我们手携手地打击人类中的丑类——那东方西方的野兽吧！

冯玉祥 郭沫若 田 汉 冰 心 老 舍 冯乃超
长 虹 穆木天 胡 风 王统照 姚蓬子 卞之琳
戴望舒 安 娥 臧云远 田 间 陈纪滢 柳 倩
艾 青 任 钧 臧克家 徐 迟 何其芳 高 兰
常任侠 林 林 孙 望 袁水拍 欧阳凡海 李 雷
陈残云 高 寒 方 殷 伍 禾 力 扬 征 军[①]
邹荻帆 厂 民 覃子豪 李 嘉 王亚平 胡危舟
等百五十人

这次签名，多为研究者不经意地忽略。

第二次则是“文化界发表对时局进言，要求召开临时紧急会议，商讨战时政治纲领，组织战时全国一致政府。”“进言”发表于“中华民国三十四年二月二十二日 新华日报 星期四 第二版”。全文如下：

“道穷则变”，是目前普遍的呼声，中国的时局无须我们“危词悚听”，更不容许我们再要来“巧言文饰”了。

内部未能团结，政治贪墨成风，经济日趋竭蹷，人民尚待动员，军事急期改进，文化教育受着重重扼制，每况愈下，以致无力阻止敌

①征军（1913—1946），原名施继仕，海南海口人。左联诗人。与蒲风、穆木天等组建中国诗歌会，编辑出版诗刊《新诗歌》。后又加入中国诗坛社，与陈残云、黄宁婴等编辑出版《中国诗坛》。出版诗集《蒙古的少女》（1938年）、《红萝卜》（桂林诗创作社，1942年）。另有长诗《小红痣》。

寇的进侵，更无力配合盟军的反攻，在目前全世界战略接近胜利的阶段，而我们竟快要成为新时代的落伍者。全国的人民都在焦虑，全世界的盟友都在期待，我们处在万目睽睽的局势当中，无论如何是应当改弦易辙的时候了。

办法是有的，而且非常简单，只须及早实现民主，在野人士正日夕为此奔走呼号，政府最近也公开言明，准备提前结束党治，还政于民，足见人同此心，心同此理，无分朝野，共具悃忱，中国的危机是依然可以挽救的。

然而，"日中必彗，操刀必割"，在今天迫切的时局之下，空言民主固属画饼充饥，预约民主亦仅望梅止渴。今天的道路是应该当机立断，急转舵轮，凡有益于民主实现者便当举行，凡有碍于民主实现者便当废止，不应有瞬息的踌躇，更不应有丝毫的顾虑。其有益于民主实现者，在我们认为，应该是：

一、由国民政府立即召集全国各党派所推选之公正人士组织一临时紧急会议，商讨应付目前时局的战时政治纲领，使内政、外交、财政、经济、教育、文化等均能有改进的依据，以作为国民会议的前驱。

二、由临时紧急会议推选干练人士组织一战时全国一致政府，以推行战时政治纲领，使内政、外交、财政、经济、教育、文化等均能与目前战事配合。

以上二大纲实为实现民主的必要步骤，政府既决心还政于民，且不愿人民空言民主，自宜采取此项步骤，使人民有实际参与政治的机会，共挽目前的危机。

更就有碍民主实现者而言，则有荦荦六大端，应该加以考虑。

一、审查检阅制度除有关军事机密者外不应再行存在，凡一切限制人民活动之法令皆应废除，使人民应享有的集会结社言论出版演出等之自由及早恢复。

二、取消一切党化教育之设施，使学术研究与文化运动之自由得到充分的保障。

三、停止特务活动，切实保障人民之身体自由，并释放一切政治犯及爱国青年。

四、废除一切军事上对内相克的政策，枪口一致对外，集中所有力量从事反攻。

五、废除一切贪赃枉法之狡猾官吏及囤积居奇之特殊商人，使国家财富集中于有用之生产与用度。

六、取缔对盟邦歧视之言论，采取对英美苏平行外交，以博得盟邦之信任与谅解。

以上诸大端如能早日见诸实施，则军事形势必能稳定，反攻基础必能确立，最后胜利也毫无疑问，必能更有把握了。

故民主团结实为解决国内局势之主要前提，而在今天尤为争取国际地位的必须步骤。今天的时局既然紧迫，而国际形势却大有利于我们，我们尤应趁此时机，早早决定我们的国策。

目前克里米亚会议已告圆满结束，四月二十五日并将由中苏英美法五大国在旧金山召集联合国会议，法西斯和帝国主义已被普遍地宣布死刑，为全人类开出了民主和平的康庄的大道。

更以军事而言，苏联的大攻势正以雷霆万钧之力，雄师数路戟指柏林。英美联军更由西线积极进攻，纳粹兽军已陷入四面楚歌之中，不久当在它的巢窟里面遭受屠戮了。

美国在太平洋上的进军，也正和欧洲攻势桴鼓相应。美国的意志，在东方急于要在中国登陆作战，急于期待陆上力量的大反攻，以期能同时及早解决日本，更是切迫如火。

今天没有任何力量可以阻止苏联红军及英美盟军的进攻，也没有任何力量可以屈挠同盟国人民的意志。全世界都在吹奏着胜利进行曲，我们中国人民不愿甘自落伍，不愿在这世界战略接近胜利的阶段，仍有自私自利，苟且因循，等待胜利，甚至种下未来祸根的做法。

我们恳切地希望，希望全国人士敞开胸襟，把专制时代的一切陈根腐蒂打扫干净，贡献出无限的诚意、热情、勇气、睿智，迎接我们民主胜利的光明的前途。

力　扬	丁　然	于去疾	于　友	于　伶
王　戎	王　采	王　岚	王　琦	王亚平
王冶秋	王复生	王郁天	王深林	王超凡
王治津	王务安	王进英	巴　金	戈宝权
方令孺	方兴岩	方学武	文怀少①	毛守昌
禾　波	白　薇	白　杨	甘祠森	史东山
石西民	石　炎	石啸冲	田一文	田　涛
田仲济	司徒慧敏	史伊凡	伍　禾	任　钧
任秋石	朱海观	朱鹤年	老　舍	吉联抗
仲秋元	沈　扬	沈　浮	沈钧儒	沈静芷
沈经农	沈　慧	冷　火	宋之的	宋云彬
杜冰波	杜君慧	杜国庠	吕霞光	吕　恩
汪子美	汪刃锋	何公敢	何成湘	余所亚
沙千里	李　凌	李　畏	李士豪	李可染
李声韵	李恩杰	李华飞	吴　视	吴　茵
吴祖光	吴家骧	吴蔚云	吴组湘②	吴藻溪
吴清友	吴　泽	但杜宇	辛　勤	阮有秋
林　谷	林　辰	林仲易	林举岱	周而复
周　知	周　峰	周谷城	周徽林	明　敏
金月石	金仲华	金善宝	金锡如	金瑞苓
邵荃麟	孟目的	孟君谋	孟用潜	初大告
阿　嘉	岳　路	茅　盾	胡　子	胡　风

①“文怀少”，当为“文怀沙”。

②“吴组湘”，当为“吴组缃”。

胡　绳	胡文淑	胡守愚	洪　深	侯外庐
柳　倩	柳亚子	范朴斋	姚木溪	姚雪垠
姚蓬子	郁　风	郁文哉	施白芜	俞　珊
俞励犍	洗　群①	马　义	马宗融	马寅初
马思聪	高　集	高崇民	高龙生	高　懿
瞿小萍	崔万秋	夏　衍	夏　白	夏迪蒙
徐　冰	徐　迟	徐昌霖	徐悲鸿	袁水拍
梁　希	梁纯夫	梁永泰	梁公在	索　开
孙伏园	孙　陵	孙　源	孙坚白	孙施谊
孙锡纲	秦柳方	秦　牧	唐性天	祝公健
殷　子	殷　野	耿　震	凌珊如	郭沫若
郭春涛	郭培谦	郭树权	梅　林	许士骐
许幸之	许桂明	许涤新	黄　晨	黄　蕊
黄若海	黄洛峰	黄宛苏	黄碧野	黄荣灿
黄寿慈	舒维清	堵述初	毕相辉	盛家伦
陈之佛	陈文泉	陈先舟	陈先泽	陈　原
陈润泉	陈鲤庭	陈翰伯	陈翠华	陈烟桥
陈迩冬	陶　金	陶行知	曹靖华	曹　禺
章石林	章汉夫	章靳以	章曼萍	章超群
焦菊隐	陈梦生	陆　诒	张正宇	张申府
张西曼	张光宇	张志让	张定夫	张明养
张孟闻	张鸿眉	张静庐	张铁弦	张瑞芳
张　雁	张　磊	张　翼	张骏祥	张维冷
张重英	冯乃超	冯文洛	冯雪峰	傅彬然
傅抱石	华　林	华　嘉	彭燕郊	侨　木②

①“洗群”，当为“冼群”。

②“侨木”或“乔木”，字迹不清，难以确定身份。

覃　英	覃必陶	舒绣文	曾敏之	汤　灏
阳翰笙	贺礼逊	贺孟斧	费　巩	项　堃
董时进	董鼎清	叶以群	叶浅予	杨　晦
杨荣国	杨潮声	杨村彬	贾纬廉	邹绿芷
葛一虹	葛　琴	路　翎	路　曦	庄寿慈
虞静子	万　灿	廖静文	廖沫沙	赵晓恩
赵榅如	赵慧深	邓初民	刘清扬	刘厚生
刘白羽	刘火子	刘尊棋	刘砥方	刘铁华
刘运筹	刘义斯	蒋　路	翦伯赞	臧克家
臧云远	潘子农	潘梓年	潘　菽	潘震亚
霍应人	蔡　仪	蔡楚生	郑君里	郑　敏
卢于道	卢鸿基	薛迪畅	钱歌川	钱辛权
萧　强	萧隽英	戴爱莲	谢冰心	谢　添
龙季子	聂绀弩	韩北屏	韩　涛	罗家正
罗髫渔	严杰人	魏志澄	蓝　马	蓝馥心
苏　怡	顾颉刚			

(以姓名笔划多少为序)

对于这次签名,研究者多有提及并乐于渲染。

冰心与成都燕京大学

1941 年 12 月 7 日,珍珠港事件爆发。几小时后,驻扎在北平的日本宪兵便迅速占领并很快封闭了燕京大学。[①] 1942 年 2 月 8 日,燕京大学临时校董会在重庆召开,一致决议:“一、燕京大学在后方复校;二、成立复校筹备处;三、推梅贻宝先生为复校筹备处主任。临时董事会议决议的复校宗旨,有以下几条:一、燕京大学不容日敌摧毁,校统亟应延续;二、燕京大学师生陆续来到后方,需要接待安置;三、燕京大学旨在为国家培养人才;四、澄清燕京大学在日伪窃据下维护校务之立场,并防止日伪在北平开办燕京大学。”经历一番筹备,成都燕大以月租 2000 元,租用位于陕西街的华美女中和毗连的启华小学作校舍,并推举梅贻宝为代理校长及代理教务长。1942 年 10 月 1 日,成都燕大正式开学。[②] 自此之后,燕京大学在成都历时四个学年。

燕京大学在成都复校,吴文藻曾与有力焉。据其《自述》,“重庆期间”,吴文藻是“作为云大、燕大的代表……与教育部联系……筹

①卓如:《冰心全传》(上),河北教育出版社,2007 年版,第 440 页。

②陈远:《燕京大学 1919—1952》,浙江人民出版社,2013 年版,第 168 页。

设燕京大学成都分校……并推荐林耀华①为社会学系代主任”②。

通常的说法是：复校工作就绪后，校方即带信请冰心到成都，给燕京大学学生讲话③。1943年春④，冰心乘坐洛克菲勒基金会的便车前往，在燕大礼堂演讲，题目是《闲话燕京》。

对于这次出行，《山路上的繁星——冰心在重庆》有过身临其境般的描述：

“在这春花烂漫的季节，冰心的心早已蜕变成一只蝴蝶飞到了车外，在火红的杜鹃花丛上迷醉地飞舞，在芬芳馥郁的栀子花中贪婪地采撷。”

“车子在平坦的蜀地行驶，傍晚就到了成都。到达目的地，原来燕京大学在成都复校的一些领导、老师已在那里等候。故人相聚，又值战乱，自然百感交集，有说不完的话。”

“夜晚，在宿舍，冰心侧身望向窗外，空气中飘来淡淡的异乡的气息。‘明日就要为燕京大学的师生们演讲，虽然北平的燕大已被日寇驱逐关闭，但是，只要有燕大的师生在，只要有燕大的精神在，燕大就永远不会倒下！’”

“第二天，冰心在燕大礼堂向在成都复校的师生作了《闲话燕园》的演讲。之所以选择这个题目，是因为冰心觉得，正是那些真实

---

①林耀华（1910—2000），福建古田人。1932年毕业于燕京大学社会学系，1935年获燕京大学研究院硕士学位，1940年获哈佛大学哲学博士学位。其《金翼》（英文）成功表现了南方汉族农村宗族与家族生活的传统及其变迁。1941年回国后，深入凉山地区，对彝族社会结构与诸文化现象进行缜密的考察，写成《凉山彝家》一书。

②《吴文藻自述》，高增德、丁东编《世纪学人自述》（第一卷），北京十月文艺出版社，2000年版，第405页。

③陈恕：《冰心全传》，中国青年出版社，2011年版，第222页。

④康清莲、赵洪梅、程永伟：《山路上的繁星——冰心在重庆》，重庆大学出版社，2010年版，第130页。

可感的点滴记忆才最能触动大家的心弦，才最能唤起新生们对大学的向往之情，才最能引起昔日师生的共鸣！演讲的气氛是轻松的，冰心竭力地融入到这个群体中，把自己当作他们中的一员，以大姐姐的口吻向他们讲述了自己在燕大时的学习和生活，把曾经在燕大的所闻、所见、所行、所感形象生动地介绍给他们。”“在述说过程中，冰心也有意无意地向他们展示了自己的学习方式和积极的社会实践，把自己认为有益的心得体会传达给在座的新同学们。最后，她还鼓励同学们刻苦读书，报效祖国，并以‘相约北平，相约燕大’的话作了演讲的结尾。”

“晚上，燕大的几位老师和学生一起宴请冰心，他们谈笑风生地来到一家‘无醉不归小酒家’，看到这长长的店名，冰心幽默地说：‘看来今天是回不去喽——醉了走不动，不醉又不让走！’大家都笑了。入座后，学生们对冰心解释道：‘我们知道您是喜静不喜闹的，这个小酒家比较清静，我们商议后就选了这里。’”“酒菜上齐，大家纷纷举杯，学生们又说：‘今天我们是特意请谢老师来这里尝尝正宗的成都名酒——全兴大曲的，这酒还是始酿于清朝乾隆年间呢！’冰心闻那酒香，笑着说：‘这是罗汉请观音，便宜你们了！’大家都开心地饮尽杯中酒。”

“第二天，冰心坐上来时的便车，依依不舍地告别燕大，告别成都，告别蜀郡，回到重庆歌乐山。”①

这番叙述，同样见诸卓如的《冰心全传》，但在陈恕的《冰心全传》中，则审慎地一语带过，并无详细的刻画。不过，两传都未明确冰心此行的时间，故留下许多疑窦。现就此略做考证。

1944 年 9 月 9 日，冰心在致赵清阁的信中曾说：“仍想到成都走

①康清莲、赵洪梅、程永伟：《山路上的繁星——冰心在重庆》，重庆大学出版社，2010 年版，第 43—45 页。

走，只看便车接洽得如何？"[①]此处的"便车"，是否就是洛克菲勒基金会的便车？又据《燕京大学史稿》，1944年10月12日，"校友谢冰心到校演讲，讲题：闲话燕京"[②]。由此可见，冰心的成都之旅，早在1944年9月或之前就已筹划，至10月终于成行，并可得到文献确证。

可能出现的情况是：冰心的成都行有两次，一次是在1943年春。从《山路上的繁星——冰心在重庆》的描述可以见出：冰心去成都，正值杜鹃花和栀子花盛开的时节。根据它们的花期，应当是在五至六月间。同时，该书亦云，冰心的演讲是为了"唤起新生们对大学的向往之情"，但新生的入学，即便是民国时期，也多在秋季。因此，就其行文来看，"春季"之说，实在是前后抵牾。另一次则在1944年10月。不过，两次演讲的题目都是《闲话燕京》，未免有些重复。

再看谢冰心与谢冰莹的初识。《山路上的繁星——冰心在重庆》将其安排在"演讲刚结束"[③]。时谢冰莹正在成都制革学校任教。而早在2004年，严农在《冰心、冰莹喜"相逢"》一文中，就有过大同小异的描述，时间也是1943年，且两人仅有"一面之缘"[④]。但石楠的《中国第一女兵：谢冰莹全传》却云，谢冰莹是在1943年3月20日到达成都；4月6日，即从成都赶到重庆，借住于张道藩主管的中央文委会，与白薇和赵清阁"重逢"，并"邂逅"了冰心[⑤]。时间和地点都与前说不同。2011年6月16日《人民政协报》，刊有晋文的《谢冰莹文学之路上的几位良师益友》，谈及冰心与冰莹的"第一次见面"是在"1944年"，且"此后又曾多次会面"。综合上述材料，如

①冰心：《致赵清阁（9月9日）》，《冰心全集》（第八册），海峡文艺出版社，2012年版，第18页。

②张玮瑛、王百强、钱辛波：《燕京大学史稿》，人民中国出版社，1999年版，第1326页。

③康清莲、赵洪梅、程永伟：《山路上的繁星——冰心在重庆》，重庆大学出版社，2010年版，第44页。

④严农：《冰心、冰莹喜"相逢"》，《世纪》2004年第5期，第58页。

⑤石楠：《中国第一女兵：谢冰莹全传》，江苏文艺出版社，2008年版，第343页。

果两人的初识是在成都燕大的演讲会上，那么，这两个事件发生的时间，当以 1944 年较为可靠。

谢冰莹后来有《冰心与〈春水〉》一文，对冰心这次在成都燕大的演说有详尽的回忆，并可澄清上面各种叙述的诸多不实之词。但该文似未曾引起谢冰心与谢冰莹两方面研究者的关注，兹录其全文如下：

【新闻记事】在“五四”时代的中国女作家当中，冰心和庐隐算是两位资格最老，同时在文坛上最负盛名的作家。虽然两人的思想不同，作风互异，各有各的读者，但她们两个人的名字，总是并列着的。

冰心于一八九七年①生于福建闽侯，燕大毕业后，即留学美国，得卫斯莱大学硕士，回国后就在母校任教，一九二九年在北平与吴文藻结婚，一直到现在，过着很幸福的日子。

读过冰心作品的读者，自然要比庐隐的多，这是因为在高小和初中的国文教材里，都选了《寄小读者》的原故，所以十几岁的学生没有不知道谢冰心的。

冰心开始写小诗，还是她在贝满女中读书的时候，那时伏老主编《晨报副刊》，她常常投些散文小诗去，伏老大为称赞，每次都给她刊登出来，给与她很大的鼓励。

当我初次读她的诗集《春水》《繁星》和小说《超人》的时候，我就断定冰心是一位闺秀作家，她的文字是那么美，那么清亮得像一泓“春水”，我喜欢读，但又微微地感到有点不满足，这是什么原因呢？在嫩小的心灵里，我开始怀疑：难道世界上真像冰心所描写的那么美，那么可爱，那么富于同情心的吗？为什么她只看到光明的一面，快乐的一面，而没有告诉我们，在这世界上还有黑暗的一面，悲惨的一面，还有无数正在生死线上挣扎着的人群呢？

不过，后来，我终于了解了！一个作家的作品，是与他的生活环

①此说有误。冰心出生的时间当为 1900 年 10 月 5 日，农历庚子年闰八月十二日。

境，有着极密切的关系的。冰心的家庭环境太优美，太舒适，她自然会写出这么美，这么充满了母爱，充满了自然之美的文章，来安慰苦闷的读者的。

她的性情很温柔，身体很瘦弱，说得过火一点，真有弱不禁风的样子，记得三十三年的秋天，她由重庆来到成都交涉版税的时候，她的母校燕大学生自治会曾请她讲演，讲题是《闲话燕园》，声音是那么小，即使坐在前三四排的人也听不清楚，于是有一位外国老太太站起来说：

“请 你 再大声 一点讲 好吗？”①

冰心这时虽然有点不好意思，但她的态度很镇静，她也用英语回答那位老太太：

“很对不起，我只能说这么大的声音。”

外国老太太微笑着摇了摇头，现出莫可如何的样子，冰心仍旧坦然地继续着演说，声音的确太小，坐在后面的听众，有几位竟中途退席了。

等她讲完后，我们这一群专门去看她的朋友，很想和她一同走到东桂街去吃点心，顺便也好多谈一会，但她坚决地要坐洋车，为了要爱惜她的身体，我们替她雇了车子，自己走路回家。

冰心的生活，是很有纪律的，虽然在成都只有短短的一个星期，什么时候喝牛奶吃点心，什么时候睡午觉，都有一定的时间，据说还有一位外国朋友，每天很细心地在照应她。在重庆的时候，她住在歌乐山一座很幽静的小洋房里，过着全家欢聚的快乐生活，这时，她除了参政会开会，下山出席外，其余时间很少进城。

她过去的小说，除了《超人》，还有《往事》《第一次宴会》《冬儿姑娘》；散文有《寄小读者》《南归》和《冰心游记》等。她的作品并不多，可是如果站在纯艺术的观点来批评，每篇都是很美的。抗战期

①原文如此，有一字一顿之感。

间，她很少写作，曾用“男士”的笔名，出版了一部《关于女人》，里面写的都是她的几个亲属和朋友的故事，后来再版时，又改用了冰心真名。

胜利以后，她随她的丈夫吴文藻住在东京，去年曾回到北平去看她的孩子，女青年会曾请她讲演日本的妇女情形，有位朋友告诉我她的苍白的脸上，又多了□①道绉纹②，声音还是那么小，但精神比在成都时好多了。

许多人都把冰心当做我的姊姊，其实，我俩仅有一面之缘，但彼此神交已久，一见如故。去年我来到台湾，还有人问我：“你是什么时候由东京回国的？”我知道他误把我当做冰心了。

该文发表于《中国新闻》1949 年第 5 卷第 11 期，第 15 页，系“中国作家回忆录之九”。据此可知：1.冰心的成都之行，起因在于版税的交涉，而非燕大校方的邀请；2.冰心在燕大演讲的时间是 1944 年秋，并非 1943 年春，演讲的题目是《闲话燕园》，而不是《闲话燕京》；3.冰心演讲后，雇乘洋车直接回到寓所，并未去“无醉不归小酒家”欢饮；4.冰心在成都逗留一周，并非“第二天”就返回重庆；5.冰心与冰莹只有“一面之缘”，并未“多次会面”。

不过，冰心既是交涉版税，当与开明书店有所联系。查叶圣陶日记，果有记载：

10 月 13 日（星期五）　晨至华西坝看二宫，缘知冰心女士来蓉，住坝上，令探其确址。二宫探询再四，不获。卒往询其校吴校长，始知在一外国人家。按址往问，果遇见冰心，但即将外出游观，立于车次，遂约午后一时半再来。

---

①此处空格，疑有文字脱落。

②“绉纹”，现作“皱纹”。

返家,看祖璋稿一篇。饭后再乘车至华西坝,至则距约定时刻尚早,遂入观美国新闻处主办之照片展览。陈列者为各地战事照片,巴黎光复之照片已在其中,可见传递之迅速。片甚多,不暇细观,见超级空中堡垒之详照,其巨大实可惊人。

再至外国人家,晤冰心,与谈其著作之版权问题,并约定其《关于女人》一书,决校正后交我店重出。①

日记云冰心住外国人家,与谢冰莹文中所说有外国朋友悉心照料冰心,二者实可相互印证。

冰心毕业于燕京大学,又曾执教于此,对母校的感念,在1951年回国之前,屡屡见诸笔端。许正林有专文《冰心与燕京大学》②考述。但遗憾的是,该文并未涉及冰心与成都燕大的关系,本则短文狗尾续貂,或可起到补遗的作用。

①商金林编:《叶圣陶抗战时期文集》(第三卷),人民教育出版社,2005年版,第165—166页。

②该文可见于《冰心论集(四)》下册,王炳根主编,海峡文艺出版社,2009年版,第386—399页。

友情交往

冰心与周恩来和邓颖超

一、冰心与周恩来、邓颖超的交往

据《冰心生平著作年表简编》,1940 年 12 月 7 日,文协假中法比瑞同学会举行茶话会,欢迎茅盾、冰心、巴金、徐迟等来渝作家。第一次见到周恩来。① 对于这次见面,冰心在 1976 年 12 月 22 日的《永远活在我们心中的周总理》中写道:

一九四一年的春天②,我在重庆的中华全国文艺界抗敌协会的欢迎会上,第一次幸福地见到周总理。这次集会是欢迎从外地来到重庆的文艺工作者的。会开始不久,总理从郊外匆匆地赶来。他一进到会场,就像一道阳光射进阴暗的屋子里那样,里面的气氛顿然不同了,人们顿然地欢喜活跃起来了!总理和我们几个人热情地握过手,讲了一些欢迎的话。这些话我已记不清了,因为这位磁石般的人物,一下子就把我的注意力吸引住了!只见他不论走到会场的

①卓如编:《冰心全集》(第十册),海峡文艺出版社,2012 年版,第 389 页。

②冰心此处回忆的时间有误。或许是有意的挪移,因为“春天”往往代表希望。

哪一个角落，立刻就引起周围射来一双双钦敬的眼光，仰起一张张喜悦的笑脸。他是一股热流，一团火焰，给每个人以无限的光明和希望！这在当时雾都重庆的悲观、颓废、窒息的生活气氛中，就像是一年难见几次的灿烂的阳光！①

1991年，冰心在《周恩来总理——我所敬仰的伟大的共产党员》，再次谈到“第一次见到周总理”的情形。文字大同小异：

1941年的春天，我在重庆的中华全国文艺界抗敌协会的欢迎会上，第一次幸福地见到周总理。这次集会是欢迎从外地来到重庆的文艺工作者的。会开始不久，总理从郊外匆匆地赶来。他一进到会场，就像一道阳光射进阴暗的屋子里那样，里面的气氛顿然不同了，人们欢喜活跃起来了！总理和我们几个人热情地握过手，讲了一些欢迎的话。这些话我已记不清了，因为这位磁石般的人物，一下子就把我的注意力吸引住了！只见他不论走到会场的哪一个角落，立刻就引起周围射来一双双钦佩的眼光，仰起一张张喜悦的笑脸。他是一股热流，一团火焰，给每个人以无限的光明和希望！这在当时雾都重庆的悲观、颓废、窒息的生活气氛中，就像是一年难见几次的灿烂的阳光！②

重庆时期，冰心与邓颖超同为“新运妇指会”的委员和国民参政会的参政员。《妇女新运通讯》第3卷第3、4期合刊，有《十五位女参政员介绍》一文说：“在第一届国民参政会中，有十位女参政员。最近发表的二届参政员，妇女界又新增六名，诸女参政员中除喻维华③已故外，现任之新旧女参政员共十五名。”其中第八名即邓颖超，

①卓如编：《冰心全集》（第五册），海峡文艺出版社，2012年版，第302页。

②卓如编：《冰心全集》（第七册），海峡文艺出版社，2012年版，第329页。

③喻维华，生于1902年，四川人。曾任香港女中校长，第一届国民参政会参政员。后遇刺身亡。

相关的介绍云：

河南光山人，河北省前直隶第一女子师范毕业，曾任北平师大附小教员，天津达仁女校教员，她是个有悠久历史的妇女运动者，现年三十八岁，她不仅是五四运动的参加者，在北伐时代，曾领导上海的女工与女子去进行五卅的流血斗争，曾任国民党第二届候补中央委员，并与何香凝女士共同担任妇女部工作。国共分裂后，她脱离了国民党。参加了二万五千里的长征。曾任中国共产党中央秘书长及妇女部部长，七七以后，国共两党重行携手，共赴国难，她为抗日民族统一战线下的妇女运动而奔走呼号。现任陕甘宁边区各界妇女联合会驻渝代表及军事委员会政治部设计委员。①

不过，在渝期间，两人似乎少有交集。陈恕的《冰心全传》曾谈到两人的第一次见面："在一次讨论抢救战区的难童问题的会议上……（冰心）见到了邓颖超……这位朴实、沉着的女性，拿着一本相册向与会的妇女介绍延安托儿所儿童生活的情况。这是冰心第一次见到来自延安的女干部。"②但据冰心后来的回忆，她们的相识，是在1958年4月，当时吴文藻被划为右派："在我们最冤愤、最无告的时候，周总理和邓大姐派了一辆小车来接我到那所朴素简陋的西花厅，我一见到邓大姐，我的一腔冤愤就倾泻了出来，那时邓大姐注视着我的那一双睿智的目光，充满了同情和'理解'。'人之相知，贵相知心'，邓大姐那时充满了'理解'的目光，我是永远也忘不了的。"③"1988年1月12日晨"，冰心在《一代伟大的女性——记邓颖超大姐》，对邓颖超做出如下评价：

---

①《十五位女参政员介绍》，《妇女新运通讯》1941年第3卷第3、4期合刊，第5页。

②陈恕：《冰心全传》，中国青年出版社，2011年版，第199页。

③冰心：《痛悼邓颖超大姐》，《冰心全集》（第七册），海峡文艺出版社，2012年版，第393页。该文写于"1992年7月31日大风雨的黄昏"。

世纪同龄人的我，在八十八年的漫长岁月里，经历过若干朝代，多少沧桑，可谓“阅人多矣”，而能在我心头始终爱戴不渝的，只有周总理和邓大姐这一对模范夫妻的崇高印象！①

尤其是和我谈过话的外国朋友，都认为邓大姐是位心胸最广阔、思想最缜密、感情最细腻的女性，而且她的思想和感情都完全用在她的工作和事业以及在她周围人们的身上。她是最理解、最关怀、最同情一切人，是把爱和同情洒遍了人间的一代伟大女性！②

二、冰心、邓颖超、周恩来与“新贤妻良母主义”

抗战时期，一方面，“大约在1939年底40年初，因为沈从文提出‘新贤妻良母’的主张”，曾引发诸多批评。批评者“认为沈的主张是要妇女重新回到家里去，无视妇女对抗日的作用，削弱抗日的力量，不利于全民抗战”。③ 另一方面，1940年7月6日，重庆版《大公报》第一张第三版发表端木露西④的《蔚蓝中的一点黯澹》，重提妇女应当回家做“贤妻良母”的主张，并号召妇女要“在小我的家庭里，安于

①卓如编：《冰心全集》（第七册），海峡文艺出版社，2012年版，第119页。

②卓如编：《冰心全集》（第七册），海峡文艺出版社，2012年版，第120页。

③董边主编：《女界文化战士沈兹九》，中国妇女出版社，1991年版，第89页。

④端木露西（1912？—1998），后用名端木新民，作家。抗战时期，曾出版《海外小笺》《露西散文集》。其中《海外小笺》，袖珍综合文库，储安平主编。湖南蓝田袖珍书店1943年6月初版。目次：赴欧途中发（过红海|海上的国际社会化装跳舞会|船上生活|几个会说中国话的外国人|绕道直布罗陀）|海外散记（伦敦的太阳|我们的天地|生命之花|英国人|海德公园）。《露西散文集》，重庆商务印书馆1945年5月初版。目次：自序|前线之边|薄暮泛思|秋的波浪|未创作的诗人|川居|村情断简|送×去前线|秋行|从轰炸中来|初日|两地雾|在英国看英国人|怀雪亚黛兰（俞元桂、姚春树、王耀辉等编《中国现代文学总书目·散文卷》，知识产权出版社，2010年版，第308、337页）。

治理一个家庭”。其文较长，但不易寻见，今依照原文，录之于后：

这一年来，我心中常常蕴藏着一个问题，总想将它写下来，以供社会上许多热心或关心妇女运动者研讨。虽然就整个问题言之，自抗战以来，有许多妇女在前方或后方都有可歌可颂可赞扬的表现，但这赘疣的一面自亦无法抹杀一切。最近，读到沈从文先生的《烛虚》，不禁又鼓起我自己那种潜伏着的意识，所以毅然将这个心愿了之。

自五四运动以来，我国民族在思想上和形态上最足以说明这个运动所赐予民族生活上之直接影响者莫过于两性问题。当时在新文学运动中，许多作家也将两性解放的思想输送到读者的血液里去，从此大家对两性之间有一种新的认识，新的觉悟了。妇女解放运动由此得到的成就是男女同学和男女社交公开。于是许多人以为男女平等了，我们所需要的或所要求的，一切正和男子一样。

我在民国二十四年间，承乏一个妇女刊物，那个刊物的宗旨有两点：一、鼓吹一般妇女要从自身的觉悟中谋取心灵上的.①智慧上的解放。我们既不欲单单做“女人”，即需知道怎样做一般“人”，和怎样去享受做一般“人”，②的乐趣。二、鼓励一般家庭妇女尽力作一好母亲，好主妇；所以我们当时提出了一个新贤妻良母的口号，经常刊一些文章供给家庭妇女作为治家育儿的智识与方法。我们的刊物当时受到其他妇女刊物的非议，说我们太保守了，太落伍了，简直觉得我是罪孽深重的样子。我想，我今天这篇文章如能刊出来，我之挨骂仍是可以想像的。

当时为什我么③提出这两个宗旨呢？简单地说，从五四到民国二十三年，妇女运动所得到的成就除了男女同学，机关里有了少数

①此处的逗点，现在多用顿号。下同。

②此处的逗号可省去。

③“为什我么”，排印错误，当是“为什么我”。

的女职员女官吏以外，我们实在看不出这一运动对于一般妇女的心灵的修养上给了什么解放的效果？妇女摆脱了旧礼教的枷锁，跑到社会上去，于是可以和男子同学，我们即看到了“皇后”；可以和男子同事，我们即听到了“花瓶”；而实际上不依赖丈夫而能单独地贵为“达官贵人”之流者能有几人！这一种情形，很显明的在说明了一种事实，即过去妇女运动太注重解放的形式，而疏忽了妇女跑进社会以后一种更重要更基本的做人的态度和知识。

在现代的社会制度组织之下，我们不能否认在二万万多的女同胞中，无论她的阶级如何，十分之九的妇女归根结底还是需要在家庭里做主妇，做母亲的。在这种社会制度没有澈底改革以前，一个女子为了她自身的幸福，似乎也有权要求享受一个幸福的家庭吧，而这一种家庭最主要的是必须她自己先做一个好主妇，一个好母亲。而我当时看到许多年轻者如女学生，年长者如已儿女成群的母亲，大家共同都有一种为人意识，以为妇女既解放了，管理家务琐事已是不屑为之，且不值得为之。家务与儿女皆可付之他人(如保姆，女仆等)，自己既不工作，又不治家，其自然的趋势乃是玩玩吃吃，电影麻雀，消磨一生，嘴里还嚷嚷人生无聊；这一种心灵上的消沉堕落，懒惰苟且不能不使致力于妇运的人感到一种痛心。就妇女自身言，既无宁静的和平等的家庭享受可言，同时昏愦终日，生命在浑噩中毫无目的，又无光彩的将它埋葬到坟墓里去，没有一点崇高的美丽的理想去管束她之一生，则当初的学校教育对她岂不是一种浪费？妇女解放乎？但是她连狭义的母性爱都糟塌①了啊。

事隔数年，今天我重复论及这一类型的妇女，因为我这一年来见到的事实并没有比从前进步多少。这一类型的妇女大都属于上中社会，并且更重要的是她们都受过与男子相同的教育，有的已是主妇，有的或服务社会，或正在向着这两条路上迈步着的女学生。

①“糟塌”同“糟蹋”“糟踏”。

而最可怕的是：正在充满着幻想.希望.憧憬着美丽的时期的女学生，不少是贪图现实，单顾“胃”与“眼”的放纵，没有光明的憧憬，没有完整的人生观，其程度之深，远在我们想像以上。我们可以很容易找一个女学生来和她作二十分钟的谈话（而这位女学生是属于中等家庭的子女，她可以给你的印象是衣服漂亮，打扮入时，也许带三分美丽，又有一张会说会笑的嘴）。我们立刻可以知道这个女孩子教养上之贫乏以及她的人生漫无目的到了如何可悲哀的程度。她所要求的是男朋友，吃馆子和看电影。她成为一种麻木和刺激的混合物了。绚烂的阳光给云霭遮障着，生命成了一种没有灵魂没有真美的空架子了。对于她为什么受教育？受了教育以后怎样？恐怕有很少时间来思虑这类问题。

有某女学生，在高中读书，她的日记上每天所写的是“今天××请我唯一看电影……”“××来追我，真讨厌……”“××长得不错，我喜欢他”一类日记文学！她告诉我重庆所有的大小馆子她都吃过，言下沾沾自喜。与她同学所谈的不外谁美，谁的衣服好看，男朋友，吃馆子，看电影；这世界上再没有别的事物可以引起她们兴致与注了意①。而且两谈到性问题②时，其用辞之不修饰和胆大决非我们这辈人做姑娘时所能梦想到的。最令人痛苦的是这类奇异的思想渐渐的有在同阶级的青年女子中普遍开展的趋势。我曾和许多朋友谈及这一问题，其中有在教育界服务多年者，有的亲历管教的职务，大家都从内心感到一种悲哀。

我曾经私下做过一次试验：在五十个年龄皆在二十岁左右的中大学女学生中竟有三十四个人选择配偶的条件是这样的：一、地位，二、金钱；对方的年龄虽在四十以外也无关紧要。假使有财有势的人不够分配，退而求三十余的男子。对于二十开外的男子都有一种

①“注了意”，排印错误，当作“注意了”。

②“两”，原文排印时横置。此句的正常顺序是“而且谈到两性问题”。

瞧不起的神气,说二十多岁的男子不懂爱情。其实一句话,因为三十岁以内的男子大半生活清苦,正在刻苦奋斗重要的阶段,谁愿意跟他去吃苦。享受,享受。魔鬼的享受,是她生命的全部的意义。这些青年女子,一般被认为是"摩登女郎"。

这类青年女子,将来大半皆为主妇,而那时候她们消磨生命的唯一办法也只有吃吃玩玩,电影麻雀。这一类型的人,在她们的无知之中,物质上自然是尊贵舒适;但是在民族的意义上言之,她们实在是一堆渣滓而已。

从文先生指出这是因为五四运动以来,提倡男女应受平等教育一原则下,教育当局者忽略了女子所特有的个性以及她们职业上的习惯所产生的因果(大意如此)。因此教育出来的女子,很容易成为一种庸俗平凡类型,类型的特点是生命无性格,生活无目的,生存无理想。

作者以为对于女子教育没有一种中心的目标自来负下它的一部份的责任,但是最重要的还在于妇女解放运动没有能贯澈它的全部的使命。形式的结果,可以力争几位议员席,或者解放了青年女子的私人的纵欲。在心灵上说来,我看不出一个解放了以后的女子与"我们的母亲"之间有什么区别,前者并不多了解一点人生。旧的教育弃之如敝屣,新的教育太笼统了,不足以使她了解将"教育"渗入于生活中去,以及了解"教育"是追求崇高的生命的工具。而妇女运动的片面的解释,反足以促进她认为"我既做不到女要人,我也不屑做主妇"的不合理的路上去。这类型的病菌在近年来加速度地在都市里弥漫着。事实上,能有多少人能得为女要人,女官吏……甚或至于女医生,女作家?目前的许许多多青年女子,在五年十年以后,我相信大部份人皆为主妇,皆为母亲;她非但是一个家庭的主妇,同时也是一个健全的社会中的一个细胞,则她之不应懵懂一生,自不待言了。假使我们不希望在十年二十年以后,再看见那种以"玩牌,放肆冒,眼"为满足的堕落的妇女类型,我们对于妇女运动具有热忱的人是不是也感觉到心灵的智慧的解放重于形式的解放呢？我们要解放，我们也要“做人”，正如一个男子“做人”一样。

我们应有严肃的人生态度，勇于负责的服务精神，将教育与生命永远联系在一起，从智慧中获取更美丽更勇敢的人生观；明了追求人生，创造人生和享受人生，而不作“生”之魔鬼的奴隶。扩大我们的母性爱，对人类崇高的真理满怀着热忱；对自然之华丽我们懂得去欣赏，以丰富我们灵的生活。在小我的家庭中，安于治理一个家庭，而作一个“人”，不作一个“寄生虫”；将所受的教育运用到日常生活中去。一旦献身于大我的国家，则必须不屈不妇①挠，勇往直前，表现我们新中国新精神。形式的刺②解放与智慧的解放相辅相成，两轨并进，那我们对于抗战建国所能供献的力量将更在历史上划下一笔不可磨灭的功绩了。

端木露西的主张，引起中共的高度重视，认为这关系到抗日民族解放战争中妇女运动的路线方针问题。中共中央南方局妇委负责人邓颖超，撰成《关于〈蔚蓝中一点黯澹〉的批判》，发表于“中华民国二十九年八月十二日 新华日报 星期一 第四版”，“妇女之路”第7期，把端木的观点概括为新的“贤妻良母主义”，指出“小家庭主义正是个人自私主义和享乐主义最好的反映”，号召“中国家庭妇女做抗日的先锋模范——做国家的良母，民族的贤妻，其目的是推动抗战的动员，加强抗战的力量，是求得达到妇女解放基本利益的一个步骤。”文曰：

在七月六日，大公报上，发表了端木露西先生的一文——《蔚蓝中一点黯澹》。接着不久，在大公报，中央日报四版——《妇女新运》

①“妇”为衍字。

②“刺”为衍字。

周刊中，先后引起了争论与批判。

读了端木先生的文章，更读了参与论战的喻培厚，夏英喆（见大公报七月廿二及廿七八日）——莫英，林枫，（七月廿二日及廿九中央日报附刊《妇女新运》）几位先生的论文，以及沈从文先生的《烛虚》——战国策第一期——以后，我们感觉得在这些文章中，包含着一些极重要的问题：如（一）中国妇女解放运动理论的基础，方向，任务，内容，目的。（二）中国妇女运动解放史的发展与评价。（三）坚持持久抗战与反投降逆流的斗争。（四）女子教育与职业等诸问题，而这些问题，都非常需要弄清楚，得出正确的结论。虽然我们手头收集的材料还不多，也还在从学习中，实际斗争中求得更精的发挥，广大的发展，但是，我们深深感到有参加论战的必要；有深刻讨论并在各方继续发展讨论的必要；更有给以严正批判的必要。

因为限于篇幅，关于中国妇女解放史的发展与评价的问题，对于坚持持久抗战及反投降逆流斗争的问题，女子教育问题，职业问题，以及贤妻良母主义等，将陆续的作专门问题的讨论，在本报发表，现在仅仅对《蔚蓝中的①一点黯澹》作一般的批判。

首先必需指出：在观察、估计、讨论中国妇女问题与妇女解放运动的时候，在确定与引导实际运动发展的方向和道路的时候，应该确定它是整个中国社会制度中问题的一部份，是民族革命与社会革命中，相辅为用，有机构成的一部份，是现阶段全民抗战民族独立解放现实生动的一部份。所以，我们必需从现实的国家，社会制度出发，从史的观点和现实的客观环境出发，从活生生的当前英勇的全民族抗战出发；而不能离开现存制度，脱离客观现实，且以唯心的观点和单从妇女主义观点②出发。因为这样，必然使妇女问题与解放运动，和整个运动割离开来，可能发展成为男女两性间对立的斗争，

①“的”当系衍字，原文标题无。

②“观点”，原文亦似是“视点”。

陷于孤立的境地。同时,也将使大家现在的讨论,陷于极狭义的范畴,而不能掌握科学的方法,去求得问题解决的基本所在。

依此,我们首先来研究端木先生的立场和论点:

(一)她首先是在承认中国半封建半殖民地现有制度前提之下,并且离开群众运动的原则,要求在现在这种社会制度没有改革以前,提出"一个女子为了他①自身的幸福","似乎也有权利要求享受一个幸福的家庭";"在小我的家庭中,安于②治理一个家庭"——见端木文章。——同时满足与羡慕"正如一个男子做人与生活的地位"。这未免可笑亦复可怜了!事实告诉我们,今天全中国的人民,在半封建半殖民地的国度里,无论男女都是被压迫者。在倭骑狼烟血腥侵略的三年中,无论男女都要沦为奴隶牛马,过着悲惨非人的生活,何尝有独立的人格?何处有幸福的家庭?更何尝谈得到真正"做人"?

同样,在沈从文先生的《烛虚》中,尽管不满意现在的教育及女子教育的状况,并加以批评,但也始终未从现存的社会制度与教育制度的改革着眼,只好仍在现制度下,提出"修正的方法",舍本求末,"用礼貌节制他们的胃部……用书本训练他们的脑筋"。——见沈文。——殊不知社会发展的规律,人类思想意识的发展,是根据于客观的条件,和客观历史阶段的社会制度来决定的。决不是限制了胃部,用书本训练,可以改变今天妇女的思想,达到妇女的解放;也更不能改善今天的现有制度和现状的。

同样的,在夏英喆先生的文中,既认为今日的寄生虫,腐化享乐堕落类型的妇女,是由于帝国主义的侵略,和殖民地国家文化教育的结果;但同时在该文的另一地方,却又认为"对于那些恣欲享受,毫不工作的妇女,应当有国家社会的制裁,使其无法产生,不容存

①"他",端木露西原文作"她"。

②原文用小圆圈,因操作不便,移录时改为着重号。

在。这样并不需要十年二十年后,那些'寄生虫'自然可以消灭"——见夏文,——这说明了夏先生既认为是现制度所造成,但又仍回到在现在的国家社会制度下,再加上制裁,用强迫的方法,使"寄生虫"就可以消灭。殊不知在现在社会中,所以发生"寄生虫"的机□①,以及消灭"寄生虫"的办法,主要的基本问题,是在于生产关系与阶级关系决定的,只有从改善生产与阶级的关系,才能达到"寄生虫"的消灭。

正因为不从社会制度去看妇女解放问题,不从妇女运动史的发展去检讨妇女运动的成败及其原因,遂轻率的判定造成形式主义和表面平等;"皇后""花瓶"……以及被放纵的胃,眼②为满足的堕落妇女类型的原因和罪恶,是由于妇女解放运动形式主义的结果。没有把这些现象看成是现社会制度中的必然产物,是封建社会的传统玩弄妇女与以妇女为玩物的思想的反映,正如莫英先生所说,"是受了数千年压迫和妇女所传统积习③的封建意识,和资本主义侵入又受了资本主义社会有闲妇女纵欲享乐的影响"。即使是妇女解放在某些地方难免不落于形式主义,这也是由于现社会制度的关系。所以,"皇后""花瓶"的出现,堕落妇女类型的产生,绝不是"初期妇女运动幼稚的现象,畸形的现象"④——见夏文——决不能责难妇女解放运动的本身。何况在三年英勇抗战中,广大的男女青年,走上了杀敌的前线,奔走工作于广大的农村,民族思想意识的进步,学校生活的艰苦苦闷,令他们早已不复有兴趣于"皇后",也不听到⑤"皇后"的出现了。更由于敌人进攻,大批女子失业,另一方面由于抗战

---

①此字不清,以阙字处理。

②原文如此。

③此句不通。原文如此。

④原文此处无后引号,今补入。

⑤"不听到",当是"听不到"。

中大批奋斗的新女性涌现,“花瓶”亦在逐渐的减少了。永远不停的前进着的时代车轮,正在踏碎着端木先生停留在过去历史阶段中的认识和观念!

无论是女子教育问题,职业问题,妇女解放运动,以及社会一切问题的解决,我们必需从坚持抗战,力求进步,阻止敌进,实行反攻,将日本强盗统治和奸伪推翻,从半殖民地国家解放出来的任务联系起来,必需以实施宪政,建立三民主义的民主共和国,从半封建社会制度解放出来的任务联系起来,才能使问题迎刃而解,得到澈底的解决。

由此观之,中国妇女解放运动现阶段的任务,就决定了是:反对日本帝国主义的侵略,解除封建社会的压迫为民族的独立解放而斗争,恰恰不能如端木先生的愿望,使妇女解放走向一个小我的家庭,安于这样的一个家庭,作一个狭义的好母亲好主妇。

(二)端木先生是以唯心论出发,所以她主张“妇女谋取心灵上与知识上的解放,从智慧中获取更美丽更勇敢的人生观”。这是脱离了现实的民族空前危难,脱离了中国人民疾苦的生活。

自从封建性的日本帝国主义大规模的武装进攻以来,我东北,华北,东南,西南大半河山,已陷入敌手。在野兽一般的血腥统治下,占全国人口三分之一以上的一万万五千多万的人民作了亡国奴隶。其他在战区和我后方的广大人民,在敌蹄的伸进,敌机的狂炸下,都是家破流离,挣扎在逃亡,疾病,饥饿的线上,无家可归。父母,夫妻,子女的生离死别,随时都会到来,这样悲惨的生活中,层层的重压,使人窒息的吐不出气来,“心灵”从何能够得到解放,天才的“智慧”,也无法获取更美丽的人生呢。

全中国广大人民,面对着这样的现实,不论男女,他们都很清楚的认识,只有抗战去获得民族的解放,才能求得本身的解放,才能享受“做人”的真正幸福。所以,展开了三年的英勇抗战,他们出力,出钱,出知识,忍饥耐苦,很多的父母送儿打东洋,很多的妻子送郎上战场，献出他们的儿子丈夫，以致献出他们的头颅和生命，不计一切的牺牲，要从抗战中，杀出一条光明的大道，以期达到民族的解放。中国广大的热爱祖国的人民，正以无比的英勇，热血，生命，创造着可歌的生动感人的民族奋斗的伟大历史；但是，端木先生或许是在“小我幸福的家庭中”，深居简出，对□□①些事实，不愿一举其青睐，同时，也就无怪乎端木先生始终是从内在的小小心灵中，热恋着与渴念着小我的美丽人生，和自身的幸福家庭了。

这些也正是个人自私主义和享乐主义最好的反映，且她远在五年以前，就“鼓吹一般妇女……怎样去享受一般人的乐趣”，“对于自然的华丽”，“要懂得去欣赏”。——见端木文。

（三）没有历史的眼光，不从妇女运动史的发展给以适当的评价。她的思想，始终停留在几年以前的阶段，“新”的贤妻良母主义（引号是笔者加的）。因此，对于“五四”运动与妇女解放运动，作出片面的论断，认为“五四”运动得出的收获，就是男女同学和男女社交公开，抹杀了“五四”运动的反帝反封建性，抹杀了新文化思潮的起蒙②作用，抹杀了妇女思想上的解放，抹杀了妇女开始冲破封建的锁链，很英勇的走上反帝的民族解放斗争。

从“五四”到现在，廿年来中国妇女运动，伴随着中国民族解放运动的几个阶段，生长，壮大，停带③，继续的发展，它的阵容无论是从参加的人数，组织的发展，地区的扩大，工作的成绩，奋斗的英勇和收获，是一次比一次发展，丰富进步的。今天我们所以不能满足于现状，廿年来不断的，而且现在还正在，将来还需要我们持久坚苦的长期斗争，正是因为要在民族和社会的解放胜利中，才能求得妇女的胜利和解放。

---

①此两字为墨团，无从辨认。

②“起蒙”，现作“启蒙”。

③“停带”，当为“停滞”。

（四）她正代表着大资产阶级中的一部份悲观失望的没落反动情绪，同时从妇女问题上，反映出不澈底性和妥协性，因此，端木先生仅仅看见资产阶级中上层最小一部份堕落女子而悲观而失望，而怨尤。事实上，中国堕落，腐化类型的人物，又岂仅仅只限于妇女。她完全是从狭义的接触去认识问题。只看见腐朽没落的一面，“不愿意认识这些新的事实，新的光辉”——林枫的文章——仅仅只作五十个学生的试验，而做出整个问题的结论，没有看到今天广大的女学生，英勇杀敌把生命献给国家民族的举不胜举的事例，在今年夏天，高中毕业生将近二万人，其中当有大量的女学生；但据闻统一招生委员会招生的结果，报名投考家事系的竟无一人，这充分的证明今天中国的女学生青年，都非常的明白，当民族大难当头的时候，她们不应准备走回家庭，安于做一个男人的母和妻，这又不免使得端木先生的理想，遭到失望的悲哀了！我们很可惜端木先生未能更多的收集一些进步的女学生中的材料，只看了某女学生的一个人的日记，就推说全体女学生是那样的。老实说！今天学生的日记，随时都会遭到提阅检查，并关连到其学籍的命运，她们又何尝敢记及其他事，看电影，“追求”讲恋爱的这些事，正被一部份人，在有目的的鼓励着，倘若端木先生愿意发现，请试去测验延安中国女子大学的学生，或者是更多的进步的女学生，她们的回答，就决不是会要享受了。又如，去年有一位名人到新生活运动妇女工作指导委员会中的新干部训练班讲演时，他的结论指出：“女子的天职是治家育子。”以后，引起全体四百四十多位的新女青年们的怀疑，反感，抗议，而提向沈兹九先生，要求讨论，“宁愿牺牲点睡眠的时间来讨论”，认为“大有影响于动员妇女参加战时工作”——见《妇女生活》八卷十一期沈兹九先生《关于女子的天职问题》文——且治家教子，在欲“治其国者”，“必先有其家”的古训之下，男子岂能无责。

我们主张，无论男女，都应当在“□身大我国家”，“抗战”“救国”的原则下，而“齐其家”，致于“限制胃眼”，生活有秩，整理有余，善于管理自己的生活，这是每个人应遵守的卫生之道与新生活。

根据端木先生的立场和论点，根据她的大文全部内容，再进而研究她的妇女解放运动观是什么？她在几年前，直到现在的主张，她在文中开首，直到末尾的结论，一贯成为她文章的骨干内容，说明了她的妇女解放运动观，就是在承认现制度下，“新”的贤妻良母主义——（新字引号是笔者加的）——把妇女赶回家庭去，提倡妇女回家庭，“鼓励一般家庭妇女做一个好母亲，好主妇”，在“小我家庭中，安于治理一个家庭”，“经常供给……作为治家育儿智识与方法”，“将所受的教育运用到日常生活中去”，见端木原文——而是在“一旦”之时，方献身于我国家中，这和为国家社会改革，而使妇女得解放成为一个独立的人的观点完全相反。这将妇女解放和国家社会的解放分离开来，在抗战的伟大时代中，幻想着“小我家庭”，个人主义的自私的“新”的贤妻良母，成为妇女解放的宝座，认为是妇女解放之路，以之去反对和阻碍妇女去做人，做一个社会的独立的人，做一个新中国的主人。

我们必须指出，新的贤妻良母主义，绝不是中国妇女解放运动的直接主要方向和任务。在抗战以后，我们曾提出过“新的贤妻良母”及模范母亲，妻子，女儿的口号，但同时，我们加以史的发展中的新释义，并确定其内容。我们是以整个民族抗战利益出发的，是以从为求得妇女解放的基础出发，使妇女首先由小我的家庭走上大我的国家社会去，号召中国家庭妇女做抗日的先锋模范——做国家的良母，民族的贤妻，其目的是推进抗战的动员，加强抗战的力量，是求得达到妇女解放基本利益的一个步骤，因此，我们是坚决反对，从个人私有制度出发，从封建性的旧压迫，加重对妇女的束缚出发，要使妇女成为小我家庭中，一个“夫”与“子”的观点上的“新”的贤妻良母主义。

端木先生还在民国廿四年的时候。那时正在九一八到一二九运动的期间，正是西欧法西斯国家，号召妇女“回到家庭”，“回到厨房”,强迫实行的影响,在中国曾起其共鸣的时候。正在其时,她提出“新”的贤妻良母口号,自非偶然。事隔五年,正当抗战空前困难和投降危险的关头,又复旧调重弹,更非偶然的了。这正反映出对抗战悲观失望,无自信心,妥协投降的情绪,正是一年来复古倒退逆流在妇女问题上的反映。

这是值得我们极大警觉和注意的。我们抗战坚持到底的国策,最近正经过国民党和领袖的召示,再一次更加坚定坚持下去的时候,抗战需要更紧,更深,更大动员的时候,每个中国好男儿,都应走上战场去杀敌,每个中国好女儿,都应牺牲“小我的家庭幸福”,接替男子许多工作的岗位,而为国家民族服务的时候,正要发挥广大家庭妇女潜在力量。本国家兴亡,匹夫有责之义,鼓励她们尽可能的走出家庭,略尽国民之责,与夫争取“做人”之努力,以加强抗战阵容的时候。端木先生又恰当此时,发表大文,提倡并鼓励妇女回家庭,麻醉妇女的民族意识,要她们去做被玩弄被压迫的奴隶,以松懈抗战的动员。完全离开抗战利益,违□“国家至上”“民族至上”“军事第一”“胜利第一”的原则,客观上,亦正和敌奸玩弄奴役妇女的办法起了应声。

中国妇女解放运动的任务,既和中国民族解放的任务息息相连,因此,欲达到妇女解放的目的,谈何容易?我们必须依靠革命政党的领导与努力扶持,我们必须依靠着自觉的不懈怠,不落伍的踊跃的参加中国革命发展的各个阶级,必须依靠于千千万万中国觉醒的前进妇女,从事妇女解放运动者努力于革命理论的学习,掌握着客观事态的发展。要有决心,有勇气,紧勒不拔,持久苦斗,前卜①后继,不屈不挠,不计个人成败,不计谤誉牺牲,坚定不移的奋斗下去,向数千年的旧制度作斗争,向日寇战下去,直至死而后已,直达□而后止。从每一滴汗,每一滴血的积累,从每一个斗争中去积累,以求

①“卜”,当作“仆”。

逐渐增涨妇女运动的成绩和收获，增加解放的程度，直到完全的解放与胜利。所以，我们既不应满足于现状和多少的收获，更不应单纯狭隘的由于对某些局部的，表面的现状不满，而失望，而悲观，而诅咒，而反走上旧的助长封建势力，压迫妇女的老道路，这正是懦弱者末落的悲哀，客观上，做了封建势力的帮凶与俘掳①了！

端木先生的思想与主张，引起各方面的批评，是必然和需要的。每一个爱国同胞，不仅女同胞，对于她的主张，都应加以注意，加以讨论，加以批判的。

我们渴望着各方面开展讨论，我们期待着严正的共鸣，为了奠定妇女解放运动的理论基础而努力！

周恩来也撰文参与这场论战。其文题作《论“贤妻良母”与母职》：

无论在任何社会，做母亲的当然要良，做妻子的当然要贤，这犹之做父亲的当然要良，做丈夫的当然要贤，一样成为天经地义不可变易的真理。但“贤”与“良”的标准，常随着时代社会而有所不同，而有所变更。特别用在妇女身上，旧社会以三从四德为贤，以三K(教会，厨房，育儿)为贤。新社会则妇女解放了，女性与男性处于平等地位，其“贤良”的标准亦平等了。母职妻职犹如父职夫职一样，可以成为分别贤良的标准，也可成为男女的分工和各自的任务。所以我们站在妇女解放的立场上，并不反对良母或者贤妻这两个独立的美称和赞意，而只问其所指的标准和含义如何，我们更不反对提倡母职或妻职，而只问其所指的职务内容和有关方面的相互关系如何。

但是，“贤妻良母”成为一个固定的连结在一起的名词，其含义便不同了，但是专门限于男权社会用以作束缚妇女的桎梏，其实际

①“俘掳”，现作“俘虏”。

也的确是旧社会男性的片面要求。在这一名词下，妇女的地位，便被规定得死死的，只能牢守在家庭做一个伺候丈夫的妻子，做一个养育儿女的母亲，而不能在社会上取得一般地位。所以凡是主张“贤妻良母”的国家（如日本、德国等），其妇女在社会上一般的是没有政治地位的，而这些国家也永远保持着男权社会的浓厚传统。因此，我们对旧的贤妻良母主义是反对的，同时，我们也反对在“贤妻良母”名称的上边冠以一个新字。尽管你解释新的“贤妻良母”的定义，是完全站在男女平等的地位，而要求妇女应尽母职和妻职。但你保持这个旧的固定的连结在一起的名词而只冠以新字，你便先陷入男权社会的立场，而将妇女在社会上地位定型化了之后，再加以新的解释，这无论如何是不妥的，而且也不合逻辑的。我们只要设想一下，为什么没有“贤夫良父”这一名称，便知道“贤妻良母”是有他一定含义一定的社会性质了。如果将新的“贤妻良母”的任务分为母职妻职来讨论，那便很合理，并且也很自然的会联系到父职夫职的问题了。

并且，“贤妻良母”成为这样一个固定名词，主要的还在于强调夫权作用。一个已婚的女子，如果生了儿女，既要做贤妻，又要做良母，不仅不能两全，而且会妨碍其做良母，因为一般当丈夫的在“贤妻良母”这个要求上，总是自私的偏重于贤妻，而或多或少的妨碍着自己妻子成为良母。即使①某些当丈夫的能让其妻子专心的成为良母，但在这些人中，又有很多藉口于家庭难得安慰而去外边做些使妻子难堪的事情的，反过来，还要妻子忍泣吞声，说这才合乎贤妻的榜样。这就是“贤妻良母”的真正要求，真正解释。虽在现今青年一代中，我们也还看见这类典型。所以我们在谈母职妻职的时候，毋宁着重于母职，妻职较之母职来说，不仅应置于次要的地位，而且也不应相提并论。

①“即便”，原文亦似“即使”。

论到母职，这是生物社会绵延不绝的生命线，而人类社会，更应自觉的认识母性的伟大和母职的重要。我们尊重母职，提倡母职，不应站在男性社会自私的观点上，而应站在人类社会共利的观点上。社会不管进步到什么程度，公共育儿制度就算尽善尽美的实现，母性固然不会消失，母职也还仍然需要。狭义说，十月怀胎，婴儿哺育，均属母职。广义说，代人哺婴，公共育儿，又何尝不是母职?！幼年教育，以女性担任为当，是母职的扩大。中国古礼中的长嫂如母，是代行了母职。母职，是妇女在人类社会中最光荣的天职。我觉得，泛论起来，世界上没有任何一种任务，再比母职光荣和永恒的了。

为着人类绵延，民族繁荣，尤其是为着目前健强我们中华民族的后代子孙，我们应当尊重母职，提倡母职。尊重，是要引起社会的尊重，首先就要求家庭中尊重母性，尤其是当丈夫的更要重视母职，帮助母职，而不应妨碍母职。能尽父职的人，必须懂得母职是百倍艰难于父职。谁无父母？生我劬劳，唯母爱为最深刻！有人拿社会上尽多无母之儿，来做母职有亏的例子，是不很妥当的。我以[为实际]上无父之儿不知要超过无母之儿[多少倍]①，苏联的法律，对私生子及离婚后的子女均规定做父亲的养育责任，并确定由其薪资所得中扣付。这是公正的，因为做母亲的既在那里尽着纯义务的母职，做父亲的便应出钱养育，共担责任。提倡，是要全社会来提倡，尤其要从政治上来提倡。没有尽母职的良好环境，单靠妇女本身去尽母职是不够的，而且会困难重重的。一个男子没有足以赡养全家的薪资，一个女子没有社会职业的保障，尤其是结了婚的女子更有失业的危险，怀孕的无胎教可说，无休息可能，育儿的无社会津贴，无托儿场所，做工的连哺乳时间都不可得，做保姆教员的也未能得到生活安定，更说不上奖励优待。这些问题不解决，母职的提倡不

①方括符中的字较为模糊，疑似如此。

仅是片面的,而且要妇女们普遍的尽母职,也是不可能的。所以我们认为要使妇女们能尽母职,必须以全社会的力量助其成,而不应仅仅责成妇女。现在有些国家,不论立场如何,都有托儿所的设置,都有对生育几个儿女以上的父母便给国家津贴的规定,亦是提倡母职的一种补助办法。同时,我们提倡母职,绝非视妇女于尽母职之外便无□□①可尽,相反的,妇女是人,但凡人类可做的事情,妇女大都可做。不过,母职既是任何妇女所不可免的天职,妇女于尽母职的时候,少做一点其他事情,不仅是许可的,而且是分工的必须。但我们反对借口妇女应尽母职,因而取消其社会职业,使其陷于更大的困难,转致妨碍母职。我们更反对以同样借口不承认妇女的社会地位和政治地位。这种想法的人,不过是男权社会的拥护者罢了。

至于妻职问题,是应当与夫职同等看待和相提并论的,因非本文中心,留待后论。

我们非空口反对"贤妻良母",而是主张以尊重母职提倡母职为中心的新观念来代替"贤妻良母"的旧观念的。这就是本文用意所在。

卅一年九月廿五日

本文发表于"中华民国三十一年九月二十七日 新华日报 星期日 第四版","妇女之路"第38期。《周恩来年谱》在1942年9月25日的条文中写道:"所写《论贤妻良母与母职》一文在《新华日报》发表。文章批判旧的贤妻良母主义和夫权思想,说贤妻良母本来同贤夫良父一样是天经地义的真理,但贤妻良母成为一个固定的连在一起的名词,就专限于男权社会用以作束缚妇女的桎梏。提出为了人类的绵延,尤其目前强健我们中华民族的后代子孙,应当尊重母权,

①此两字无从辨认,故以阙字处理。

提倡母权,以此新观念代替'贤妻良母'的旧观念。"①条文对这篇文章的主旨虽有很好的提炼,但部分表述却需要斟酌处理。首先,文章的标题是《论"贤妻良母"与母职》,而非《论贤妻良母与母职》,其中的引号并非可有可无。其次,"所写《论贤妻良母与母职》一文在《新华日报》发表"予人的印象是:该文于1942年9月25日在《新华日报》发表。其实,文章的写作时间是1942年9月25日,发表时间是1942年9月27日,当分别处理。其三,文章提出的是应当尊重"母职",而非"母权"。"母职"与"母权"恐不能完全画等号。同时,文章还强调:"要使妇女们能尽母职,必须以全社会的力量助其成,而不应仅仅责成妇女。"这一点至关重要,却为编者所忽略。

对于这场论战,冰心也有所回应。在《我的母亲》中,冰心写道:"她是一个典型的贤妻良母,至少母亲对于我们解释贤妻良母的时候,她以为贤妻良母,应该是丈夫和子女的匡护者。"②这一认识,颇接近端木露西的观点。她还进而表示:"关于妇女运动的各种标语,我都同意,只有看到或听到'打倒贤妻良母'的口号时,我总觉得有点逆耳刺眼。当然,人们心目中'妻'与'母'是不同的,观念亦因之而异。我希望她们所要打倒的,是一些怯弱依赖的软体动物,而不是像我的母亲那样的女人。"③1948年6月,冰心在日本东方学会东京支部和东京大学文学部中国文学研究室共同主持下,就如何欣赏中国文学发表演讲。1949年9月,《如何欣赏中国文学》(日文)由东京大日本雄辩会讲谈社刊行。④ 其中谈到:"中国妇女运动有过标

①中央文献研究室编:《周恩来年谱(1898—1949)》(修订本),中央文献出版社,1998年版,第552页。

②冰心:《关于女人》(增订本),开明书店1945年版,第17页。

③冰心:《关于女人》(增订本),开明书店1945年版,第17—18页。

④陈恕:《冰心生平、著作年表简编》,《冰心全传》,中国青年出版社,2011年版,第503页。

语‘打倒贤妻良母’。我们并不是不要贤妻良母，可是同时也要贤夫良父。贤和良不应该只是一方面的义务。”①这种说法，又有些类似于周恩来的主张。

冰心与“贤妻良母主义”的关系，历来是研究者关注的重点。万平近、汪文顶在《冰心评传》中，有过总结性的述评：

冰心的早期作品（如《两个家庭》）已有“贤妻良母”的暗示，《关于女人》中一系列女性，除了未婚的法国女作家德利莎和《我的教师》中的T女士未做妻和母之外，大都是贤妻良母。……《关于女人》不是理论性著作，不是从理论上论述“贤妻良母”问题，而是通过一个个具体的女性形象，都隐含着对新型的贤妻良母的赞扬。冰心自己的母亲不消说，是“世界上的母亲中最好的一个”，她描写的三个弟妇，也无一不是贤妻良母。“叫我老头子”的“二弟妇”（实际上是大弟媳杨建华——《冰心评传》原注）做新娘子不到几天“就喧宾夺主，事无巨细，都接收了过去，母亲高高在上，无为而治，脸上常充满着‘做婆婆’的笑容。”“请我自己想法子”的三弟媳（实际上是二弟妇李文玲——《冰心评传》原注），新婚不久，就过着战时辛苦和流离的生活，但“总是很稳定，很满足，很乐观”，在炎暑中做家事汗流如雨，嘴里还能唱歌，冰心赞扬说：“这才是伟大的中华儿女的精神，我向她脱帽！”“使我心疼头痛”的“四弟妇”（实际上是三弟媳刘纪华——《冰心评传》原注），在学生时代就是“稳静大方，温柔活泼”，成为周围人们爱慕的对象。她的爱情，使“善怀、多感、急躁、好动”的“四弟”（实际上就是三弟为楫——《冰心评传》原注）转变为“刻苦、耐劳、活泼、勇敢”，结婚后建成一个“小巧精致的家”成为“我”南

①卓如编：《冰心全集》（第三册），海峡文艺出版社，2012年版，第185页。

下北上的"行宫"。《我的学生》中以苦为乐的S女士,《我的邻居》中忍辱负重的M太太,《我的朋友的母亲》中的K老太太,在冰心笔下都是有文化涵养的新型贤妻良母。特别是后篇描写留学回国在北平从事教育工作中的K,抗战爆发后匆匆撤到后方,师范毕业的妻子和三个孩子则留在北平。在多年的共同工作中与助手F小姐产生感情,打算与妻子离婚。这种情况在战争乱离年代是常见的。K老太太经过诚挚的耐心的说服工作,使他不成为"陈世美",F小姐决定离开K去参军。表面看来这似乎是维护中国传统的婚姻道德,违反恋爱婚姻自由。但冰心笔下的K老太太,并不是恪守封建道德的旧式妇女,而是有见识有文化理论修养的老太太,既为苦难中育养三个孩子的媳妇着想,也为F小姐的幸福着想,她的说服工作既合情合理,又有较高的理论水准,令F小姐信服。这位K老太太是与冰心的母亲一样富有现代意识的良母。在实际生活中涌现出许许多多贤妻良母,"打倒贤妻良母"的口号是有害无益的,更不应作为妇女运动的口号。自然,提倡"贤妻良母"也不是妇女运动的目标。重要的是在家庭关系中男女双方必须有平等的权利和义务。冰心在《关于女人·我的择偶条件》中,虽然是假托"男士"之口提出择偶的条件,多少带有招笑性质,但所提条件中都是男方具有的,才对女方提出,实际上也寄寓了男女平等的思想意念。①

其后,刘巍的《关于冰心的"新贤妻良母主义"》②,以及刘传霞、葛丽娟的《论冰心创作中的贤妻良母主义》③等,对于这一论题,都有更为详细和深入的探讨,读者自可借鉴。

①万平近、汪文顶:《冰心评传》,重庆出版社,2001年版,第261—262页。

②载《冰心论集(五)》(王炳根主编,海峡文艺出版社,2011年),第24—31页。

③载《冰心论集(2012)》(王炳根主编,上海交通大学出版社,2013年),第126—138页。

冰心与宋美龄和蒋介石

冰心与宋美龄的关系，近年来成为研究者关注的热点。王炳根的《谢冰心与宋美龄》[1]，比较全面地梳理了两人之间的往来。其《尘封的美文——冰心的佚文与遗稿》[2]也曾述及。冰心对宋美龄的描述，主要见诸三文：《我所见到的蒋夫人》[3]《宋美龄女士近况》（附宋美龄函）[4]和《我眼中的宋美龄女士》[5]。现就其中与重庆有关的部分略作摘录：

---

①该文原载《中国现代文学研究丛刊》2006 年第 6 期。后收入《冰心论集（四）》下册（王炳根主编，海峡文艺出版社，2009 年）。

②该文最初发表于《书屋》2007 年第 9 期。后又作为《冰心文选·佚文卷》（王炳根选编，福建教育出版社，2007 年 11 月）的前言。2009 年 11 月，再次收入《冰心论集（四）》上册出版。

③日译文的原题为《私の見た蒋夫人》（谢冰心著，武田泰淳译，《主妇之友》第 31 卷第 4 号，1947 年 4 月）。

④日译文的原题为《最近の宋美龄女史》（谢冰心著，译者不明，《妇人公论》第 31 卷第 9 号，1947 年 9 月 1 日）。原译者将“谢冰心”写成了“谢泳心”。

⑤日译文的原题为《私のみた宋美龄女史》（谢冰心谈，记者文，《淑女》第 1 卷第 1 号，1948 年 1 月）。其“前言”云：“我们从来日的谢冰心女士那里得知了举世闻名的宋美龄女士的近况。谢冰心女士是宋美龄女士最好的朋友。”

……

一九二四年，我在美国威尔斯利女子大学留学时，我的美国老师们经常自豪地和我说，本校有一位中国留学生，即一九一七年毕业的宋美龄小姐，她非常聪明、漂亮。我回国后，一九二七年宋小姐与蒋介石将军结婚。我经常在新闻和杂志上拜见夫人的照片和讲话，但始终没有机会和她见面。

一九三七年，抗日战争爆发。一九三八年，我们全家从北平搬到云南省的昆明。当时我丈夫吴文藻因英国和中国间的特殊讲座被派遣到云南大学当人类学教授，不久被任命为社会系的系主任。我们便在云南过起了昔日的教师生活。

一九四〇年秋天，我突然收到重庆的友人的来信。信上写道，他与蒋介石见了面，在和蒋夫人的谈话中，蒋夫人说她主导的新生活运动妇女指导委员会现在需要一名文化事业部部长，当我的朋友向蒋夫人提起我的名字时，夫人十分高兴，希望我能坐飞机到重庆与她见面。当时我不知道自己是否能离开昆明，也不知道这个工作的性质，但是读了许多有关蒋夫人的中外传记，从朋友那儿也听到许多有关蒋夫人的情况。我真的很想见夫人，想接近她那不同寻常的人格。正巧吴文藻因学术会议也要去重庆，于是我们便一起出发了。

从飞机上往下看，我们越过了云南陡峭的山脉，在被称为“天府之国”的四川省的田野中降落了。重庆是一个位于山间的细长形的城市，在薄雾中耸立于长江和嘉陵江之间。飞机渐渐地下降，在城市的上空回旋时，我看到重庆遍地都是空袭后的痕迹。墙壁倾斜、栅栏倒塌、大桥陷落、道路绝尽。但完好无损的政府的建筑物上却四处飘扬着青天白日旗，新建的小木屋宛如雨后春笋般地排列在道路的两旁。“这就是抗战时发出一切军事政治命令的重庆！”我内心紧张，无法控制兴奋的心情。

蒋夫人派自己的秘书钱用和女士来接我们。这天晚上，我们在重庆的朋友家住了一宿。第二天早上，钱女士来接我们和妇女指导委员会的总干事、部长等人一同前往郊外蒋夫人的官邸。

这个官邸说是在重庆，却坐落于长江对岸的黄山。我们坐小蒸汽船渡过滔滔流滚的长江，然后坐山轿上了山。这天，凝聚在雨中的浓雾随风飘动，到处都能听到溪流声，雄伟陡峭的山壁上郁郁葱葱、树木丛生，一个又一个的山峰在我们眼前滑过。我不禁由衷感慨道："如果不来中国的西南部，一定无法知晓古画中的逸趣，也不能观赏它啊！"

到了半山腰，进入官邸用地，门口站着持枪的卫兵，里面是整洁的弯路和草地。绕了好多圈后，轿子在小楼前落下。那是蒋夫人的秘书们工作的地方，中国和美国女秘书们正用打字机打着字。

过了一会儿，钱女士把我带到了对面一座特别大的楼里。那是蒋委员(长)夫妇的住处。

我独自坐在客厅里，周围的墙上挂着贵重的书画，另外还有一套满漂亮的家具，但房间里除了有一个花瓶以外，其余只在窗边挂着一张张自忠将军的照片。

这时我突然听到隔壁用英语打电话的十分清晰的声音。根据听到的"美国国务院"等词可以大致地判断电话的对方是美国人。放电话的咔嚓声一响，蒋夫人就倏然从外面走了进来。我们俩握手后面对面坐下，我不知是惊还是喜。

在我至今为止见到的妇女中，确实从未有过像夫人那样敏锐聪颖的人。她身材苗条、精神饱满，特别是那双澄清的眼睛美丽动人。

一开始夫人用汉语和我交谈，当谈到美国的母校时，我们俩情不自禁地说起了英语。和中文相比，夫人好像更能轻松地用英语交谈。

夫人希望我也能参加她领导的妇女指导委员会，并且劝我来重庆和她一起工作一个月。夫人这样对我说："谢女士，国难当头，我们必须一个不漏地动员所有的国民。你应该利用自己的影响力指导青年团体。不能闲居在昆明郊外的小地方了。"我笑着说："即使住在昆明郊外的小地方,也不是说就抗战不了了。”这时,夫人也笑了。夫人没有任何掩饰的态度,非常自然、温和,使人深深地感到她是一位热情的主妇。

我和蒋夫人以及妇女指导委员会的成员们一起吃了午饭。蒋夫人亲自在桌上烧了咖啡,还给我们吃了她做的点心和糖。重务在身的夫人怎能有时间去厨房呢?我感到难以想像。

因为下午有约,所以我先告辞了。对于夫人的规劝,我表示考虑之后再做答复。三天后,因为夫人派人来询问结果,所以我再次去了黄山。

我说了一些实际问题。孩子们都还小;战争时期由于交通不方便,所以搬家很困难;再加上最重要的是我丈夫的工作。文藻和自己的学生们在云南开始了农村社会的各种研究,而且进行得非常顺利。我不想离开那儿,除此之外,我自己身体也不太好,办公室的工作做不长,所以想和原先一样住在云南,然后做点儿……说到这里,夫人突然打断了我的话:“交通问题再多也能为你解决。我很清楚你有一个幸福的家庭。我并不想让你们家人分开什么的。战时的政府非常需要像吴先生那样做研究的教授。你的工作是一时的还是怎样我们以后商量,归根结底还是希望你们两位能来。”

然后,夫人兴致勃勃地谈起了她的著作,还给我看了二三篇她刚写完的有关中国抗战的文章。这些都是用英文写的,将要向美国和英国的新闻杂志投稿。夫人还带我去了二楼,给我看了她的书斋。墙上塞满了书,令人眼花缭乱。我们俩谈了许多有关近代文学的作品。无论是中国的书还是外国的书,夫人看过的书不计其数,其见解也非常缜密、广阔。“我也真的想过以写作为生。但很遗憾,这还无法得以实现。我在大学时所学的主要科目是文学。你知道吗?”夫人这样问我。

这天我第一次见到蒋委员长。和我们的想像不同,委员长的态度非常和蔼。最显眼的是他那双炯炯有神的眼睛和曲线分明的嘴形。喝完茶后，我们在客厅看了战争时期的新闻电影。他们两位也和文藻约好让我们俩一同去黄山。第三次是我与文藻同行，和委员长夫妇以及二三位友人共进午餐。我们从昆明到重庆的搬家计划便在那天定了下来。

到了重庆，由于健康的关系，我在妇女指导委员会只帮了四个月的忙就搬到了郊外。……

……

确实，他们俩的结合给中国的抗战带来了莫大的帮助。蒋夫人是虔诚的基督教教徒，她非常民主而且是一位很有正义感的人。她行动敏捷、态度活泼而温和，尤其是具有出色的判断能力和勇气。两人结婚以后，每当蒋主席外出，夫人几乎都一同前往。这不单单是出于礼节的同行，夫人确实是蒋主席最有力的助手。尤其是战争时期，她的这种活动能力得到了充分地发挥。她组织妇女、慰问伤兵、养育儿童，此外还帮助蒋主席接待各国来宾，担任翻译。在战火纷飞、军马嘶鸣中，夫人在战场、防空洞、国内、国外东奔西走。不正是她才能称得上是抗战中中国最辛苦最努力的女性吗?!

来自美国的女记者在采访夫人之际曾经这样热忱地表示:“您是我最崇拜的女英雄。”当时夫人笑着说:“我不是故事里出现的那种女英雄。我只是一个女人，一个普通、平凡的女人。”是的，夫人是集各种特点于一身的女人。她着装得体，衣服的色调总是那么的协调。她爱好整齐、清洁，并亲手插桌子上的花。她喜欢孩子并且喜欢干厨房的家务。她还爱好文学和艺术。这一切使两个人的家庭生活美满充实。

……①

①谢冰心著，虞萍译注:《我所见到的蒋夫人》，王炳根选编《冰心文选·佚文卷》，福建教育出版社，2007年版，第71—80页。

冰心的三上黄山,促成了她与吴文藻在抗战时期的第三次搬家。冰心夫妇与三个孩子,以及保姆富奶奶,乘坐飞机,直飞重庆。行李与家具,包括冰心用惯的席梦思床垫,则由一辆大卡车拉走。[①]对于冰心和吴文藻所受的礼遇,时在昆明的林徽因忿忿不平。她在给费慰梅、费正清的信中,颇致不满:"但是朋友'Icy Heart'却将飞往重庆去做官(再也没有比这更无聊和无用的事了),她全家将乘飞机,家当由一辆靠拉关系弄来的注册卡车全部运走,而时下成百有真正重要职务的人却因为汽油受限而不得旅行。她对我们国家一定是太有价值了!很抱歉,告诉你们这一条没劲的消息!这里的事情各不相同,有非常坚毅的,也有让人十分扫兴和无聊的,这也是生活。"后来,傅斯年在向国民政府请求接济战时的林徽因时,也打抱不平,说梁思成,"其夫人,今之女学士,才学至少在谢冰心辈之上"。[②]

对于冰心的这次履新,在稍早的肖凤所作的传记中,却有如下的叙述:

"也是在这一年(即1940年——引者注),宋美龄以美国威尔斯利女子大学校友的名义,用前后同学的身份,从重庆写了一封信给

①王炳根:《谢冰心与宋美龄》,《冰心论集(四)》(下册),海峡文艺出版社,2009年版,第303页。

②王炳根:《谢冰心与宋美龄》,《冰心论集(四)》(下册),海峡文艺出版社,2009年版,第305页。1942年4月18日,傅斯年在致朱家骅的信中说:"梁思成、思永兄弟皆困在李庄。思成之困,是其夫人林徽因女士生了T.B.,卧床二年矣。""思成之研究中国建筑,并世无匹,营造学社,即彼一人耳(在君语)。营造学社历年之成绩,为日本人羡妒不置,此亦发扬中国文物之一大科目也。其夫人今之学士,才学至少在谢冰心辈之上。"(王汎森、潘光哲、吴政上主编:《傅斯年遗札》第三卷,社会科学文献出版社,2015年版,第945、946页。)傅斯年之所以拿冰心做比较,大约是在歌乐山与冰心一家"望衡对宇"居住后的有感而发(具体见后文《从〈蜀道难〉看冰心与罗常培的交谊》)。

住在呈贡的冰心。其中的意思是：你躲在昆明的呈贡，不能参加抗日的工作，欢迎你到重庆来，参加妇女指导委员会的工作，以便直接地投入抗战活动，等等。由于这样的一个因由，这一年的冬天，冰心全家便离开了昆明，到了被国民党政府明令为陪都的山城重庆。”①

“知道冰心抵达重庆，七君子之一的史良，以及邓颖超的朋友刘清扬，便专程拜访了冰心，并把妇女指导委员会的背景和其中的复杂情况，通报给冰心。当她知道这个所谓指导委员会的内幕之后，正直的冰心，便立即退回了该委员会送给她的薪金与聘书。这时候，冰心一家的经济是很拮据的。但是，清高的冰心，不愿意与乌七八糟的指导委员会发生任何关系。因此，刚刚与这个组织割断联系，冰心便立即参加了中华文艺界抗敌协会。”②

对此，冰心自己也有追述。1986 年 11 月 21 日，冰心在《我的老伴——吴文藻》(之二)中，说：

一九四〇年底，因英庚款讲座受到干扰，不能继续，同时在重庆的国防最高委员会工作的清华同学，又劝他到委员会里当参事，负责研究边疆的民族、宗教和教育问题，并提出意见。于是我们一家又搬到重庆去了。③

“1990 年 2 月 2 日雪夜”，冰心又在《我记忆中的沈兹九大姐》中写道：

1938 年，文藻在敌后的云南大学执教，我和孩子为逃避空袭，住

---

①肖凤：《冰心图传》，广东教育出版社，2005 年版，第 183 页。该书序言《致青年读者》提到，1984 年 6 月 11 日上午，肖凤在冰心的书房里“向她请教：对于为她立传，可有什么意见”，冰心“沉思片刻，慢慢地说出了这样一句话：‘真。我希望写得能够像我。’”(第 3 页)

②肖凤：《冰心图传》，广东教育出版社，2005 年版，第 185 页。

③卓如编：《冰心全集》(第六册)，海峡文艺出版社，2012 年版，第 310 页。

到云南郊外的呈贡。那时的国民党教育部次长顾毓琇是文藻在清华大学的同班同学,他从重庆到呈贡来看我们说:"蒋夫人宋美龄对我说,'我的美国威尔斯利女子大学的同学谢冰心,抗战后躲在云南,应该请她来妇女生活指导委员会做点文化教育工作。'"我被她"躲"字激怒了,于1941年初[①]就应邀到了重庆。其实,我和宋美龄并没有同过学。我是在1923年燕京大学毕业,得了学士学位,同时又得了美国威尔斯利女子大学的奖学金,才到威尔斯利女子大学去读硕士学位的。那时宋美龄已经读完本科四年而离开了。

我到重庆就任后,发现那"妇女指导委员会"原来是"新生活运动妇女指导委员会"。而文化教育组的工作,就是搞蒋介石发起"新生活运动"的那一套!我的前任就是我所钦佩的沈兹九大姐。她就是认为文化教育组应该做些抗日救国工作,而同宋美龄进行了多次斗争。宋美龄仍是固执己见,兹九大姐才愤而辞职的。这些话是在我就任后不久,同时还在"指委会"工作的史良和刘清扬悄悄告诉我的(那时她们为了统战工作,暂时留在会内)。我觉得我是落进了圈套!我立即写了辞呈,退还了工资,连夜搬到重庆郊外的歌乐山上去。[②]

①此处冰心记忆有误。

②卓如编:《冰心全集》(第七册),海峡文艺出版社,2012年版,第259—260页。

冰心与浦薛凤
——附冰心的旧体诗词

一、冰心与浦薛凤的日常交往

浦薛凤(1900—1997),号逖生。时任“国防最高委员会参事”,单身一人在重庆,家眷则安排在老家常熟城里,只有通信联系。出于三人的友谊,同时也受浦夫人陆佩玉的拜托,冰心夫妇对浦薛凤多有照拂。对此,浦薛凤在回忆录中有所追述,从中也可见出冰心生活之一斑:

“予常随着文藻于星期六午间,亦时常单独于星期日清晨,前往歌乐山。先乘轮渡江,随即叫坐滑竿,一路上山。既可换换空气,又可躲避空袭。文藻、婉莹寓所自系战时建筑但恰大小合适,雇一当地女佣,便利不少。予星期六去则住宿一晚,星期日去则当天回宿舍。吴家邻近住有梁士纯(本燕京大学教授)夫妇及徐道邻之妹徐樱女士(李方桂夫人),均擅桥术,婉莹往往为予着想,约请此三位来玩桥,尽半日之欢。据文藻相告,婉莹曾嘱伊约同化成留心予之寂寞情绪,或需调剂,用心可感。胜利后,文藻、婉莹曾为予约请戴丽莎(平群辞谢未到)、(张)镇巽、化成①、徐樱女士、梁太太,以及其他几位熟友,一桌麻将(由镇巽、化成,及其他两位入阵),一桌桥牌(由戴丽莎、梁士纯夫人、徐樱女士及予参加)。”“此外,还有一家,予与化成、景超、文藻,亦不时前往盘桓,即级友(沈)宗濂寓所。”②

“予到重庆后与家中通信(佩玉初留北平,后回常熟),无论寄往北平或常熟,总是先寄上海(陆)梅僧寓所,烦托加封转寄,而双亲及佩玉所发函件,则均写明四川重庆郊外歌乐山林家庙五号谢冰心女士收转蒲瑞堂先生③。一九四二年十一月初旬,婉莹适来重庆,嘱文藻将佩玉所写家信一封,当面交予。予正在搭车赴领事巷十七号康公馆,应平群与戴丽莎晚饭与桥牌之约,故到康公馆后方才拆读佩玉来信,惊知吾父已于八月十二日辞世,享寿七十有七。”④

1944年8月,浦薛凤奉命赴美,出席国际安全机构预备会议,即“顿巴登橡树园会议”。27日,抵达华盛顿。有感于“美系青年国家,朝气蓬勃,前途无涯”,遂在“与婉莹、文藻、(奚)东曙(伦)诸友通信”时,“均提及此点”⑤。抗战胜利后,浦薛凤从美国回到重庆,改任行政院善后救济总署副署长,主襄助政务。约一周后,“即迁往嘉陵新村三号官邸……美国大使馆即在附近。……友好如文藻、婉莹、旭岚、镇巽、宗濂、纤华、光裕、大珍等均曾来过”⑥。“在廷黻行将赴沪之前,予曾假康公馆设宴两桌,邀好友欢聚。计到延黻⑦、平群、

①化成指王化成,时任外交部条约司司长,并兼国防会参事。

②浦薛凤:《浦薛凤回忆录》(中),黄山书社,2009年版,第232—233页。

③浦薛凤自美国回到重庆后,与陆佩玉的通信,“仍由歌乐山婉莹文藻寓所转”(《浦薛凤回忆录》中册,第312页)。文中,浦薛凤虽云冰心的住址是林家庙5号,但作为晚年的回忆录,相较而言,更可征信的还是当时的出版物(罗常培《蜀道难》)和档案文献。

④浦薛凤:《浦薛凤回忆录》(中),黄山书社,2009年版,第233页。

⑤浦薛凤:《浦薛凤回忆录》(中),黄山书社,2009年版,第254页。

⑥浦薛凤:《浦薛凤回忆录》(中),黄山书社,2009年版,第312—313页。

⑦“延黻”当为“廷黻”之误,即蒋廷黻。

戴丽莎、旭岚、镇巽、毓瑞、琏卿、卓敏、志文、景超、业雅、岱如、恩钦、文藻、婉莹、化成、美玻，以及(陈)炳章夫妇等。晚饭后并有跳舞。"[1]其中"平群"为张平群。戴丽莎，即康彰，平群夫人。"纤华"为钮纤华，沈宗濂婶娘。"毓瑞"为顾毓瑞，顾一樵五弟。"琏卿"即王琏卿，毓瑞夫人，王晓籁之女。"旭岚"为蔡旭岚。"卓敏"为李卓敏。"景超"即吴景超。"业雅"为龚业雅，景超夫人。

由于还都有日，浦薛凤又决定邀夫人"单独前来蜀地一游"[2]。"佩玉到达日……是晚，即承(何)淬廉(余)舜芝兄嫂设宴接风。到有(张)纯明(余)琼枝、(王)化成(蔡)美玻、(吴)文藻(谢)婉莹以及(邱)毅吾(昌渭)兄嫂几对。[3] ……五月初予偕佩玉自重庆飞回南京"[4]。

二、冰心与浦薛凤的诗词唱和

1944 年 1 月，冰心、吴文藻、浦薛凤应邀去青木关顾一樵家聚会。途中，浦薛凤为蛇所伤，后送进中央医院治疗。[5] 不过，关于这次生病，浦薛凤却自有一说："予住重庆多年，先后患病两次。其一，患疟疾，'冷热'即俗称。……其二，则系伤寒症，殊近严重。时在乘坐滑竿赴青木关一樵夫妇邀聚之后。此次到者有文藻、婉莹、景超、业雅、毓瑞、琏卿、实秋夫妇、化成及予。也许来回乘坐滑竿，被有毒蚊虫所咬因而染得此病。归来先到嘉庐，卧床不适，自己以卧枕撞

①浦薛凤:《浦薛凤回忆录》(中)，黄山书社，2009 年版，第 313 页。

②浦薛凤:《浦薛凤回忆录》(中)，黄山书社，2009 年版，第 313 页。

③浦薛凤:《浦薛凤回忆录》(中)，黄山书社，2009 年版，第 314 页。

④浦薛凤:《浦薛凤回忆录》(中)，黄山书社，2009 年版，第 315 页。

⑤陈恕:《冰心全传》，中国青年出版社，2011 年版，第 223 页。

击头部。五嫂见状殊觉着急,幸即送予至中央医院。……所幸热度渐退,体力渐复,不久出院。”①当时,有许多新知故友前去看望,冰心则在探视之余,还填词以赠:

赠逖生病中 调寄浣溪沙(水仙)

寄托闲情到水仙,病中心绪阿谁边。
拥衾无语看炉烟。微步凌波应解舞,
生尘罗袜亦翩跹,不输梅蕊占春先。

浦薛凤出院后,吴文藻将其接到歌乐山静养了一段时间。为答谢冰心的照顾,浦薛凤乃“步韵奉答”②:

咏《瓶中红梅》 步韵奉答冰心

影里红梅梦里仙,依稀地角又天边,
思丝如水复如烟。飞燕姣嘘添馥郁,
贵妃醉酒更蹁跹,甜香秀色百花先。

两人的一唱一和,很快便传为佳话。在重庆的许多清华人士③,也用冰心韵相继咏和:

---

①浦薛凤:《浦薛凤回忆录》(中),黄山书社,2009年版,第235—236页。

②陈恕:《冰心全传》,中国青年出版社,2011年版,第224页。

③据《浦薛凤回忆录》(黄山书社,2009年版),当时在重庆,“清华若干熟友约定每两周一次,在星期六晚膳聚谈一次,俾资联络。初在新街口邮汇局(王)酌清(志廉)处,嗣后改在(熊)仲伦(祖同)之日用品供应处。参加者计有(王)酌清、(高)惜冰、(程)墀秋(其保)、(胡)光镳、(吴)泽湘、(吴)峙之(国桢)、(黄)宪儒、(王)亚农(国华)、(王)化成、(熊)祖同、(翟)毅夫(桓)、(顾)一樵、(何)孟吾(浩若),与予。如(孙)小孟(国华)或(孙)立人远道来重庆,亦必邀请参加。发动此聚餐者为予与一樵及化成”。(中册,第234页)

浣溪沙《咏梅花》

顾一樵

雅思高情羡逋仙，岁寒松柏蜀山边，
涂峰如黛水如烟。疏影横斜来绰约，[1]
暗香浮动舞翩跹，凌云才调数君先。

和咏《红梅水仙》

萧公权[2]

小驻红尘绛阙仙，罗浮山下月林边，
寒香梦远隔非烟。修到维摩真解病，
天花惹袖自翩跹，人间清福让谁先。

和咏水仙梅花和逖生用冰心夫人赠词原韵

吴景洲[3]

聘得梅花嫁水仙，客中芳思杳无边。
尽多往事隔云烟。瘦影微传香淡远，
风姿难掩态翩跹，春回同占百花先。

---

①此处原为句号，今改为逗号，以资统一。

②萧公权（1897—1981），江苏泰和人。成长于重庆。抗战时任教于四川大学、成都燕京大学、光华大学。

③吴景洲，即吴瀛（1891—1959），“景洲”系字。江苏常州人。曾参与创建故宫博物院。抗战时避乱重庆。

浣溪沙水仙和逖生兄用冰心女史韵

成惕轩①

玉步凌波望若仙，又添芳思到吟边。
静宜疏雨淡宜烟。客绪浑成蚕缱绻，
幽姿雅称鹤翩跹，春来消息共梅先。

合《咏梅花水仙》

周君简②

汉女相将梦绿仙，年年幽步到春边。
明妆双笑净风烟。流水高怀成缱绻，
空山清梦共翩跹，冰魂唤起一阳先。

林下曾逢缟袂仙，更闻环佩水云边。
陈王幽梦寄空烟。妆面都宜珠错落，
舞姿还看玉翩跹，太平春占蜀江先。

屈子离骚写众仙，怀沙千古恨无边。
永遗二妙落荒烟。环佩月明归绰约，
衣裳云卧意翩跹，芳尘野马一鞭先。

---

①成惕轩（1911—1989），字康庐，号楚望，湖北阳新人。抗战时任军事委员会委员长侍从室和国防最高委员会秘书。

②周君简（1905—1959），字圣华，祖籍湖北黄陂。其兄有周君亮、周君适。妻赵鸣初，为赵朴初大姐。抗战时亦任职于国防最高委员会。

浣溪沙

浦江清①

病榻维摩供水仙，不知甜梦到谁边。
江南芳草隔云烟。巴蜀竹歌听喔咂，
清华镫影记翩跹，相逢落子让君先。

画桨柔波贴水仙，戏抛莲菂到郎边。
绕堤杨柳绿凝烟。扑地一声飞过去，
几回照水影翩跹，滩头白鹭避人先。

浣溪沙

梅月涵②

不羡鸳鸯不羡仙，醉来斜倚小炉边。
荔枝尝罢试新烟。蝴蝶梦中空幻化，
嫦娥月里共蹁跹，樽前春色酌谁先。

浣溪沙寄和逖生

蔡旭岚③

绰约丰神缟袂仙，低回无语倚窗边。
幽情深意寄炉烟。顾影阿谁同淡泊，
消声对月自翩跹，清标更占众香先。

---

①浦江清（1904—1957），江苏松江人。1938 年任西南联大中文系教授。1940 年，送母回乡，滞留上海，闭门著述。曾应郑振铎之邀，到暨南大学任教。1942 年底，重返昆明，仍任教于西南联大。

②梅月涵，即梅贻琦。“月涵”系字。

③蔡旭岚，即蔡可选。“旭岚”为字。1902 年生。安徽巢县人。经济学家、会计学家。

玉骨冰姿花里仙，孤芳幽独立荒边。
暗香疏影笼轻烟。潇洒丰神堪绝世，
琼英零乱舞翩跹，东君消息总占先。

1984年，浦薛凤曾将这些诗词吟咏收入诗集《沙里淘金沧桑鸿爪：浦薛凤诌占集》，台湾正中书局出版。不过，由于战乱播迁，除冰心当年所写的浣溪沙《水仙》尚留有墨迹①，其余友人所书，已不复在。浦薛凤晚年在美国南加州时，曾将这些诗词，用毛笔亲自缮录，据此，方有蒲丽琳的《重庆1944年朋友们的〈浣溪沙〉唱和词》②，以记其盛。

此外，在歌乐山，冰心还曾赠浦薛凤诗一首：

眼看乾坤一掷争，不辞万里作长征。文章早定千秋价，经济方驰四海名；

买得新居更放胆，来寻旧雨尽多情。山中应有故园梦，汉月清华照燕京。③

所谓赠诗，或是抄写他人之诗转赠，但更多的还是以自己所作相赠。此诗未见出处，当系冰心自己的作品，不过查阅《冰心全集》，并不见录。

---

①墨迹右边，有浦薛凤加注的文字："此系谢冰心（婉莹）女史亲笔所写，时在重庆，岁次癸未年十二月，即一九四四年一月。浦薛凤志，一九八四年六月"（蒲丽琳编著：《海外拾珠：浦薛凤家族收藏师友书简》，百花文艺出版社，2012年版，第186页）。

②蒲丽琳编著：《海外拾珠：浦薛凤家族收藏师友书简》，百花文艺出版社，2012年版，第222—224页。

③蒲丽琳编著：《海外拾珠：浦薛凤家族收藏师友书简》，百花文艺出版社，2012年版，第180页。

三、冰心的旧体诗词

除上述赠诗外，冰心还有一些旧体诗词散见于当时的报章，如《建国学术》1942 年第 3 期第 25 页，有《冰心词稿》见刊。署名“谢婉莹”。

洞仙歌题石屏李石侯尊堂机灯课子图

孤灯频剔，来往穿梭急，笑听诵声清且晰。纵牵萝补屋，受尽千辛，赢得个不愧敬姜劳绩。

丹青传懿德，曲径幽篁，写取坚贞松筠节。有子显家声，体慈怀，留余爱，甘棠永植，展画图神往笔端春；更忆起，当年断机画荻。

对这两首词，解志熙有过解读，可供参考。[①] “《建国学术》（1940.5—1944.1）/（云南昆明）中国学术研究会编；学术性刊物/总 1—5”[②]。

冰心还有《题悲鹭春懋图》，署名“冰心女士”，载 1943 年 9 月 28 日（星期二）重庆《时事新报》第四版副刊《青光》：

红是相思绿是愁　一生事业托温柔
风流文采般般在　秋到人间不是秋

悲鹭先生于八月十五作春懋图纪念亡友罗清鹭女士逝世八周年　牡丹孔雀绚烂缤纷　而伤心人别有怀抱　非寻常繁华富贵也

①解志熙：《人与文的成熟——冰心四十年代佚文校读札记》，《鲁迅研究月刊》2010 年第 1 期，第 92 页。

②丁守和、马勇、左玉河等主编：《抗战时期期刊介绍》，社会科学文献出版社，2009 年版，第 500 页。

三十二年八月三十一日 谢冰心书于渝郊歌乐山潜庐难为春室中①

“悲鹭先生”,即张悲鹭(1917—1993),四川乐山人。回族画家。原名礼泉、清泉,在杭州西湖艺院求学时名克祥。曾与表姐罗清鹭相恋,罗则因父迫嫁豪绅,愤然投江自尽,遂改名悲鹭。其画笔调粗狂,享有盛誉。《冰心全集》收录时,题目作《题〈悲鹭春懋图〉》②,如此标点,似有不妥,宜是《题悲鹭〈春懋图〉》。不过冰心此诗,实为组诗之一。同时发表者,第一首是郭沫若的《题悲鹭百蝶图》;《题悲鹭春懋图》次之;第三首是《集句题悲鹭春懋图 · 调寄浣溪纱③》,“王芃生倚声:“翠羽惊啼莫怨猜!感恩惜别□难[裁]。几多红艳浅深开。应为花神无意管;不知香颈为谁回?浓妆美笑忆相偎。青雀如何鸩鸟媒?旧交心为绝弦哀。座中疑展画图开。只恐夜深花睡去,似曾相识燕归来。惜花直欲挽春回!”其四,叶绍钧《题白虎图》;其五,沈尹默《悲鹭孔雀图》;其六,居正《悲鹭松虎图》。

另有心杏老人《赠冰心夫人》两首,刊《女青年》1945 年第 2 卷第 1 期,第 40 页,弥足珍贵,也附录于后:

其一

流传咏絮家风在,余子纷纷未足奇;同是异乡为异客,相逢晚岁却嫌迟。

其二

闭门著述蜀中居,裙布相将意自如;我看浣花笺一幅,待君挥洒永和书。

“咏絮”指谢道韫,又言“家风”,则此“冰心夫人”定当是谢冰

①王炳根选编:《冰心文选 · 佚文卷》,福建教育出版社,2007 年版,第 66 页。

②卓如编:《冰心全集》(第三册),海峡文艺出版社,2012 年版,第 27 页。

③浣溪纱,词牌名,多作“浣溪沙”。

心。心杏老人,即曾广珊(1871—1949),曾国藩孙女。又号辉远老人。有《鬘华山馆诗钞》,其作品亦散见于《艺芳馆诗钞》。《女青年》,内文署"女青年月刊","(1945.1—1946.10)/重庆女青年半月刊社编;妇女刊物/总1:1—5:4"①。

①丁守和、马勇、左玉河等主编:《抗战时期期刊介绍》,社会科学文献出版社,2009年版,第75页。

冰心与顾一樵

"2000年1月20日……锡山樵翁顾毓琇于费城蕉舍"，作有《纪念60位师友》，"（四）"为"文学"，冰心居第4位：

1923年本人乘"杰克逊总统"号赴美，因此认识了燕京大学毕业的许地山和冰心女士。我们（包括地山、冰心、实秋及本人）编写《海啸》壁报，后载《小说月报》。冰心进入波士顿附近韦尔斯利女校。双十节国庆宴会在麻省理工举行，冰心女士曾出席，但12月底，因病住疗养院，本人陪许地山曾往探视。

据冰心所著《往事》中，述及1923年11月26日即住圣卜生疗养院。1924年2月20日，已迁沙穰疗养院。5月19日，提及紫罗兰径。此时病已渐好，可以散步。16年后（1940年），曾请写一条幅曰："别离碎我为微尘，和爱和愁，病又把我团捏了起来，还加上一分智慧……我起来试走，我躯体轻健，我举目四望，我眼光清澈。遍天涯长着萋萋的芳草。我从此走上远大的生命的道途。感谢病和别离，20余年来，我第一次认识了生命！"

1925年3月28日，大波士顿中国学生会在艺术剧院公演《琵琶记》，由本人任编导，梁实秋译成英文，并饰蔡中郎。谢文秋女士饰赵五娘,本人饰宰相,冰心饰宰相之女。是时本人级友吴文藻在达特茅斯学院进修,特赶来观剧。

1929年,吴文藻已得哥伦比亚大学社会学博士,返国在燕京大学任教授,与冰心女士结婚。抗战开始,文藻应聘云南大学,担任讲座教授,移家呈贡。不久,冰心当选国民参政员,文藻担任国防最高委员会参事。1943年,本人担任赴印度文化访问团团长,文藻及吴俊升、沈宗濂为团员,并向外交部调五弟毓瑞为秘书。胜利后,朱世明将军奉派为中国驻日代表团团长,聘请文藻为组长。因此冰心有机会赴东京,备受日本文学界礼遇。1950年,本人夫妇搭船赴美,在横滨与文藻、冰心晤面,至1973年方得在大陆重聚。此后8次返大陆,均得晤面,惜文藻早逝。冰心为世纪老人,除《繁星》《春水》《寄小读者》等著作外,其人格更为国人钦敬。①

"庚辰元月"(即1940年2月8日至3月8日间),冰心"时客云南呈贡……应一樵先生清嘱",在"默楼廊前",为之书赠一条幅,曰:"别离碎我为微尘,和爱和愁,病又把我团捏起来,还敷上一层智慧。等到病叉手退立,仔细端详,放心走去之后,我已另是一个人!//她已渐远渐杳,我虽没有留她的意想,望着她的背影,却也觉得有些凄恋。我起来试走,我的躯体轻健;我举目四望,我的眼光清澈。遍天涯长着萋萋的芳草,我要从此走上远大的生命的道途!感谢病与别离。二十余年来,我第一次认识了生命。"②这是冰心《往事(二)》之十中的一段文字。顾一樵在引述时,省略了中间数行。而行文又是英语,翻译后便不免有些出入。

不过,这一条幅,却被王炳根认为是书于重庆。其《冰心与顾毓琇的文化链接》云:"冰心在云南时,曾拜罗常培、郑天挺等学习书

①顾毓琇:《一个家庭 两个世界》,张遇、杨波译,江苏文艺出版社,2011年版,第308—309页。

②卓如:《冰心全传》(上),河北教育出版社,2007年版,第414页。

法,到了重庆也还常练字,一日,顾毓琇索字,冰心想了想,挥笔写下这段话。……冰心之所以选择这一段话赠给顾毓琇,估计与当年上山的探望有关。”①条幅题款完备,信息充足,不应有此误认。

“蕉舍”原为抗战时期顾一樵在青木关的居所。考顾一樵在重庆,曾多次搬家。1938 年,“6 月 30 日,婉靖率诸儿由港飞重庆”。“经武汉时”,顾一樵“登飞机同行,到重庆暂住三弟②处。……10 月,迁入通远门嘉庐 9 号。”1939 年,“5 月 3、4 日,重庆被日寇飞机大轰炸。移家北碚。……9 月 21 日,迁家北碚茅庐。……与三弟、四弟③各筑室于喜莲林里,友人喜赠以‘三顾茅庐’,因请于右任先生题字曰‘茅庐’”。1941 年,“8 月,迁青木关蕉舍”④。关于“蕉舍”,顾一樵有一诗一词题咏。《蕉舍》诗云:“郁郁关山万木青,苍梧翠竹入园庭。芭蕉早识秋消息,伴月今宵几客星。”⑤此诗即作于辛巳年。又有《添字采桑子·蕉舍(次易安韵)》:“前人种得芭蕉树,入我园庭,入我园庭,一点清心,难道不知情?松风竹影山摇曳,雨过天青,雨过天青,只有啼鹃,唤我晚来听。”⑥所谓“次易安韵”,是指李清照亦有《添字采桑子·芭蕉》:“窗前种得芭蕉树,阴满中庭,阴满中庭,

①王炳根:《冰心:非文本解读》,海峡文艺出版社,2003 年版,第 256 页。

②顾毓瑔(1905—1998),康奈尔大学机械工程博士,纺织机械制造专家。曾任中央大学教授、中央工业实验所所长,国民革命军德国军事顾问团工程师,国民政府实业部副部长。首次采用粉末冶金材料制造织布机的含油轴承。

③顾毓珍(1907—1968),麻省理工学院化学工程博士。1932—1949 年,历任南京、重庆、北平的中央工业试验所技正、代所长、所长。1938 年,南京中央工业试验所内迁重庆北碚,继续进行油脂、酿造等方面的试验。1940 年,试验成功“氯化钙脱水法制造高浓度酒精”,取得专利,并着手进行酒精工业的调查及指导工厂生产。1943 年,撰写《中国十年来之油脂工业》一文,系统地研究了大豆油、菜籽油、棉籽油、桐油、芝麻油、蓖麻油、花生油等压榨时各种因素对油收得率的影响,归纳成方程式。这一工作,对油脂工业的生产与发展有很大的促进作用。(据《华东理工大学校庆 60 周年介绍》)

④顾毓琇:《百龄自述》,《中国的文艺复兴》,科学出版社,2011 年版,第 101—103 页。

⑤顾一樵:《蕉舍吟草》,世界书局,1946 年版,第 37 页。

⑥顾一樵:《蕉舍吟草》,世界书局,1946 年版,第 60 页。

叶叶心心舒卷有余情。伤心枕上三更雨，点滴凄清，点滴凄清，愁损离人不惯起来听。"[1]顾一樵虽远走美国，居于费城，但对"蕉舍"，似乎并未忘怀，故一仍其名。

顾一樵有《蕉舍吟草》，"中华民国三十五年一月"，世界书局出版"。其自序作于"三十四年十一月十五日"。卷一，"蕉舍诗稿"。共收五律 45 首，五绝 25 首，七律 50 首，七绝 80 首，共二百首，字 7 340。起民国二十九年庚辰，至民国三十四年乙酉，历时六年。卷二，"蕉舍词稿"，收词 50 首。这些诗词，不乏与冰心有关者，且都作于辛巳年，现将其摘录如下：

潜庐（次郭沫若韵）

病瘦岂关愁，高吟独倚楼。诗心莹夜月，文藻溢江流。婉婉唱随乐，殷殷谈吐忧。岁寒松柏意，冰雪满峰头。[2]

这里所谓"次郭沫若韵"，是指郭诗："怪道新词少，病依江上楼。碧帘锁烟霭，红烛映清流。婉婉唱随乐，殷殷家国忧。微怜松石瘦，贞静立山头。"诗中分别嵌入"冰心""婉莹"和"文藻"的名字。

知音

何处女词宗，鸣琴复抚松。知音空冀北，绝响溯江东。起舞罗衫薄，宜妆夕照红。吟成闲握管，林下乐清风。[3]

---

①《重辑李清照词》（李清照著，黄墨谷辑校，中华书局，2009 年）有【校】云："此调《词谱》以和凝词为正体，此词为变格，上下片第二、三叠句，两结句添二字，故名《添字采桑子》。此词从王半塘辑《漱玉词》、《历代诗余》《全芳备祖》《花草粹编》'凄清''离人'作'霖霪''北人'。"（第 35 页）

②顾一樵：《蕉舍吟草》，世界书局，1946 年版，第 2 页。

③顾一樵：《蕉舍吟草》，世界书局，1946 年版，第 3 页。

"女词宗"似借指谢冰心。

中秋杂咏·歌乐山

皎皎中秋月,征人梦欲还。
露华今夜白,歌乐在斯山。①

《中秋杂咏》共四首,《歌乐山》居其三。其一,《嘉陵江》:"万里蜀山寻,迢迢蜀水深。朱霞赭天半,千丈落江心。"其二,《老鹰岩》:"鹰岩登古道,迟暮入苍茫。明月山头现,白云问故乡。"其四,《青木关》:"再报长沙捷,居闲半日家。三关鸣爆竹,落木亦飞花。"

流霞(次浦逖生韵)

岚色流霞不可争,天涯把酒幸长征。峰高歌乐欢无尽,湖傍翠微忆未名。每托松风邀月影,却从春水映星行。涂山倘有燕云意,飘泊西南说旧京。②

上文曾引冰心赠浦薛凤诗一首:"眼看乾坤一掷争,不辞万里作长征。文章早定千秋价,经济方驰四海名;买得新居更放胆,来寻旧雨尽多情。山中应有故园梦,汉月清华照燕京。"再观《流霞》,当是浦逖生有诗在先。但究为何诗,待考。不过,品读再三,总觉此诗应是浦薛凤赠冰心者,而非相反,也许是蒲丽琳的失误。如诗中所云"文章早定千秋价,经济方驰四海名",似是分指谢冰心和吴文藻。

---

①顾一樵:《蕉舍吟草》,世界书局,1946年版,第16页。
②顾一樵:《蕉舍吟草》,世界书局,1946年版,第21页。

隐士（次老舍韵）

此是名山隐士家，香浮十里水仙茶。意行岩壑来迎客，闲话桑田劝种麻；得句便佳心愿足，献诗为乐主人夸。丁宁又作晴天约，曲水流觞醉日斜。①

前文亦引老舍的《访友》："中年喜到故人家，挥汗频频索好茶。且共儿童争饼饵，暂忘兵火贵桑麻。酒多即醉临窗卧，诗短偏邀逐句夸。欲去还留伤小别，阶前指点月钩斜。"据此可以反证老舍之诗当是作于1941年。

南歌子·贺潜庐新居

卜筑山中隐，凉生松下�。千言吟笔草堂新，更喜出门，一笑大江陈。

离乱交情好，艰难共味辛。一般孩气一般真，谁说今秋，一室不为春？②

浣溪纱③·山茶

艳说人间醉谪仙，鬓花凌乱夕阳边，如茶如火压芳烟。

娇女新诗声历落，茶山旧梦舞翩跹，杏桃还让白华先。④

不过，此前已引顾一樵的《浣溪沙·咏梅花》："雅思高情羡逋仙，岁寒松柏蜀山边，涂峰如黛水如烟。疏影横斜来绰约，暗香浮动

①顾毓琇：《蕉舍吟草》，世界书局，1946年版，第21页。

②顾一樵：《蕉舍吟草》，世界书局，1946年版，第58页。

③浣溪纱，词牌名，多作"浣溪沙"。

④顾一樵：《蕉舍吟草》，世界书局，1946年版，第63页。

舞翩跹，凌云才调数君先。”但该词并不见于《蕉舍吟草》。

1944年8月8日，国民政府任命顾一樵为中央大学校长。“18日赴沙坪坝接事。27日教师节，举行茶会招待中大全体教师。31日赴柏溪校区。12月27日，与乔大壮先生谈‘词’，以重、大、拙为上。”1945年，8月“16日，请辞中央大学校长，获准”。[①] 顾一樵任中央大学校长，刚好一年。抗战军兴，为避战火，中央大学举校西迁，医学院及农学院的畜牧兽医系建在成都华西坝，文、理、工、法、教育等大部分学院，则于1937年11月迁至重庆，借地重庆大学松林坡。次年，又在嘉陵江畔的柏溪建立分校[②]。松林坡与歌乐山相距不远，顾一樵与冰心一家往来，应该更加方便。

不过，这一期间，顾一樵所作诗词，《蕉舍吟草》初版本收录较少，至1948年第2版[③]时，增补甚多，其中有《雨后晴虹》：

雨后晴虹雪后山，柔情何处不相关？此生好寄云间老，为梦更深月影寒。

林中高士云中鹤，雨后晴虹雪后山。竹影松风星月夜，人间天上共清寒。

眉宇清扬照座寒（苏东坡），品题天女本来难（龚定庵）。诗情画意都忘却（张恕），雨后晴虹雪后山。[④]

此三首作于“甲申”，即1944年。观其意境，似是顾一樵为歌乐山上的冰心所作。

---

①顾毓琇：《百龄自述》，《中国的文艺复兴》，科学出版社，2011年版，第104—105页。

②黄波、田飞、李七渝、李果：《寻城记·重庆》，四川文艺出版社，2007年版，第253页。

③顾一樵回忆说：“早在1945年，我的首部诗集《蕉舍吟草》在上海印行，很快（1948年）修订版重印”。（《中国的文艺复兴》，科学出版社，2011年版，第152页。）

④顾一樵：《蕉舍吟草》，世界书局，1948年版，第99页。

冰心与梁实秋

关于冰心与梁实秋的关系,高旭东有过意味深长的叙述:

谢冰心无疑是梁实秋终生要好的女性朋友之一。冰心自己也承认这一点,在听到梁实秋去世消息的当天,八十七岁高龄的冰心流着泪水写道:“我怎能不难过呢?我们之间的友谊,不比寻常呵!”梁实秋与冰心的最早结识其实并不愉快,那还是梁实秋在“创造社”的阵营对“文学研究会”进行批评的时候,他以情感为诗歌的最高追求,批评冰心的小诗让情感套在理性的笼头里,不是什么好作品。不是冤家不聚头,梁实秋赴美国留学的时候,两人恰好同船。梁实秋问冰心到美国是修什么的,冰心回答是文学,冰心问梁实秋到美国修什么,梁实秋回答是文学批评,话就谈不下去了。看过《围城》的人,都记得当时漂洋过海那漫长的时间和乘客无事可做的寂寞,方鸿渐与鲍小姐那种无爱的以性交打发时间的无聊。好在梁实秋这条船上喜欢文学的人多,他与顾一樵等清华同学及许地山、冰心等燕京大学同学一起,办了一份三天一换的文学壁报。有一次编辑会后,梁实秋私下对冰心说,自己在上船之前与女朋友话别时曾大哭了一场。冰心感到了他的真挚与坦白,因为摘下“男儿有泪不轻弹”的面具，对于一个异性倾诉自己对另一个异性的如海深情，这意味着什么，梁实秋与冰心都应该心中有数。梁实秋从科罗拉多大学转到哈佛大学之后，与冰心所在的威尔斯利女子大学同在波士顿，见面的时候很多，一到礼拜天或节假日就到一起玩。梁实秋觉得冰心胸襟之高超、感觉之敏锐、性情之细腻，均非一般人所可企及。冰心说：“一个人应当像一朵花，不论男人或女人。花有色、香、味，人有才、情、趣，三者缺一，便不能做人家的一个好朋友。我的朋友之中，男人中只有实秋最像一朵花。”梁实秋说冰心温和而有分寸，谈吐不俗；冰心说梁实秋下笔千言，谐而不俗。更妙的是他们在波士顿演出的《琵琶记》，扮演男主角蔡中郎的是梁实秋，扮演女主角赵五娘的是谢文秋，扮演丞相之女的恰好是谢冰心，虽然是逢场作戏，却令人回味无穷。后来谢文秋与朱世明订婚，冰心就套用古诗和梁实秋开玩笑：“朱门一入深似海，从此秋郎是路人。”其实冰心在调侃梁实秋的时候也调侃了自己：赵五娘已嫁，剩下的就只有丞相之女了。梁实秋对冰心的玩笑是很喜欢的，从此他的笔名中又多了一个“秋郎”。而许地山从英国给顾一樵不无妒意地写信说：“实秋真有福，先在舞台上做了娇婿。”回北京后，梁实秋与冰心先后都结了婚，但他经常去看望冰心，并且后来办《自由评论》的时候，也经常到燕京大学向冰心约稿。抗战时期，梁实秋与冰心在重庆的交往也很密切，有一次梁实秋去歌乐山看冰心，冰心一定让梁实秋试试她和丈夫吴文藻睡的那张弹簧床，梁实秋躺上去一试，感到软得像棉花团。冰心也去雅舍看梁实秋，有一次晚了就和梁实秋的女邻居龚业雅挤在一起睡。有一点值得人们注意，梁实秋在文坛上反对浪漫主义而尊崇古典主义与理性主义，看重有理性的“君子”而反对浪漫的“才子”，同在文坛的冰心应该不会不知道，可为什么在致梁实秋的书信中，冰心却直言梁实秋“是一个风流才子”呢？这是不是梁实秋生活的一面与他在文学批评中所表现的一面不同而导致的呢？尤其值得一提的是，这时期刘英士主办《星期评论》，梁实秋与冰心分别用

"子佳"和"男士"的笔名为刊物写稿,似乎是心有灵犀一点通,又像是作文比赛,这就是后来梁实秋的《雅舍小品》与冰心的《关于女人》……冰心随丈夫去日本,梁实秋去台湾,两人还有书信往来,后来冰心邀请梁实秋去日本,梁实秋没有去,从此音信断绝。但是梁实秋还在关注着已经回国的冰心,风闻当时谣传冰心自杀的消息,作《忆冰心》一文悼念寄哀。改革开放后,梁实秋定居美国的女儿梁文蔷于 20 世纪 80 年代初来北京探亲,据说梁实秋让女儿带给冰心的口信是"我没有变",而冰心让梁文蔷带给梁实秋的口信是"你告诉他,我也没有变"。①

据马逢华回忆,梁实秋在八十高龄时,曾抄悟道诗一首以赠:"金鸭香销锦绣帏,笙歌丛里醉扶归。少年一段风流事,只许佳人独自知。"②高旭东对冰心与梁实秋关系的考证,便是为诗中的"佳人"作注。

一、冰心与梁实秋的交往

从昆明刚到重庆不久,冰心便与吴文藻、顾一樵③等一起,赴北

①高旭东:《梁实秋:在古典与浪漫之间》,文津出版社,2005 年版,第 12—14 页。对冰心与梁实秋之间情感问题的关注,始于韩石山的《梁实秋的私行》(载《人民文学》2002 年第 1 期)。文章在一些零星的史料中推断出梁实秋与龚业雅的"且志因缘",然后又用类似的方法推断梁实秋与冰心的"且志因缘",指出他们之间曾有过"那份感情"。对此说法,王炳根曾作《一生知己:冰心与梁实秋》予以答辩,其文原载《中国女性》2002 年 5 月号,后收入《冰心:非文本解读》(海峡文艺出版社,2003 年)。

②高旭东:《梁实秋:在古典与浪漫之间》,文津出版社,2005 年版,第 11 页。

③顾一樵亦有诗《赠梁实秋(腊八)》:"少日才华倜傥身,荷花池畔作诗人。为崇古典探幽邃,更疾时流还俗尘。剑利青光文自伐,胸怀新月友相亲。莎翁乐府千秋诵,妙译全编定有神。"不过,据其《蕉舍吟草》(世界书局,1946 年),该诗作于"辛巳",即 1941 年。

碚梨园村的“雅舍”看望梁实秋，为之祝寿。谈笑间，梁实秋向冰心索字，冰心乃欣然提笔，写道：

一个人应当像一朵花，不论男人或女人，花有色、香、味，人有才、情、趣，三者缺一，便不能做人家的要好朋友。我的朋友之中，男人中算实秋最像一朵花，虽然是一朵鸡冠花，培植尚未成功，实秋仍需努力！

庚辰腊八书于雅舍为实秋寿。

冰心①

“庚辰腊八”，即公历的1941年1月5日。梁实秋出生于壬寅腊八，即1903年1月6日②，此时刚好38岁。

又有一次，冰心来“雅舍”，正值寒冬，几人围炉夜话，直至深宵。梁实秋说，冰心的“兴致特高，自动用闽语唱了一段戏词，词旨颇雅……冰心这晚未走，在雅舍与业雅挤在一张小床上过了夜……”③

二、冰心致梁实秋的信

重庆时期，冰心与梁实秋虽有书信往返，但目前可见者仅一。

实秋：

山上梨花都开过了，想雅舍门口那一大棵一定也是绿肥白瘦，光阴过的何等的快！你近来如何？听说曾进城一次，歌乐山竟不曾

---

①冰心：《为实秋寿》，《冰心全集》（第二册），海峡文艺出版社，2012年版，第502页。

②王一心：《梁实秋 1903—1987》，江苏文艺出版社，2000年版，第172页。

③陈恕：《冰心全传》，中国青年出版社，2011年版，第225页。

停车，似乎有点对不起朋友。刚给白薇[①]写几个字，忽然想起赵清阁，不知她近体如何？春来是否痊了？请你代我走一趟，看看她，我自己近来好得很。文藻大约下月初才能从昆明回来，他生日是二月九号，你能来玩玩否，馀不一一。即请大安，问业雅好

冰心

三月廿五(1944年)[②]

关于此信，其中不乏疑点。首先是吴文藻的生日。信中说“他生日是二月九号”，但据吴文藻自述，则是1901年4月12日，农历二月二十四日[③]。此处冰心恐系误记。至于百度百科的吴文藻词条，将其出生时间作12月20日，更不知依据何在。其次是其写作时间，《冰心书信全集》和《冰心全集》第八册“书信1928—1997”，均作1944年，实则有待商榷。吴文藻从昆明回到重庆的时间，“大约下月初”，据冰心此信所署时间，“下月”当是4月。又据吴文藻自述，“从1943年初到1945年上半年期间，共出访三次”。第一次是1943年2月—4月，参加教育部次长顾一樵为团长的中国访问印度教育代表团，着重考察印度的民族问题和教族冲突问题。第二次是1943年6月至年底，参加中央设计局组织、由西北检查使罗家伦率领的西北

①白薇(1893—1987)，原名黄彰、黄鹂，别号黄素如。湖南资兴人。1940年从桂林到重庆。阳翰笙为其在中国电影制片厂谋得特约编导一职。后日机轰炸重庆，毁坏电影制片厂，白薇遂失业，在南温泉“文协”所在地找到避难所。1941年迁居赖家桥，生产自救。1942年，进入“文工会”第二组工作。同时参加文协、中苏友协、妇女委员会的活动，被选为妇女联谊会的理事。1944年7月，“文协”发起筹募援助贫病作家基金，白薇不受。对其后各方的捐赠，亦婉谢或辞绝(李长钦:《白薇年谱·上1894—1944》,《湘南学院学报》2012年第4期)。1945年，“文工会”解散，白薇再度失业。9月5日，毛泽东在周公馆接见、招待妇女界朋友，白薇应邀出席。1946年5月，孤身回到上海(李长钦:《白薇年谱·下1945—1987》,《湘南学院学报》2013年第1期)。

②陈恕、周明编:《冰心书信全集》，人民文学出版社，2010年版，第344页。

③《吴文藻自述》，高增德、丁东编《世纪学人自述》(第1卷)，北京十月文艺出版社，2000年版，第390页。

建设考察团，主要调查以新疆民族问题为主的西北民族问题。第三次是1944年底，作为西南联大校长蒋梦麟率领的赴美调查团成员，参加战时太平洋学会的年会，讨论各盟国战后对日处理方案，至1945年4月底。[①] 从路径和时间来看，信中所提到的吴文藻返自昆明，与其第一次出访颇为接近。另一方面，1943年的3月25日，就农历而言，尚在二月；如果是1944年，"三月廿五"为农历的三月初二，吴文藻的生日早已过去，"来玩玩"已失去由头。其中，最关键的是，赵清阁自1943年秋，便从北碚迁居重庆[②]，与雅舍渐行渐远，梁实秋如何代冰心去"看看她"？是故冰心此信的写作，当在1943年。

三、梁实秋对重庆时期冰心的回忆

1968年12月出版的《传记文学》第13卷第6期，发表梁实秋的《忆冰心》，谈到"冰心健康情形一向不好，说话的声音不能大，甚至是有上气无下气的"[③]。"她的病严重的影响了她的创作生涯，甚至比照管家庭更妨碍她的写作，实在是太可惜的事。"[④]并对其抗战时期的生活有所回顾：

抗战时她先是在昆明，我写信给她，为了一句戏言，她回信说："你问我除生病之外，所作何事。像我这样不事生产，当然使知友不满之意溢于言外。其实我到呈贡之后，只病过一次，日常生活都在

①《吴文藻自述》，高增德、丁东编《世纪学人自述》（第1卷），北京十月文艺出版社，2000年版，第406页。

②高天星、高戴英、陈阜东：《赵清阁文艺年谱》，《新文学史料》1995年第3期，第203页。

③梁实秋：《忆冰心》，徐静波编《梁实秋散文选集》，百花文艺出版社，2009年版，第140页。

④梁实秋：《忆冰心》，徐静波编《梁实秋散文选集》，百花文艺出版社，2009年版，第140—141页。其中"严重的"宜作"严重地"。

跑山望水,柴米油盐,看孩子中度过……”在抗战期中做一个尽职的主妇真是谈何容易,冰心以病躯肩此重任,是很难为她了。她后来迁至四川的歌乐山居住,我去看她,她一定要我试一试他们睡的那一张弹簧床,我躺上去一试,真软,像棉花团,文藻告诉我他们从北平出来什么也没带,就带了这一张庞大笨重的床,从北平搬到昆明,从昆明搬到歌乐山,没有这样的床她睡不着觉!

歌乐山在重庆附近算是风景很优美的一个地方。冰心的居处在一个小小的山头上,房子也可以说是洋房,不过墙是土砌的,窗户很小很少,里面黑黝黝的,而且很潮湿,倒是门外有几十棵不大不小的松树,秋声萧瑟,瘦影参差,还值得令人留恋。一般人以为冰心养尊处优,以我所知,她在抗战期间并不宽裕。歌乐山的寓处也是借住的。①

四、冰心对重庆时期梁实秋的回忆

1985年6月17日,冰心在为梁实秋《雅舍怀旧——忆故知》作序时,曾说:“抗战以后,我们都到了重庆,但我们住在歌乐山,他住在北碚,虽然也有往来,但不常在一起。”②

梁实秋逝世后,冰心又先后写过两篇文章悼念和缅怀。一是1987年10月5日所作的《悼念梁实秋先生》,发表于11月10日的《人民日报》,忆及两人在重庆时期的交往:

七七事变后,我们都到了大后方。40年代初期,我们又在重庆见面了。他到过我们住的歌乐山,坐在山上无墙的土房子廊上看嘉

①梁实秋:《忆冰心》,徐静波编《梁实秋散文选集》,百花文艺出版社,2009年版,第141页。

②卓如编:《冰心全集》(第六册),海峡文艺出版社,2012年版,第403页。

陵江，能够静静地坐到几个小时。我和文藻也常到他住处的北碚。我记得1940年我们初到重庆，就是他和吴景超(也是文藻的同班同学)的夫人业雅，首先来把我们接到北碚去欢聚的。①

1987年11月13日，冰心再作《忆实秋》，发表于11月29日的《文汇报》，其中云：

我们过往比较频繁，是在40年代初的大后方。我们住在重庆郊外的歌乐山，实秋因为季淑病居北平，就在北碚和吴景超、龚业雅夫妇同住一所建在半山上的小屋，因为要走上几十层的台阶，才得到屋里，为送信的邮差方便起见，梁实秋建议在山下，立一块牌子曰"雅舍"。实秋在雅舍里怀念季淑，独居无聊，便努力写作。在这时期，他的作品最多，都是在清华同学刘英士编的《时代评论》上发表的。②

从简单的一语带过，到细节的逐渐丰满，冰心的回忆，经历了一个苏醒、复活的过程，直至最后的真情泉涌。究其外部原因，这与当时大陆政治气候的回暖以及学界对梁实秋评价的变化息息相关。

①卓如编:《冰心全集》(第七册)，海峡文艺出版社，2012年版，第83页。

②卓如编:《冰心全集》(第七册)，海峡文艺出版社，2012年版，第104页。

从《蜀道难》看冰心与罗常培的交谊

《蜀道难》,著作者:罗莘田;发行者:独立出版社(重庆江北香国寺上首);印刷者:独立出版社;经售处:正中书局(重庆中一路二三四号),中国文化服务社(重庆磁器街三十九号)。"中华民国三十三年十一月初版""溥泉纸全一册定价一元八角"。清校者:朱仰庐。封面疑是作者手书"蜀道难"三字,遒劲有力。全书"三十年十月十六日写起,十二月二十三日写完"。冰心之《序》,目录中作"谢序"。《冰心全集》收录此文时,题作《〈蜀道难〉序》,并附记:"《蜀道难》,上海独立出版社1946年初版。①"这当是编者由于条件所限,未能见到1944年的版本。作者另有《蜀道难自序》,"中华民国三十一年十一月十七日,离平五周年纪念,在昆明"。

---

①卓如编:《冰心全集》(第三册),海峡文艺出版社,2012年版,第13页。

一、冰心之《序》

蜀道难①是西南联大教授罗莘田先生，在民国三十年五月至八月，自云南昆明至四川东川西川和川南旅行的游记。他的游伴有梅月涵校长和郑毅生②教授。行期三个月，所用的交通工具有九种，参观的学术机关十余处，会到的老友新交更是不计其数。无怪他写来洒洒七八万言，有声有色了。

我和罗莘田先生熟识，是在民国二十七年秋日。那年我们自北平南下，罗太太托我们带几套寒衣，到了昆明，把寒衣送出，罗先生就同陈雪屏先生来访。文藻和罗先生是旧友重逢，当然高兴，那天谈话相当的多，我才得机会充分的③领教了④罗先生的言论丰采。自那时起我们过往很密，能够把罗先生加在我们知友的名单上，我觉得是非常荣幸。

罗先生是北平人，充满着燕赵的气息：诚恳、忠直、⑤富于正义感，同时三十多年的读书，又把他造成一个纯粹的学者。恬淡洒落，霁月光风。同文藻谈起文字语言来，若非有人制止，他可以达旦不寐；⑥和我提到诗词歌曲，也是眉飞色舞，有时还引吭高歌，大有"唾壶击缺"之概。但他也能同小孩到山下积水池边"打水漂儿"，也能

①《全集》此处有书名号。

②郑毅生，即郑天挺(1899—1981)。福建长乐人。1938年至昆明，任北大历史系教授、秘书长，兼西南联大历史系教授。1939年任北大文科研究所副所长。1940年兼任西南联大总务长。

③《全集》无"的"字。

④《全集》无"了"字。

⑤《全集》在"诚恳"和"忠直"之后均用逗号。

⑥《全集》此处为逗号。

同厨娘灶婢谈北方小吃①。罗先生一到我们家里，真是上下腾欢，这种秋月春风般的人格，现在是不多见的。

这篇游记里，便充分的表现了罗先生的人格：②三个多月困难的旅途，拖泥带水，戴月披星，逢山开路，过水搭桥，还仓皇的逃了好几次警报，历尽了抗战期中旅行的苦楚，可是他的豪兴一点不减，他研究了学术，赏玩了风景，采访了民俗，慰问了朋友。路见不平，他愤激而不颓丧；遇见了好山水人物，他又欣赏流连，乐而忘返。这篇游记，显然不是一个"回忆"，一个"心影"，而是从他精密详细的日记③里扩充引申出来的，读之不厌其长，惟恐其尽！我以为将来若有人要知道抗战中期蜀道上某时某地的旅途实情，学术状况，人物动态的，这是一本必读的书籍。

承罗先生嘱为蜀道难④写序，我真是受宠若惊。我以为人生有三大乐事：一、朋友，二、读书，三、旅行，⑤罗先生与我有同感，假如最近的将来，罗先生在读书之余，能再出来旅行一次，使忝居友末者，又得亲其言论丰采，这不止是我一个人的希望了。

三十一年⑥十一月二十四日，歌乐山，潜庐

《蜀道难序》又曾在出版之前发表于《旅行杂志》1943 年第 17

---

①冰心在《追念罗莘田先生》一文中提到："莘田先生和我们家里大大小小的人，都能说到一起，玩到一起。我们家孩子们的保姆——富奶奶，也是满族——那时还兼做厨娘，每逢她在厨下手忙脚乱、孩子们还缠她不放的时候，莘田先生就拉起孩子的手说：'来，来，罗奶奶带你们到山上玩去！'直到现在，已经成为大人的我们的孩子们，一提起罗伯伯，还亲昵地称他做罗奶奶。"（《冰心全集》第五册，海峡文艺出版社，2012 年版，第 535 页。）

②《全集》此处为分号。

③据此可知，罗常培的游记是以其日记为基础，但十卷本《罗常培文集》并不见录，或已散佚。

④《全集》此处有书名号。

⑤《全集》此处作句号。

⑥"三十一年"，《全集》作"一九四二年"。

卷第3期,第66页。文字略有差异。如第二段:1.“民国廿七年秋日”,而非“二十七年”;2.“把寒衣送去”,而非“送出”;3.“自那时起”,其后有逗号。第三段:1.“诚恳”“忠直”“富于正义感”三者之间,均用逗号;2.“纯粹的学者”之后用逗号;3.“同文藻谈起民族语言来”,非“文字语言”;4.“水飘儿”,非“水漂儿”。第四段:1.“拖泥带水”之后为句号;2.“戴月披风”,而非“戴月披星”;3.“愤激而不颓”,非“颓丧”;4.“扩充引申出来的”之后用分号;5.“惟恐其短”,非“惟恐其尽”;且其后用句号,非叹号。第五段:1.“一、访友”,而非“朋友”;2.“与我有同感”之后为句号;3.“最近的将来”之后无标点。最后落款:“三十一年十一月二十四日歌乐山。”句中无标点,亦无“潜庐”字样。

二、《蜀道难》中的冰心与吴文藻

《蜀道难》中叙及冰心与吴文藻的章节,主要是“一六 歌乐山的几天喘息”,不过,“一七 在天空过了生日”①也可作为参考。

十六　歌乐山的几天喘息

在青木关所遇到的十天空袭真让我们累得够疲劳的了。所以八月十七日晚上回到重庆后,把行李安置在中央图书馆托金少英照应着,第二天忙了一天把飞机票定妥当,——梅郑两位是二十三日的班,我和老舍是二十六日的班。——马上就想抽空儿到歌乐山去

①“一六”“一七”为该书目录中的写法,正文则作“十六”“十七”。

看孟真①和冰必②,顺便休息几天,恢复恢复疲劳。

十九日清早,一樵开车来接我们,八点三十分有预行警报,我们把车停在两路口等候文藻,眼看着对面的坡上高高挂起一个红球,眼看着道旁的防空地图随时移动敌机的所在;一会儿退到恩施,一会儿又进了川境,可是文藻却杳无消息!九点四十分红球变成两个,空袭的哨子也响了,司机的抱怨,恐怕车子开不出市区,我们也焦急的望眼欲穿,正在这千钧一发的紧急关头,文藻总算是蹒跚③的赶到了。于是我们才叫司机开足马力往前奔,一樵的这部车年纪已经很大,早就比不上有钱机关所用的一九四一式了,而且前几天刚被敌机轰炸过,车棚已经炸烂,上面用油布遮着,车门用绳子系着,除去引擎没坏,几乎到处都是百孔千疮,我们飞快的往前开着,连沿路的警察都懒得拦住了盘问。刚过小龙坎,前面盖着汽缸的百叶忽然哗哗啦啦掉下一扇来,跟车的站在车头用手按住它仍旧继续往前奔;还没到新桥,车上被炸断了的电灯线又因为摩擦而燃着,假如不是发现的早一点,车上也许着了火!过山洞后,紧急警报响了,司机越发拼命往前开着,幸而路上并没发生更大的危险,我们居然在敌机没有临头以前安安全全的到了歌乐山。静下来一回想,这部车虽然破了,可是它的老福特的引擎"硬是要得"。

我们上次过重庆的时候,曾经在五月三十一日匆匆忙忙的到了

①孟真,即傅斯年。1937年春,傅斯年代中央研究院总干事。后赴重庆,连续四次当选为国民参政会参政员。同时担任中央研究院历史语言研究所所长。1939年5月,兼任北大文科研究所所长,并任西南联大教授。傅斯年与冰心在歌乐山上既是面对面的邻居,想来平常也不乏走动。

②"冰必","冰心"之误。

③"蹒跚",行步缓慢从容貌。如:蹒跚来迟。而"姗姗"指动作缓慢貌,亦形容女子走路缓慢从容的姿态。

一趟歌乐山，那时孟真正住在中央医院割扁桃腺①，我们遵着医生的嘱咐并没敢和他多谈话，因为回城要赶山洞的末班车，所以在文藻和冰心的家里也只坐了不大的工夫。这次利用等飞机的空当儿，我们打算在山上和这几个老朋友多盘桓几天。

吴谢家的潜庐在林家庙三号，和孟真所住的兔儿山中央研究院望衡对宇的只隔了一道山谷，有时两家站在廊子上就可以谈话，可是要彼此相访，假如不能飞渡的话，至少得走二十分钟，我们因为孟真病后不便骚扰，我和毅生便住在潜庐，梅先生住在工业合作社梅贻宝先生那里。十九日下午文藻、贻宝陪着我们三个一同去看孟真，二十日一上午我和毅生去看他，梅郑两位走后，二十四日上午我一个人又去看他，他的血压已经降到一百四十度，眼睛也渐渐恢复了，医生嘱咐他少见客人，少谈话，可是他在没有朋友谈天的时候反倒寂寞得起急。他爱护母校的感情还是很热烈的，有一个饮水忘源只想发展自己的同学忽然在他面前发出打倒北大的妄论，立刻气得他的血压升高了二三十度。

冰心虽然作了参政，招待朋友还是照常的殷勤，她的身体比在呈贡时稍微清减了一些，可是精神老是那么兴奋着，尤其在剪烛清谈的时候，她总是娓娓不休的越说越高兴。潜庐小而精雅，面对着嘉陵江，老远的望见星罗棋布的几堆房子，那便是沙坪坝和磁器口；兔儿山和云顶在它左右屏蔽着，一片浓绿的中间常常映衬着一块块的灰白色，那便是阔人们预备消夏或疏散的别墅；房后面还可以看得见高店子的市集，一条通磁器口的石板路，常常有坐滑竿或步行

①据傅斯年1942年2月6日致胡适信云："我在歌乐山养病，以离中央医院近也。"傅斯年是在1941年3月28日"入中央医院"。"出院时为七月七日，直到九月中，才可以说能走点路，一夏大轰炸，只是听着他在头上过，任之而已。方能走路不久，即遭家母之丧。""家母葬于歌乐山风景绝佳处，作成一水泥之圹，甚坚，欲移亦可"。（王汎森、潘哲光、吴政上主编：《傅斯年遗札》第三卷，社会科学文献出版社，2015年版，第917页。）

的人们像黑点般蠕动着；夜深人静的时候，除去松涛竹韵之外，往往还从隔壁的林家庙飘送过一两声发人深省的梵呗，越发显出山中清幽的趣味来。拿潜庐比呈贡三台山上的默庐，自然各有长处，不能强分好坏，不过，再要凭着默庐的窗口去眺望呈贡八景之的一①“凤岭松峦”，那却时过境迁比较不大容易了。不知为什么我总觉得那四个字配合的恰到好处！

合起潜庐男女主人的参事和参政的薪俸来，已经超过一千元了——可是实际上还不够山上一处开支的，每月都得亏空。他们所过的完全不是当年的“高等华人的布尔乔亚生活”了，虽然还不至于“日中一食”，可是晚上往往吃稀饭，孩子们每顿饭都抱怨没有肉吃，但是他们从丰招待朋友的老毛病却始终没改，残余的半罐 S.W.咖啡，总等着朋友来的时候搬出那具特制的咖啡壶来，像作物理实验似的煮给你吃；快要生锈的烤箱，遇到客人来，也可借机会闻一闻鸡和猪肉的香味儿。冰心常嘲文藻是“朋友第一，书第二，女儿第三，儿子第四，太太第五”，其实她自己又何尝把朋友放在第二位呢？

今年春天，今甫②从叙永给我来信，想聘老舍作北大教授，专任大一国文，赶到我把这个意思转达老舍，他的回信很简单干脆的说：“不教书！三年没念书拿什么教人家？谢谢杨大哥的好意。”六月初我们在重庆碰见他，梅先生虽然和他初次见面，却颇喜欢他那豪爽直率的性情，守正安贫不作左右袒的品格，于是我们三人商量想约他到昆明作一次短期的讲演；他感谢梅先生知己的盛谊，就毅然答应了，这次来到歌乐山，忽然接到他从陈家桥寄来的两封信，大意说：彼此离开三个月，消息不大灵通，现在暑期已过，他已经答应朋友在陈家桥住一个时期，昆明之行拟即中止，飞机票如不能退，他愿

①“之的一”，当是“之一的”，排印有误。

②今甫，即杨振声（1890—1956）。1938 年任西南联大常务委员会委员兼秘书长、中文系教授，后任西南联大叙永分校主任。

意自己照价赔出。我们当时觉得很突兀,假如没有什么特别故障,颇不愿变更初议,于是我和梅先生各写一篇信,毅生和冰心也各附加两句,托一樵顺便带给他。信是八月十九日发的,二十一日黄昏他才从陈家桥步行四十里赶到歌乐山,最初他还表示中止赴滇的意思,后来大家一致挽劝,他在酒酣情挚的当儿也就不再坚辞了。第二天他回去收拾行装后,二十四日晚上又同郭沫若先生一同上山来,沫若很想见我,我自从《卜辞通纂》和《金文丛考》出版后,也颇想同他当面谈一谈;可惜那一晚我正在静石湾鉴斋看沈尹默先生写字,并当面请教提顿转折的方法,沫若因为有要紧事不能久等,竟因此错过机会,使我没能看见这位仰望了很久的古文字学家!

在歌乐山一共住了六天,二十二日和二十三日还遇两次空袭,那两天沙坪坝和磁器口被炸情形,在山上看得清清楚楚,在这几天里,我还曾到沈士远、许季茀、萧钟美、金石珊、汪旭初、吕筑青、蒋仁宇、萧克真几位。钟美是二十多年的老同学,金先生是我在中学时的英文教员,我和这两位都好多年没见面了,异地相逢,格外觉着亲热,下山的前一晚,何容也赶到山上来,竟夕长谈,想到北平的许多往事!

十七 在天空过了生日

八月二十五日清早,同老舍冒雨离开了歌乐山,搭中央国库局车到重庆道门口,在新蜀报社休息半天,和周钦岳、姚蓬子谈了很久,就在那里给中国航空公司电话确定了起飞的时间和地点,午后两点到卫生局取回寄存的书籍和稿子,晚间和李季谷、卢吉忱、金少英、徐苏甘几位朋友在聚丰园话别,我上次过重庆的时候,吉忱正在兴高采烈的办文史杂志,很恳切的向各方面拉文章,这次会面才知道他已经交卸了,平心而论,他所编的八期颇博得学术界的好评,假如创办这个杂志的旨趣是在提倡学术,不羼杂别的作用,那么,就这样办下去岂不很好？为什么要顾名而不顾实，交给一个事实上不能兼顾的人去办，却牺牲了一个理想的编辑？我颇对卢君同情，并且替文史杂志可惜。

二十六日上午三时到南纪门外燕居内珊瑚坝飞机场，登记后，验完行李，天已经亮了，耗到六点半飞机才来，七点半起飞，九点四十分就到了昆明。

……[①]

从罗常培所记叙的这六天来看，可以遥想当年潜庐胜友如云的景况。其中，关于1941年8月22日的轰炸，具体情况是：此日，“日机131架分4批轰炸重庆市区及周边地区。……在国府路、学田湾、曾家岩、小龙坎、双巷子、南开校内、中央大学、重庆大学等地投炸弹119枚、燃烧弹22枚，造成6人死亡、49人受伤，损毁房屋72栋又273间、木船9只、汽车2部。……沙坪坝重庆中央各大学及南开中学皆中弹多枚，南开中学建筑物、器具、现款、图书、仪器、医药用品及其他物件被炸。清洁总队第四区小龙坎分驻班附近中弹，房屋全毁和沙坪坝第22号公厕全毁。沙磁区工务管理处中弹，办公室及道班宿舍被炸倒塌”。[②] 8月23日，“日机135架分4批轰炸重庆市区、合川、丰都、綦江、忠县、梁山和奉节。……市区在沙坪坝街、汤家湾、庙湾、双巷子、黄桷坪、中心小学、金蓉街、女职校等地投炸弹164枚、燃烧弹8枚，造成13人死亡、12人受伤，损毁房屋396间、木船8只。……磁器口市立第二十三中心学校被炸，所有公物损失殆尽。附近防空洞躲避的人民多伤亡。金蓉正街、横街、黄桷垭、宝轮寺防空洞、沙坪坝康家湾、高家花园等处中弹，炸死22人，重伤23人，轻伤35人，毁屋220余栋又20余间”。[③]

---

①罗莘田：《蜀道难》，独立出版社，1944年版，第124—131页。

②潘洵、周勇主编：《抗战时期重庆大轰炸日志》，重庆出版社，2011年版，第341—342页。

③潘洵、周勇主编：《抗战时期重庆大轰炸日志》，重庆出版社，2011年版，第343—344页。

1958年12月13日,罗常培病逝。29日,冰心作《悼念罗常培先生》,由于篇幅所限,文章只有概括的评说,对于两人在抗战时期的交谊,则未提及。1979年12月6日,冰心又有《追念罗莘田先生》,忆及云南时期,故事细节充实,人物栩栩如生。对于重庆时期,则相对简洁:"四十年代初期,我们住在四川重庆郊外的歌乐山,莘田先生每到重庆,必来小住。我记得我曾替他写的一本游记《蜀道难》做过一篇序。如今这本书也找不到了。"①

①卓如编:《冰心全集》(第五册),海峡文艺出版社,2012年版,第536页。

冰心与叶圣陶

一、《男士的〈我的同班〉》

《关于女人》最初发表时，署名"男士"，时人莫能辨。1943 年 3 月 10 日（一说为 3 月 19 日）[1]，《国文杂志》第 1 卷第 4、5 期合刊的"范文选读"，发表《男士的〈我的同班〉》，由翰先讲解。"《国文杂志：辅导中学生国文学习的月刊》（1942.8—1946.2）/叶圣陶主编，广西桂林国文杂志社发行；教学参考刊物/总 1：1—3：6"。[2] 翰先即叶圣陶。其文如下：

---

①《国文杂志》第 1 卷第 4、5 期合刊未亲见。关于其出版时间，范伯群编《冰心研究资料·冰心研究资料目录索引》（知识产权出版社，2009 年）作"1943 年 3 月 10 日"（第 433 页）；林德冠、章武、王炳根主编《冰心论集（下）·冰心研究资料目录索引》（海峡文艺出版社，2000 年）亦作"1943 年 3 月 10 日"（第 426 页）。此为一说。解志熙《人与文的成熟——冰心四十年代佚文校读札记》（《鲁迅研究月刊》2010 年第 1 期）第 45 条注释云："1943 年 3 月 19 日"（第 93 页），此为第二说。

②丁守和、马勇、左玉河等主编：《抗战时期期刊介绍》，社会科学文献出版社，2009 年版，第 453 页。

这回选读一篇散文，是从重庆一种叫做《星期评论》①的杂志上选来的，那种杂志现在已经停刊了。作者"男士"在那里发表了十来篇散文，总标题是《关于女人》，每篇叙述他所亲近熟悉的一个女人。"男士"当然是笔名，究竟是谁，无法考查。但据"文坛消息家"说，作者便是大家熟悉的冰心女士。从题取笔名的心理着想，也许是真的。现在假定他真，那末，冰心女士的作风改变了，她已经舍弃她的柔细清丽，转向着苍劲朴茂。咱们且选节的读下去。

㽕女士是我们全班男女同学所最敬爱的一个人。大家都称呼她"㽕大姐"。我们男同学不大好意思打听女同学的岁数，惟据推测，她不会比我们大到多少。但(一)她从不打扮，梳着高高的头，穿着黯淡不入时的衣服，称呼我们的时候，总是连名带姓，以不客气的，亲热的大姐姐的态度出之。(二)我们也就不约而同，心悦诚服的叫她大姐了。

(一)上文说"她不会比我们大到多少"，意思就是和我们一样年青；以下说她不作时式打扮，常爱摆出大姐姐的态度，意思就是她虽年青而特别老成；前后相反，所以用个转折连词"但"字。(二)"以——出之"是文言语调，"出之以——"也是文言语调。这种语调，即便通文的人也不常在口头运用，是不上口的。作者熟习了文言，没有经意，便在语体文中夹入了不上口的文言语调。咱们要作纯粹的语体文，就得特地经意，把不上口的文言语调剔去。像下文的"心悦诚服""排难解纷""登高一呼"之类就不同了，这些虽是文言中的习语，但也常在口头运用，是上口的。只要上口，用在语体文里便不妨碍它的纯粹。

㽕女士是闽南人，皮肤很黑，眼睛很大，说话作事，敏捷了当。在

---

①"《星期评论》(1940.11—1942.2)/刘英士编，重庆星期评论社出版；政论性刊物/总1—41"(《抗战时期期刊介绍》，第551页)。

同学中间,疏通调停,排难解纷,无论是什么集会,什么娱乐,只要力大姐登高一呼,大家都是拥护响应的。她的好处是态度坦白,判断公允,没有一般女同学的羞怯和隐藏。(一)你可以和她辩论,甚至吵架,只要你的理长,他①是没有不认输的。同时她对于女同学也并不偏袒。(二)她认为偏袒女生就是重男轻女:女子也是人,为什么要人家特别容让呢?(三)我们的校长有一次说她"有和男人一样的思路",我们都以为这是对她最高的奖辞。她一连做了三年的班长,故在我们中间,没有男女之分,党派之别,大家都在"拥护领袖"的旗帜之下,过了三年医预科的忙碌而快乐的生活。

(一)"羞怯"是"态度坦白"的反面,"隐藏"是"判断公允"的反面,这才使这句话前后相应。如果随便用几个名词,或说"没有一般女同学的娇贵和柔弱",或说"没有一般女同学的琐屑和黏滞",前后便不相应了。(二)偏袒同性的同学正是一般女同学的通习。她说"没有一般女同学的羞怯和隐藏",又没有一般女同学那种通习,所以在"并不偏袒"之上加个"也"字。② (三)叙述她这个见解,可作"态度坦白,判断公允"的具体例证。

在医预科的末一年,有一天,我们的班导师忽然叫我走去见他。在办公室里,他很客气的叫我坐下,宛转的对我说,校医发现我的肺部有些毛病,学医于我不相宜,劝我转系。这真是一个晴天霹雳!我要学医,是十岁以前就决定的。我的母亲多病,服中医的药不大见效,西医诊察的时候,总要听听心部肺部,母亲又不愿意,因此,我就立下志愿要学医,学成了好替我的母亲医病。在医预科三年成绩还不算坏,眼看将要升入本科了,如今竟然功亏一篑!(一)从班导师的办公室里走出来的时候,我几乎连路都走不动了。

---

①"他"当作"她"。

②此处原无句号。

（一）《尚书·旅獒篇》①有“为山九仞，功亏一篑”的话。做一件事情，在将要成功的时候放弃了，就说“功亏一篑”。从上文“我要学医”到这里，都是说明听了班导师的话犹如听了“一个晴天霹雳”的缘故。

午后这一堂是生理学实验。我只呆坐在桌边，看着对面的ㄌ大姐卷着袖子，低着头，按着一支死猫，在解剖神经，那刀子下得又利又快。其余的同学也都忙着，没有人注意到我。我轻轻的叫了一声，ㄌ大姐便抬起头来，我说：“ㄌ大姐，我不能同你们在一起了，导师不让我继续学医，因为校医说我的肺有毛病——”ㄌ大姐愕然，刀也放下了，说“不是肺痨罢”？我摇头说：“不是，据说是肺气枝胀大——无论如何，我要转系了，你看！”（一）ㄌ大姐沉默了一会，便走过来安慰我说：“可惜得很，像你这么一个温和细心的人，将来一定可以做个很好的医生。不过假如你自己身体不好，学医不但要耽误自己，也要耽误别人。同时我相信你若改学别科，也会有成就的。人生的路线曲折得很，塞翁失马，安知非福”？（二）

（一）这“你看”两字含蓄着无限的失望和惆怅，大概有“壮志莫酬”“前功尽弃”“功败垂成”等等意思。如果直说出来，反而浅露了；且也不合于对话当时的情调。“你看”是教ㄌ大姐看；自己遇到了挫折，教相好的人设身处地的辨认那挫折的严重程度，这正表现出无可奈何的心情。（二）塞翁失马的故事出于《淮南子·人间训》②。塞上人的马逃入胡中，大家都来慰问，做父亲的说，怎知道不正是幸运呢？后来逃去的马果然引了胡中的好马回来。咱们安慰失意的人，便常常说“塞翁失马，安知非福”？这里ㄌ大姐对作者说的话分三层，解慰作者的烦闷，一层比一层深强。第一层说作者宜于学医，

①原文无书名号。

②原文无书名号。

是承接作者的叹息语气而来的，还没有解慰的成分。第二层说身体不好而学医，便将误己误人，见得学医也不是决不能放弃的，这就是解慰了。第三层说“改学别科，也会有成就”，替作者开一条路径，更是积极的解慰。这三层的次序更动不得，思想的条理应该如此，语言的条理也应该如此。

下了课，这消息便传遍了，同班们都来向我表示惋惜，也加以劝慰，ㄌ大姐却很实际的替我决定要转那一个系。(一)她说：“你转大学本科，只剩一年了，学分都不大够，恐怕还是文学系容易些。”她赶紧又加上一句，“你素来对文学极感兴趣，我常常觉得你学医是太可惜了。”(二)

(一)这与前面的“说话作事，敏捷了当”“排难解纷”相照应。那些只是虚叙，这里叙她不仅好言相慰，“却很实际的替我决定要转那一个系”，便把那些虚叙证实了。(二)这里竟说学医太可惜，解慰之外，又加上劝诱，比前面的话更进一层。

我听了ㄌ大姐的话，转入了文学系。从前拿来消遣的东西，现在却当功课读了。正是“歪打正着”，我对于文学，起了更浓的兴趣，(一)不但读，而且写。读写之余，在傍晚的时候我仍常常跑到他们的实验室里去闲谈，听ㄌ大姐发号施令，商量他们毕业的事情。

(一)这是说比较起对于医学来，兴趣更浓。

大姐常常殷勤的查问我的功课，又索读我的作品。她对于我的作品，总是十分叹赏，鼓励我要多读多写。在她的指导鼓励之下，我渐渐的消灭了被逼改行的伤心，而增加了写作的勇气。至今回想，当时若没有大姐的勉励和劝导，恐怕在那转变的关键之中，我要做了一个颓废而不振作的人罢！(一)

(一)从第三节到这里，叙述ㄌ大姐对于作者的影响。作者“在那转变的关键之中”，选定了文学一行，鼓起勇气做去，全由于ㄌ大

姐的指导和鼓励。

在我教书的时候,为大姐已是一个很有名的产科医生了。在医院里,和学校里一样,她仍是保持着领袖的地位,作一班大夫和护士们敬爱的中心。在那个大医院里,我的同学很多,我每次进城去,必到那里走走,看他们个个穿着白衣,挂着听胸器,在那整洁的甬道里忙忙的走来走去。闻着一股清香的药味,我心中常有一种说不出来的感觉,(一)如同受伤退伍的兵士,裹着绷带,坐在山头,看他的伙伴们在广场上操练一样,(二)也许是羡慕,也许是伤心,(三)虽然我对于我的职业,仍是抱着与时俱增的兴趣。(四)

(一)如果上一句没有"看他们个个穿着白衣"这些,这一句也不写"闻着一股清香的药味",就在上一句里的"必到那里走走"之下,紧接"我心中常有一种说不出来的感觉",也未尝不可以。可是,这便成专作叙述,不写印象,文字就显得枯燥没有生气了。从心理上说,那视觉印象与嗅觉印象正是唤起这种"说不出来的感觉"的,不写就没有根。(二)这个比喻颇切近。作者为了肺部有毛病而停止学医,正如兵士为了受伤而退伍。为大姐和一班同学在医院里忙忙的走来走去,正如一队士兵在广场上忙着操练。这其间,那退出了同伴之间的一个的心情也就可以推见。(三)"羡慕"和"伤心"都是指说这种感觉。因为这种感觉是"说不出来的",勉强指说未必真切,所以都加上了"也许是"。(四)有了"虽然"云云的补充,才与上文"对于文学,起了更浓的兴趣……渐渐的消灭了被逼改行的伤心,而增加了写作的勇气"等语相一致;见得这时候心中涌起这种感觉,不过是身临了医药的环境,对于医学还有怀念与依恋罢了。

同学们常常留我在医院里吃饭,在他们的休息室里吸烟闲谈,也告诉我许多疑难的病症。一个研究精神病的同学,还告诉我许多关于精神病的故事。(一)大姐常常笑说:"×××,这都是你写作的材料,快好好的记上罢"!(二)

（一）这里也写作者对于医学仍有依恋；同时显示作者是个忠实的文学者，文学者对于一切，观察研求是不嫌其详的。（二）叙为大姐这个话，意义上见得为大姐对作者还是指导与鼓励，作用上却把作者依恋医学与努力文学联结在一起了。

抗战前一个月，我从欧洲回来，正赶上校友返校日，那天晚上，我们的同级有个联欢大会，真是济济多士！（一）十余年中，我们一百多个同级，差不多个个名成业就，儿女成行（当然我是一个例外），（二）大家携眷莅临，很大的一个厅堂都坐满了。觥筹交错，（三）童稚欢呼，大姐坐在主席的右边，很高兴的左顾右盼，说这几十个孩子之中，有百分之九十五是她接引降生的。（四）酒酣耳热，（五）大家谈起作学生时代的笑话，情况愈加热烈了。主席忽然起立，敲着桌子提议："现在请大家轮流述说，假如下一辈子再托生，还能做一个人的时候，你愿意做一个什么样的人？"大家哄然大笑。于是有人说愿意做个大元帅，有人说愿意做个百万富翁……轮到我的时候，大姐忽然大笑起来，说："×××教授，我知道你下一辈子一定愿意做个女人！"大家听了，都笑得前仰后合。当着许多太太们，我觉得有点不好意思，我也笑着反攻说："**为**大夫，我知道你下一辈子一定愿意做一个男人。"**为**大姐说："不，我仍愿意做一个女人，不过要做一个漂亮的女人，我做交际明星，做一切男人们羡慕的对象——"（六）她一边说一边笑，那些太太们听了，纷纷起立，哄笑着说："**为**大姐，你这话就不对。您看您这一班同学那一个不恋慕您？来，来，我们要罚你一杯酒。"我们大家立刻鼓掌助兴。**为**大姐倚老卖老的说，害了她自己了！（七）于是孩子们捧杯，太太们酌酒，**为**大姐"固辞不获"，（八）大家笑成一团。结果是滴酒不入的**为**大医生，那晚也有些醉意了。（九）

（一）"济济多士"是《诗经》①中屡见的语句。"济济"形容人的

①原文无书名号。

众多。(二)在《关于女人》的另一篇中,作者自叙是个尚未娶妻的独身者。(三)"觥筹交错"是形容聚餐时热闹情状的习语。觥是盛酒的杯子,筹是行酒令所用的。彼此举起杯来,伸出筹来,手臂在席上交错,热闹情状可以想见了。(四)𠡠大姐在这个场合里,眼见自己的成绩,感到了事业的快乐。(五)"酒酣耳热"出于杨恽《报孙会宗书》①。酒喝多了,面红耳热。(六)𠡠大姐这个话,与前面叙她性格的话相一致。寻常女人决不肯这么说,𠡠大姐一向用大姐姐的态度对人,"倚老卖老",才敢于这么说。她这话当然只是戏言,并不是真心羡慕漂亮的女人。因为从上文的叙述,咱们已经知道她是个超于寻常女人的女人。从她这话中还可以得到一些消息,就是:她是专心于事业,而不讲交际,不谈恋爱的。(七)她说害了她自己了,也就是承认了那些太太们的话,这其间自然也感到受②一班同学们敬爱的快乐。(八)"固辞不获"是坚泱③辞谢可是辞不掉。这个习语通常用在事务方面,现在说喝酒,所以加上引号。(九)这一节详叙校友返校日的集会,实在是详叙𠡠大姐。咱们读过这一节,𠡠大姐的声音笑貌,性情志概,宛然在目前了。

盛会不常,佳时难再,那次欢乐的集会,同班们三三两两的天涯重聚,提起来都有些怅惘。事变后,我还在北平,心里烦闷得很,到医院里去的时候,𠡠大姐常常深思的皱着眉对我们说:"我呆不下去了。在这里不是'生'着,只是'活'着!(一)我们都走吧,走到自由中国去,大家各尽所能,你用你的一枝笔,我们用我们的一双手。我相信大后方还用得着我们这样的人!"大家都点点头。我说:"你们医生是当今第一等人材,我们拿笔杆的人,做得了什么事!假若当初……"大姐正色拦住我说:"×××,我不许你再说这些无益的话。你自

---

①原文无书名号。

②"感到受"当作"感受到"。

③"坚泱"当作"坚决"。

已知道你能做些什么事,学文学的人还要我们来替你打气,真是!"(二)

(一)精神上舒适痛快,才是"'生'着";仅仅把生命维持下去,不问精神上如何,便只是"'活'着"。试辨认这句话的简劲有力,言外透露着不愿"只是'活'着"的坚决意志。(二)𫝀大姐这个话,表面上虽是责备,骨子里却是更深切的指导与鼓励。

一年内,我们都悄然的离开了沦陷的故都。从那时起,我便没有看见过𫝀大姐,不过这个可敬的名字常常在人们口里传说,说𫝀大姐在西南的一个城市里,换上军装,灰白的头发也已经剪短了。她正在和她的环境,快乐的,不断的奋斗,在蛮烟瘴雨里,她的敏捷矫健的双手,又接下了成千累百的中华民族的孩童。(一)她不但接引他们出世,还指导他们的父母,在有限的食物里找出无限的滋养料。(二)她正在造就无数的将来的民族斗士。(三)

(一)她的事业更扩大了。(二)这是她和她的环境奋斗的例证。(三)这一节叙述𫝀大姐的近况。到这末了一句,差不多转而为歌颂了。歌颂她的事业,同时便是歌颂她的为人。

我希望在不久的将来,我们回到故都重开级会的时候,我能对她说:"𫝀大姐,下一辈子我情愿做一个女人,不过我一定要做像你这样的女人!"(一)

(一)在表面上,这不是一句赞美的话。可是,试想,有别一句赞美的话比这一句更中肯更有力的吗?这一节回顾校友返校日的集会,用非赞美的赞美作全篇的结束,使文字有不尽的余味。如果在上一节完篇,便觉话没有说完,有些收束不住似的。如果用老老实实的赞美语另写一节,便索然无味了。

二、冰心与叶圣陶的几次会面

关于两人的初次会面,冰心在1982年1月15日所作的《我所钦佩的叶圣陶先生》中,说:“我有幸见到叶老,是在解放后我从日本回到北京。”①冰心从日本回国,是在1951年秋。不过,叶圣陶看了这篇文章之后,对冰心说:“我们40年代在重庆就相识了,为开明出你书的事,你还邀请我去过你在歌乐山附近的嘉庐的家,我的日记中有记载。②”1984年1月16日,冰心在《贺叶巴两位》,对此事做了澄清:“我记得叶老看了我在一九八二年春写的《我所钦佩的叶圣陶先生》时,他笑了,说:‘我们第一次见面,不是在解放后的北京,而是在解放前的重庆。’原来四十年代初期,我在重庆的嘉庐小住的时候,叶老为了开明书店要出版我的选集的事,曾来看过我。他老人家的记忆力是比我强多了!”③1992年10月17日,冰心在《心灵深处的叶圣陶老人》一文中,再次强调:“我记得我拜识叶老是在解放初期,我从日本归来之后,但叶老的记性比我好。他说,在四十年代初期,他已到过重庆的嘉庐,向我要过稿子了。”④需要指出的是,嘉庐并未在“歌乐山附近”,前文已有说明。对这次会见,叶圣陶的日记有如下记载:

1944年9月19日(星期二)

八时至凯旋路彬然处,出席编审、出版、推广三部联席会议。十时散。返店,达君来,言四川省银行日内或有车开蓉,此是一线希望。

饭后偕洗、山、达君再至凯旋路,邀彬然同往公园喝茶。各地公

①卓如编:《冰心全集》(第六册),海峡文艺出版社,2012年版,第106页。

②吴泰昌:《我知道的冰心》,生活·读书·新知三联书店,2010年版,第120页。

③卓如编:《冰心全集》(第六册),海峡文艺出版社,2012年版,第218页。

④卓如编:《冰心全集》(第七册),海峡文艺出版社,2012年版,第403页。

园殆以重庆为最差，小山坡上杂植树木而外，惟通路数道，何名公园乎。遇武大经济系教师钟君（忘其名，始终想不起），邀之同座。钟亦待车已久，将往成都任教于齐鲁云。

四时至新运会观都冰如石刻展览，系仿碑刻与石刻画，摹仿而无创造，无多意趣。士敭亦来观，告我以谢冰心曾来店访我，留字而去。余即至其所书地点中一路嘉庐，晤谢及其夫吴文藻君。冰心连日出席参政会，疲甚，小睡方起。观其姿态，已是中年妇人模样，余尚是初次见面也。谈其著作之版权应如何保持，并告余其《关于女人》一书在他家出版，颇多不满意处，拟交我店重出。坐四十分钟辞出。

回至酒店，洗、山、达君正相待。饮罢，饭于豆花饭店。返店，得昌群信，中附一诗记十二夜之晤叙者，录之："幽居且喜故人回，误尽儒冠百事哀。不觉流年添白发，最难肝胆映深杯。江天小舍风灯乱，雨夜丛林篝火催。此别醉谈愁论后，何时襟抱得重开？"①

其后，两人亦不乏往来，如1944年10月13日，两人在成都华西坝见面，《冰心与成都燕京大学》一节已有引述。其余见诸叶圣陶日记者，有：

1945年10月25日（星期四）

照常作事，饭后到店。

吴文藻来访，谈其妻冰心《关于女人》版权被天地出版社侵害事，嘱我店为之处理。因代冰心作书致天地社，如其不理，则登报警告，且将广告辞拟就。李季谷来访，少坐即去。②

又：

①商金林编：《叶圣陶抗战时期文集》（第三卷），人民教育出版社，2005年版，第157页。

②商金林编：《叶圣陶抗战时期文集》（第三卷），人民教育出版社，2005年版，第293页。

1945 年 11 月 2 日(星期五)

作各杂志呼吁不要内战文,半日而成,凡千二百言。

饭后到店,为冰心《关于女人》版权事,又为代写一信。

黎澍来,言明日飞沪。邓初民、张志让来,二人同被推为起草员,将余所起草看过,皆无异议,即可发出,由各杂志社审定之。

孙伏园自成都来,拉之共饮,谈叙甚欢。八时归,灯下看方寄到之上海《周报》,振铎伯祥皆有文字刊其上。①

又:

1945 年 12 月 18 日(星期二)

看稿,将“中志”二月号编齐,即寄出。

十时出门,往戴家巷访冰心,途遇东润来访,请其暂候于茶肆。冰心谈《关于女人》版权事,渠无主见。以后渠夫妇两人将回燕京任教。谈半时而出。

与东润至俄国同学会进餐。东润力言木船不可坐,劝余考虑,其意甚殷。余甚感之,以“吉人天相”之套语谢之。一时散,以后再见大约在上海矣。回家,写信致调孚。

三时到店,运输行来订约,言木船以廿四日开行。六时开董事会,作总公司迁沪之决议。邵力子先生先走,余人聚餐,余与云彬、子恺饮,甚适。八时归。②

冰心与叶圣陶的第三次见面是在戴家巷 2 号,即陈叔敬处。冰心在此前两天,即 16 日曾有信致赵清阁,可参证。不过,对于此次会谈,研究者多未加关注。

---

①商金林编:《叶圣陶抗战时期文集》(第三卷),人民教育出版社,2005 年版,第 296 页。

②商金林编:《叶圣陶抗战时期文集》(第三卷),人民教育出版社,2005 年版,第 313 页。

三、叶圣陶为开明版冰心著作撰写的广告词

叶至善的《父亲长长的一生》曾说:“在成都的两年中,开明总管理处召我父亲去重庆开过两次会。……两年前在桂林相遇的文化出版界的朋友,如今又在重庆见面了,也有几位十年以上未见面的,如冯雪峰先生、叶以群先生、丰子恺先生,大多相见在会场上或宴席上。只谢冰心先生是初见,9 月 19 日下午,我父亲受邀去嘉庐拜访她,商量她的作品全部归开明出版的事。”①开明书店曾出版冰心著作多种②,均由叶圣陶经手,并撰有广告词。不过,这些广告词当年发表时未署名,现已确认亦为叶圣陶所作。

《先知》

本书是一册谈哲理的散文诗,里面谈爱,谈婚姻、孩子,谈饮食、工作,谈理性与热情、悲哀与痛苦,谈罪与罚、善与恶——关于人生的一切,几乎无不触及。作者是叙利亚人,漫游过欧洲,后来长住在美国。他用阿剌伯文字写了许多书,多数已译成欧洲各国文字,有达十八国文字的。《先知》是最受人欢迎的作品。冰心女士翻译本书,曾尽了最大的力量。她说“那满含东方气息的超越的哲理和流丽的文词”,给与她“以极深的印象”。译文更清丽流畅,得未曾有。③

---

①吴泰昌:《我知道的冰心》,生活·读书·新知三联书店,2010 年版,第 121 页。

②需要说明的是,在叶圣陶与冰心晤面之前,冰心与开明早有渊源。卓如的《冰心全传》(河北教育出版社,2007 年版)上册第 442 页对此有过详细的记述。

③吴泰昌:《我知道的冰心》,生活·读书·新知三联书店,2010 年版,第 54 页。

《冰心著作集》

作者以诗人的眼光观看一切,又用诗的技巧驱遣文字。她的作品,无论诗,小说,还是散文,广义的说都是诗。二十多年以来,她一直拥有众多的读者。文评家论述我国现代文学,谁也得对她特加注意,作着详尽的叙说,这原是她应享的荣誉。现在她把历年的作品整理一过,定个总名叫做《冰心著作集》,交由本店分册印行。

《冰心小说集》

作者的小说,文笔清新流利,词句优美动人,素为读者所称誉。本书包含短篇小说三十篇,每篇都能在平淡的故事里见出深致。卷首有作者的《自序》,书末有巴金的《后记》。

《冰心散文集》

收散文四十五篇。体裁虽是散文,骨子里全是诗,展读一过,是无上的享受。

《冰心诗集》

收新诗三十首。作者的诗以智慧和情感的珠缀成,能引起读者内心的共鸣。

《关于女人》

本书是著者用了"男士"这笔名所写的散文,最近又加以增订,视初版已经大不相同。本书自发表以后,曾轰动文坛,莫不称为名著。良以作者观察锐利,文笔隽美,把女人的一切加意刻画。描绘成一幅幅精细的素描画。著者自己说:"写了十四个女人的事,连带着也呈露了我的一生。我这一生只是一片淡薄的云,烘托着这一天的晶莹的月!"凡是爱好文艺和关心"女人问题"的,都应该一读本书。

(1945 年 11 月 10 日刊出)

《寄小读者》

这个集子是作者特地赠与少年们的礼物,换句话说,是为了少年们写的。一般认为世间最不失其童心的是诗人,作者以诗人的心情跟少年们谈风景,谈人事,谈人与人的关系,宛如兄弟姊妹间的娓娓清谈,完全没有教训的意味,而又特别富有感染的力量。少年们读了,智慧跟感情自会受到深重的培养。中小学的国文课本常常选用本书中的文章,是很有道理的。现在这集子既是全份,该是少年们课余的良伴。不失童心的成人也会喜欢本书。

(1947 年 5 月 10 日刊出)①

这些广告词,实际上也是一种简短的文学评论,并以其精到的文字,为作者冰心所喜爱。

①吴泰昌:《我知道的冰心》,生活·读书·新知三联书店,2010 年版,第 122—123 页。

冰心与赵清阁

抗战时期，冰心和赵清阁的交往，据《赵清阁年谱简编》，主要有如下事项：1940 年“初春，结识冰心，后成为知心朋友”。1941 年“4 月，《弹花》第 3 卷第 8 期刊出后，迫于政治经济双重压力，宣告停刊。停刊后，赵清阁赴歌乐山冰心家小住数日”。1943 年“秋，迁居重庆，情绪低沉，受冰心鼓励，开始研究改编《红楼梦》”①。

赵清阁与冰心相识，是通过老舍的引见。② 老舍常对冰心说：“你应该提拔年轻女作家！”于是，就向冰心介绍了赵清阁。③ 但是，两人初识的时间和地点，却众说纷纭。赵清阁回忆说：“记得我第一次见到冰心，是一九三八年在重庆的文艺界抗敌救亡协会上，那时她还未到‘不惑’之年。她温文尔雅，风趣和蔼，一望而知是文学大

---

①张彦林：《锦心秀女赵清阁》，河南人民出版社，2014 年版，第 189 页。该年谱是据高天星、高代英、陈阜东的《赵清阁文艺创作年谱》增删而成。

②康清莲、赵洪梅、程永伟：《山路上的繁星——冰心在重庆》，重庆大学出版社，2010 年版，第 83 页。

③卓如：《冰心全传》（上），河北教育出版社，2007 年版，第 442 页。

家的风度。"[1]冰心出生于1900年10月5日,如果两人是在1938年碰面,其未届"不惑",确是事实,不过与冰心的行迹却又不符。赵清阁此说,恐系误记。《赵清阁年谱简编》认为是1940年初春,但冰心举家迁至重庆的时间,是在1940年冬。抵渝后,梁实秋与吴景超、龚业雅夫妇"首先把冰心一家接到北碚欢聚一场"[2],而赵清阁则在1939年春,便迁居到北温泉的"琴庐",与"雅舍"相距不远。两人在雅舍相见,实有可能。张彦林在《锦心秀女赵清阁》中又说,1940年12月7日,"文协"借中法比瑞同学会举行茶话会,欢迎茅盾、冰心、巴金等到重庆的作家,冰心第一次见到赵清阁。[3] 是则二人的初识当在1940年底。两种矛盾的说法并存于同一书中,但作者似乎浑然不觉。

其次是关于赵清阁对《红楼梦》的改编。1943年11月17日,胡絜青携子女抵达北碚,与老舍团聚。此时,赵清阁离开北碚,迁重庆城内,居神仙洞街。由于种种原因,赵清阁情绪低落,后在好友冰心鼓励下,开始研读并改编《红楼梦》。[4] "一九八二年上元节后四日",即1982年2月12日,赵清阁在为《红楼梦话剧集》所写的"自序"中,曾说:"一九四三年的秋天,我从北碚迁居重庆。当时身体、心情都很坏,是逃避现实又像是在迷雾里找精神出路。总之,我是在百无聊赖中开始了《红楼梦》的研究和改编。"[5]同年3月13日,冰心应邀为该书作序时,也回忆说:"想起一九四三年,重庆的一个阴冷之夜,我们谈起《红楼梦》,那时她正想写历史剧本,我劝她把红楼梦人物搬上话剧舞台。"冰心还进而指出,这些"《红楼梦》话剧本",

---

①赵清阁:《友情的记录——附冰心给我的信》,《浮生若梦》,华岳文艺出版社,1989年版,第46页。

②张彦林:《锦心秀女赵清阁》,河南人民出版社,2014年版,第49页。

③张彦林:《锦心秀女赵清阁》,河南人民出版社,2014年版,第49页。

④张彦林:《锦心秀女赵清阁》,河南人民出版社,2014年版,第115页。

⑤傅光明:《书信世界里的赵清阁与老舍》,复旦大学出版社,2012年版,第124页。

“通过贾府人物，如宝、黛，如三春，如二尤，如晴雯……成为黑暗的封建制度下的牺牲品的遭遇，鞭挞了封建罪恶。把这些悲剧表现出来，这在当时是有其现实意义的。”①1985 年 6 月，赵清阁的《红楼梦话剧集》由四川文艺出版社出版，茅盾题写书名。1999 年 2 月 28 日，冰心病逝。赵清阁忍痛含悲，写出《悼冰心》，对此仍念念不忘："重庆时我在创作上遇到了险阻，现代题材禁锢重重，笔耕几乎中辍；精神苦闷极了，生活压力很大。冰心为我指引了一条改编古典名著《红楼梦》的出路，她认为搞古代题材没有什么风险，于是在她的勉励下我花了几年工夫，埋头研究，改编了《红楼梦》话剧本四种，一一出版单行本，八五年集中合并出版时由她抱病写了短序。此后，我在古典文学方面做了些整理改编的工作，都是与她的指引分不开的。”赵清阁还期望，“有一天”，两人“还像半个多世纪前，你我漫步徜徉在重庆歌乐山的苍松翠柏间，我们谈论着《红楼梦》剧本的改编，你对尤三姐的刚烈倔强形象甚感兴趣，你娓娓动听地讲述为我策划的《血溅鸳鸯》的剧情”。②

一、冰心题赠赵清阁的集句诗

抗战时期，重庆的文化名人云集。赵清阁为记录与他们的友谊，特制作一本字画册页。其封面为老舍手书“清阁翰墨香”，内里为名人的字画，总计 13 幅。其中之一，为赵清阁自作画《师白石老人笔意》，右侧有冰心题诗："眉宇清扬照座寒，品题天女本来难。忽然阁笔无言说，雨后晴虹雪后山。”款落："集前人句书奉 清阁女士

---

①冰心：《〈红楼梦话剧集〉序》，《冰心全集》（第六册），海峡文艺出版社，2012 年版，第 113 页。

②赵清阁：《悼冰心》，《文汇报》1999 年 3 月 19 日，第 11 版。

哂正 冰心 甲辛花朝”，并附有冰心印鉴。[1] 张彦林在为赵清阁作传时，将此置于抗战时期。“甲、辛”的记录，难以确定时间。“花朝”即“花朝节”，为农历二月十二。不过，需要注意的是，赵清阁在“师白石老人笔意”之下，尚有一句“清阁写于上海病中”。1945 年 10 月 28 日，赵清阁飞离重庆，此后即长居上海。至于拜齐白石为师，则在 1947 年。冰心题诗与赵清阁的画作究竟孰先孰后，目前尚不得而知。

对于此诗，吴海发有过评述：“抗战时期，上海女作家赵清阁，撰文之余，常挥毫作画，仿齐白石的笔意，画蔬果花卉之类，她在画上绘了几只荸荠与几只小花，请冰心题字。众所周知，冰心是语体文的作家，不论诗或文，都是语体文，没有见过她写的旧体诗词。……诗用寒字韵，且在一、三句中嵌进了‘清阁’的名字，诗也很有气象，很有诗味，隽永可口。诗意虽然不合画意，但是借此倾诉了她一时的感兴。”[2]作者发现此诗嵌有“清阁”的名字，的系灼见，但径将赵清阁称为“上海作家”，似不确当。同时，面对冰心手迹，作者在匆忙中，辨读多误，如首句中的“照座寒”被错认为是“照应寒”；末句的“雨后晴虹”又写作“雨移晴虹”[3]。

考冰心的集句诗，与顾一樵《雨后晴虹》之三颇似：“眉宇清扬照座寒(苏东坡)，品题天女本来难(龚定庵)。诗情画意都忘却(张恕)，雨后晴虹雪后山。”[4]所不同者，唯第三句。“忽然阁笔无言说”，出自龚自珍的《己亥杂诗》：“吟罢江山气不灵，万千种话一灯

---

①张彦林：《锦心秀女赵清阁》，河南人民出版社，2014 年版，第 48—49 页。

②吴海发：《文人手稿的魅力》，《学术河上的乌篷船》，东南大学出版社，2004 年版，第 273 页。《冰心书信全集》亦收录 1986 年 6 月 18 日冰心致吴海发的一封信。

③吴海发：《文人手稿的魅力》，《学术河上的乌篷船》，东南大学出版社，2004 年版，第 273 页。

④顾一樵：《蕉舍吟草》，世界书局，1948 年版，第 99 页。

青。忽然阁笔无言说,重礼天台七卷经。"①该诗原本是顾一樵为歌乐山上的冰心所作,可能后来冰心略一改动,又转赠赵清阁。1998年3月18日,赵清阁在其《长相忆》的序言中,写道:"冰心善古诗集句,她的记忆力特别好,能背诵很多古诗,常常信口拈来就是一首集句诗。"②

二、冰心致赵清阁的书信

重庆时期,冰心曾多次致信赵清阁,目前尚存有20通。这既是两人友谊的见证,同时也是冰心生活的实录。这些书信,初见于赵清阁《浮生若梦》的《友情的记录——附冰心给我的信》。文章将冰心来信分期整理,其中"在重庆(1944年至1946年)"有20封,但将第2、3封合在一起,故标号只有"十九"。该文作于1987年10月22日,并有"注"云:"冰心手札原件于八八年六月二日当面交还,冰心拟赠中国文学馆。"③后为《冰心书信全集》(陈恕、周明编,人民文学出版社,2008年)收录。2012年,《冰心全集》第八册"书信(1928—1997)"亦悉数收入。现据《冰心书信全集》(第220—231页)逐一移录。因本节主题是考察冰心与赵清阁的交往,故对这些信件的笺注,将以脚注的形式展开。

①龚自珍:《己亥杂诗》,《龚自珍全集》,上海人民出版社,1975年版,第538页。

②张彦林:《锦心秀女赵清阁》,河南人民出版社,2014年版,第159页。

③赵清阁:《浮生若梦》,华岳文艺出版社,1989年版,第48页。

1.

清阁：

信收入。我忙得要命，忙家务！二弟①从五通桥②来，三弟③又要出国，一谈就是半夜。孩子们又都放了学，满屋里都是人。我想进城，总走不了。但我二月廿一至廿五，是要在城里开会的。④ 假如在这日期之前，我没有信说不来，就请您在廿一日那天早晨十一、十二时之间，到"嘉庐"看看。因为每次都找不着人送信，文藻走了，一樵又换了车夫，没有人知道你的地方。希望您那东西别等我发表，恐怕等的日子太多了。虽然我很兴奋⑤看。祝好！

冰心

四四年二月二夜

①即谢为杰(1908—1986)，化工专家。七七事变后，随永利公司西迁四川，先后任永利川厂技师、技师长、厂长。曾在四川、云南十多个县市长途跋涉近一年，调查盐、煤、芒硝、石灰石等资源条件，为永利川厂选择厂址、筹建合成氨厂和碱厂收集基础资料；曾主持炼油厂的建设和生产，用桐油为原料制造汽油和柴油，以解大西南交通运输缺油之急，并将所得创收补永利川厂员工之生计。还曾赴香港、纽约进行新法制碱的研究试验，为开拓联合制碱新工艺做出了贡献。抗战胜利后，于1946年7月重回南京主持永利铔厂复工生产。

②五通桥，为永利川厂所在地。现属四川省乐山市。

③即谢为楫(1910—1984)，笔名冰季，作家、海事专家。1944年，奉调重庆海关总署。到后，却被借调到全国引水管理委员会担任技术工作。妻子刘纪华则带着孩子住在歌乐山冰心的家里。在歌乐山，谢为楫业余时间常给邻居扎针，并治好了危重病人，还结识了老舍(蒋滨建：《谢为楫，冰心的爱弟——写在谢为楫先生逝世20周年之际》，《福州晚报》2004年11月7日)。1945年7月，考取交通部派赴美国实习航海技术，1946年秋回国。据康清莲、赵洪梅、程永伟编著《山路上的繁星——冰心在重庆》(重庆大学出版社，2010年版)所附《冰心年谱》，"1944年7月，三弟谢为楫一家来到重庆，与冰心一家同住歌乐山"(第130页)，校诸上述信件，此说有误。

④《浮生若梦》有注：指一年一度的国民参政会。冰心乃参政员，当时她住在歌乐山。

⑤原注：此处有损，"兴奋"可能为"高兴"。

2.

清阁：

老三回来，说端木①又去北碚了，和您上信不符，特再证实一下。北碚我不去了，但我愿意搭他车进城。（就是他不去北碚，只回龙洞湾②，我也可以搭车的）请代问一下：八日上午或下午何时来山接我？能否来山？你再写快信寄我。如不能，我就得快想法。西北红枣好得很。小孩子们谢谢你的书。山上极美，春来我又头痛了。恕不多书。请安

冰心

四四、四、一

3.

清阁：

这星期又去不成了，因为开会又改到四月，多么扫兴！但我再下一星期也许要去，去了一定通知你，早说反使你不安。

孩子们陆续都快上学了，要安静一点，很想写点东西了。你如何？新年过得痛快罢？这里人多，雪美，可惜你不在。

冰心

四四年四月十八日

---

①《浮生若梦》注：即著名律师端木恺，在台湾病逝。补注：端木恺（1903—1987），亦名端木铁恺，字铸秋。安徽当涂人。毕业于上海复旦大学政治系、东吴大学法科，留学美国密西根大学，授法学博士。抗日战争开始后，任安徽省民政厅厅长，1938年去职随国民政府迁重庆，后赴汉口任行政院参事。1941年任行政院会计长，1942年后任国家总动员会议副秘书长、代理秘书长。1945年4月为第四届国民参政会参政员。1946年8月至1947年10月，任行政院粮食部政务次长。1946年11月，以国大代表身份出席制宪国民大会。不久，因政见不同和派系斗争，辞职移住上海，开办“端木恺律师事务所”。

②龙洞湾，位于重庆市城口县高楠乡东北的岭南村，湾长约2公里，蜿蜒而上，溪流清冽。湾内树木成林，山峰奇特，风景独秀。其正中半山腰有一龙洞，洞口宽约3米，高约4米，深数百米以上。进洞口有100余平方米的宽敞地带，四壁钟乳成林。再往里走，47道钟乳石门依次而立，各门之间均有会议室大小的开阔地，高约5米，宽约3米。

4.

清阁：

北碚那天玩得很好，当天来回，景超、一樵①还在此赏了一会儿的月。可惜你不在，他们联络得不好！不怪您。端木开业，您的提议是好，就这样办罢。该款若干请告知，即奉寄。最近不拟进城。听说您六月中到赖家桥②，离此很近，走也走得到，希望经常到山上来玩。附上现代妇女社收条四张，请分送。手边没有《红楼梦》，明天去借，当替您“琢磨”不误。匆匆，祝好

谢冰心 拜上

四四、五、三③

5.

清阁：

两得来函，极慰。峨眉一签尤合下怀，不胜感激④，已留为纪念矣。连日在城开会，忙里偷闲。你不在，少一个人谈谈。不知你何时归来？有日子否？九一八闭会当即上山。连日阴雨，极为闷闷。仍想到成都走走，只看便车接洽得如何。这程子身体还好。不知你在路上又犯胃病否？既到成都，何不至嘉定⑤走走？那里还有许多人呢。匆匆寄意，并祝旅佳

冰心 拜上

四四、九、九

---

①《浮生若梦》有注：“景超”即吴景超，建国后为清华大学教授。“一樵”即顾毓琇教授，现在美国费城，1976年以来，多次回国探亲讲学。

②赖家桥，位于歌乐山下，是抗战时期的文化新区。国民政府军事委员会政治部第三厅及其后文化工作委员会的办公地点分为两处，城区办公地在今渝中区天官府8号（原4号），主任秘书罗髫渔；乡间办公地在赖家桥全家院子，主任秘书何成湘。郭沫若、田汉、阳翰笙等，都曾在此寓居。“在华日本人民反战同盟总部”亦设于此。

③此信出现了“你”和“您”的混用。

④《浮生若梦》作“不胜感谢”。

⑤《浮生若梦》注：“嘉定”属四川省，辖乐山。

6.

清阁：

信收到。最近不拟进城。听说你十号赴赖家桥，千万路过一叙。我还好。有许多事情要问你。相见近，不多谈。

冰心

四四年十一月七日

7.

清阁：

三信未复，负罪良深！信笺信封太好了，有点舍不得用。寒流过渝，我大伤风，鼻膜炎头痛了十八天。但山头之雪，从枕上便能望见，此山居之乐也。“论生命”一段，蒙你过奖。忆龚定庵有诗云：“少年太飞扬，为哀乐不深……忧患稍稍平，此心即佛音……”①亦是中年人见到②之言。我的弟妇又生一女，家中热闹得很。新年赴渝事，不知如何？但元旦日有搭便车赴北碚计划，也许小住一两天，不知你那时赴北碚否？《先知》再版③，家中没有，等到开明去取一本送你。匆匆即请

冬安

冰心

四四年圣诞夜

①未查明其出处。龚自珍类似的表达有《已亥杂诗》之一七〇：“少年哀乐过于人，歌泣无端字字真。既壮周旋杂痴黠，童心来复梦中身。”

②“见到”当为“见道”。

③《先知》，叙利亚（按：后又作“黎巴嫩”）凯罗·纪伯伦（Kahlil Gibran）著，谢冰心译，上海新月书店 1931 年 9 月初版，1944 年桂林开明书店再版。

8.

清阁：

北碚已经去过了。一日下午去的，四日中午离开。逛了北泉①，还会见了许多朋友。逛北泉那天，小孩们在游泳池浮水的时候，我独自在数帆楼②上坐着。有两个钟头，觉得很有趣。我们总说同游北泉，不知如何总凑不到一起！你会骑马不？等春天我们从北碚骑马去。重庆总不想去，闹得慌。一樵本约十六日去看俞珊③，十之八九是不去了。本月底季弟④赴美，也许进城送他，那时一定通知你。关于写剧本，很想同你谈谈，那段故事我相信写起来很生动。《鸳鸯剑》⑤做剧名不知还好否？总之，以后再说罢。这两天山上又冷，拥炉不暖。在北碚时住业雅⑥处，夜中拨火闲谈，倒很"写意"。我这次去，没有通知几个人，但无意中还看见了不少，如丁西林⑦、章靳以⑧、

①北泉，位于北碚，北濒嘉陵江，南倚缙云山，距南泉300米左右。其前身为温泉寺。1927年，卢作孚在此创办嘉陵江温泉公园，增建温泉游泳池、浴室与餐厅等旅游设施。

②1930年，范绍增同文化成等人打麻将，约定赢钱归公建楼。该楼依山临江，可见江面点点船帆，故名数帆楼。黄炎培曾在此有诗："数帆楼外数风帆，峡过观音见两三。未必中见名利客，清幽我亦泛烟岚。"

③俞珊（1908—1968），浙江山阴人。曾主演《莎乐美》，名噪一时，后与赵太侔结缡。抗战时至重庆，常作业余演出。

④即谢冰季。

⑤原注：《鸳鸯剑》为赵清阁改编的《红楼梦》话剧剧本。

⑥即龚业雅，吴景超夫人。

⑦丁西林（1893—1974），原名燮林，字巽甫。江苏泰兴人。物理学家、戏剧家。1928—1948年任中央研究院物理研究所所长兼研究员，1948年当选为中央研究院院士。其间，1933—1935年任中央研究院代理总干事，1933年当选为第一届评议会评议员。1935—1936、1940—1941年任中央研究院总干事。抗战时期，曾创作独幕喜剧《三块钱国币》（1939）、四幕喜剧《等太太回来的时候》（1941）、《妙峰山》（1941）。

⑧章靳以（1909—1959），常用笔名靳以。天津人。1938年任内迁重庆的复旦大学国文系教授，兼编《国民公报》的文学副刊《文群》。1941年到福建师范专科学校任教。1944年仍回重庆复旦大学执教。1946年夏，随校回迁上海，任国文系主任。

卢冀野①等。老舍和张充和②是我去约的，谈了许久。文藻到美后还未有信，我希望他可替我带点新书回来。余不一一，即请

近安

冰心

四五年一月十日夜

9.

清阁：

信早收到。文藻回来了。五月六日到的家。如今他住在城里，仍住嘉庐，有空不妨去找他谈谈（晚上比较合适）。他到赛珍珠③那里去了两次，据说《桃李春风》④上演不成，不知是为什么。山上好得很，这两夜月色异样的清明，可惜你不能来。你伤风怎样了？千万要小心。六月中到不到赖家桥？我一时不想进城，天气热，嘉庐那

①卢冀野（1905—1951），即卢前。江苏南京人。戏曲史专家、散曲作家、剧作家、诗人。曾先后受聘在金陵大学、河南大学、暨南大学、光华大学、四川大学、中央大学等讲授文学、戏剧，并曾任《中央日报·泱泱》主编、国民政府国民参政会四届参议员。

②张充和（1913—2015），著名的“合肥四姐妹”之一。1938年与长弟张宗和辗转抵达成都（此前，次姊允和已随光华大学师生到此），又从成都到昆明（与三姐兆和一家同住）。后沈从文在教育部属下的教科书编选委员会，为其谋得一份工作，负责编选散曲。一年后该单位解散。1941年，张充和转往重庆，任职教育部音乐教育委员会（1943年改称礼乐馆并迁至北碚）。其主演的昆曲《游园惊梦》，轰动一时。梁实秋的《北碚旧游》曾提到：“国立礼乐馆的张充和女士多才多艺，由我出面邀请，会同编译馆的姜作栋先生，合演一出《刺虎》，唱做之佳，至今令人不能忘。在这一出戏之前，垫一段对口相声。这是老舍自告奋勇，蒙他选中了我做搭档。”后拜沈尹默学习书法和诗词，并多次赴歌乐山沈宅求教。1945年，抗战胜利，随兆和及从文转往北平。（张充和口述、孙康宜撰写：《曲人鸿爪：张充和曲人本事·张充和事略年表》，广西师范大学出版社，2010年版，第273—274页）

③《浮生若梦》注：赛珍珠乃美国著名女作家，她原介绍百老汇剧院演出我与老舍合作之话剧《桃李春风》，未果。剧本由乔志高翻译，发表于美国出版的《中国杂志》上。补注：乔志高（George Kao，1912—2008），即高克毅。

④《桃李春风》，老舍、赵清阁著，成都中西书局1943年12月初版。四幕剧。前有赵清阁作的序。

间屋子气闷得很。文藻替你带回一点小礼物，他留在嘉庐等你。我们都好，老三四号左右要走了，家里要寂寞一点。老二已早回五通桥了。匆匆，祝好。

谢冰心 拜

四五、五、廿六

10.

清阁：

信收到了！大家都是一样心理，胜利到的太突然了，心理上不但不平静，而且反乱了。我本打算秋天好好写点东西，而且已经开始，这么一来又扰乱了。刚听到胜利消息，有千万种计划，如今一个计划都没有，只等交通工具允许时，慢慢回到北平去。你如何，暂且镇定再说罢。重庆房子以后仍不会太容易有，因为四郊的人一定要进城来。我们仍住歌乐山再说。我很想去北碚，但仍是工具问题。你如去了，替我问大家好。路过时请上山来坐坐。匆匆，祝好。

冰心

四五年八月廿四日①

11.

清阁：

信悉。山上秋爽月明，明年此日，定已不在此了。怅望山下灯火，感慨万千。你说"游民"返乡不易，怕要住上半年，我以为大家恐怕都要等到明年春天。我现在正想法同北平家中人通消息。只要消息一通，我也不着急了。将来行止尚未大定，但文藻和我都相当厌倦了"京华"②的生活。我们仍打算回到教书生涯，居处且以北平为最佳，将来或可好好的招待你——希望你在城中生活能较前稍胜。余不一一，即请

①《浮生若梦》作"四五年八月二十四日"。

②《浮生若梦》注："京华"指国家首都，又有政府工作的双关义。

大安

冰心

四五、九、十七

12.

清阁：

前得你九月二十五日信，知道你病了，极为挂念，不知现在如何？已迁入莲花池①房子否？房子有几间？我去住不方便？同学会我的确去了，第二天就回来。因为顾太太住了“嘉庐”，我们让她进城时就住戴家巷二号（陈叔敬处）临时借住，不大方便，也正在想搬进城，正在接洽房子。我们北平没有房子。如回校，校内有房。你将来也是回北平好。文藻住国防最高委员会②宿舍（林森路军事委员会对面）。那盒“琪士”③你自己留着补补罢，不要寄来。匆匆祝

痊安

冰心

四五年十月十六日

13.

清阁：

信收入，你为何如此匆匆离去？民航机票已弄到手否？我也正在想搬进城去住，有人替我看房子，据说就在莲花池，也许早晚会同你做邻居。你病后身体如何？文藻住林森路国防最高委员会，电话2862，会快些。你给他一信，他会来看你。最近我也许进城看房子，但说不定在哪一天。你在月底以前不会走罢？匆匆，即请

秋安

---

①莲花池，为重庆城区传统的放生池，位于市中区七星岗，临中山路大街。三六九饭馆即在此附近。

②1939年设立，是凌驾于国民党中央、国民政府、五院和军事委员会之上，融党政军大权于一体、决策与执行相统一的机构。在今解放西路66号。现为重庆日报社。

③原注：“琪士”，美国黄油。补注：“琪士”为cheese的音译。

冰心

四五年十月廿二日①

14.

清阁：

得言极慰，知道你精神情绪均焕然一新，尤为高兴。希望你能把握住这心境，好好地在回忆中写点抗战时代的东西。我想搬进城，但合宜房子难找。三嫂未走之先，我暂时不想离开这清幽的环境。北方问题，日重一日，甚使人着急。假如再在重庆呆下去，不知要变成什么样子！请告诉我一点上海生活状况（我在法租界住过），例如你那房子，一间屋多少房租？每人生活费要多少？三嫂想拿来做参考。老二不日要下南京，去看他们永利公司。老三在美已开始实习，很高兴。三嫂在各方面想法要回上海去看她父母，并想做事，但船上舱位难得到，飞机票不好买，她也急死了。上海还见着什么人？他们情绪如何？上海人对于时局之看法如何？一樵、端木，见及请代致意。山上一切如恒，前几夜大雷雨。秋行夏令，大家都很忧虑。我患了几天"重庆热"，现在已好了。业雅总约我到北碚去，每周末都有客有事②不巧得很，过一两星期也许去一趟。匆匆，即颂近好

冰心

四五年十一月十三日

15.

清阁：

来信读悉。你催我到上海，我也想早离开重庆。但是问题并不太简单。我们走了！③ 三嫂怎么办？我们在这里替她想法买飞机

①《浮生若梦》作"四五年十月二十二日"。

②此处宜有逗号。

③此处叹号宜用逗号。

票——她们在安全和经济两方面，都不能坐船——还没有着落。文藻倒是愿意我早走（参政会怕不会开），怕他一旦飞京，把我们留在这里太无保障了。你谈那两间屋子替我留下，甚好。请再告诉我详细情形。地点在哪里？情形如何？是否和人家同住？等等。我若到上海，不想教书，还是写写文章再说。《关于女人》我已交付开明。除自序外，又加了一段，开明正要出版。现在开明想同他们打官司。你说和"天地社"仍在来往，劝他们把这版卖完，算清版税，早早撒手罢。我真是头痛。不写文章还好，写了反惹一肚子气！这里又在下雨下雾，你深知此中滋味？① 不必细谈了，不过山上的雨雾还好。上星期坐景超车到了北碚，还同浦逖生②等逛了北泉。那天却有阳光。现在正拥着火盆，清理信债。不知你这时正做③些什么？请问一樵好，他的词④我拜读了，很好。祝

安

冰心

四五、十二、三

16.

清阁：

在床上拆阅了你的信（游山跌跤伤腰），一转眼就找不着了，不知你都说的是什么？只记得你说什么虹口有房子的事。我真感谢我的朋友们，个个劝我早走！（端木也劝我）使我觉得朋友们都在惦记着我。谈起梅兰芳，谈起音乐（在城内看了《一曲难忘》⑤，颇受感

---

①此处实在不必用问号，逗号即可。

②即浦薛凤。

③《浮生若梦》作"作"。

④此处究竟是何词，无从判断。

⑤《一曲难忘》(*A Song to Remember*)，是一部以波兰音乐家肖邦为主人公的音乐剧情片。导演：查尔斯·维多，主演：梅儿·奥勃朗、尼娜·弗彻、保罗·穆尼、科内尔·怀尔德。1945年1月18日在美国上映。同年即在中国公映。

动),我何尝不神往。然而我实在想不出我有什么理由要在上海安家。文藻若仍在政府做①事,我们大概是在南京。——上海曾有个机会,商量之后,已谢绝了——但十分之六七我们是回北平教书去。我相信那种生活对我比较宁静一些。抗战这几年,闹得我头昏脑乱,一事无成,于人于己,两无益处,所以上海房子只好放弃。将来我如到上海,只好奉扰朋友们了。现在第一步我们想先搬城中住,让三嫂先走,美军机到大使馆交涉过,没有希望。但民航机改由行政院派定后,似有可能。三嫂如能新年后走,则文藻一走,我就可以飞。或他一有消息走,我也可以飞。若飞京,可以先住老二的丈人处,金陵神学院他们房子大得很,过渡一时。若飞平,就住我们大嫂处。两边都是不必安家的。城内大概住端木房子,等他房子客人走后,就可以去,至早也得过年罢。刚从城中回来,朋友们都好。除了看一次电影之外——还只看半场——什么也没有做,只忙些杂事。老舍应美国文化专员之邀赴美一年,明春二月间可以启程。回国后我们希望他能到燕大。我同端木曾谈起《关于女人》事,叶圣陶他们二十号由木船东下,他们意思开明已有了律师,不必再有律师了,最好请端木以第三者朋友资格请他们,(一)第一版卖完即算版税,(二)将纸型交还我。我已将这两事托付了他②。他说照办,这人太忙,还得你催他一下。其实这中间人一樵等都可以做,多托几个人无妨。从你寄给小孩子的圣诞片中,知道又过圣诞了,那天病得胡里胡涂的,看片忽然清醒。明年不在此地了,八年过得何等之快,这些日子心还静,夜里有时翻泰戈尔。你说九时我已睡了,哪知我正

①《浮生若梦》作“作”。

②1946年《海晶》第5期刊有谷均的《谢冰心警告天地社》,可作参考。消息云:“女作家谢婉莹(冰心)女士,福建人,早年曾以《寄小读者》一书炙脍(脍炙)人口,斐(蜚)声一时。数月前见各报载某大律师代表冰心女士为‘男士’之《关于女人》一书向重庆天地出版社警告,谓该书现重行删改,由开明书局印行,以后‘天地’出版社不许再发行云云,阅后才知道此‘男士’即冰心‘女士’也。”(第8页)

在开始,我平常总是午夜才睡。重庆今年不冷,我在城中那几天还有阳光。山上在临别时觉得加倍好。“潜庐”我决定不卖,交给保管委员会去管。——作周末休息之用。我请他们保管一切依旧。说不定我还会回来,①——你近来如何?还忙么?写作得起劲否?朋友见面代问好罢。许多信要写,不多谈了。祝你
新喜

谢冰心 拜上

四五年十二月廿一夜②

17.

清阁:

我于上月十四日迁到端木家里来了。有两间屋子,即他从前之书房和客厅,还有大走廊,怪好的。客人很多,可惜你离开重庆了。你信已从文藻处转到。三嫂已到上海了,住址是愚园路668弄313号。她很愿意看看你。假如你去看她,她一定高兴,孩子们也高兴。“天地社”版税如交来,请即交她,她等钱用,同时我也欠她钱。纸型不知如何?看端木的神通了,假如这个办不到,真是白当了律师!参政会定三月十五在渝开会,国防会也快结束了。我们行止总会在四月中决定,直回北平之意居多,到那时再报告你。你给《神州日报》③写的长篇,可否让我拜读?上海文化界动态如何?熟朋友常见面否?前夜去看了《雷雨》,演员不算好,看了不十分满意。今天中午约老舍来吃饭,他不日赴申转美。这里熟朋友渐渐少了。今年暖得很,进城来后没生过火盆。晚上还不常有机会看书,客人太多。孩子们都好,年假中是看电影,我却一场都没看,外一纸请转端木。

---

①此处句读宜为:“潜庐”我决定不卖,交给保管委员会去管,——作周末休息之用。我请他们保管,一切依旧,说不定我还会回来。

②《浮生若梦》作“四五年十二月二十一夜”。

③1945年11月赵清阁回到上海,担任《神州日报》副刊主编(陈恕:《冰心全传》,中国青年出版社,2011年版,第228页)。

一樵常见面否？请代问好。匆匆不一，即请
春安

谢冰心 拜上
四六年二月五日晨

18.

清阁：

业雅在此住了两星期，此刻刚走。参政会也刚开完，虽然“参而不政”也费不少时间。端木见过许多次。书店事真伤脑筋，看来版税收不回了。我会托端木，你不管吧，怪烦人的！你迁了居，也好，可以静些。我们四月中能否走，还不定。我本心是愿意等小孩子定了走（宗生①五月底初中毕业，大妹②四月底高小毕业），只怕国防会要还都去结束。他们如果还都，我们就得早走了。你何时回河南？现时物价重庆最便宜，我倒愿意多呆些时候。你不如回来，这边天气太好了，天天大太阳，怪不怪？你要我写文章，岂不愿写，但这里环境，实在不适宜，客人太多。夜阑人散时，自己就累倒了。还是等回到北方，关起门来，替你好好写一点罢。业雅信附上，她相片没照好，不给你了。她这人真多情，临走哭了，害得我也怪难过的。欠信太多，不尽。祝好。

冰心
四六年三月四日

---

①即冰心长子吴宗生（1931— ），后名平，时就读于重庆南开中学。前引《谢冰心警告天地社》一文亦云：“其令郎投考南开大学附中时，国文入学试中有一问题为‘冰心女士有何著作？’其令郎答案写道：‘她是我的妈妈！’殊属幽默，此为其同学告余者，录之以博一粲。”1990年1月16日，冰心在《我记忆中的沙坪坝》，对此也有所回忆（《冰心全集》第七册，第256—257页）。

②即冰心长女吴宗远（1935—2012），后名冰。时就读于歌乐山高店镇中心小学。

19.

清阁：

许久没得你信，猜着你是忙，却不知道你搬家。我的侄子那天送他表妹上船，说看见你送老舍。老舍想来一定高兴得很，去换一换空气。你新居安适，极好，趁此多写写文章。你约我作文，一定应命，可惜参政会在即，纵然不尽责，一天也要花去相当时间。会完就要还都。我们大约也在四月间东返了，相见在即，快何如之！昨日得一樵来信，寄了几首诗，也未提明任务。重庆朋友渐少了，但物价据说最低。我身体还好，见客人太多，睡眠不足。这些日子重庆天气非常之好，一换往年之作风，每日都有月亮。昨夜同文藻出去避客步月，曾家岩一带寂静得很！南方客人来者，尽说些使人胆寒的消息，我们简直有点怕回去了。你说要回河南，不知何时动身？到北平还是等我们去时你再去罢，我们可以招待你。“天地社”近来有消息否？版税请你代领，不知已办到否？请你领了交给三嫂，我欠她在上海代付的钱。她住极司非而路51号A二楼。她在国际善后总署做事。星期日才在家，或者你去以前写信通知她等你。请多来信，报告上海消息。振铎等见面时代问好。匆匆，问安。

冰心

四六、三、十六

20.

清阁：

也许不久会同你相见了。我们就在这两三天走，至迟不过月底。到南京先住老二丈人处，是“南京新街口铜银巷一号”李汉锋①先生转。这消息请代告一切知交！我没有功夫分头写信（特别是圣陶，上次开明信还直寄歌乐山，真怪！）到南京后我们想不久就到上海来过一个周末，就是住处难找（三嫂处只一间屋子），那时再说罢。

①冰心的二弟妇名李文玲，李汉锋当为其父，即谢为杰的丈人。

你好么？千万别回河南，等见一面再说。相见近，不多谈，匆祝春祺。

冰心 拜

四六年四月廿日①

三、关于冰心致赵清阁一封信的辨读

冰心另有致赵清阁的一封信，据赵清阁编《沧海往事：中国现代著名作家书信集锦》，其内容如下：

清阁：

信都收入。将来必有一天我死了都没有人哭。关于我“病危”的谣言②已经有太多次了，在远方的人不要惊慌，多会儿真死了才是“死”，而且肺病绝不可能。这边情形，并不算太坏，就是有病时（有时）太寂寞了一点，而且什么都要自己管。病人自己管自己，总觉得有点那个！你叫我写文章，尤其是小说，我何尝不想写，就是时间太零碎，而且杂务非常多。③ 也许我回去时在你书桌上会写出一点来。上次给你寄樱花了没有？并不好，就是多。我想就是菜花，多了也会好看。樱花意味太哲学了，而且属于悲观一路，我不喜欢。朋友们关心我的，请都替我辟谣，而且问好。参政会还没有通知，我也不知道是否五月开，他们应该早通知我，好作准备。这边待得相当腻，朋友太少了，风景也没有什么，人为居多，如森林，这都是数十年和平的结果。我们只要太平下来五十年，你看看什么样子！总之我对

---

①《浮生若梦》作“四六年四月二十日”。

②原注：冰心在日本时，国内报纸谣传她病危，居心叵测。我曾为之辟谣。

③原注：此信写于日本，抗战后冰心随吴文藻先生去东京，新中国成立后回国。

于日本印象，第一是女人（太没有背脊骨了），第二是樱花，第三第四也还有……匆匆请
放心！

冰心
一九四六年四月十七日①

从该信的内容来看，当是写于日本无疑。不过，信末所署时间，则是“一九四六年四月十七日”，但此时的冰心，尚在重庆，故其中必有错误。而《友情的记录——附冰心给我的信》中，其文字则如下：

清阁：

信都收入。将来必有一天我死了都没有人哭，关于我病危的谣言已经有好多次了，在远方的人不要惊慌，多会真死了才是死。而且肺病绝不可能，这边情形并不算坏，就是有时有病时太寂寞一点，而且什么都要自己管，病人自己管自己，便觉得有点那个。你叫我写文章，尤其是写小说，我何尝不想写，就是时间太零碎，而且杂务非常多。也许我回去时在你的桌上会写出一点来。上次给你看了樱花了没有，开不好，就是多，我想就是菜花多了也会好看，樱花寓意太哲学了，而且属于悲观一路，我不喜欢。朋友们关心我的都替我辟谣，而且问好。参政会还没有通知，也不知道是否五月开，他们应当早通知我，好作准备。这边呆得相当腻，朋友太少了，风景也没有什么，人又居多，如森林，这都是数十年升平的结果。我们只要太

①赵清阁编：《沧海往事：中国现代著名作家书信集锦》，上海文艺出版社，2006年版，第99—100页。

平下来五十年，你看什么样子？总之我对于日本的□□[①]，第一是女人，第二是樱花，第三第四也还有……匆匆请安！

冰心

四七、四、十七[②]

同一封信，其文字竟有如许差异，令人困惑[③]。不过，其时间作"四七"，倒可反证前者的错误。今查《冰心书信全集》和《冰心全集·书信》，其写作时间，均为"四七"年，至此疑问可解，但文字出入亦多。

四、赵清阁对重庆时期冰心的回忆

关于两人的友情，诚如赵清阁所说："我们一见如故，我钦佩她，

①原注：此信写于1947年，国内谣传冰心病故，友人均极关注，冰心嘱代辟谣，因此此信曾交冰心好友梁实秋先生看过，梁抄件留存。去年梁著《雅舍怀旧》书内之《忆冰心》一文，附录了此信，今核对原函，其中"□□"符号乃"天皇"二字，但与前后辞意不相关联，指冰心对日本之地方印象，不是指天皇，可能乃笔误，梁实秋也有疑义，所以用"□□"符号代之。补注：需要说明的是，梁实秋《忆冰心》所附录的冰心致赵清阁的信，其文字另有不一致的地方。

②赵清阁：《友情的记录——附冰心给我的信》，《浮生若梦》，华岳文艺出版社，1989年版，第74—75页。

③陈恕《冰心全传》云：赵清阁主编的《沧海往事：中国现代著名作家书信集锦》，曾"经史承钧教授精心编辑、校订"（第229页）。同时，在该书的《后记》中，史承钧教授也表示："我希望尽可能保存历史的真实，提供一个符合历史本真的版本，这样才能对历史负责，才能真正符合赵先生的遗愿。"（《沧海往事：中国现代著名作家书信集锦》，第280页）不过，据此信的整理看来，史先生的愿望还未完全达到。

她也不以后学①见弃，反倍加爱护，亲切相待。”②冰心对赵清阁多有关照。1944年3月25日，冰心在给梁实秋的信中，曾提到赵清阁："刚给白薇写几个字，忽然想起赵清阁，不知她近体如何？春来是否痊了？请你代我走一趟，看看她。”③赵清阁本人也有所回忆："抗战八年，生计艰难，我因长期‘爬格子’呕心沥血，宿疾肺病复发，遵医嘱在家中疗养，完全卧休。冰心常乘友人的便车到北碚我的住处看我，来时总带了些我喜欢的点心、小玩具慰问我，使我感受到一种母爱般的友情。也许因为她知道我是一个童年丧母的孤女，格外予我以怜恤、爱护。不过由于她较年长的原故，她对朋友们都像对小弟弟、小妹妹似的亲昵慈祥。同时她又是新文学运动的先驱，朋友们也都敬她、爱她，尊她为长者，为老大姐，堪称文坛无先例的百岁师范！”④

对重庆时期冰心的创作与活动，赵清阁有过概述："她的性情娴静，厌恶烦嚣境界，战时陪都政局昏暗，人心惶惶；一个具有正义感的作家是无法安于现实的，而又不能改变现实；于是她避开了雾茫茫的重庆，迁到郊外的歌乐山上，与大自然的青山绿树为伴。我到过歌乐山她的住处潜庐，那儿清幽宜人确是好地方。她不啻是过着在家出家的生活。说‘在家’，是她仍然伏案孜孜不倦地写作，脍炙人口的散文集《关于女人》就是在山上耕耘的成果。说‘出家’，是她虽被选为国民党参政会的参政员，可她除了每年不得不出席开会外，却没有《参政》⑤权，所以她和朋友们谈起，常自嘲为‘参而不

---

①赵清阁出生于1914年5月9日，小冰心近14岁，故以“后学”自称。

②赵清阁：《友情的记录——附冰心给我的信》，《浮生若梦》，华岳文艺出版社，1989年版，第46页。

③陈恕、周明编：《冰心书信全集》，人民文学出版社，2010年版，第344页。关于此信的写作时间，笔者已有考辨，可参见《冰心与梁实秋》一节。

④赵清阁：《悼冰心》，《文汇报》1999年3月19日，第11版。

⑤此处的书名号多余。

政'，这也是对参政会的讥讽。其实她是否真正置身'世外桃源'而不问'政'呢？不，她是有所为有所不为；她热衷支持党领导的民主解放运动。她思想维智①，是非分明，因此一直受到党的尊重。战争结束，一九四六年她和丈夫吴文藻教授去了日本。"②

赵清阁上歌乐山，曾告诉冰心，拟将英国女作家勃朗特的《呼啸山庄》改编为五幕剧，时间挪到30年代，地点改为中国，得到冰心的赞同③，此即后来的《此恨绵绵》④。

五、冰心与赵清阁的相互评价

冰心在《抗战八年的中国文艺界》中指出："抗战的八年间，中国的文艺界决不是停滞的，当时的文艺作家是非常活跃的。……这些人中有老舍、巴金、茅盾、郭沫若、田汉、沈从文、苏雪林、冯沅君、曹禺、赵清阁、洪深、凌叔华、袁昌英、臧克家、徐迟以及其他很多作家。……就每个人的创作而言，戏剧的创作最成功，收获也最大。曹禺的《蜕变》《北京人》《家》；老舍的《国家至上》《面子问题》；茅盾的《清明前后》；郭沫若的《屈原》；赵清阁的《此恨绵绵》等剧，都上演

①思想维智，从字面上讲，指其所思所想均经过慎重考虑。"维"，或当作"唯"。

②赵清阁：《友情的记录——附冰心给我的信》，《浮生若梦》，华岳文艺出版社，1989年版，第46—47页。

③卓如：《冰心全传》（上），河北教育出版社，2007年版，第442页。《山路上的繁星——冰心在重庆》对此也有绘声绘影的叙述（第83—84页）。

④"《此恨绵绵》赵清阁编剧。重庆新中华文艺社1944年1月初版。正言文艺丛刊之四。上海正言出版社1946年1月初版。五幕悲剧。根据梁实秋译［美］爱美特·白朗特原著小说《咆哮山庄》改编。前有自序（1945年12月2日。见上海版）。"（萧凌、邵华编：《中国现代文学总书目·戏剧卷》，知识产权出版社，2010年版，第91页）其中，爱美特·白朗特的国别当为英国。

过并获得好评。”[1]1999年11月,沈建中在《最后的访谈——赵清阁答〈二十世纪中国女性〉摄影记者问》中,记录了赵清阁对冰心的评价:“她是搞学问的,燕京出来就在燕京当大学教授,并从事文学。我是从《寄小读者》《繁星》开始认识,我觉得她是一个闺阁、慈母型的人,后来就不太看她的作品,不满足,也应理解,因为我成长了。泰戈尔的东西是冰心翻得最多。冰心她多有事业感！尽管她的作品不多,可是她是忠于文学事业的,她是可以学习的。她对我很有帮助。”又说:“学术成就上根据现有我掌握的资料……苏雪林是第一个。冰心的成就只是在文学创作上。”[2]

①卓如编:《冰心全集》(第三册),海峡文艺出版社,2012年版,第140—141页。

②沈建中:《最后的访谈——赵清阁答〈二十世纪中国女性〉摄影记者问》,《新文学史料》2001年第1期,第113、114页。

冰心的两篇悼亡之作
——兼记富奶奶

抗战时期，冰心一家迭遭变故。1940 年 8 月 4 日，父亲谢葆璋病逝于北平。1944 年 8 月，大弟谢为涵又病逝。丧亲之外，又痛失良友。1941 年《艺术与生活》[①]第 21 期的“艺坛瞭望台”，在报道“一代文人落花生病逝”时，特署副题“当年热恋冰心女士，为国人长英大学院之首”，文曰：“‘落花生’系许地山之笔名，生于一八九三年，于一九四一年八月四日因心脏病逝于香港。许氏卒业燕京大学，后赴美得文学硕士，归国后任教燕大、清华等校。一九三六年被聘为香港英国皇家大学文学院长，为国人任教该校之第一人。先生博学多才，精于梵文，为国人之著。对于文学、金石学、史学均有心得与贡献。有《空山灵雨》《缀网劳蛛》及《印度文学》等集问世。求学时曾热恋冰心女士而成轶话，今突以逝世闻，实乃吾国文学界一大损

①“《艺术与生活》(1939.10—1944.11)/袁笑星编，北平艺术与生活画报社出版，综合性艺术刊物/总 1—40”(《抗战时期期刊介绍》，第 92—93 页)。

失,殊堪痛悼。”(第15页)虽如此,但冰心并无专文追悼①。专文以悼者,唯沈骊英、王世瑛二人。

一、《悼沈骊英女士》

民国十四年夏季,我在美国康奈尔大学暑期学校里,得到北平燕大一女同学的信,说“本年本校有一位同学,沈骊英女士,转学威尔斯利大学,请你照应一下”。

我得着信很欢喜,因为那年威大没有中国学生,有了国内的同学来加入,我更可以不虞寂寞。

暑假满后,我回到威大,一放下行装,便打听了她住的宿舍,发现她住的地方,和我很近,我即刻去找她。敲了屋门,一声请进,灯影下我看见了一个清瘦而略带羞涩的脸。说不到几句话,我们便一见如故了。我同她虽没有在燕大同时,但是我们谈到我们的教师,我们的同学,我们的校园,谈话就非常亲切。当天晚上,我就邀她到我的宿舍里,我从电话里要了鱼米菜蔬,我们两个在书桌上用小刀割鱼切菜,在电炉上煮了饭。我们用小花盒当碗,边吃边谈,直留连到夜深——我觉得我欢喜我这位新朋友。

那一年我们大家都很忙,她是本科一年生,后修功课相当烦重,

①“1987年11月10日清晨”,冰心始作《忆许地山先生》,文中说到:“许地山的夫人周俟松大姐,前些日子带她的女儿燕吉来看我,说是地山95岁纪念快到了,让我写一篇文章。还讲到1941年地山逝世时,我没有写过什么东西。她哪里知道那一年正是我在重庆郊外的歌乐山闭居卧病,连地山逝世的消息都是很久以后,人家才让我知道的呢?”(《冰心全集》第七册,海峡文艺出版社,2012年版,第100页)许地山是在1941年8月4日病逝,至11月11日,冰心在《寿郭沫若先生》时,才提到“病逝的如许地山先生,都是我们极大的损失”。“1991年6月2日浓阴之晨”,冰心又曾写作《追念许地山先生》,纪念许地山逝世五十周年,发表于《新华日报》1991年8月21日。

我正在研究院写毕业论文,也常常不得闲暇,但我们见面的时候,①还相当的多。那时我已知道她是专攻科学的。但她对于文学的兴趣,十分浓厚。有时她来看我,看我在忙,就自己翻阅我书架上的中国诗词,低声吟诵,半天才走。

威大的风景,是全美有名的。我们常常忙中偷闲,在湖上泛舟野餐纵谈。年青②时代,总喜欢谈抱负,我们自己觉得谈的③太夸大一点,好在没有第三个人④听见!她常常说到她一定要在学科界⑤替女子争一个地位⑥,用功业来表现女子的能力。她又说希望职业和婚姻能并行不悖,她愿意有个快乐的家庭,也有个称心的职业。如今回想,她所希望的她都做到了。只可惜她自己先逝去了!

十五年夏,我毕业回国,此后十九年中便不曾再见面,只从通讯里,从朋友的报告中,知道她结了婚,对方是她的同行沈宗瀚先生,两个人都在农业机关做事,我知道骊英正在步步踏上她理想的乐园,真是为她庆幸。

去年这时候,我刚从昆明到了重庆,得了重伤风,⑦在床上的时候,骊英忽然带了一个孩子来看我。十余年的分别,她的容颜态度都没有改变多少,谈起别后生活,谈起抗战后的流离,大家对于工作,还都有很大的热诚。那时妇指会的文化事业组的各种刊物,正需要稿子,我便向她要文章,她笑说⑧"我不会写文章,也不会谈妇女

①《全集》无此逗号。

②"年青",《全集》作"年轻"。

③"的",《全集》作"得"。

④"第三个人",《全集》作"第三人"。

⑤"学科界",《全集》作"科学界"。

⑥"一个地位",《全集》作"一席地位"。

⑦《全集》用句号。

⑧《全集》此处有逗号。

问题,我说出来的都是一套陈腐的东西。"我说①"我不要你谈妇女问题②,我只要你报告你自己的工作,你自身的问题,就是妇女问题了。"她答应了我,暮色已深,才珍重的握别,此后她果然陆续的寄几篇文章来,分发在妇女新运③季刊和周刊上,都谈的是小麦育种的工作,其中最重要,最能表现她的人格的,便是那篇《十年改良小麦之一得》。

今年春天的一个星期日下午,她又带了一个孩子来看我,据他④说沈宗瀚先生就在我们住处附近开会,会后也会来谈论。

那天天气很好,大有春意,我们天东地西,谈到傍晚,沈先生还不见来,她就告辞去了,那是我们末次的相见!

本年十月里在报纸上,忽然看到了骊英逝世的消息,觉得心头冰冷,像她这样的人,怎么可以死去呢!

无论从那⑤一方面看,骊英都是一个极不平常的女子。我所谓之不平常,也许就是她自己所谓的"陈腐的一套"。女科学家中国还有,但像她那样肯以"助夫之事业成功为第一,教养子女成人为第二,自己事业之成功为第三"的,我还没有听见过。这正是骊英伟大之处,假如她不能助夫,不能教养子女,她就不能说这种话,假如她自己没有成功的事业,也就不必说这种话了。

在《十年改良小麦之一得》一文里,最能表现骊英工作的精神,她相信我们妇女的地位,不是能用空空的抗议去争来,而是要用工作成绩来获取的"⑥。骊英和我谈到种种妇女问题,她常常表示⑦

①《全集》此处有逗号。

②《全集》此处多出一个"了"字。

③"妇女新运",《全集》有书名号。

④"他",有误,《全集》改作"她"。

⑤"那",《全集》作"哪"。

⑥原文此处仅有后引号,前引号当在"相信"一词之后。《全集》无。

⑦《全集》此处有逗号。

“妇女问题。[1] 已过了宣传时期,而进入工作时期”。她主张“女界同志一本自强不息精神,抓住社会埋头苦干”,她主张“自问已劳尽力为国家服务,而不必斤斤于收获之多少”。这种“不问收获,但问耕耘”和“多做事,少说话”的态度,也是骊英最不平常之处。

骊英对于她工作的成就,处处归功于国家之爱护与友人之协助,我觉得这一点也不平常。抗战期间,普遍是困苦的环境多于顺利的环境,而有的人很颓丧,有的人很乐观,这都在乎个人的心理态度。骊英是一个“已婚女子”,以“生育为天职”,同时又是一个“公务员”,“亲理试验乃分内事”,在双重的重负之下,她并不躲避,并不怨望,她对于下属和工友,并不责望躁急[2]并不吹毛求疵,她处处表示“钦慰”,表示“这工友不可多得”,她处处感谢,处处高兴,这是她平日精神修养的独到处,使她能够以“自信心与奋斗力与环境合作,渡过种种的难关[3]。

最后她积劳成疾,“卧床两月,不能转动,心至烦燥[4]不耐”,这是我对她最表同情的地方。我年来多病,动辄卧床休息,抑郁烦燥[5],不能自解。而骊英却能“看得淡,看得开,[6]”以“卧病实与我为有益”。因为她以生病为读书修养之机会,这也是常人所不可及[7]之处。她的结论是“我等当保养体力争取长时间之胜利,不必斤斤于一日之劳逸而贻终身之痛苦。[8]”这是句千古名言。我要常常记住的!

今天是重庆妇女界追悼骊英的日子,骊英是最值得妇女界追悼

---

①《全集》将句号改作逗号。

②《全集》此处有逗号。

③原文仅有前引号。《全集》在此有后引号。但笔者以为,后引号当在“奋斗力”之后。

④“烦燥”,《全集》作“烦躁”。

⑤“烦燥”,《全集》作“烦躁”。

⑥《全集》逗号在引号外。

⑦“不可及”,《全集》作“不及”。

⑧《全集》句号在引号之外。

的一个人,我愿意今日的妇女青年都以骊英的言行为法①我自己又是因病不到会,但是在床上写完了这一篇追悼的文章,心里稍稍觉得温暖。我万分同情于沈宗瀚先生和他们的子女,我相信在实验室里,在家庭中,在她许许多多朋友的心上,她的地位是不能填满的!然而骊英并没有死,她的工作永存,她未竟的事业,还有沈宗瀚先生来继续,她对于妇女界的希望,我们要努力来奔赴,骊英有知,应当可以瞑目了。

三十年②十二月二十一日,歌乐山

本文发表于《妇女新运》1942 年第 4 卷第 1 期,第 34—36 页。沈骊英(1897—1941),农学家。与冰心在美国威尔斯利女子学院(Wellesley College)同学。1941 年 10 月 7 日上午 11 时许,在四川荣昌宝城寺中央农业实验所实验室,因突发性脑中风倒下,延至午后二时即告气绝。其夫沈宗瀚(1895—1980),亦为世界闻名的农学家,1938 年任国民党中央农业实验所所长。长子沈君山,生于 1932 年 8 月 29 日。有《浮生后记》《浮生三记》和《浮生再记》。该期沈骊英的"特载",除冰心之文外,尚刊沈宗瀚《亡妻沈君骊英行述》、沈骊英《一个职业妇女的一天工作——二十八年七月七日在筑日记》和沈宗瀚《哭骊英贤俪》。后文为沈骊英"三十年十月七日逝世悼文",哀婉凄切,催人泪下。为更深入了解沈骊英的业绩与德行,本拟将《亡妻沈君骊英行述》于此照录,但其文太长,故附录《哭骊英贤俪》:

鸣呼骊妹,汝于午后二时逝世,余已哭矢继汝之志,教养诸儿,完成汝小麦育种未竟之功,时汝体尚温,想能信余诀别之誓言而瞑目。汝遗骸已安移于宝城寺大殿,以待成殓③棺椁衣衾,藉友好之

---

①《全集》此处有句号。

②"三十年",《全集》作"一九四一年"。

③此处宜有逗号。

助，已经粗备，时已午夜，友好多散去，诸儿就寝，月影疏淡，万籁俱寂，惟闻秋风瑟瑟，如助人之叹息，余静待汝侧，悲更难胜，不觉呜咽①抚汝遗骸而泣告曰：呜呼爱妻，结缡以还，形影相随，艰苦同尝。事业共担，十一载如一日。汝常曰："尔吾相依为命，不可一日或离。"而今竟背余而去，岂其梦耶。回忆十一载前，汝怜余艰辛奋斗，誓作终身伴侣，共赴事业，以助余志，而期贡献于国家社会。盖汝初非以享受为怀，余益不敢怠忽以负厚望，余家贫，幼即举债读书。继续二弟教育须余料理，宿运更增，达四千余元之巨，结缡三年，赖汝之助得以清偿。后复筹积儿女教育费，克勤克俭而煞费苦心。汝更咬定牙关，努力自强，常苦笑谓余曰："吾两人似牛，其将耦耕而终矣。"汝何先余而去，不复耦耕，而留余以独耕，岂非梦也耶。

结缡后，余赴欧美，且漫游甘青，家报稍愆，汝即寝馈不安，含泪祝祷不已。抗战军兴，复奔走各省，忙碌甚于平时，汝既勉以战时坚苦奋斗勇往前进，而内心之不宁，亦惟余始能体会。自余在黔翻车后②每外出汝更念行旅多危，澈夜不寐。与大儿君山共同祝祷。余偶不适，汝即屏绝一切，专心看护，绝不假手于人，且默祷愿以自代。故余病愈而汝常较余更为憔悴。二十七年春，余患风湿于筑，病卧二周，应召赴汉，汝即继余而亦染是疾。汝于子女之病亦然。二十八年夏，大儿君山病后，汝风湿复发，且每秘不告余。二十九年夏风湿之外，且染痢疾，医师友好相强电报招余来筑看视，汝又恐余惊慌，且念渝筑旅行之苦，哭而不许，但默留遗嘱，以备不测。汝用心之苦，思虑之密，及其体余入微之苦衷，余岂能一日忘哉。呜呼，而今已矣，旅途艰险，谁复虑及，余父子谁复看顾，今汝死于余适在家之日，岂不忍余之长途奔丧，其梦耶非耶。

汝体念余以小麦育种为终身事业，结缡后即潜心研究，刻苦力

---

①此处宜有逗号。

②此处宜有逗号。

行。以汝纤弱之躯,常背余独自裸足跋涉于泥泞之麦田,观察记载,精细过人,即于孕时或产后未及弥月,亦不稍息。近数年汝之育种造诣益深,而身体亦益弱矣。余常以小麦杂交育种以抗战而未及成为恨,汝每笑语汝之杂交育种已届告成,可代余而竟其功,勉余专心推进各省农业,以期普遍增加农产,且从而奠定各省农业改进之基础。结缡之初,汝常以余不能文为虑,修删余文,夙兴夜寐毋倦。近数年来余稍能涉笔,汝犹以事实未充为虞,辄以试验结果补充之。余撰文稿,汝更宝藏之,虽在战时辗转迁移,未尝有失,而汝自撰文稿,乃不能爱惜,随手散亡。常曰:"当汝五旬,余为汝寿,刊行文集,并育成杂交·①良种以资纪念。"呜呼②孰料余先为汝集稿述汝行状,孰料先以汝精心试验之杂交良种以作永诀之纪念,而今后,稿文谁为修改如汝之忠勤,余未竟之育种事业,谁可继而如汝之敏捷,其梦耶非耶。

汝当勉余殚心竭虑于学术研究与事业推进,毋以家庭琐务自扰而分心,故平日间所谈,辄为育种之高深原理,与人才选拔,以及今后农业之改进,超出家庭以外之重大问题,娓娓不倦,深夜不休。凡试验工作,日间未毕者,辄夜以继日,共赴试验室互助毕之。深夜归家,汝常备茶点助兴。余常戏言曰:"是学友耶,抑夫妻耶。"汝则答以须为贤母也,辄去抚视小儿安睡,以毕汝一日之工作,此情此境,今复何堪回想。

汝见事细到,措事有方,意志更坚不移,不易为人折服,然汝于事业与家庭辄以曲从余意为乐。汝孝于翁姑,曲尽妇道。友于伯叔,更合于礼。奖助辈攻读,绝不遗余力。且以安贫互勉,冀余艰苦力行,而不以家累为念。回忆余任职金大十载,中农所七载,先后十七年,虽生[活]不丰,而未尝感窘乏,均汝之力焉,当汝理中农所麦

①此处"·"多余。

②此处宜有叹号。

种系务,不辞劳怨,凡稍积好感于人者常归功于余。常曰:“余可以积怨而退,而不忍见汝积怨而去。”为我亡汝之冲怀,于汝见之,然而今则不复能再见矣,但愿其为梦也。

汝教养儿女至慈,所育三儿,汝均无乳,代以乳粉而健硕异常①循循善诱,绝少恶言厉色,常以行教代言教,且不许儿辈用公物,教以公私之分。更不许御绸衣洋服,教以布衣整洁为美。备置锯刀玩物,自养鸡鸭,养成劳作习惯,每宰鱼禽,辄示以内部构造,引起研究生物兴趣。居常率儿辈散步田间,以辨五谷,并喻以凡事耕耘,终有收获。汝又善讲故事,可使三龄幼儿,乐听而不倦,更能自配药而医儿辈疮伤,疮稍痛儿即呼母为华陀②,汝亦勉儿为关公,游戏中教儿自立自强之道,大儿甫六龄,即自掘土沙,戏为壕沟,余试助之,彼即笑曰:“须靠自立打仗,不需外援。③”有捕鸡而过者,彼即指余曰:“鸡受人喂,故人得随意宰割,天空飞鸟,自力求食,故人难捕而杀之。”汝最喜全家野餐,令儿辈采薪助火,全家为童友之集团,犹忆今年暮春野餐于寓后山岭,餐毕,领略风光,联句为歌,大儿君山唱而大喜。孰料此为最后一次之野餐耶。岂堪回思。汝常以家庭为吾两人之乐园,薄暮归家,余与诸儿玩笑,汝则为余略备酒肴,使余一饭而可忘全日劳倦。故余常谓:“家庭之乐园,全由汝造,倘无乳④之贤能则乐园将为苦海矣。”不谓竟成谶语,汝竟忍离此乐园而使余独苦苦海耶,但愿其为梦也?

汝近年每以人才过少,各省农业改进之基础未⑤未立为虑,且忧余之事业尚少人继,更惜余未得畅其志。今夏汝常曰:“尔我结缡十

---

①此处宜有句号。

②“华陀”,当作“华佗”。

③原文句号脱落,今补入。

④“乳”当为“汝”。

⑤“未”,宜作“之”。

一载，相知最深，敬爱亦最深，为平生最相得之知己，悯汝一生苦心孤诣，为改进农业而奋斗，然同志尚少，志①有无穷之志而不能行，余心滋痛，将毕生为汝尽瘁以竟汝志。”六日之夜，余长函渝友，讨论中农所务与改进全国农业意见，午夜未睡，汝醒而促余就寝②余于二小时后睡未能酣，汝复醒而慰余曰：“世界尚为正义与暴力斗争，吾辈当各尽心力以促成正义之胜利，目前困难，宜加忍耐，须知罗马非一日所造成，国内已多知汝者，战后汝志必有大行之日，余助汝，余助汝，汝宜酣睡。”呜呼，孰知不半日而永诀耶。汝固尽瘁于余志，而余之志尚未进也，而今以后，谁复知余，爱余，助余，如汝之深切而恳挚耶。昨夜斯时，汝抚余额握余③，解余忧虑，促余入睡，而今夜则余抚汝额，握汝手者乃竟成为遗骸矣。呜呼，梦耶非耶。呜呼痛哉！④

二、《我的良友——悼王世瑛女士》

一个朋友，嵌在一个人的心天中，如同星座在青空中一样，某一颗星陨落了，就不能去移另一颗星来填满她的位置！

我的心天中，本来星辰就十分稀少，失落了一颗大星，怎能使我不觉得空虚，惆怅？

我把朋友分为三类，⑤第一类是有趣的，这类朋友，多半是很渊博，很隽永，纵谈起来乐而志⑥倦。月夕花晨，山巅水畔，他们常常是最赏

①“志”，当作“至”。

②此处宜有逗号。

③此处有“手”字脱落。

④沈宗瀚：《哭骊英贤俪：三十年十月七日逝世悼文》，《妇女新运》1942 年第 4 卷第 1 期，第 36—38 页。

⑤《全集》用句号。

⑥“志”，《全集》改作“忘”。

心的伴侣。第二类是有才的,这类朋友,多半是才气纵横,或有奇癖,或不修边幅,尽管有许多地方,你的意见不能和他一致,而对于他精警的见解,迅疾的才具,常常要①不能自已②的心折。第三类是有情的,这类朋友,多半是静默冲和,温柔敦厚,在一起的时候,使人温暖,不见的时候,使人想念。尤其是在疾病困苦的时光,你会渴望着他的"同在"——王世瑛③女士在我的朋友中,是属于有情的一类!

这并不是说世瑛是个无趣无才的人,世瑛趣有余而才非浅,不过她的"趣"和"才"都被她的"情"盖过了,掩没④了。

世瑛和我,算起来有三十余年的交谊了,民国元年的秋天,我在福州,入了女子师范预科,那时我只十一岁,世瑛在本科三年级,她比我也只大三四岁光景。她在一班中年纪最小,梳辫子,穿裙子,平底鞋上还系着鞋带,十分的憨嬉活泼。因为她年纪小,就常常喜欢同低班的同学玩。她很喜欢我,我那时从海边初到城市,对一切都陌生畏怯,而且因为她是大学生,就有一点不大敢招揽,虽然我心里也很喜欢她。我们真正友谊的开始,还是五四⑤那年同在北平就学的时代。

那年她在北平女高师就学,我也在北平燕京大学上课,相隔八九年之中,因着学校环境之不同,我们相互竟不知消息。直到五四运动掀起以后,女学界联合会,在青年会演剧筹款。⑥ 各个学校单位都在青年会演习。我忘了女高师演的是什么,我们演的是莎士比亚

①"要",《全集》作"会"。

②"自已",《全集》作"自己"。

③王世瑛(1897—1945),字庄孙,福建闽侯人。文学研究会第35号会员。1917—1922年就读于北京女子师范学校国文专修科/北京女子高等师范国文部。长期以来,王世瑛被定格为庐隐的同学、冰心的良友、郑振铎的初恋、张君劢的夫人。

④"掩没",《全集》作"淹没"。

⑤《全集》此处有引号。

⑥《全集》此处为逗号。

的《威尼斯商人》。预演之夕，在二三幕之间，我独自走到楼上去，坐在黑暗里，凭栏①下视，忽然听见后面有轻轻的脚步，一只温暖的手，按着我的肩膀，我回头一看，一个温柔的笑脸，问："你是谢婉莹不是？你还记得王世瑛么？"

昏忙中我请她坐在我的旁边，黑暗的楼上，只有我们两个人，我们都注目台上，而谈话却不断的继续着。她告诉我当我在台上的时候，她就觉着面熟了，她向燕大的同学打听，证实了我是她童年的同学，一闭幕她就走到后台，从后台又跟到楼上……她笑了，说这相逢多么有趣！她问我燕大读书环境如何，又问"冰心是否就是你？"那时我对本校的同学，还没有公开的承认，对她却只好点了点头。三幕开始，我们就匆匆下去，从那时起，我们就成了最密的朋友。

那时我家住在北平东城中剪子巷，她住在西城砖塔胡同，北平城大，从东城到西城，坐洋车一走就是半天，大家都忙，见面的时候就很少。然而我们却常常通信，一星期可以有两三封。那时正是五四②之役，大家都忙着讨论问题，一切事物，在重新估定价值的时候，问题和意见，就非常之多，我们在信里总感觉得说不完，因此在彼此放学回家之后，还常常通电话，一说就是一两个钟头。我们的意见，自然不尽相同，而我们却都能容纳对方的意见。等到后来，我们通信的内容，渐渐轻松，电话里也常常是清闲的谈笑，有时她还叫我从电话中弹琴给她听，我的父亲母亲常常跟我开玩笑，说他们从来没有看见我同人家这样要好过，父亲还笑说，"你们以后打电话的时间要缩短一些，我的电话常常被你们阻断了！"

我在学校里对谁都好，同学们也都对我好，因而也没有什么特别的"朋友"。世瑛就很热情，除了同谁都好之外，她在同班中还有③

①"栏(欄)"，《全集》作"阑"。

②《全集》有引号。

③《全集》中"有"字脱落。

特别要好的三位朋友，那就是黄英（庐隐），陈定秀和程俊英，连她自己被同学称为四君子①。文采风流，出入相共②——③庐隐在她的小说海滨故人④里，把她们的交谊，说得很详细——世瑛在四君子之中，是最稳静温和的，而世瑛还常常说我“冷”，说我交朋友的作风，和别人不一样。我常常向她分辩，说我并不是冷，不过各人情感的训练不同，表示不同，我告诉她我军人的家庭，童年的环境，她感着很大的兴趣——⑤

然而我们并不是永远不见面。中央公园和北海在我们两家的中途，春秋假日，或是暑假里，我们常带着弟妹们去游赏——我们各有三个弟弟，她比我还多两个妹妹——小孩子奔走跳跃的时候，我们就坐在水榭或漪澜堂的栏⑥旁，看水谈心。她砖塔胡同的家，外院有个假山，我们中剪子巷的门口大院里，也圈有一处花畦，有石凳秋千架等，假山和花畦之间，都是我们同游携手之地。我们往来的过访，至多半日，她多半是午饭后才来，黄昏回去，夏天有时就延至夜中。我们最欢喜在星夜深谈，写到这里，还想起一件故事：她在学生会刊物上写稿子，用的笔名是“一息”，我说“一息”这两字太衰飒，她就叫我替她取一个，我就拟了“一星”送她，我生平最爱星星，因集王次回的“明明可爱人如月”，和黄仲则的“一星如月看多时”两句诗，

---

①王世瑛的同班同学苏梅（苏雪林）在《戏赠本级诸同学》中有诗形容：“子昂翩翩号才子，目光点漆容颜美，圆如明珠走玉盘，清似芙蓉出秋水（陈定秀）。亚洲侠少气更雄，巨刃直欲摩苍穹。夜雨春雷茁新笋，霜天秋隼抟长风（庐隐）。横渠肃静伊川少（程俊英），晦庵从容阳明峭（王世瑛），闽水湘烟聚一堂，怪底文章尽清妙。”（苏雪林：《关于庐隐的回忆》，《文学》第3卷第2号，1934年8月1日）

②《全集》此处有逗号。

③《全集》为省略号。

④《全集》补充了书名号。其中“露沙”的原型为庐隐，“宗莹”的原型为程俊英，“玲玉”的原型为陈定秀，“云青”的原型则是王世瑛。

⑤《全集》为省略号。

⑥“栏（欄）”，《全集》作“阑”。

颂赞她是一个可爱的朋友,她欣然接受了。直至民国十二年我出国时为止,我们就这样淡而永的往来着。我比较冷静,她比较温柔,因此从来没有激烈的辩论,或吵过架,我们两家的人,都称我们“两小无猜”。① 算起来在朋友中,我同她谈的话最多,最澈底,通信的数量也最多,②(四五年之间,已在数百封以上)。③ 那几年是我们过往最密的时代,有多少最甜柔的故事,想起来使我非常的动心,留恋!

我出国去,她原定在北平东车站送行,因为那天早晨要替我赶完一件绒衣,到了车站,火车已经开走了,她十分惆怅,过几天她又赶到上海来送我上船。我感谢之余,还同她说④“假如我是你,送过一次也罢了,何必还赶这一场伤心的离别?”她泫然说,“就因为我不是你,我有我的想法!”——庐隐有一首新诗,就记的是这件事,我只记得中间四句,是:

“辛苦织成的绒衣,
竟赶不上做别离的赠品,
秋风阵阵价紧,
不嫌衣裳太薄吗?”⑤

在上海我们又盘桓了几天。动身之日,我早同她约定,她送我上船就走,不要看着船开,但她不能履行这珍重的诺言,船开出好远,她还呆立在码头上……

到美国以后,功课一忙,路途又远,我们通信的密度,就比从前差远了,我只知道从上海,她就回到福州去教书。在十三年的春天,

---

①《全集》此处为逗号。

②《全集》此处无逗号。

③《全集》此处为逗号。

④《全集》此处有逗号。

⑤《全集》此处无引号。

我在美国青山养病，忽然得到她的一封信，信末提到张君劢①先生向她求婚，问我这结合可不可以考虑，文句虽然是轻描淡写，而语意是相当的恳切。我和君劢先生素不相识，而他的哲学和政治的文章，是早已读过，对于他的人格，更是十分推崇，②世瑛既然问到我，这就表示她和她家庭方面，是没有问题的了，我即刻在床上回了一封信，竭力促成这件事，并请她告诉我以嘉礼的日期。那年的秋天，我就接到他们结婚的请柬，我记得我寄回去的礼物，是一只镶着橘红③色宝石的手镯。

民国十五年秋天，我回国来，一到上海，就去访他们夫妇，那时他们的大孩子小虎诞生不久，世瑛还在床上，君劢先生赶忙下楼来接我，一见面就如同多年的熟朋友一样，极高兴恳切的握着我的手。上得楼来，做了母亲的世瑛，乍看见我似乎有点羞怯，但立刻就被喜悦和兴奋盖过了。我在她床沿杂乱的说了半小时的话，怕她累着，就告辞了出来。在我北上以前，还见了好几次，从他们的谈话中，态度上都看出他们是很理想的和谐的伴侣。在我同他们个别谈话的时候，我还珍重的向他们各个人道贺，为他们祝福。

民国十六年以后，我的父亲在上海做事，全家都搬到上海来。年假暑假我回家的时候，总是常到他们家里，世瑛又做了两个、三个孩子的母亲，她的敦厚温柔，更是有增无减，同时她对于君劢先生的文章事业，都感着极大的兴趣，尽力帮忙。我在一旁看着，觉得我对于世瑛的敬爱，也是有增无减！她在家是个好女儿，好姊姊④，在校是个好学生，好教师，好朋友，出嫁是个好妻子，好母亲，这种人格，是需要相当的忍

---

①张君劢(1887—1969)，原名嘉森。徐志摩原配夫人张幼仪的二兄。

②“对于他的人格，更是十分推崇”，《全集》无此句。

③“橘红”，《全集》作“桔红”。

④“姊姊”，《全集》作“姐姐”。

耐和不断的努力,他[①]以永恒的天真和诚恳,温柔和坦白来与她的环境周旋,她永远是她周围的人的慰安和灵感!

民国二十[②]年母亲去世以后,父亲又搬回北平来,我和世瑛见面的机会便少了。[③] 民国二十三[④]年他们从德国回来,君劢先生到燕大来教书,我们住得很近,又温起当年的友谊。君劢先生和文藻都是书虫子,他们谈起书来,就到半夜,我和世瑛因此更常在一起。北平西郊的风景又美,春秋佳日,正多赏心乐事,那一两年我们同住的光阴,似乎比以前更深刻纯化了。

他们先离开了北平到了上海,我们在抗战以后也到了昆明,中间分别了六七年,各居一地,因着生活的紧张忙乱,在表面上,我们是疏远了。直到了前年,我们又在重庆见面,喜欢得几乎落下泪来,她握着我的手,说她听人说我总是生病,但出乎意外的我并不显着[⑤]憔悴。我微笑了,我知道她的用心,她是在安慰我!我谢了她,我说:"抗战期间,大家都老了都瘦了,这是正常的表现,能不死就算好了。"她拦住我,说[⑥]"你总是爱说死字……"我一笑也就收住——谁知道她一个无病的人,倒先死了呢!

她住在汪山,我住在歌乐山,要相见就得渡一条江,翻一座岭,战时的交通,比什么都困难,弄到每年我们才能见到一两次面。她告诉我汪山有绿梅花。花时不可不来一赏,这约订了三年,也没有实现——我想我永不会到汪山去看梅花了,世瑛去了,就让我永远纪念这一个缺憾罢。

---

①"他",《全集》改作"她"。

②"二十",《全集》作"廿"。

③《全集》此处为逗号。

④"二十三",《全集》作"廿三"。

⑤"显着",《全集》作"显得"。

⑥《全集》此处有逗号。

我们在重庆仅有的一次通讯,①是她先给我写的,去年五月一日,她到歌乐山来参加第一保育院的落成典礼②,没有碰到我,她"怅惘而归",在重庆给我写了几行:

"冰姊③:

到重庆后,第一次去歌乐山……因为他们告诉我,你也许会来参加保育院的落成典礼……我可以告诉你,我在山上等你好久了……我念旧之情,与日俱深——也许是年龄的关系,使我常常忆旧——可是今天的事实,到了保育院,既未见你,而时间的限制,又无法去看你,惆怅而归,老八又告诉我,你身体不大好,使我更懊悔我错过了机会,不抽一刻时间来看你!我在山上几次动笔写信给你,终于未寄,今天无论如何,要写这几个字给你,或不是你所想得到的,我是怎样今情犹昔!再谈吧,祝你

痊安

瑛　五、一·"

我在病榻上接到了④这封小简,十分高兴感动,那时正是杜鹃的季节,绿阴⑤中一声声的杜宇,参和了忆旧的心情,使我觉得惆怅,我覆⑥她一信,⑦中有"杜鹃叫得人心烦"之语,今年三月,她已弃我而逝,我更怕听见鹃啼,每逢听见声凄而长的"苦——苦",总使我矍然的心痛,尤其是在雨中或月下的夜半一连叠声的"苦——"枕上每使我凄然下泪……

---

①《全集》此处作句号。

②1944年5月1日,歌乐山第一保育院举行新屋落成典礼,宋美龄、李德全出席(方海洋主修:《重庆市沙坪坝区文化志》,重庆大学出版社,2012年版,第25页)。

③"冰姊",《全集》作"冰姐"。

④《全集》无"了"字。

⑤"绿阴",《全集》作"绿荫"。

⑥"覆",《全集》作"复"。

⑦《全集》此处为句号。

世瑛毕竟到歌乐山来看我一次，那是去年夏日，她从北温泉回来，带着两个女儿，和她的令弟世圻①夫妇，在我们廊上，坐了半天，②她十分称赞我们廊前的远景，我便约她得暇来住些时——我们末次的相见，是在去年九月，我们都在重庆。君劢先生的令弟禹九③夫妇，约我们在一起吃晚饭，饭后谈到我从前在北平到天桥寻访赛金花的事，世瑛听得很高兴，那时已将夜半，她便要留我住下。文藻笑问④“那么君劢呢?”世瑛也笑说⑤“君劢可以跟你回去住嘉庐。”我说⑥“我住待帆庐太舒服了，君劢住嘉庐却未免太委屈了他。”大家开了半天玩笑，但以第二天早晨我们还要开会，便终于走了，现在回想起来，追悔当初未曾留下，因为在我们三十余年的友谊中，还没有过“抵足而眠”的经历！

---

①王世圻(1901—1980)，字可孙，福州人。1920年，毕业于清华大学，后入美国密歇根大学攻读机械学，尤专心于汽车工程与管理。1936年，归国任福建省建设厅技正，创办福州市公共汽车事业。翌年，就职于全国经济委员会公路处，负责策划全国公路网的建设及各省已有公路之连接和营运。抗战爆发，任西南公路运输管理局副局长，整顿西南国道运输，不久，任全国运输总局副局长，规划后方军民运输路网，以利战时物资的补给。1949年赴台(张天禄主编:《福州人名志》，海潮摄影艺术出版社，2007年版，第16页)。

②《全集》此处为句号。

③张禹九(1902—)，原名张嘉铸，江苏宝山人。新月社诗人。曾任国际贸易局副局长、中国植物油料厂总经理、中国西南实业协会副总干事。陈恕《冰心全传》(中国青年出版社，2011年)“20世纪30年代的文学创作活动”一节谈到冰心“翻译黎巴嫩诗人纪伯伦的《先知》”时说，1931年，由于“深感手头拮据……冰心想到新月书店，希望能预支一点稿酬。恰巧书店的财务张禹九(禹铸九鼎之意)是吴文藻在清华时的同学，又是张君劢的弟弟，冰心因王世瑛的关系，和张禹九也熟悉”(第148页)。另有英美文学专家张禹九(1931—)，湖北武汉人。长期任教于湖北大学，译著甚丰。

④《全集》此处有逗号。

⑤《全集》此处有逗号。

⑥《全集》此处有逗号。

今年三月初，我到重庆去，听到了世瑛分娩在即的消息，①她前年曾夭折了她的第三个儿子——小豹——如今又可以补上一个小的，我很为她高兴，②那时君劢先生同文藻正在美国参加太平洋学会，我便写信报告文藻，说君劢先生又快要做父亲了，信写去不到十天，梅月涵③先生到山上来，也许他不知道我和世瑛的交情罢，在晚餐桌上，他偶然提起，说④"君劢夫人在前天去世了，大约是难产。"我突然停了箸，似乎也停止了心跳，半天说不出话来，——⑤

我一夜无眠，第二天一早，就分函在重庆的张肖梅女士（张禹九夫人）和张霭真女士（王世圻夫人）询问究竟。我总觉得这消息过于突然，三十年来生动的活在我心上的人，那⑥能这样不言不语的就走掉了？我终日悬悬的等着回信，两封回信终于在几天内陆续来到，证实了这最不幸的消息！

霭真女士的信中说：

"……六姊⑦下山待产已月余，临产时心脏衰疲，心理上十分恐惧，产后即感不支，医师用尽方法，⑧终未能挽回，婴儿男性，出生后不能呼吸，多方施救，始有生气，不幸延至次日，又复夭折……现灵柩暂寄浙江会馆……君劢旅中得此消息，伤痛可知，天意如斯，夫复何言……"

肖梅女士信中说：

---

①《全集》此处为句号。

②《全集》此处为句号。

③据此可知，1945 年 3 月（按文中叙述，应该是不出三月），梅贻琦曾至歌乐山拜访冰心。

④《全集》此处有逗号。

⑤《全集》此处仅有一句号。

⑥"那"，《全集》作"哪"。

⑦"六姊"，《全集》作"六姐"。

⑧《全集》此处无逗号。

"……二家嫂临终以前，并无遗言，想其内心痛苦已极，惟有以不了了之……"

我不曾去浙江会馆，我要等着君劢先生回国来时，陪他同去。我不忍看见她的灵柩，惟有在安慰别人的时候，自己才鼓得起勇气！

我给文藻写了一封信，"……二十年来所看到的理想的快乐的夫妇，真是太希罕了，而这种生离死别的悲哀，就偏偏降临在他们的身上，我不忍想像①君劢先生成了无'家'可归的人！假如他已得到国内的消息，你务必去郑重安慰他……"

六月中肖梅女士来访，她给我看了君劢先生挽世瑛的联语，是：

"二十②年来艰难与共，辛苦备尝，何图一别永诀。③

六旬矣报国有心，救世无术，忍负海誓山盟"④

她又提到君劢先生赴美前夕，世瑛同他对斟对饮，情意缠绵，弟妹们都笑他们比少年夫妻，还要恩爱，等到世瑛死后，他们都觉得这惜别的表现，有点近于预兆。

世瑛的身体素来很好，为人又沉静乐观，没有人会想到她会这样突然死去。二十年来她常常担心着我的健康，想不到素来不大健康的我，今夜会提笔来写追悼世瑛的文字！假如是她追悼我，她有更好的记忆力，更深的情感，她保存着更多的信件，她不定会写出多么缠绵悱恻的文章来！如今你的"冷静"的朋友，只能写这记帐式的一段，我何等的对不起你。不过，你走了，把这种东西留给我写，你还是聪明有福的！

---

①"想像"，《全集》作"想象"。

②"二十"，《全集》作"廿"。

③《全集》此处无句号。

④《全集》无引号。

三十四年，八、九夜，重庆歌乐山。[1]

《全集》在收入此文时附记："最初发表于《可纪念的朋友们》，晨光出版公司1947年3月初版。"[2]《可纪念的朋友们》，封面署"冰心、郭沫若等作"，内封则署"冰心等作"。晨光出版公司，位于"上海哈尔滨路二五八号"。该书目录："一个善良的友人（纪念终一兄）"（巴金）；"我的良友——悼王世瑛女士——"（冰心）；"三函'良友'"（老舍）；"鼓励者"（艾芜）；"播种者"（沙汀）；"记Y君"（茅盾）；"字，字，字！——莎士比亚的哈孟雷特——"（洪深）；"下乡去"（郭沫若）；"十八世纪移植来的他"（曾虚白）；"记忆里的花朵"（靳以）。不过，本书是《我的良友》的易名重版。"《我的良友》（上集）十大名作家合著，赵家璧编。良友复兴图书印刷公司1945年8月重庆付排，1946年1月上海初版"[3]。此版有《前言》，赵家璧作。既然如此，《我的良友》一文最初的发表信息，也应有所改动。

文中涉及的人物众多，主要有三对，即王世瑛与张君劢、王世圻与张霭真、张禹九与张肖梅。其中张霭真为新运妇指会总干事，《冰心与"新运妇指会"》一节已有述；而张肖梅与冰心则同为国民参政会参政员。据《十五位女参政员介绍》，其四为张肖梅："浙江人，现年三十三岁。毕业于金陵女子大学，后入美国芝加哥大学，得硕士学位，继入伦敦大学经济学院，又入日内瓦大学，得经济学博士位，返国后，曾任中央银行经济研究室主任，四川省政府经济顾问，现任中国国民经济研究所所长，中央政治会议经济委员会专门委员，中

---

①冰心、郭沫若等作：《可纪念的朋友们》，晨光出版公司，1947年版，第25—39页。《全集》信末作"一九四五年八月九日夜，重庆歌乐山。"

②卓如编：《冰心全集》（第三册），海峡文艺出版社，2012年版，第67页。

③俞元桂、姚春树、王耀辉等编：《中国现代文学总书目·散文卷》，知识产权出版社，2010年版，第347页。条目注："本书后由晨光出版公司1947年4月重版，改书名为《可纪念的朋友们》。"（第348页），其出版时间有误，应当是1947年3月。

央银行经济研究室专员。”①

三、关于富奶奶

另外，还有一位虽然平凡，但在冰心的日常生活中却不可或缺的女性，即富奶奶，也是病故于重庆。“1987年6月5日薄暮”，冰心在《记富奶奶——一个高尚的人》，忆及她的最后时光：

我们到重庆不久，因为日机常来轰炸，就搬到歌乐山上住。不久文藻又得了肺炎，我在医院陪住了一个多月，家里一切，便全由富奶奶主持。那几年我们真是贫病交加，文藻病好了，我又三天两头地吐血，虽然大夫说这不是致命的病，却每次吐血，必须躺下休息，这都给富奶奶添许多麻烦，那时她也渐渐地不支了，也得常常倚在床上。我记得有一次冬天，在沙坪坝南开中学上学的吴平，周末在大雨中上山，身上的棉裤湿了半截。富奶奶心疼地让他脱下棉裤，坐在她被窝里取暖。她拿我的一条旧裤作面子，用白面口袋白布做里子，连夜在床上给他赶做一条棉裤。我听见她低低地对吴平说："你妈也真是，有钱供人上大学②，自己的儿子连一条替换的棉裤、毛裤都没有！"这是她末一次给我的孩子做活了！

有一天她断断续续地对我说："我看我这病是治不好了，您这房子虽然是土房，也是花钱买的，我死在这屋里，孩子们将来会害怕的，您送我上医院吧。"我想在医院里，到底照顾得好一些，山下的中央医院（就是现在的上海医院）还有许多熟人，我就送她下山，并让

---

①《十五位女参政员介绍》，《妇女新运通讯》1941年第3、4期合刊，第4页。

②这里是指富奶奶的独女黄秀琴高中毕业到重庆后，由冰心将其送到北碚复旦大学就读，并供给一切费用。

黄志廷[1]也跟去陪她,我一面为她预备后事。正好那时听说有一户破落的财主,有一副做好的棺材要廉价出卖,我只用了一百多块钱(《关于女人》稿费的一部分)把它买了下来,存放在山下的一间木匠铺里。

到医院后不久,她就和我们永别了。她葬在歌乐山的墓地里。出殡那一天,我又大吐血,没有去送葬,但她的丈夫、女儿和我的儿女们都去了。听说,吴平在坟前严肃地行了一个童子军的敬礼后,和他的两个妹妹吴冰、吴青,都哭得站不起来!五十年代中期,我曾参加人大代表团到西南视察,路经四川歌乐山,我想上去看看她的坟墓,却因为那里驻着高射炮队就去不成了。

①黄志廷是富奶奶的丈夫,原本是清华学校校警。冰心到重庆后,也将其带至家中“帮忙”。

佚作辨识

冰心谈写作的五篇文章

一、《由评阅蒋夫人文学奖金应征文卷谈到写作的练习》

1940年《妇女新运》第二卷第九、十期合刊,曾发表《由评阅蒋夫人文学奖金应征文卷谈到写作的练习》(第66—68页),“谢冰心讲,宋雯记”。有关情况,《冰心与新运妇指会》一节已略有述及。其文如下:

今天张总干事[①]要我藉着纪念周的机会和大家讲讲话,所以我就从“评阅蒋夫人文学奖金应征文卷说到写作的练习”。

这次应征蒋夫人文学奖金的姊妹有五百五十二人,收到的应征文卷只有三百六十本,经本组初审后,刷去了二百四十本,保留一百二十本,除论文卷子由陈衡哲先生及其他四位评判员评阅外,文艺的由我们五个来看,大概说来,不好的较多,好的较少,在好的方面说;[②]

①即张霭真。时任妇指会总干事、保育会常务理事兼秘书处主任。

②此处分号当用冒号。

第一作者写她们自己亲切的生活环境。

第二作者描写其本地风光，如蒙古，平津等地的风光，这一点是近代欧美小说最注意的一点。

说到坏的方面，普通的缺点是：

一、不会运用标点符号，例如引号的不对，每段的第一个字不低一格。

二、别字太多，这多半是由于粗心的缘故，例如“恐怖”误为“恐佈”，“颤动”误为“擅动”等等。

三、技术之劣，这是普通一般初学写作者的共同缺点，现在分为三点来说：

A.英雄主义——如古弹词之十全十美的英雄美人，主人翁必是“文章魁首”，或是“仕女班头”。在心理的过程上没有矛盾没有冲突，而矛盾冲突便是悲剧中的最重要的条件。

B.作者只描写大时代中的大事——如战场，间谍，毒杀敌方军官等，像这样冒险描写非本身经验以内的事，完全凭一种想像，所谓“努力出棱，有心作态”，不但不能感动人，且适得其反。说到这里，我又想起了我那篇《一个军官的日记》①，也是犯了同样的毛病。

C.缺少剪裁——文章的剪裁是艺术中最重要的一个条件，很多作者都不善于剪裁，以致事实杂乱，人物太多，轻重倒置，无法收场，譬如说《西游记》《封神榜》《水浒》《儒林外史》等小说，都是人物很多，事实相当的繁杂，但是最后都有个总结束，如《西游记》之“八十二难②”，《封神榜》之“封神”，《水浒》之“一梦”，《儒林外史》之“入祠”。短篇小说都不能这样收束的。

现在说到写作的条件③

---

①原文不用书名号。下面亦有类似情况。

②“八十二难”，当为“八十一难”。

③此处当有句号。

有人说："写作靠天才。"其实，这话并不尽然，所谓天才是什么？天才的定义，是一分灵感（Inspertion①），九分出汗（Perspiration），这句就是说要多写多看。

关于多看，中外书籍都应当看，不但是文学，就是心理学，自然科学，社会科学等都应当抱着"开卷有益"的态度去多看。胡适之，梁任公，都有青年必读书目，要选择去读。因为多看可以：

一、扩充情感上的经验，使未经验过的事能以从书上经验到。

二、学习用字，用字对于写作，正像钥匙开锁一样，只要运用得纯熟，便可门门俱通。拿个事实来说吧：有一次我在轮船上，锁钥丢了，无论怎样打不开箱子，后来找到了一个专门开锁的人，他有一大串锁钥，他告诉我，这串锁钥曾经打开了许多人的箱子，果然，我的箱子也被打开了。这字眼便像钥匙可以打开许多难题。

三、学习用一样譬喻。会演讲的人，多是用比喻，以具体的事物去形容抽象的东西，如孔子论"君子之过也，如日月之蚀焉"，这便是说明了君子之过失，好像日蚀月蚀一样的显明，人人都能看得见。又如耶苏讲天国，也是把天国比做具体的事物。

除以上所述以外，一个作者还应当：

一、多接近前辈作家，多和他们谈话，因为谈话也是一种艺术，富于热情的人，他的谈话有力，富于想像力的人谈话很美，头脑清楚的人，他的谈话有条理；这三种便是写作三个最重要的条件。使你听了，自然感觉到轻松，愉快而有意味。

二、多认识不同性不同行的人，尤其是医生、律师和心理学家，听他们述说经验以内的事。有一次，我在火车上，碰着了几位空军壮士，于是我便问他们："当你们驾机腾空和敌机战斗的时候，心情究竟怎么样？是不是像一般人所认为的那样英勇？那样光荣？"他的回答是："那儿有的事，当敌机快来轰炸我们的时候，我们马上就

①"Inspertion"正确的拼写应是"inspiration"。

得加好了汽油，穿好了服装，配备好了战斗的工具，然后坐在机房内，把稳了飞轮，看准了时刻，一分，二分，三分，五分，十分，二十分的等待着，眼不能展，头不能动，四肢连伸都不能伸，周身像木片一般的麻木，敌机临空了，便起飞，当驱逐和战斗的时候，既不惧怕，也不英勇，心里只好像一张白纸①。由此看来，一般作者形容的空军壮士，都是客观的，不是主观的②。是想像的，非经验的。

三、多旅行多看山水风物；城市乡村的一切，便可多见事物的背景，多搜集写作的丰富材料。例如各地的风俗，人情，习惯都是值得作者研究和宝贵的。

再说到多写，多写是和多看同样的重要。

一、兴到就写不拘体裁——当你有什么感触的时候，马上就把她③写下来，留待以后再整理。

二、不要写经验以外的东西——一定要写你经验以内的事实，不然，便太冒险了。

三、细心观察——凡是一个写作对象的一举，一动，一言，一语，都要仔细去观察，分析，不但是大事，而且小事，不仅是表面，而且内衷，尤其要注意话后的背景和引起的反应。

四、练习观感——这也是写作中重要的条件。

a.视觉——要注意形式颜色等，譬如说白人，白马，白玉和红布，红绒，红绸，虽然都是白的和红的，然而她们中间有着很大的差别。

b.听觉——当你和别人谈话时，要注意音调和字句，即使你一个人静待的时候，也应当留心周围环境的声音。譬如《秋声赋》，完全

---

①此处当有后引号。

②这里的“客观”“主观”与通行义有别，指“一般作者”相对于“空军壮士”而言，“一般作者”是“客”，“空军壮士”是“主”，也即是说，“一般作者”对“空军壮士”的“形容”，只是作者的观察与想像，而非“空军壮士”本人的经验和想法。

③“她”现多用“它”。

是各种声音的描写。

c.嗅觉——如同香,臭,辛,辣,而且要会描写出来。

d.[1]味觉——要辨别各种食物的滋味,就如说,那种东西是甜的,它是怎样的甜,那种东西是苦的,它又是怎样的苦。

e.肤觉——如同冷热,松,紧,粗细,干湿等,而且要会描写出来。

最后是作者本身的修养。一个作者一定有其作者的风格,并且每个作者都有其特殊风格。平常说风格有两个定义:

一、作者把适当的字眼用在适当的地方。

二、风格就是代表作家自己(style is the man himself),换句话说,就是文如其人。

所以一个作家要养成他的风格,必须先养成冷静的头脑,严肃的生活和清高的人格。

一、作家应当呈示问题,而不应当解决问题。也就是说作家应当站在客观立场上来透视社会,解剖社会,社会黑暗给暴露出来。就好像易卜生的《拉那》[2],也不过是呈示妇女问题吧了[3]。所以当着妇女们欢宴恭请他的时候,他只说了一句“我写《拉那》的时候,并没有想到您们。”

二、不要先有主义后写文章。因为先有主义便会左右你的一切,最好先根据发生的现象,然后再写文章。

三、不要受主观热情的驱使,而写宣传式的标语口号的文艺作品。使人看到感觉滥调和八股。

现在还有五分钟,(她看一看手上的表)让我来给大家说个笑话,作为结束吧。

话说某某老翁,有几亩田地,让张三耕种,他每次要谷的时候,

---

①原文作“b”。

②《拉那》,现译作《娜拉》。下文也有类似的表达。

③“吧了”,现作“罢了”。

张三总是杀鸡给他吃，但有一次的例外，没有杀鸡，于是这个老翁便生气了，便在墙上写着“此田不与张三种”七个大字，张三看见了，连忙杀了一只鸡送来，这个老翁见了鸡，连忙又写了“不与张三更与谁”一句，张三见了很奇怪，便问他究竟是什么意思？老翁说：“上句是无鸡之谈，下句是见鸡而作。”两人哑然而笑了。今天我所讲的也是无“稽”之谈，希望各位见“机”而作。

此文《冰心全集》失收。《我自己走过的路》（冰心著，人民文学出版社，2007 年）和《冰心文选・佚文卷》（王炳根编，福建教育出版社，2007 年）也未收录。

二、《评阅述感》

该文发表于 1941 年《妇女新运》第三卷第三期，第 210—211 页。署名“谢冰心”。《冰心与新运妇指会》亦有述。其文如下：

从去年三月八日蒋夫人文学奖金举办以后，转瞬已一年多了。现在本会第三期季刊拟出征文专号，要我说几句话，我就把这次征文的经过情形和评阅文卷的一点感想约略说说，以供读者们的参考。

这次应征蒋夫人文学奖金的姊妹有五百五十二人，收到的应征文卷只有三百六十本，经本组初审后，保留一百二十本，论文卷子由陈衡哲先生，吴贻芳先生，钱用和先生，陈布雷先生及罗家伦先生评阅；文艺的卷子由郭沫若先生，杨振声先生，朱光潜先生，苏雪林先生和我五人来看。这些稿件正如苏雪林先生来信所说的：“……所阅稿子中，尽有佳作，思想之高超、题材之得当，结构之美满，技巧之

纯熟，虽抗手一般老作家，亦无愧色，可见新文学前途自有希望。……”：①

此次征文稿件中，优点固多，而缺点也不少，现分别叙述于后

一、论文方面：论文的卷子，□②不是由我看，但□③陈布雷先生寄来的评语，对于首二三名都□④很好的称誉。大概思想纯正，主张切实，内容精审，文字□□⑤，组织严紧，是她们的长处。其余的卷子，好的地方固然也有，欠佳之处却不少。比如空论大⑥多，证据太少，研究的工夫做得不够，□⑦证的事实不足，而语意重覆，结构累赘，都是她们一致的毛病。

二、文艺方面：文艺的稿子，我是负责□⑧阅的，知道的当然是比较详尽一点。现在先说好的方面：

第一是自己亲切的生活环境的叙述。例如恒河一篇，写知识阶级妇女战时怎样的在乡村工作，教乡村妇女认识字，使她们明了抗战的意义，推动她们参加抗战工作。这种经验是战时每一个知识阶级的女子都有机会经历的。站在自己的岗位说话，自然来得亲切动人。

第二是本地风光的描写。如达可儿的写蒙古□⑨儿，英勇强悍

①此处的冒号疑为下句的错排。

②据《冰心文选・佚文卷》（王炳根选编，福建教育出版社，2007年）所收《评阅述感》，此字为“虽”（第67页）。该文系日本关西大学牧野格子女士在台北国民党部资料室用电脑现场抄录，其经过可参见王炳根的前言《尘封的美文——冰心的佚文与遗稿》。

③此字为“据”。《冰心文选・佚文卷》，第67页。

④此字为“有”。《冰心文选・佚文卷》，第67页。

⑤此两字为“通畅”。《冰心文选・佚文卷》，第67页。

⑥“大”疑为“太”。

⑦此字为“例”。《冰心文选・佚文卷》，第67页。

⑧此字为“评”。《冰心文选・佚文卷》，第67页。

⑨此字为“女”。《冰心文选・佚文卷》，第68页。

的个性，□□□[1]异地的奇异风格，真令人神往。又如刘大妈和□[2]子□□□[3]现对东北的怀想，描写东四[4]省的风物，都是很好的例证。这种本地风光的描写，是近代欧美小说最注意的一点。

第三是抗战意识的增进。这些作品，大半都能以这个抗战的伟大时代作背景，尤其是能指示和促进妇女们怎样的从事抗建工作。如刘大妈能不避众议，率领妇女们黑夜护送伤兵的[5]事情都有很纯正的抗战意识。

说到坏的方面，可分题材、技巧、文字三者言之：

关于题材，最大的缺点是太偏重英雄主义。如古弹词之十全十美的英雄美人，主人翁必是“文章魁首”，或是“仕女班头”。在心理的过程上没有矛盾没有冲突，而矛盾冲突，便是悲剧中的最要条件。这些写英雄主义的作者们，大概是受了不良旧式小说的影响。这一点，青年的作家们，不可不注意的，[6]

其次是爱写理想的事物，不求经验。作者只描写大时代中的大事，如战场，间谍，毒杀敌方军官等，像这样冒险封写[7]非本身经验以内的事，完全凭一种想像去写，那是不成的。所谓“努力出棱，有心作态。”不但不能动人，且会引起人家的反感，真是弄巧成拙，那又何苦呢？

不过我们若只写自己亲身经历的事，写作的范围不是太狭窄了吗？所以我们要多认识不同性不同行的人，尤其是医生，律师和心理学家，听他们述说他们经验以内的事。有一次，我在火车上，碰着

---

①此三字为“和种种”。《冰心文选·佚文卷》，第 68 页。

②此字为“扣”。《冰心文选·佚文卷》，第 68 页。

③此三字为“两篇表”。《冰心文选·佚文卷》，第 68 页。

④《冰心文选·佚文卷》作“关”。

⑤《冰心文选·佚文卷》作“等”。

⑥此处逗号宜用句号。

⑦“封写”，当为“描写”。

了几位空军壮士，于是我便问他们："当你们驾机腾空和敌机战斗的时候，心情究竟怎么样？是不是像一般人所认为的那样英勇？那样光荣？"他的回答是："那儿有的事？当敌机快来轰炸我们的时候，我们马上就得加好了汽油，穿好了服装，配好了战斗工具，然后在机房内，把稳了机轮，看准了时刻，一分，二分，三分，五分，十分，二十分的等待着，眼不能展，头不能动，四肢连伸都不能伸，周身像木片一般的麻木，敌机临空了，便起飞，当驱逐和战斗的时候，既不惧怕，也不英勇，心里只好像一张白纸。"由此看来，一般作者形容的空军壮士，都是客观的，不是主观的。是想像的，非经验的。但是只凭想像不靠经验和观察写出来的东西是空泛的。不易成功的。但可惜青年的作家们犯这毛病的很不少。

在技巧方面，最大的缺点，就是缺少剪裁。文章的剪裁是艺术中最重要的一个条件。很多作者都不善于剪裁，以致事实杂乱，人物太多，轻重倒置，无法收场，譬如说《西游记》《描神榜》①《水浒》《儒林外史》等小说，都是人物很多，事实相当的繁杂，但是最后都有个总结束，如《西游记》之"八十一难"，《封神榜》之"封神"，《水浒》之"一梦"，《儒林外史》之"入祠"。短篇小说都不能这样收束的。

关于文字方面的缺点，不特文艺的稿子，就是论文的卷字也犯了同样的毛病？②

第一，不会运用标点符号。例如引号的不对；每段第一个字不低一格；句号的疏略，应当用句号的地方不用句号，□③每在一段很长的文章中，只有在一段的最后的地方，才发见一个句号。这样便把文章弄得拖泥带水，眉目不清。这许是平日一般中学的国文教师太不注意学生们怎样运用标点符号，以致青年的作家们，有这样的

①"描神榜"，当为"封神榜"。与前面的"封写"排印错误。

②"卷字"当作"卷子"，问号不妥。

③此字为"每"。《冰心文选·佚文卷》，第69页。

毛病。负有青年学业指导责任的教师们,不可不注意这一点。

第二,别字太多。这多半是由于粗心的原故。

例如"恐怖"误为"恐佈","颤动"误为"擅动",这种错误,都是由于写文章时太不小心,因此便弄得别字连篇。所以一篇文章写好的时候,自己当要多看两遍,细心寻求有没有不经意误犯的毛病,最好还能请人家帮忙覆阅一遍,那么定能减少一点别字了。

文章的优劣,也许不只这一点点,不过就一时观察所及的,拉杂说说。希望这对于应征的姊妹们和读者们在阅读时有点帮助,而那些落选的姊妹们也可藉此略知自己毛病所在,能加以改善。

整理所据刊物为重庆图书馆藏本。原刊虫蚀、破损严重,文字多有残缺。或依据上述两文进行补录,实在难以辨认者,则阙字存疑。

此文《冰心全集》未录,后收入《我自己走过的路》和《冰心文选·佚文卷》。

三、《写作的练习》

1943年9月,天地出版社曾出版《文艺写作经验谈:十大作家经验之谈》一书,编辑者:中国青年写作协会①;发行者:天地出版社(重庆民生路192号);印刷者:南方印书馆(地址:南岸敦厚下段;营业

①中国青年写作协会:抗日战争期间,李光寅、徐福墀等30人,为"辅导青年正确思想,增进青年写作能力,坚强革命阵容,以效忠党国",特发起此会,1940年11月1日在重庆正式成立,并于国内各大学及各大城市设立分会,以"团结青年作者,鼓舞写作兴趣,增进写作能力及解决写作困难"为宗旨。设理事会和监事会综理、监督会务。据称成立一年后,会员"已逾千人"(万仁元、方庆秋、王奇生编:《中国抗日战争大辞典》,湖北教育出版社,1995年版,第121页)。

处：重庆民权路）。所谓“十大作家”，是指叶绍钧、朱自清、老舍、徐仲年、丰子恺、王平陵、谢冰心、苏雪林、谢冰莹、林语堂。每位作家所收文章或一（叶绍钧、丰子恺、王平陵、谢冰心、苏雪林、谢冰莹、林语堂）、或二（朱自清、徐仲年）、或三（老舍），数目不等，部分作家，如叶绍钧、朱自清、老舍、徐仲年，还附有“小传及著作一览”。谢冰心①之文，名曰：《写作的练习》。

有人说：“写作靠天才”。其实，这话并不尽然，所谓天才是什么？天才的定义，是一分灵感（Iulnspertion②），九分出汗（Persparation③）。这句就是说要多写多看。

关于多看，中外书籍都应当看，不但是文学，就是心理学，自然科学，社会科学等都应当抱着“开卷有益”的态度去多看。胡适之，梁任公，都有青年必读书目，要选择去读。因为多看可以：

一，扩充情感上的经验。使未经验过的事能从书上经验到。

二，学习用字。用字对于写作，正像钥匙开锁一样，只要运用得纯熟，便可门门俱通。拿个事实来说吧：有一次，我在船上，锁钥丢了，无论怎样打不开箱子，后来遇到了一个专门开锁的人他有一大串锁钥，他告诉我，这串锁钥曾经打开了许多人的箱子，果然，我的箱子也被打开了。这字眼便系钥匙，可以打开许多难题。

三，习用譬喻。会演讲的人，多是用比喻，以具体的事物去形容抽象的东西，如孔子论“君子之过也如日月之蚀焉”，这便是说明了君子过失，好像日蚀月蚀一样的显明，人人都能看得见。又如耶稣讲天国，也是把天国比做具体的事物。

---

①所据出版物的正文署名，只有一个“心”字比较清晰。

②“Iulnspertion”，正确的拼写应当是“Inspiration”。《冰心全集》2012年版作“Insperation”（第三册，第28页），仍未完全改正。

③“Persparation”，正确的拼写应当是“Perspiration”。

除以上所述以外,一个作者还应当:

一,多接近前辈作家,多和他们谈话,因为谈话也是一种艺术,富于热情的人,他的谈话有力,富于想象力的人谈话很美,头脑清楚的人,他的谈话有条理,这三种便是写作三个最重要的条件。使你听了,自然感觉到轻松,愉快而有意味。

二,多认识不同性的不同行的人,尤其是医生,律师和心理学家,听他们述说经验以内的事。有一次,我在火车碰着了几位空军壮士,于是我便问他们:"当你们驾机腾空和敌机战斗的时候,心情究竟怎么样? 是不是像一般人所认为那样英勇? 那样光荣?"他的回答是"那儿有的事,当敌机快来轰炸我们的时候,我们马上就得加好了汽油,穿好了服装,配备好了战斗的工具,然后坐在机房内,把稳了飞轮,看准了时刻,一分,二分,三分,五分,十分,廿分的等待着,眼不能展,头不能动,四肢连伸都不能伸,周身像木片一般的麻木,敌机临空了,便起飞,当驱逐和战斗的时候,既不惧怕也不英勇,心里只好像一张白纸。① 由此看来,一般作者形容的空军壮士,都是客观的。不是主观的。是想像的,非经验的。

三,多旅行多看山水风物,城市乡村的一切,便可多见事物的背景,多搜集写作的丰富材料。例如各地的风俗,人情,习惯都是值得作者研究和宝贵的。

再说到多写,多写是和多看同样的重要。

一,兴到就写不拘体裁——当你有什么感触的时候,马上就把它写下来,留待以后再整理。

二,不要写经验以外的东西——一定要写你经验以内的事实。不然,便太冒险了。

三,细心观察——凡是一个写作对象的一举,一动,一言,一语,都要仔细去观察,分析,不但是大事而且小事,不懂是表面,而且内

①此处亦缺后引号。

衷,尤其要注意话后的背景和引起的反应。

四,练习观感——这也是写作中重要的条件。

A.视觉——要注意形式的颜色等,譬如说白人,白马,白玉和白布,红绒,红绸,虽然都是白的和红的,然而她们中间有着很大的差别。

B.听觉——当你和别人谈话时,要注意音调和字句,即使你一个人静待的时候,也应当留心周围环境的声音。譬如《秋声赋》,完全是各种声音的描写。

C.嗅觉——如同香,臭,辛,辣,而且要会描写出来。

D.味觉——要辨别各种食物的滋味,就如说,那种东西是甜的,是怎样的甜,那种东西是苦的,又是怎样的苦。

E.肤觉——如同冷,热,松紧,粗细,干湿等而且要会描写出来。

最后是作者本身的修养。一个作者一定有其作者的风格,并且每个作者都有其特殊风格。平常说风格有两个定义:

一、作者把适当的字眼用在适当的地方。

二、风格就是代表作家自己,(Style in the manhim Self①)换句话说,就是文如其人。

所以一个作家要养成他的风格,必须先养成冷静的头脑,严肃的生活和清高的人格。

一、作家应当呈示问题,而不应当解决问题。也就是说作家应当站在客观立场上来透视社会,解剖社会,将社会黑暗给暴露出来。就好像易卜生的《那拉②》,也不过是呈示妇女问题吧了。所以当着妇女们欢宴恭请他的时候,他只说了“我见那拉的时候,并没有想到您们”。

二、不要先有主义后写文章。因为先有主义便会左右你的一切,最好先根据发生的现象,然后再写文章。

---

①此句当是“style is the man himself”。

②“那拉”,现译作“娜拉”。

三、不要受主观热情的驱使而写宣传式的标语口号的文艺作品。使人看到感觉滥调和八股。

话说某某老翁，有几亩田地，让张三耕种，他每次要谷的时候，张三总是杀只鸡给他吃，但是一次的例外，没有杀鸡，于是这个老翁便生气了，在墙上写着"此田不与张三种"七个大字。张三看见了，连忙杀了一只鸡送来，这个老翁见了鸡又写了"不与张三更与谁?"一句，张三见了很奇怪，便问他究竟的什么意思？老翁说："上面是无鸡之谈，下面是见鸡而作。"两人哑然而笑了。本文所讲的也是无"稽"之谈，希望读者见"机"而作。①

冰心此文之所以入选，从编者"伟岩②"的《卷头语》可知一二：

成名作家与读者之间，往往保持着一些神秘的关系，读者因为对作品的神往，往往对作家也觉得神往，这一个关系的存在，乃使青年写家们对文坛的宝座望之而却步。这不能怪读者，亦不能怪作家，只能怪天地间没有第三种力量，使读者和作家常常见面谈天。

青年写作协会于去年发起了一次文艺写作座谈会，邀请成名作家作公开的座谈以与读者见面，但是限于时地，终不能使全体作家和全体读者见面谈天。该会后来想到了一个办法，用新闻记者访问的办法，将读者所要询问的，和作家间所存在的隔膜，用问答表的方式遍征作家的答案以求解除，几个月来居然得到了各名家热烈的垂爱宝贵的经验之谈，与圆满的问题答案一篇篇寄来，③我们把它编纂

---

①叶绍钧等著：《文艺创作经验谈》，天地出版社，1943年版，第83—88页。

②伟岩，或即李炳焕(1900—1975)，福建闽侯人。经济学者。1922年毕业于复旦大学文科。1927年获美国伊利诺斯州立大学经济学硕士学位。民国时期，曾任暨南大学、中央大学、上海商学院、光华大学、上海法学院教授，复旦大学经济系主任、商科研究所主任、商学院院长、教务长。

③其句读应当如下："几个月来居然得到了各名家热烈的垂爱。宝贵的经验之谈，与圆满的问题答案，一篇篇寄来，"

起来再加以增益①辑为这部《文艺写作经验谈》,各文的作者都是国内名家,驰誉已久,其作品内容无须再作介绍,可说得上是字字珠玑,句句金玉,从答案上甚至连各作家的写作习惯也都告诉了我们,其诚挚周密之情可见。故敢担保,决无一篇是依老卖老②,故示玄虚的。

我们现在把这书付梓印行,希望能够尽到适才所讲到的第三种力量的责任,则本书的作家们功德无量,本书的编者幸甚。③

冰心因为《关于女人》与天地出版社④交恶,已为研究者熟知。1943年春,天地出版社托冰心的一个学生,联系《关于女人》的出版事宜,冰心遂将《星期评论》上已发表的九篇交付出版社。后又以新

---

①此处宜有逗号。

②"依老卖老",宜作"倚老卖老"。

③叶绍钧等著:《文艺创作经验谈》,天地出版社,1943年版,第1—2页。

④关于天地出版社,其情况多有不详。据朱联保编撰《近现代上海出版业印象记》(学林出版社,1993年版),"这是太平洋战争爆发、上海完全被日军占领后,由冯和仪(即苏青)主编《天地》月刊的出版社,设在爱多亚路(今延安东路160号601室)。""《天地》于1943年10月创刊,各期收有陈公博、胡兰成、柳雨生、纪果庵、谭正璧、陶亢德、张爱玲、危月燕、盛琴仙、潘予且、谭维翰、樊仲云、周作人、周越然、周班公、周幼海、谢刚生、吴丁谛、龙沐勋、陶晶孙、邢鹏举、瞿兑之等人的作品,以文史资料小品散文居多。并集苏青的文章出版单行本,如《结婚十年》《浣锦集》等。""1944年,该社迁至襄阳路388弄9号。1945年秋,抗战胜利,该社停办。"(第68页)重庆天地出版社的社址见前述。张泽贤在《天地出版社》一文中,最初"推断"说:"上海的与重庆的'天地出版社'应该属于同一家,是由上海迁往重庆的一家出版机构"。据其所见,天地出版社出版的图书计有10种:《采访十五年》(赵敏恒著)、《关于女人》(男士著)、《蒋委员长传》(蒋星德著)、《拿破仑的生活》(郑家稼著)、《日本漫画》(朱云影著)、《浣锦集》(苏青著)、《文艺写作经验谈》(中国青年写作协会编)、《我选择了自由》(王家棫等译)、《医政漫谈》(陈果夫著)、《银国春秋》(江上鸥著)。其中,1947年5月出版的《我选择了自由》出版地是南京,1946年6月出版的《银国春秋》出版地是上海和南京,余者皆在重庆。最后,张泽贤又因朱联保之说,提出疑问,即"后期的'天地出版社'与前期的'天地出版社'并非一家?"(张泽贤:《民国出版标记大观》,上海远东出版社,2008年版,第389—391页)其中"郑家稼"当作"郑学稼"。

愈之身,补写了七篇,并于8月30日午夜,完成《后记》[①]。9月,该书终于出版。观其封面,正中是红色的大字:"关于女人",加上长方形的黑色边框,旁署"男士"著,下首是红字印的"天地出版社",此外,整个封面都是女性的头像,年龄不一,表情各异。既不美观,也不大方。[②] 再看内容,错字之多,令人咋舌。冰心对此颇不满意。其后,又因版权问题,终至不欢而散。天地出版社的出版质量,从此书也可见一斑。书中虽有冰心的文章,但其《目次》却居然漏掉。所幸封面曾标举"十大作家"之名,读者据此还可知道有谢冰心在列。而文字、标点的错纰,更是一言难尽。

《写作的练习》实际上是截取《由评阅蒋夫人文学奖金应征文卷谈到写作的练习》自"写作的条件"之后的部分,不过略有改动。《冰心全集》曾收录此文,并注明"最初发表于《文艺写作经验谈》,重庆天地出版社 1943 年 9 月出版"[③],但奇怪的是,其文字却更接近于《由评阅蒋夫人文学奖金应征文卷谈到写作的练习》的相应部分。

对《由评阅蒋夫人文学奖金应征文卷谈到写作的练习》《评阅述感》和《写作的练习》三篇文字,解志熙在其《人与文的成熟——冰心四十年代佚文校读札记》中,以"合与分:有关'蒋夫人文学奖金应征文卷'评阅的三篇文字"[④]为题,辟出专节,加以详细的考辨,认为:"《评阅述感》乃是冰心据她此前的一篇讲演记录稿删订而成。"而《写作的练习》正是"《由评阅蒋夫人文学奖金应征文卷谈到写作的练习》改订为《评阅述感》后被删去的部分……三篇文字其实是合与分的关系:前一篇分开来,就是后两篇,后两篇合起来,就是前一篇。

①卓如:《冰心全传》(上),河北教育出版社,2007 年版,第 439 页。

②卓如:《冰心全传》(上),河北教育出版社,2007 年版,第 440 页。

③卓如编:《冰心全集》(第三册),海峡文艺出版社,2012 年版,第 31 页。

④解志熙:《人与文的成熟——冰心四十年代佚文校读札记》,《鲁迅研究月刊》2010 年第 1 期,第 88—89 页。

当然第二篇有所增订”。并建议“《全集》如果有机会修订重印，似乎可以把前两篇都收入，而第三篇收入则重复，并且它已经失去了原来讲演的语境和语气，所以不妨做存目处理”。

不过，解志熙此文，也有“失察”的地方，如对评奖揭晓时间以及《妇女新运》第2卷第9、10期合刊出版时间的推测，都立脚不稳，笔者在《冰心与新运妇指会》一节的注释中，已有详细的辩驳。至于说《写作的练习》“唯一的改动就是在把原讲演最后一段讲笑话的口吻由听众改为对读者”，恐怕并非如此。现原文在上，读者自可一一对比。

四、《写作经验》

本篇最初发表于《妇女新运》1943年11月第5卷第9期，第5—7页。原文有副题“在三民主义青年团中央团部演讲”，《冰心全集》收录时，将此删掉。① 文章署名“谢冰心”，末署“（沈琬纪录）”。

我有一个小孩，今年已经八岁了。每年过生日的时候都给她一个大蛋糕。最初的时候很大，抗战以后缩小了。后来就一年一年的小，到现在小成一点点。我仿佛也和孩子的蛋糕一样，年纪越大，胆子越小，不独创作的胆子小，甚至讲话的胆子也小多了。

一个人走上写作的路，也绝不是偶然的，我从小就住在海滨，所看到的只是山，水，大自然的风景，找不着一同玩耍的朋友，没有别的消遣，只有专心于读书方面。三岁的时候母亲教我认字，谈着“此

①这种删除，虽可为冰心在政治上“避嫌”，但却使演讲失去了原有的语境，实在是得不偿失。

地有崇山峻岭，茂林修竹”“是能读三坟五典，八索九邱①”一副名对，所以我认识数目字，是从三五八九等字念起，而不是从一二三念起，有时家里人领我上街，我便去看店铺里的招牌，都能把他记住。也很喜欢听仆人们讲故事。到了六岁的时候，自己晓得看小说，像《三国演义》《封神榜》《水浒》《聊斋志异》一类的书，也是似懂非懂的。后来年纪稍大一点，读林琴南翻译的外国小说，觉得津津有味。后来自己练习写作，模仿今古奇观的体裁，写了几篇故事，可是没有人买，便卖给我的父亲，换得一点意外的收入，来做点心费，每篇最高的卖一毛钱，最低的只有两三个铜板，但这对于我已经是一种鼓励。父亲也叫我对对子，记得有一回，他出的上联，是“鸡唱晓”，我对的下联是“鸟鸣春”父亲认为很好，其实并不是我自己想出，是在香烟牌上看见过的。同时我觉得对对子对于联字措辞有很大关系，有的文章念起来不响亮，写作也是一字一句不能随便的。等到十岁的时候，便搬到福建老家去住，那时生活完全改变。大家庭里姊妹很多，我便开始换上了女装，先从走路学起，在家里和姊妹们在一齐，学她们讲话，注意她们的服装的颜色，看她们怎样穿鞋穿袜子。这对于我也很有影响。

后来到北平去进学校，学说北平话，对我很有用处。几年的学校生活，一方面学到很多科学方面的知识，同时也不像过去说话没有条理，慢慢的学得细致。中学毕业以后很想学医，因为我母亲常病，从前的女人又不愿意让男医生诊症，所以我在大学预科的时候，就读的医科，是预备将来替我母亲看病的。到了五四运动的时候，我们许多同学组织学生会，他们推我担任燕大学生会文书干事，从那个时候起开始写宣传方面的文字。后来我觉得为什么不写我喜欢的东西呢？因此便开始学写小说，用“冰心”两个字做笔名，原来

---

①“九邱”，多作“九丘”。《左传·昭公十二年》：“是能读《三坟》《五典》《八索》《九丘》。”《书序》：“九州之志，谓之《九丘》。”

是因为容易写(比较谢婉莹三字容易多了),却没有别的用意。后来报馆来信叫我加上"女士"二字,说是容易引人注意,实是毫无意义。最初所写的都是社会问题的小说,如关于男女不平等,女子受压迫一类的事情;在我觉得我并没有受到压迫,也没有感到什么不平等,后来便转到童年的回忆上面。最初写"繁星"的时候,只是随手拈来,抒写一点自己的灵感,也不知道写成什么文体。后来给孙伏园先生看见,说是新体诗,于是我就写新诗。合成"繁星""春水"这些集子,有些写成而未发表的,也就随手丢了。

后来到美国念书,才开始写"寄小读者",自从这部书出版,我接到许多小读者的信,希望我继续写下去,他们纯洁的心情,很令我受感动,我希望总有一天能够满足他们底热忱的愿望。

过去十几年的学校生活。有许多作品,可以说是无病呻吟,自己觉得很情感。现在岁数愈大,情感益重。近几年来因身体多病及其他原因,很少写东西。抗战以后,看见许多因战争而发生的事实,悲欢离合,许多可泣可歌可写的材料。我很想写一点抗战时代的小说,但这不是说描写前线的文学,因为我不曾到过前线,我从来不肯写自己没有看见的东西,如果勉强写的话,写出来也是不切实的。

此外,我还想写一篇"自传"。大家有一个毛病。认为写"自传",一定要了不起的人物,那么这个"自传"才有价值。但是我看外国人写"自传"并没有一点夸大的意思,为什么外国人的"自传"往往都很有价值呢?我觉得"自传"是一种值得提倡的文学体式,不论什么人都值得将他的生活写成自传。所以我觉得我生在世界上四十多年,正是中国转变很多的时候,假使以我个人所做的事情,以及国家社会和我的关系,有系统的写出来,也可以代表一个时代背景。可是这一个想头不知到那一天才能实现呢!

※ ※ ※ ※ ※

现在要讲我的写作经验,有人问我:"你什么时候写文章?"我觉得我要写文章,一定要在很静的环境里才能写。所以我不喜欢在城市里面住，也不愿意在城市里面写，我喜欢在乡间住，过安静日子。同时我更喜欢在下雨下雪的时候写，因为下雨下雪便没有客人来。我还欢喜在夜晚写，不过往往写了失眠。我也喜欢在病中写，躺着的时候想，一字一句都想好了，写的时候便等于排印：所以我写文章不打稿子，所以我喜欢生病。我常常喜欢与自然接触，大城市里缺乏自然的风色。如果你没有在山上，看不到晚霞，甚至于连这些颜色都不容易想像。所以我愿意假期，可以到外面去走，亲近自然，浏览大自然的景色。

关于修养方面。我觉得一个很好的作家，要常常保持自己处在客观超然的地位，同时必须把自己深入那一个环境里，但是不能站某一方面讲说。譬如描写两个人打架，你不能加入甲方，帮助甲方讲话，同时也不能站在乙方，帮助乙方讲话，最好把自己处在超然的地位，冷静的观察事物，一点不要情感，理智的把他描写出来①。

其次我们要训练自己，无论是视觉、嗅觉、听觉，各方面都要注意。假使对一件事或者对一个东西，你听不到他的声音，不知道他的颜色，那末所描写的一定不会深刻。譬如我们形容石榴花，"榴花照眼明"，就比"榴花照眼红"好，为什么"明"字比"红"字好呢？因为"红"字很普遍，"明"是在"红"里带"明"，所以更有意义。因此，用字眼也要自己练习，斟酌用那一个字眼才比较明显确当。同时音节也是很重要，白话文要写得合于自然音节，才可念可读。中国旧书是很注意这一点的，如平，上，去，入的调音，总是使每一篇文章读起来很顺口。现在的白话文不很注意这一点，我看见小孩子的课本上有一句话，"我有工夫给你买二本书"，"二本"是多么难听呀！为什么不用"两本"呢？所以我希望你们将来要讲究写作，必须把字句修练好，写出来才会动人。

还有，我一生最喜欢看书。生病的时候躺在床上，无论什么书，

---

①"深入""环境"，"保持""客观超然的地位"，这可谓冰心最重要的写作立场。

好书，坏书，中国书，外国书，只要有书就看，有时发现很多我们不知道的东西。现在我们大家的毛病就是没有时间看书，但是我们还是要抽出时间阅读的。同时关于选择方面，我劝你们不要看翻译本，最好看原本。中国也有好小说，像《红楼梦》《镜花缘》《儿女英雄传》《水浒》《封神榜》《西游记》等都是很好的，可惜中国人喜欢讲整数，成套数，凑成多少章回，如《水浒》里一定要凑成一百零八将，不免有时变成呆板了。《西游记》很好，是向前走的。《封神榜》《红楼梦》也是很好①一个很好的练习。此外我们还有各有不同的作风的，总之就是和会说话的人谈话，听他用字，听有学问的人讲话，看他的结构，看他的造句，因为多谈话便有机会训练自己。

最后我觉得写文章，一分是靠天才，九分是靠压迫。要朋友逼才可以写得快，不过现在为了经济逼迫，也会写得快一点了。

今天我讲的有些话都没有道理，但是各人有各人的经验，正像北平天桥变戏法的人所讲："戏法人人会变，各有巧妙不同。"我的作风也是这样，没有什么特别，不过那也正是我的巧妙了。

①此"很好"似多余。

五、《写作漫谈》

此文也是冰心的一篇演讲稿，发表于《国讯》①第357期（新179号），第5—6页。“三十三年一月五日出版”。《国讯》，旬刊，发行人：黄炎培；主编人：杨卫玉、陈北鸥。社址：重庆张家花园五十六号。本文署名“谢冰心”，末署“（尚丁②纪录）”。《冰心全集》失收，且《我自己走过的路》和《冰心文选·佚文卷》都未收录，当是冰心尚未公开的又一篇佚文。其文如下：

写文章，我觉得可以从思想和技术二③方面来谈，关于思想，因为每个人有每个人不同的环境，受不同的教育，生长在不同的家庭，

①该刊是中华职业教育社机关刊物，为黄炎培、杨卫玉继《生活周刊》之后所创办。1931年12月23日在上海创刊。宗旨是抗日救亡。初名《救国通讯》，不定期，不收费。1933年1月10日，自第六十一期起改名《国讯》，仍为不定期刊。1934年7月1日，自第七十二期起改为半月刊，略收刊费。1937年11月上海沦陷后，出版第178期后被迫停刊。1938年8月13日迁重庆复刊，先后由孙起孟、俞颂华主编。1939年1月、5月，先后出香港版、昆明版；1940年11月出桂林版；太平洋战争爆发后，此三版均停刊。抗日战争胜利后，迁回上海复刊，为半月刊。1946年9月，出第410期后，再次被迫停刊。1947年5月复刊，改为周刊。1948年4月9日，被国民党查封。先后历时17年，共出457期。《国讯》被封后，黄炎培、杨卫玉又创办了《展望》。另据《抗战时期期刊介绍》，“《国讯》（1931.12—1933.12；1934.1—1948.4）/张雪澄等主编，上海国讯社出版；本刊原名《救国通讯》，在上海创刊，曾迁重庆、桂林、香港等地出版；时事刊物/总1—60；61—457；香港版（1941.10—1941.12）：1—5”（第452页）。

②尚丁（1921—　），江苏丹阳人。1942年毕业于民治新闻专科学校。1943年参加中国民主同盟，曾参与中华职教社发起组织的“宪政座谈会”和“拒检运动”的工作，任《国讯》周刊、《宪政》月刊编辑。中华人民共和国建立后，任《展望》周刊主编，上海辞书出版社编审，新知识出版社社长兼总编辑，《学术月刊》《辞书研究》主编、常务编委，上海古籍出版社副社长、总编，上海辞书学会会长，中国年鉴研究会会长。

③“二”宜作“两”。

所以,自然而然思想就不同了。至于技术,其实就是每个作家不同的作风,譬如,文章的有趣味,是老舍先生的作风,也就是他的技术,文章的有力量,是郭沫若先生的作风,的[1]也就是他的写作技术。

有人说,写文章完全靠个人的灵感,我觉得倒不一定如此,我常常觉得灵感是捉摸不定的,或者,大家所称的灵感,就是一个最初的写作动机。我记得我写“分”那篇文章的动机,是在医院生产的时候,医生对我说,许多孩子,出生在医院的时候,都穿一样的白衣服,戴一样的白帽子,但是离开了医院以后,就完全不同了:有钱的,就穿的花花绿绿,没有钱的,就连破补丁的衣服都没有穿。由于这一句话,产生了我最初的动机,于是,我把“分”里的两个主角,写成那样了。

再说,我写“照片”的那篇文章,最初的动机很小,仅仅是看到一张照片以后,有了一点很小的感触。所以,灵感简直像一阵风一样,有时只有一点,有时很多,这些动机,有时候存在心里很久,甚至无法写出来,但偶然一触动,比如,因为某一个人的几句话,几个小动作,引起了这个动机,于是,自然的溶化到你的作品里去了。

在技术一方面说来,不外平时多读别人的文章,多听别人的说话,因为文字的美,与声韵的美,是有密切的关系的。我常常觉得,许多诗词的声韵,非常的美,所以我常常主张,青年的朋友,不妨多读一些诗和词。就是自己写出来,也应该多念几遍,好比,你写了四句,就拿起来念一念,每句最后一个字是否平声,如果都是平声,那就不会好听。所以要使文章,写得声韵很美,应该多同别人谈话,和多听别人谈话;有些富于情感的人,谈话很激动,比较理智的人,谈话就清楚,有条理,至于细心的人,则谈话就很细腻了。所以,当我们写到各种各样的语句时,所听到的,自然就会流露出来。我们看《红楼梦》写得好,写得动人,就是,里面每一个人的说话,有每一个

①“的”,系衍字。

人的不同的地方。

不过，写作不要搬用死的语汇，所以，决不要写自己所没有经历过的事情。如雷马克写的“西线无战事”，所以写得那末好的原因，是因为他自己不是文学家，而是亲身经历的一个士兵。在那本书里，有过这样一段描写，就是两个同学，同时上战场去了，另一个同学，负伤很重，双腿被锯断以后，留下来一双皮鞋，这一个同学看见了，仅仅只说了一声，这同学平日数学很好，而没有将他怎样负伤的情形说出来。

这样的清描淡写，可以看了使人挥①泪。所以坐在屋子里头，写“英雄”“伟大”的作家，是决写不出来的。

雷马克所以写得动人，因为他有感情，因为他是从真实的生活中来的。假如我们到伤兵医院里，看到的只是锯断了几条腿，几条胳膀的报告书，它一点也不动人，因为这些丝毫没有感情，有感情的文字，不论古今中外，远如韩愈的“祭十二朗②文”，现在读起来，也一样使人感动得流泪。

不过，这并不是说，没有当过兵的人，就一定不能写关于兵的事情，只要体验得深刻，也一样可以写。俗话说得好：“没吃过猪肉，也看到过猪跑。”至于体验与年龄，生活的经验，很有关系，譬如，我现在很能够欣赏贾母的盛世享福，衰世吃苦的心理。

当然体验也需要生活，没有失过恋的人，就不知道失恋的苦处。

有许多年青人，一开头，就喜欢写诗，倒不一定偷懒，实在是取巧，因为诗的灵感比较短一点，注意力容易集中，写起来也不觉得累，所以有人说，廿岁至卅岁，是写诗的时代，卅岁至四十岁，是写散文的时代，四十岁至五拾③岁，是写小说的时代，五十岁至六十岁，是

---

①“挥”，或为“掉”。

②“朗”当作“郎”。

③“拾”宜作“十”。

写戏剧的时代。不过有些人，生来就有写诗的性格，也有生来是有写散文的性格，当然时代的影响，非常有关系；朋友中爱诗的，无形中自己也喜欢写点诗。

有人主张诗的形式要短，我觉得这与个人性格有很大关系，长短都不必勉强。

但是用字，可不应该随便乱用，如果没有适当的字句，就不要随便用别的字来代替，如“彷徨”，这两个字，绝不能用“走来走去”来代替。再像“惆怅”，这两个字，简直就找不出任何适当的字句，来表达出这个情意，因为它不是悲哀，也不是痛苦，我们看，许多好的作品，一个字也不能更动。像“一”字吧，可以用在许多地方，一把椅子，一匹马，一条牛……而决不能一匹椅子，一条马，一把牛……但用得得当，就很有力量，比如形容一个大胖子，你说“一座肉山”就可以使人感到格外合式。

这都是属于技术方面，有人说，光有技术而没有天才，仅仅是土壤不同吧了。至于大众所认为的天才，只是一个人，对事物的观感，来得特别灵敏，立刻可以分出颜色，声音，和味道，而很快的描写出来，天才不能决定一个人的写作前途，文学要有文学的环境。譬如，我自己写文章，就像从戏院里，不由自主的，被这潮流拥出来的。

所以我们要制造写作空气，培养写作兴趣，集合一些爱好写作的朋友，常常讨论，互相累改，趁着年青的时候，多学习，多碰钉子。

从记录人来看，《写作漫谈》或系冰心在中华职业教育社的演讲。中华职教社在《国讯》上，也曾标举“本社信条”：“高尚纯洁的品格……刻苦耐劳的习惯……果勇义侠的气概……正确进步的思想……博爱的互助精神①。”

通过上述五篇讲演记录，冰心在抗战时期的写作观已经一目了

①从行文的对称上来看，“博爱的互助精神”当是“博爱互助的精神”。

然。不过,需要强调的是,由于记录和整理者的不同,使这些文字的风格也或隐或显地有所不同。具体而言,宋雯的记录,多少有些粗疏;沈琬的记录,更能将冰心的幽默与俏皮活灵活现地传达出来。而尚丁则喜用短句,虽接近口语,但却失去了流畅。

冰心与《妇女新运通讯》的两则文字

解志熙先生在其《人与文的成熟——冰心四十年代佚文校读札记》曾写道：

我曾在1941年2月出版的《妇女新运通讯》第3卷第3—4期合刊上，看到有个署名"冰"的作者在该期"摆龙门阵"栏目里发表了四则短评——"人不如猫""谈谈拿干薪""出钱劳军""职业托儿所的重要"，而此前的1941年1月出版的《妇女新运通讯》第3卷第1—2期合刊"摆龙门阵"栏目，刊载的正是冰心的《从昆明到重庆》，已经收入《冰心文集》第3卷和《冰心全集》第3卷，但误将刊物栏目"摆龙门阵"作为文章的正题了。由于这两期刊物是相继出版的，那四则短评的作者又署名"冰"，其中的一则并写到三岁的小毛随妈妈到重庆不久，这让我觉得那四则短评有可能出自冰心之手。但是在《妇女新运通讯》上也有名为"剑冰"者发表过文章，不能排除这个"冰"即"剑冰"的简署，这又使我觉得难以遽定归属，所以在此附带说明情况,以待方家考定是非。①

对此,笔者亦曾有类似的看法,并在拙文《试论冰心与新运妇指会的关系》(《中国现代文学研究丛刊》2013年第4期),将其列入冰心的佚文待定。现就该期《妇女新运通讯》的有关文字,再做考辨。需要说明的是,解文发表之后,《冰心全集》在2012年出至第三版时,将《从昆明到重庆》一文,收入第二册“文学作品1923—1941”,且已再无“摆龙门阵”字样。

一、《对本届国民参政会的希望》

第二届国民参政会,又届开会之期了。由于过去每次会议的成功与收获,更由于女参政员数量的增加,它的力量将更□□,它的前途将更远大,因之,它不仅引起全国妇女的注视,而且给予全国妇女以无涯的希望!在这里,仅提出一点意见以供大家的参考。

在提出我们妇女对参政会的希望之前,首先,妇女同胞们的惨苦生活是不能不略为叙述的。

在广大的沦陷区中妇女受敌人的摧残和侮辱的情状,无论耳闻目睹都深印在每个中华儿女的脑里,在这儿,不再叙述。而沦陷区以外的妇女同胞,除了忍受封建遗毒的压迫外,还受着饥饿的威胁。最近,物价急遽的上升,粮食问题的恐慌,不晓得予妇女们以如何的胁迫!事实上,大部份的妇女,是以持家理务,服侍丈夫翁姑及抚育儿女为要务,柴米油盐的计算,儿女们健康的照料,紧紧的锁住妇女们整个的心灵。昔日为小康之家的家庭妇女,今日为生活问题引起

①解志熙:《人与文的成熟——冰心四十年代佚文校读札记》,《鲁迅研究月刊》2010年第1期,第92页。

的烦琐的家务所压迫，已憔悴不堪！尤其是广大的农村妇女，昔日尚能一饱的，今日流为饿殍或乞丐者不知凡几，因丈夫儿子的充当兵役，而田园荒芜，不能为生者更触目皆是。川北一带之农村妇女，普遍的不知白米为何味（该地农民多以红薯充饥）①自己固无田地可供耕种，纵有亦因壮年男子皆充兵役，或逃亡异乡，所余者均老弱及妇女而荒废。虽大部份参加□□手工生产，然辛勤所得，不能半饱，此种情况，只须在乡村中稍为留意，即可概见。

妇女中较为少数之智识份子，在狭小之职业部门中挣扎者，其苦况亦不亚于上述之各种妇女！小学教员，各机关中之女公务员等等，其所得之待遇，常常不够养活自己，而结婚问题与儿女之抚养，又常常是一个职业妇女的致命伤，母爱是天性，但为了职业，不能不忍心丢弃儿女，使儿女过着无母的生活，受那不良的教育，甚至于受人践踏。谁个不愿进步，但有些职业往往占据了你全部的时间，纵然有一点点空余的时间，但不能不急急忙忙去照料家务和儿女；可是这样辛劳的结果，你的待遇还不够养活一个代你看管孩子的用人。待遇虽然菲薄，普遍的结了婚或有儿女的女职员，都遭遇着自己机关□管人的厌弃，有些机关不用已婚的女职员，已是周知的事实，而因为有儿女的拖累，被解职的亦所在皆是，牺牲了自己的儿女，自己的前途，而仅能半饥半饱的职业岗位，还是毫无保障，随时都可以不要任何理由而被开除。总之，职业妇女的酸苦，是不能尽述的。

还有那广大的工厂女工，小贩，以及一切的小工业，手工业者，她们除了在工厂市场的十二小时到十四小时的生产劳动外，还加以无限制的家庭劳动，如烧饭，洗衣，服侍丈夫翁姑及看管小孩等不生产的劳动。

失业与失学的妇女，她们被注定了现在及将来的惨苦命运，无知

①此处宜有句号。

与贫困,将是她们最亲密的伴侣,因为无知与贫困,曾使她们跑上堕落之路,关心妇女的前途与幸福的,不能不严重的加以注意和解决。

根据以上种种妇女的情形,我们迫切的提出我们的要求,藉作贡献参政会的提案。

一、在敌寇准备南进,国际条件对我有利的时候,加强一切抗战力量实施反攻,收复失地以拯救沦陷区的同胞于水火之中。

二、颁布各种解放妇女的法令,并要保证法令的实现,不仅要实现由上而下的和由下而上的监督,而且要启发妇女的知识和提高其文化程度,以种种有效的方法消除社会上的各种对妇女的恶习。

三、切实执行对抗战军人家属的优待条例。

四、改良妇女生活,救济农村妇女。

五、开放未开放之各职业部门,保障职业妇女的职业,严厉取缔不用已婚妇女的规定,救济失业妇女。

六、用政治力量,帮助及推动设立儿童保育场所。

七、救济失业妇女,实施战时教育。

本文发表于该期的“小论坛”(第1页,即封面),正文无署名,据其目录,作者“剑冰”。《妇女新运通讯》是由新运妇女指导委员会发行、新运妇女指导委员会文化事业组编辑,而此时冰心甫任文化事业组组长,同时担任国民参政会参政员,说本文出自冰心笔下,可能性很大。

但另一方面,就论文的内容而言,如川北一带农村妇女的生活景况,刚来重庆不久的冰心,恐怕还难有切身的了解。因此,说本文非冰心所作,可能性亦极大。

今查“剑冰”者,有诗文流传。现举一二:

担柴

——生活片段——

一

挑上柴担，
挟着一路风烟，
在长长的道上
急行着……
汗水滚满脸，
嘘着气，
胸前像起伏的波浪
急急地发喘，
　　喘……

二

扁担呀，扁担！
你鼓着两翼，
愉快的翻飞着，
唧唧地鸣唤！
你唱着快乐的歌，
天真的笑着，跳跃着，
孩子似的舞在双肩！
你的重量
压在我的心上！
你的轻歌
牵着我的心弦……
我累了，想把你放在路边，

——你紧紧地抱住肩膀，
向着我心上
亲切的呼唤！

三

太阳落下山，
上弦的月
沉思着，
露出惊喜的光辉，
斜倚在天边。
黄昏拖着夜影，
塞满山谷，
又掩盖了田园……
　　“同志！
　　为什么停在路边！
　　挑不起吗，
　　来！分给我几块……
　　何必客气！”
爬过雪山的腿杆，
在平原上
如轻快的鸟翼，
　　飞一般的
　　向前，
向前……
　　同志，
　　加油呵！
　　只差几里地……
　　话的声响

像桨打在水上，
激起层层波浪！
抖一抖肩膀，
挺一挺腿肚，
向前
迈大步！
汗水滚满了脸，
嘘着气，
胸前像起伏的波浪
急急地发喘，
喘……
扁担在肩头叫，
扁担在肩头笑，
它唱着愉快的歌呀，
欢喜的舞在双肩。

本诗发表于《诗创作》1941 年第 2 期，第 44 页。《诗创作》是 1941 年 6 月 15 日创刊于桂林，胡危舟、阳太阳、陈迩冬编辑，诗创作月刊社发行，上海杂志公司总经售。自 1942 年 9 月 20 日第 14 期，改由桂林三户图书社总经售。1943 年 5 月终刊，共出 18 期。该刊是抗战时期国统区较有影响的诗刊，创作、翻译、评论并重。主要撰稿人除编者外，还有臧克家、彭燕郊、黄药眠、徐迟、绿原、方然、郑思、伍禾、辛劳、韩北屏、孟超、苏金伞、王亚平、楼栖，以及根据地诗人艾青、田间、贺敬之、厂民（严辰）、郭小川、公木、李雷、魏巍等①。

又有《磨房》一诗：

①丁守和、马勇、左玉河等主编：《抗战时期期刊介绍》，社会科学文献出版社，2009 年版，第 940—941 页。

门栏被进出的驴子碰破了
蛛丝网和灰锦像老年人的记忆
杂乱又模糊的挂满了一屋
墙上的窗子露着碧青的小天
墙外的枣树将繁茂的枝叶
伸进屋里来了

像远远的流水声
磨盘又转动起来了
蒙住眼睛的驴子在磨道间行走
辨不清昼夜

小二嫂用小小的脚蹬动“脚箩”
腿也有些酸了……
白色的面粉
烟一般轻的落到她的身上
落到她亮着黑色的大眼睛的脸上

驴子老是慢吞吞的行走
像一部冗长的封建史
转动于朝代的磨盘间
小二嫂用哀怨的喉咙喝叱着：
“哈……嚓嚓……”
深山里的杜鹃似的
将声音高上去又落到流动的涧水上

箩声响着单调的拍子
是这样忧怨而又缓慢呀……

猛然,肚子一阵痛
八个月的孕在里面翻身
她低下了头
眼泪像枯草上的寒露似的滚到脚箩

她勉强叫了一声
驴子也喘息着停步了
她伏在驴后的磨棍上啜泣……
直到窗外的孩子打枣子的闹声将她惊醒
她才又蹬动"脚箩"
"哈……嘹嘹……"

四一,九,二六晨追忆

此诗发表于《诗创作》1942年第8期,第14页。

再有是《〈海燕〉题记》,发表于1945年第5卷第6期《现代妇女》[①],第24页。其文如下:

两年前的一个深秋时节,我失掉了周岁的可爱底庆庆之后,离开了繁嚣的都市和人群,住在一个静寂的荒村。

风雨潇潇的午夜,数着落叶,听着鸱鸮们的叫唤,内心感到严冬寒冷的侵袭;怎样来度过这无边的黑夜,走完那不尽的崎岖啊!

本能地叫喊着;我需要温暖,需要光明,要永远地执着那离我遥远的少年时代的美丽的梦!

在寒冷的侵袭下,无边的黑夜里,抚着自己创口,开始写《海

①《现代妇女》,政治刊物,月刊。1943年元旦创刊于重庆。由中共南方局妇女组领导,曹孟君任主编,其编委先后有寄洪、朱艾江、林琼、杜君慧、彭子冈、陆慧年、黄静汶等。1945年10月迁往上海,出版第6卷第3、4期。1949年3月被查封(刘人锋:《抗日救亡后期中国共产党领导下的妇女刊物——〈现代妇女〉》,《中华女子学院山东分院学报》,2010年第4期)。

燕》，要消灭鸱鸮的声音，只有"海燕"的翱翔，暴风雨才能扫尽黑暗阴晦！

那曾经哺育过我生命的东京，富士山的碧雪，芦之湖的漪涟，日光的一片红叶，九州海滨的一颗细沙。那恶意的侮慢的笑，残暴的责叱和鞭打，韩国少女被饥饿驱迫作了偷贼后忏悔的眼泪；写着《海燕》，唤起这依恋在我生命记忆里底幸福而痛苦的梦！

我第二故乡的江南，曾经温暖过我青春的浩湛底海，雪堆上怒放着花蕊的孤山的腊梅，严冬里挺立着的苍翠的雷峰塔下底松柏，春日里吐出芳香的茶苗，躺在茶林里为祖国的自由解放流尽最后一滴血的东平①和一群年轻的伙伴们！

还有那为生活廉价了生命的；账②胖了肉体，饿疲了灵魂的十三号的英雄们！

霞飞路上的梧桐，亟司斐尔公园的柔柳，印着我的欢笑和眼泪的祖国啊！我是以一个怎样沉重哀伤的心情来抒发我无涯的爱和恨！

写着《海燕》，像重温着童年时代的梦似的苦涩而甘甜，有许多控诉的嘴向我说话，无数卑怯的眼珠子在向我求饶，但在这用血涂写的时代记录里，决不容我有一点歪曲和偏袒。

---

①东平，指丘东平（1910—1941），现代小说家，革命战士。原名丘席珍。广东海丰人。1927年参加海陆丰起义。后加入十九路军，参与了上海"一·二八"和热河的抗战。1937年加入中国共产党，翌年参加新四军。1941年，在反"扫荡"中牺牲。其文学创作始于三十年代初。1932年发表处女作短篇小说《通讯员》，1935年出版第一部短篇小说集《沉郁的梅岭城》。写于1937年的短篇小说《第七连》，以"八·一三"抗战为题材，塑造了第七连连长丘俊率领战士浴血奋战的光辉形象。此后至牺牲前的主要作品还有《长夏城之战》《水兵》《一个连长的战斗遭遇》等。另有长篇小说《茅山下》等未完稿（张广明主编《中华小百科全书·文学卷》，四川辞书出版社，1994年版，第153页）。

②"账"宜用"胀"。

初稿完成时，杜宣①兄过渝，鼓励我请夏衍先生详阅，承夏先生详尽指示，我是怀着一颗惶惑的心情接触着所谓“剧”的边缘。

去年秋间，为樑②在新疆遇难的消息传来，使我旧有的创痕重新反痛，在我的心上又增加一笔够份量的血债！

不幸的消息使我的生活失了平衡，决心改写《海燕》，第二四五幕，完全重写，一三幕略改，有时白天写好的一个断片，晚上一考虑，又全遭到否定。二日初③才完稿，叔鲁④兄拿去请于伶先生详阅。有一天叔鲁兄很兴奋的跑来说，于伶先生已经看过了，“他说：这剧本有许多优点，特别是描写女性心理很刻深⑤”。“上演吗？人物太多，场面太大，不是老作家的东西，不能轻易冒险，出版甚有绝对的价值。”

我默默地想着：写《海燕》就没有任何野心，连出版也没有计及

---

①杜宣(1914—2004)，剧作家，散文家，江西九江人。原名桂苍凌。1932年加入中国共产党。1933年参加中国左翼戏剧家联盟。1937年毕业于日本东京帝国大学。1938年参加新四军，历任战地服务团秘书，桂林《戏剧春秋》编委，新中国剧社社长，昆明《群报》《评论报》总编辑，香港大千印刷出版社社长。新中国成立后，历任上海国际政治经济研究所所长，中国人协上海分会书记处书记、副主席，上海市文联副主席，中国剧协上海分会副主席，亚非作家会议常设局常驻代表，对外友协上海分会副会长，中国作协第三届理事。著有电影文学剧本《长虹号起义》《兰兰和冬冬》，散文集《西非日记》。有《杜宣剧作选》。

②为樑，即林为樑，又名林基路(1916.4.17—1943.9.27)，广东台山人。1933年初在上海暨南大学附中加入共产主义青年团，秋季入大夏大学文学系，因投身学生运动引起当局注意，于1934年赴日本明治大学留学，又投入留日学生运动。1935年暑假回国，加入中国共产党，后任中共东京支部书记。1937年夏回上海，“七七”事变后到延安入中央党校学习。1938年春被派到新疆工作，任新疆学院教务长。1939年初调任阿克苏教育局长。半年后又调任库车县长。1941年6月调回迪化，因拒绝担任边防督办盛世才的秘书，1942年1月被调任乌什县长，夏季调回迪化，9月遭软禁，次年2月投入监狱，9月被害。狱中所吟《囚徒歌》被辑入《革命烈士诗抄》(新疆百科全书编纂委员会编：《新疆百科全书》，中国大百科全书出版社，2002年版，第119页)。

③原文如此。

④叔鲁，不详。

⑤“刻深”，疑是“深刻”的错排。

过，何况上演。

后来又承徐迟先生和一位日本通的杨学庸①先生看过，第一二幕杨先生给我很多指示，为了迁就舞台，没有完全按他的指示去完成，并承杨先生日语英译，得胡风兄的介绍用鲁迅先生的遗墨"海燕"原字，又承廖冰②先生设计封面，我相信鲁迅先生的遗墨，杨先生的英译日语，廖先生的封面设计都达到最完整的境界，比《海燕》本文更精彩的。

最近南天出版社③取稿付印的时候，我又犹疑起来，又承胡风兄作最后评定，他在万忙中抽出数小时看完它，第二天他带着稿子来了，决定让这低能的孩子出世。也许是狂风暴浪中的一点小泡沫，在人生的海里泛不起什么浪花！

但我要首先在这里，诚恳地向指示《海燕》的，帮助《海燕》的，关心《海燕》的师友们致谢忱！

最后我对这贫弱的作品，这剩余的生命，惶惑地感到生的迷惘，生的无能，但愿一百次的失败，换取一次的成功！

从"题记"看来，作者"剑冰"与当时的左翼文人过从甚密，而五幕剧《海燕》，最终由重庆山林出版社在1945年5月初版，署名"剑冰著"，"前有：《海燕》题记（作者1945年4月10日重庆）"④。

根据以上信息，"剑冰"当为骆剑冰。且看骆剑冰的行实：

骆剑冰（1911—1962），女，原名英豪，（湖北）华陂雷骆畈人。四

①杨学庸（1905—1976），辽宁辽中人。1931年毕业于日本名古屋高等工业学校土木科。曾任奉天第一工科高中、西安国民高等学校教员，长春交通部理水调查处技佐，东北水利工程总局技正，资料室主任等。文中的杨学庸，或即此人。

②廖冰，或为廖冰兄（1915—2006），疑有"兄"字脱落。

③南天出版社，1942年由彭燕郊、朱谷怀、米军（林紫）等创办于桂林，与胡风关系密切。

④萧凌、邵华编：《中国现代文学总书目·戏剧卷》，知识产权出版社，2010年版，第102页。

岁启蒙。其父特聘乡贡甘亮侯为家塾教师。数年后,甘告退说:“英豪资质特异,我力不胜任,请另择名师。”未几,其父九山因参加护国军,遭地方团练杀害。母黄成玉忧伤成疾,骆年少,独撑门户,井然有序。

民国十一年(1922),骆考入县城高等小学。毕业后只身赴省,入武汉中学。(民国)十五年加入共产主义青年团。翌年,由董必武介绍入军政学校女生队学习。“四·一二”事变后,军政学校解散,骆随第四军教导团赴广东,参加广州起义。事败,取道香港,东渡日本早稻田大学。(民国)十七年加入中国共产党。同年,“济南惨案”发生,骆协同廖承志等组织反日大同盟,回上海作抗日反蒋工作。(民国)十八年年后,骆先后四次被国民党逮捕。最后一次由沔阳仙桃镇解送河南信阳高等法院,判刑一年。狱中屡遭刑讯,坚贞不屈。(民国)二十一年三月出狱,与党失去联系,滞居上海,从事文艺创作①,结合自身体验,写出独幕话剧《狱中》。抗日战争初期,骆去南昌,在新四军军部图书室工作。后军部迁安徽,骆转入重庆,在妇女指导会文化事业组工作,曾为《职业妇女》《现代妇女》月刊撰稿。(民国)二十九年,任重庆中国妇女联谊会筹备委员。曾创作出版革命者的多幕话剧《海燕》。抗战胜利后回上海,参加创办中国妇女文化社。

建国后,骆先后在重工业部工程处、中国剧协《剧本》月刊编辑部工作。编写诗集《太阳升起来了》,并撰写了《怒吼吧,日本人民》

①1933年《生存月刊》第4卷第4号载有《柯伦泰主义与中国青年男女的恋爱生活》一文(第86—89页),署名“骆剑冰女士”,其结论云:“无论某一个时代,怎样的社会,建立一夫一妇的康健的性生活,同时需要着纯洁灵智的感情。致于无限制的性生活的放纵,多角恋爱的摩登行为,等于布尔乔亚的娼妾变象形态,决非新兴阶级的理想,真正普罗列塔利亚特的精神,只有人类共同的享乐,在伟大的理想世界没有实现以前,要忍受一切的苦难,必要时,也得忍受性的烦闷,决不能把恋爱当消遣品,恢复疲劳的吗啡针,我们一切的行动,都要忠实地站在时代的尖端,为普罗列塔利亚特而斗争!”由此也可了解骆剑冰思想的一隅。

等十多个剧本，已出版上演6个。1962年骆蒙冤病故。1980年3月，中国剧协给骆平冤昭雪，恢复名誉，并在八宝山革命公墓小礼堂为她举行了追悼会。①

抗战时期，骆剑冰曾供职于“新运妇指会”文化事业组，且用“剑冰”为笔名进行创作，则此“剑冰”非谢冰心，可确定无疑。

需要补充说明的是，长期以来，骆剑冰由于某种政治原因，一直处于被湮没的状态。至2008年8月的《新文学史料》第3期，始发表许以明、许以莉、许以敏、许德辉、许德和联名撰写的《怀念我们的母亲——骆剑冰》。据此还可得知，留日期间，骆剑冰曾是“左联”的早期成员并任组长(第58页)。胡风即通过骆剑冰和谢冰莹或任钧的介绍，加入“左联”的东京分盟。② 1934年3月6日，东流文艺社成立，出席者有林焕平、林为樑、陈子谷、陈斐琴，麦穗、骆剑冰、雷石榆、俞鸿模、欧阳凡海、陈一言、杜宣、蒋婉如、刘子文、魏晋(第59页)。另，骆剑冰的丈夫为许道生(第61页)，时为资蜀钢铁厂③厂长兼总工程师(第60页)。

---

①《女中英豪骆剑冰》，邓永斌编著《领略崇阳》，中国地图出版社，2001年版，第64—65页。

②王宏志：《鲁迅与左联》，新星出版社，2006年版，第261页。

③资蜀钢铁厂，前身为人和钢铁冶炼公司，1939年由杨萃文、刘刚等发起组织。厂址设四川江北县三圣乡人和沟，安装小型炼铁炉冶炼高级灰口铁，1940年春出铁。1941年添设炼钢厂于江北县水土沱，1942年9月出产钢锭。后因资金周转不灵，1943年6月后停工。1944年8月由资源委员会收买，改名资蜀钢铁厂，由民营变为“国营”。1944年11月，炼铁厂恢复生产，炼钢厂亦于1945年5月试炼钢锭。1945年抗战胜利后停工，交四川各钢铁厂保管处保管。

二、"摆龙门阵"四则

(一)人不如猫

元宵节的晚上,在一个朋友家里吃晚饭,一碗青鱼摆在桌子的中央,三岁的小毛掣住他妈妈的衣角嚷起来:"妈妈,我到重庆以后,就没有看见过鱼。"

在座的一位贵宾大笑起来:"小毛真是没有见过市面的孩子啊,大梁子有几十斤一条的鱼摆着。"

"四元一斤,几十斤一条的鱼,恐怕没有人买吧?"小毛的妈妈也惊异起来。

"谁说没有人买,某朋友家里的大黑猫每天得吃两斤鱼呢,①"这年头人不如猫。

(二)谈谈拿干薪

干薪是表示单领薪,不作事②。在外国是法律上规定,有功于国的元老,到了一定限度的年龄,不能勤劳奉公,便能领到一定数目的薪金维持生活。到了中国便不同了,不问老少了,只要朝内你有人,你便能挂名拿干薪。

我有一次在路上遇到一位朋友,她说:"看样子你很忙吧,哼,我是拿干薪,你每天作事还没有我的干薪多。"她带着夸耀的眼色。

我回答她,我不是想拿薪,我是想作事。我们年龄还青,又无功于国,怎么能和一班行尸走肉的人一样子求活而不求生呢?!

(三)出钱劳军

全民抗战,是动员四万万五千万的人力物力来参加抗战。"有钱出钱,有力出力。"出钱劳军,和上前方流血牺牲有同样的重要。

---

①此处逗号宜用句号。

②"作事",现多作"做事"。

我们伟大的斗士们，为祖国的自由平等，长期在枪林弹雨下和敌人死拚，我们安居后方的同胞，至少应节省生活的一部份，慰劳在疾病，冻馁下战斗的勇士。我们不能因生活高，负担重，便逃避这些应尽的义务。我们应该想到，如果不早点把日本强盗打出去，我们的生活，还不知发展到一个如何困难的前途。

犹太人是最有钱的，但因他们失掉了祖国，走遍了全世界，都没有一寸立足之地，那颠沛流漓①之苦，是永远地无尽止的。

希望发国难财的先生们，摸摸良心，想想祖国，挣开②眼睛，看看别人，节省一点浪费，多出一份劳金，加强全民抗战的力量，争取最后的胜利！！

（四）职业托儿所的重要

在一月之前，偶然遇着一位同学，她很高兴的告诉我，她得到一个很适合她兴趣的工作，她对那工作很有信心，在她的态度上看，比在家里看孩子的时候年轻些，干练些。我也为她快乐起来。

分别后两星期的一个晚上，她到我的宿舍里来了，她消瘦，憔悴，满面愁容，我惊异得跳起来。

她说孩子的保姆走了，她的丈夫是个火性发达的人，反对她离开孩子去工作，孩子不巧又病了，她一面不能舍弃工作，又不能忍心不顾孩子，她在矛盾中痛苦挣扎。③ 不胜疲惫地感到生的前途的失望。

我当时替她想不出好的办法，只有无言的怅惘，妇女职业，妇女解放，和儿童保育有绝大的关系，在中国目前的□□④环境，职业托儿所，是开妇女枷锁的第一把钥匙。

本文正文无署名，据其目录，作者为“冰”。观此四篇，“冰”可能

①“颠沛流漓”现作“颠沛流离”。

②“挣开”现多作“睁开”。

③此处句号宜用逗号。

④此两字模糊。

是“冰心”的简署。首先，作者所提到的同学和朋友，多用“她”来指代，故其本人，极有可能也是女性。其次，“人不如猫”中的“小毛”，刚来重庆不久，与冰心一家来渝的时间比较切近。且“小毛”年仅三岁，而冰心幼女宗黎，时亦不过三岁。但作者行文时，用“他”来指称，则“小毛”又仿佛是一男孩。

另一方面，“冰”与“剑冰”或为同一人。首先，“职业托儿所的重要”一则所表达的关切，已出现于前述的《对本届国民参政会的希望》。抗战初期，骆剑冰就曾参与发起并推动战时儿童保育会的工作①。1945年2月13日，骆剑冰又在《重庆妇女界对时局的主张》中签名，《新华日报》是日有载。观其前后思想，多一脉相承。其次，短评所体现的批判意识和激进姿态，更像是“剑冰”的行文风格。

故此，四则短评的作者，尚难最终认定。

①季洪：《妇女抗日救亡运动的号角——〈妇女生活〉在武汉、重庆时期》，《重庆出版纪实 第1辑 出版界名人、学者、老前辈的回忆录》，重庆出版社，1988年版，第343页。

关于《送迎曲》

《妇女新运》1942 第 4 卷第 1 期第 43 页，曾有《送迎曲》发表。一“送”一“迎”，共两首：

别一九四一年

　　你站住，我走，
让我们再握一次手，
这已是山路的尽头！
你莫在晚风中挥袖，
斜阳下我也不停留。

我走，朋友，
撇下了生命最冷酷的温柔，
我走，朋友，
带去了生命里最甜密的忧愁

这忧愁，这温柔，

一年来也够人禁受:

　　有窗外的轻风弹指,

檐前的细雨微讴;

　　有破晓的木鱼凄切,

黄昏的横笛寂寥;

　　有山半的泾云沉寥,

松间的新月娇羞;

…………

…………

　　受不了,我走,

我本是军人的儿子,

我要挣赴奋斗与自由!

远远的战旗在招,

　　战鼓在敲,

　　战场上站满了,

　　英勇的同仇。

看九天的风云在峨眉山峰上聚首,

碧绿的嘉陵江水也奔涌着向东流。

迎一九四二年

朋友,我来了,

请你拉一下手,

　　这山头好陡!

你看我这一身血垢——

我提着心,噤着口,

闭着气,低着首;
踏过荆棘,
跳过田沟,
满天烽火红影摇摇,
满山风雪黄叶萧萧——
为赶上进行的队伍,
我拼着血汗双流,

朝阳下看大家精神奋发,
我形容消瘦,自已含羞!
我没有刀枪献朋友,
我只有罪恶求赦宥,
请莫问缘由,
请将我收留,
我不能冲锋陷阵,
也还会牧马牵牛,
我本是军人的儿子,
我要挣赴奋斗与自由,
看九天的风云在峨眉山峰上聚首,
碧绿的嘉陵江水也奔涌着向东流!

三十年十二月二十四夜,
歌乐山(转载一月一日中央日报)。

此文发表时署名“冰心”。就其写作时间与写作地点而言,当是谢冰心无疑。但《冰心全集》《我自己走过的路》和《冰心文选·佚文选》均失收,因此,可视为冰心的佚作。《送迎曲》作为冰心佚文的新发现,可参见熊飞宇、张丁《抗战前后冰心佚文五则考辨》(2012 年 7

月20日《云南档案》第7期)和陈学勇《新发现的冰心佚作》(2012年8月18日《现代中文学刊》第4期)。前文虽发表在先,但由于作者声名不彰,故研究者多援引后文。(此外,尚有解志熙的《风云气壮　菩萨心长——关于20世纪40年代的冰心佚诗及其他》。该文发表于《汉语言文学研究》第3卷第3期,2012年9月15日出版。其附注云:"2010年12月7日于清华园之聊寄堂。"可见作者对此关注甚早。本书编著者因搜集材料的疏失,迟至2015年5月22日才注意到解志熙先生这篇文章,故对其研究成果在正文中未有充分的呈现,只好补注说明。)不过,陈文在移录时,亦出现与原文不一致的地方。一是在字句上,主要有两点:1.原文:"我本是军人的儿子",陈文:"我是军人的儿子"(两句均如此);2.原文:"跳过田沟",陈文:"跨过田沟"。余者则是将原文的错字有所改正,如将"甜密"改为"甜蜜","泾(涇)云"改为"湿(溼)云"。另一处则是"我形容消瘦,自已含羞",其中"自已"显然不妥,陈文将其改作"自己",但据上下文,"自已"更切合语境:朝阳下,看着大家意气风发,而"我"却形销骨立,自己不觉已经含羞抱愧。二是标点、格式,也都有不同之处。但最要紧的是,陈文将诗后的标注"三十年十二月二十四夜,歌乐山(转载一月一日中央日报)"一笔勾销,这让后来的研究者颇费猜想。一方面,陈文指出:"此诗原刊元旦的《中央日报》,《妇女新运》杂志又予转载。"表明作者并非没有见到诗后的标注;另一方面,又说《送迎曲》是"写于1941年和1942年之交",体现出作者对这一标注的无视。

此外,原文"黄昏的横笛寂寥;/有山半的泾云沉寥",连续两句,都以"寥"字结尾,令人不解。

不过,诗作既是"转载一月一日中央日报",自可追根溯源,以明是非。其原文如下:

送 迎 曲

冰心

别一九四一年

你站住,我走,
让我们再握一次手,
这已是山路的尽头——
你莫在晚风中挥袖,
斜阳下我也不停留。

我走,朋友,
撇下了生命最冷酷的温柔,
我走,朋友,
带去了生命里最甜蜜的忧愁。

这忧愁,这温柔,
一年来也够人禁受;
有窗外的轻风弹指,
檐前的细雨微讴;
有破晓的木鱼凄切,
黄昏的横笛寂寥;
有山半的泾云沉郁,
松间的新月娇羞;
…………
…………

　受不了，我走，
我本是军人的儿子，
我要挣赴奋斗与自由！
远远的战旗在招，
　　　战鼓在敲，
　　　战场上站满了
　　　英勇的同仇。
看九天的风云在峨眉山峰上聚首，
碧绿的嘉陵江水也奔涌着向东流。

迎一九四二年
朋友，我来了，
请你拉一下手，
　这山头好陡！
你看我这一身血垢——
我提着心，噤着口，
　闭着气，低着首；
　　　踏过荆棘，
　　　跳过田沟；
满天烽火红影摇摇，
满山风雪黄叶萧萧——
为赶上进行的队伍，
　我拼着血汗双流，

朝阳下看大家精神奋发，
我形容消疲，自已含羞！

我没有刀枪献朋友，
我只有罪恶求赦宥，
　请莫问缘由，
　请将我收留，
我不能冲锋陷阵，
也还会牧马牵牛。
我本是军人的儿子，
我要挣赴奋斗与自由，
看九天的风云在峨眉山峰上聚首，
碧绿的嘉陵江水也奔涌着向东流！

三十年十二月二十四夜，歌乐山

该文发表于“中华民国三十一年一月一日 中央日报元旦增刊 星期四 第八版”的末右端。其中的文字、标点与段式，与《妇女新运》的转载都略有差别。

《送迎曲》还有一种文本，题目相同，只是副题不同，一为《送迎曲——别一九四二年》，一为《送迎曲——迎一九四三年》，皆刊于1943年《东南半月刊》第1卷第3、4期合刊。此为刘涛所发现，后撰成《冰心四十年代散佚诗文辑说》一文，发表于《新文学史料》2012年第4期。“《东南半月刊》(1942.11—1945.5)/(安徽屯溪)中宣部东南区战地宣传专员办事处编/总1:1—4:9”[1]。

两版《送迎曲》，文字上也小有出入，如第一首，《东南半月刊》版第一段第二行为“让我们才握一次手”，而国民党《中央日报》版则为“让我们再握一次手”。再者，《东南半月刊》版的小注为“写于歌乐

[1]丁守和、马勇、左玉河等主编:《抗战时期期刊介绍》，社会科学文献出版社，2009年版，第195页。

山”。由于陈学勇有意无意的忽略,这五个字,让刘涛做出判断,即“可以确定两诗作者‘冰心’即著名作家冰心女士”。同时,“两诗后面没有注明写作日期,从诗的副题‘送一九四二年’‘迎一九四三年’可以推断,两诗很可能作于1942年的最后一天或1943年的第一天……但可以肯定的是:它们应该是作于1942年与1943年之交”①。

①刘涛:《冰心四十年代散佚诗文辑说》,《新文学史料》2012年第4期。

《怎样指导特殊儿童》是谢冰心的佚作吗？
——兼谈《国民教育指导月刊》

《现代中文学刊》2012 年第 4 期，曾发表陈学勇先生的《新发现的冰心佚作》（以下简称“陈文”）。同年 10 月 4 日至 8 日，冰心文学第四届国际学术研讨会在重庆举行，陈学勇先生再携此文与会。文章认为，发表于《国民教育指导月刊》1944 年 3 卷 8 期的《怎样指导特殊儿童》（第 28 页），是冰心为“该刊拟写的按语”[①]，并作附录。笔者与原文比核，发觉其文字略有出入。

首先来看陈学勇先生移录的文字：

教育部颁发的六个国民教育研究问题中，有一个问题是“怎样教育特殊儿童”，这个问题中，包含四个子目：(1)怎样的儿童是特殊儿童；(2)经验中所遇的特殊儿童；(3)指导特殊儿童已用过的方法与成效；(4)指导特殊儿童的方法改善。由各省市各级国民教育研究会分别研究后，将研究结果送交教育部国民教育辅导研究委员会审核。下面所载的四篇，是从二百二十八份研究报告中选出来的代

①陈学勇：《新发现的冰心佚作》，《现代中文学刊》2012 年第 4 期，第 107 页。

表作品。师范区国民教育研究会、县国民教育研究会、乡镇国民教育研究会各一篇。

所谓特殊儿童,概括的说,就是身心机能或品性方面与普通儿童有极端的差异,须予以特殊教育处理的儿童。这些称为特殊的儿童,可分为四种:(1)凡是品性操行有着特劣的儿童叫做问题儿童;(2)智慧特高的儿童,叫做天才儿童;(3)智慧特低的儿童,叫做低能儿童;(4)具有音乐、绘画或劳作技能的某种特长技能的儿童,或身心机能有某种缺陷的儿童,叫做具有某种特殊才能或缺陷的儿童。这四种儿童在身心机能上既然与常态儿童有异,对于他们而施行的教育方法,当然必须也有别。现在一般学校所施行的教育方法,最通行的班级教学法,儿童在同一教材同一教学方法下学习。在这种情形下,如果一班发现一二个天才儿童或低能儿童、问题儿童,教员对他们若没有适当的了解和发现,不但教学上发生困难,而且训导上也要发生问题。所以小学教师对于各种特殊儿童的教育,实有研究的必要。教育部编印的国民教育实际问题小丛书中,有一册《怎样训练特殊儿童》是专门讨论这个问题的,可供参考。本期刊有《劣等生教育》一篇,也可供研究这个问题的参考。

原文则如下:

教育部第一次颁发的六个国民教育研究问题中,有一个问题是“怎样指导特殊儿童”,这个问题中,包含四个子目:(1)怎样的儿童是特殊儿童;(2)经验中所遇的特殊儿童;(3)指导特殊儿童已用过的方法与成效;(4)指导特殊儿童的方法改善。由各省市各级国民教育研究会分别研究后,将研究结果送交教育部国民教育辅导研究委员会审核。下面所载的四篇,是从二百二十八份研究报告中选出来的代表作品。师范区国民教育研究会县国民教育研究会及乡镇国民教育研究会各一篇。

所谓特殊儿童，概括的说，就是身心机能或品性方面与普通儿童有极端的差异，须予以特殊教育处理的儿童。这些称为特殊的儿童，可分为四种：(1)凡是品性操行，习惯特劣的儿童叫做问题儿童；(2)智慧特高的儿童，叫做天才儿童；(3)智慧特低的儿童，叫做低能儿童；(4)具有音乐、绘画或劳作机巧的某种特长技能的儿童，或身心机能上有某种缺陷的儿童，叫做具有特殊才能或缺陷的儿童。这四种儿童在身心机能上既然与常态儿童有异，对于他们所施行的教育方法，当然必须也有别。现在一般学校所施行的教育方法，最通行的班级教学法，全班儿童在同一教材固一教法下学习。在这种情形下，如果一班中发现一二个天才儿童或低能儿童，问题儿童教员对他们若没有适当的了解和处理，不但教学上发生困难，而且训导上也要发生问题。所以小学教师对于各种特殊儿童的教育，实有研究的必要。教育部编印的国民教育实际问题小丛书中，有一册《怎样训练特殊儿童》，是专门讨论这个问题的，可供参考。本期刊有《劣等生教育》一篇，也可供研究这个问题的参考。

另一方面，该文署名“冰心”，在将“冰心”等同于“谢冰心”的前提下，陈文还补充了三点理由。其一，当时冰心应宋美龄之邀，加入“新运妇女指导委员会”，出任文化事业部部长，参与妇女界诸多活动；其二，冰心是著名作家，免不了常有杂志约稿；其三，冰心还是国民政府参议员，自然也写点与文学无关的文章，此篇即其一。但笔者以为，《怎样指导特殊儿童》与谢冰心的学业志趣实在是圆凿方枘，所谓“自然”，恐怕并非如此。

考辨首先从发表的刊物说起。据《教育部督导各省市编印国民教育月刊指导办法》第一条：“国民教育指导月刊由本部督导各省(市)教育厅局分别编辑，命名为‘教育部国民教育司、〇〇〇教育厅合编国民教育指导月刊’,封面式样题字等,均由部颁发应用。”①由此可知,《国民教育指导月刊》是国民政府教育部主管的刊物。教育部成立于1928年10月,隶属于行政院。其前身为中华民国大学院(1927年6月成立),职能是管理全国学术及教育行政事宜。该部内设总务司、高等教育司、普通教育司、社会教育司、蒙藏教育司(1947年改为边疆教育司)、国际文化教育事业处、人事处、会计处、统计处、参事室、秘书室、督学室、资料研究室等机构。时任部长为陈立夫。而谢冰心所加入者,为“新生活运动促进总会妇女指导委员会”,简称“新运妇指会”,主任委员宋美龄。1941年3月,谢冰心以社会贤达身份,担任国民参政会第二届参政员。② 上述两职,与教育并无多大关涉。谢冰心是否有跨界行动,尚不得而知。需要指出的是,陈文中的“文化事业部部长”和“国民政府参议员”,准确的说法应该是“文化事业组组长”和“国民参政会参政员”。

1940年8月,教育部普通教育司分设中等教育司、国民教育司。是年修正公布教育部组织法,规定国民教育司专司小学教育和幼稚教育,首任司长为顾树森。1941年2月,成立国民教育委员会,负责国民教育的辅导工作。同年5月,旋即改名为“国民教育辅导研究委员会”。置委员11—21人,主任委员由教育部部长兼任。下设学制、课程、师资、行政四组。据其《章程》(1942年5月4日),该会任务有五:一是关于各级国民教育研究会的筹组与考核;二是关于各级国民教育研究会题材的编拟、解答与实验;三是关于砥砺小学教师进修的通讯;四是关于进修研究书刊的编纂、出版、发行;五是关于辅导小学教师福利事业的筹划。其中“进修研究书刊”即包括《国民教育指导月刊》。反观谢冰心的履历,曾在燕京大学、北平女子文

①《教育部督导各省市编印国民教育月刊指导办法》,《国民教育指导月刊》(重庆)1941年第1期,第43页。

②陈恕:《冰心生平、著作年表简编》,《冰心全传》,中国青年出版社,2011年版,第502页。

理学院、清华大学任教，所从事者，均为大学教育，且开设的课程，或国文，或习作，或戏剧。再则，谢冰心虽被视作儿童文学作家，但其作品的主题，却是母爱、童真与自然，对小学教育，尤其是特殊儿童的教育，既少经验，更无研究。由谢冰心来撰写“按语”，岂不奇怪？

《国民教育指导月刊》既是由教育部国民教育司和各省市教育厅局分别编辑，则其版本自然各异。目前尚存者有河南版、湖南版、湖北版、福建版、江西版、陕西版、重庆版、四川版、甘肃版、广东版、浙江版、广西版、贵州版、安徽版。据《抗战时期期刊介绍》，重庆版的概况是：“《国民教育指导月刊》(1941.8—1944.12)/教育部国民教育司、重庆市社会教育局编；教育行政刊物/总1：1—3：12。”①“中华民国三十年八月十五日”，其创刊号出版，由陈立夫题写刊名，教育部国民教育司、重庆市社会局合编，重庆市社会局发行。首期为“小学教员训练专号”，所刊第一篇文章即陈立夫的《教育之初基》。其后附录有《教育部联合各省市教育厅局编印国民教育指导月刊征稿简约》，说明征稿对象为“各省市各级国民教育工作人员(校长教员及行政人员)及研究国民教育之学者”，投稿地址则有区别：“稿件内容适用于某一省市者，径送该省市教育厅局编辑；其无地方性者，寄交重庆青木关‘教育部国民教育指导月刊社’。”②至第4期(1941年11月15日出版)，编辑者为重庆市社会局国民教育指导月刊编辑处，并始有建制：编辑处主任，杨煦；副主任：王师古，朱健。第9期的编辑者，又改为教育部国民教育司和重庆市社会局国民教育指导月刊编辑处。“民国三十二年十一月十五日出版”的第2卷第9期，有《复刊词》，云：“本刊创始于民国三十年社会局时代，出刊计达八期。

①丁守和、马勇、左玉河等主编：《抗战时期期刊介绍》，社会科学文献出版社，2009年版，第456页。

②《教育部联合各省市教育厅局编印国民教育指导月刊征稿简约》，《国民教育指导月刊》(重庆)1941年第1期，第33页。

嗣以种种困难,中途停顿。三十二年春,本市教育设局专管。成立以来,即感教师进修,缺乏参考资料,力图恢复,终于人力财力条件所限之下,仓卒问世。”①所谓“出刊计达八期”,是指第1卷总计8期,但按其期号,却有9期。盖因1942年1月15日,出版第6期时,封面作第6期,封底却是第5期。第2卷编辑者为教育部国民教育司和重庆市教育局,至第3卷第8期,则作“教育部国民教育司重庆市教育局国民教育指导月刊编辑处”。

该刊所发文章,署名“冰心”者,《怎样指导特殊儿童》是其一,载第3卷第8期,出版时间为“民国三十三年九月三十一日”。不过,此一时间显然有误,既是九月,何来三十一日?此外尚有《小学教员的精神待遇——升学与升迁》,载第1卷第6期“小学教师待遇专号”,1942年1月15日出版。全文四部分:一、小学教员的升学问题;二、小学教员升迁为初中教员问题;三、申论小学教员升任大学教员问题;四、总结。末署“三十年十二月于青木关”。据上述稿约可知,“教育部国民教育指导月刊社”的社址即在青木关,则此“冰心”恐怕就是该社的成员。另外,第2卷第9期,有《地方教材编辑方法引论》一文,作者“水心”,疑是“氷心”,而“氷”同“冰”。

民国时期,以“冰心”为名者,不乏其人,谢冰心之外,还有魏冰心、吴冰心②、孙冰心、周冰心、朱冰心、范冰心、程冰心、彭冰心、刘冰心、董冰心等。即便是谢冰心,同时代也另有其人。此谢冰心,“于民国十七年毕业湖南桃沅女师。二九年下期任重庆市立黄桷垭老厂第一中心校教职,三十年上下期任黄沙溪镇中心校教职,三一年上下期任李子坝中心校教职,三二年上期任歇台子镇中心校教职,三二年下期任黄桷垭镇中心校教职”。1945年2月,又任重庆市立

①《复刊词》,《国民教育指导月刊》(重庆)1943年第9期,第1页。

②如吴奔星就曾以“冰心”为名,发表过《游北斗坪——华山游记之一》等文章。参见刘涛《冰心四十年代散佚诗文辑说》注释5,载《新文学史料》2012年第4期。

骡马店镇第二保国民学校(简称“保校”)教职①。那么,此“冰心”若非谢婉莹,则又当是何人?

今查重庆版《国民教育指导月刊》,有魏冰心者,论文较多。第1卷第4期,为“小学训育专号”,“三十年十一月十五日出版”,刊其《起居规律与社教礼仪编订经过及其实施要点》;第2卷第9期,载其《国定小学教科书与地方教材时事教材》;第3卷第2期,发其3篇文章:《初小国语常识统一课本之编辑与修订》《初小国语常识教学方法应怎样配合》《初小国语常识教材应怎样配合》;第3卷第9、10期合刊,“三十三年十一月三十日出版”,登其《时事教材与节令教材》。魏冰心的文章与“冰心”的文章,在学理上多有关联甚至是同质之处。

魏冰心何许人,目前尚未找到完整的介绍。只知其为江苏常熟人,曾参加南社纪念会,有十年小学教师经历。后入世界书局,并成为其台柱②。所编《国语读本》(小学初级学生用),被誉为中国现代语文教育开创者的翘楚之作。2005年1月,上海科学技术文献出版社已再版。2011年10月,又有武汉出版社的版本面世。另著有《小学行政ABC》(世界书局,1929)。上述点滴,虽一鳞半爪,却能与“冰

①《关于发给谢冰心任职证明书的签呈、训令》,1945年8月1日,重庆市档案馆藏,档号:00650001004090000037000。

②《文饭》1946年第17期曾发表艸石的《魏冰心荣归故里》,可加深读者对其人的了解,兹照引:“小学课程标准,论理是三年修改一次,者(这)番因为抗战的关系,所以一直迟迟迄今。自去年敌人俯首称臣之后,建国的大计,都在贤明的中央政府策划之中。不久之前,教育部为了要修改课程标准,为慎重计,延揽专家,在沪召开会议,商讨一切,一时名彦鸿儒,济济一堂,自能定出合乎吾国环境和理想的标准出来,作为今后各书局从事改编各种教科书的准绳。”“老友魏冰心君奉命特由重庆乘机飞沪,参加会议,足见中央当对此次修订课程标准重视的一般,魏冰心原任世界书局编辑,于二十六年曾向书局方面请假赴渝教育部供职,今荣返故土,不特魏君本人有无限感慨与欣慰,即如笔者站在友谊立场上,亦为其欢忭无已,兹戏撰一上联,聊作恭迎云尔,其联云:‘男冰心,女冰心,男女冰心,心心相印。’”“希望读者能惠赐下联为幸。”(第7页)

心”的论文相互印证。

由此观之,《新发现的冰心佚作》关于《怎样指导特殊儿童》的论述,一是文字移录错漏颇多;二是由于作者先入为主的预设,未加考证,旋将“冰心”视作“谢冰心”。这一仓促的断定,值得商榷。

冰心与《妇女文化》

1946年1月,《妇女文化》①创刊,社址在重庆复兴关青村三号。关于刊物的变迁,凌孟华有过详细的梳理。其编辑者,创刊号署李曼瑰、吴元俊、陆庆,至第2卷第2期起,则署妇女文化月刊社,不再署具体编辑的名字。其编辑顾问,创刊号署陈衡哲、谢冰心两人,从第3期起因陈衡哲将启程赴美并提出辞职,故仅署谢冰心一人,至第2卷第2期,则不再署编辑顾问及其姓名。其发行者,创刊时署妇女文化月刊社,至第2卷第2期,改署"新生活运动促进总会妇女指导委员会"(地址:南京鼓楼头条巷2号),并有《本刊启事》称:"本刊近因社长李曼瑰女士应蒋夫人之聘重长②妇女指导委员会文化事业组……故商决将本刊改由妇女指导委员会出版。"但第3期又改回妇女文化月刊社。该刊先后由军事委员会政治部印刷厂、嘉陵印刷

①抗战时期,另有同名刊物一种,基本情况是:"《妇女文化》(1936.8—1936.9;1937.3—1939.2)/赵清阁编,汉口妇女文化月刊社出版,本刊在南京创刊;妇女刊物/总1:1—2;1:1—2:15;'三八'周年纪念刊(1938)"。此外,则有"《妇女文化战时特刊》(1938)/(湖北汉口)华中图书公司妇女文化社编;妇女刊物/总1"(《抗战时期期刊介绍》,第343—344页)。后者由吕晓道、徐闿瑞等主编。

②长,名词活用作动词,负责之意。

公司、国民党中央日报承印部、中国日报印刷厂、四达印刷厂和国民党中央青年出版社印刷，除第 2 卷第 1 期由中国文化服务社经售外，其余各期均由全国各大书局经售①。

一、《妇女文化》的《创刊词》

《妇女文化》的“理论基础、编辑理念和办刊宗旨”主要体现在《创刊词》中，现录之于后：

当我们翻开史纪研究人类文化的成绩，我们会立刻感到一种缺憾，便是数千年来史页上所记载的文明创作者难得有几个是女性。过去的文化列车可以说是单轮的——文化的成绩大都是男性独创；女性充其量也不过是站在旁边，辅助完成，虽间或有几个超群的女天才冲出重围，独自创作，却只等于沧海之一粟，在人类文化的汪洋上起不了多少波纹，而人类的文化列车，历代只是靠单轮的力量，颠簸而前。

我们相信妇女是可以创作的。我们瞻望着明日的社会，女子人才，无论是科学家、艺术家、文学家、哲学家、政治家，其数应等于男子。我们更相信人类的文化是需要妇女的成绩去叠砌建筑的。过去只靠男性单独创造的文化，未臻于至善，而男性统治的社会也还是千疮百孔。为什么不让妇女也参加合作，贡献成绩，增进文明？

妇女运动过去最响的口号是妇女解放，但妇女解放不过是妇运的一个过程，并非终极的目的。那遥远的，理想的目标，不是消极的解放，而是积极的创作。我们以为妇女的解放运动到了今日应该作

①凌孟华：《冰心译〈吉檀迦利〉的初刊本》，《中国现代文学研究丛刊》2014 年第 4 期，第 169—170 页。

一个结束。现在我们需要一个新的运动,策励妇女向那积极的目标努力。那便是妇女的造诣,妇女的创作,妇女对文化的贡献。必如是,女子才能够真真正正顶天立地生活于人间而完成其为"人"的价值。

本刊同人愿作这个新运动的宣传者,因创办这个刊物,为凡参加这个运动的妇女表扬成绩,为赞助这个运动者贡献资料。不过文化是一个极广泛的名词,也是极艰巨的创作成绩。妇女要参加文化的建造,并不是一朝一夕的事,更不是一个杳小的刊物足以呐喊成功。本刊命名为"妇女文化",其实过于胆大。然期望女同胞创作心切,故愿以"文化"二字标题,藉资警惕与鼓励耳。①

《创刊词》的主旨,简言之,就是妇女解放运动应该结束,应当掀起妇女文化运动,只有这样,妇女才能成为真正的"人"。冰心既为该刊顾问,对其宗旨和主张,想必也多少有所认同。这对于研究冰心的妇女思想,不无参考意义。

二、《吉檀伽利》

冰心翻译的《吉檀伽利》,初刊于《妇女杂志》并连载于1946年第1卷第1期、第3期和第4期②。关于其版本背景,凌孟华也曾有

---

①编者:《创刊词》,《妇女文化》1946年第1期。

②陈恕《冰心全传》(中国青年出版社,2010年)所附《冰心生平、著作年表简编》(第502页)和卓如编《冰心全集》(海峡文艺出版社,2012年)所附《冰心生平著作年表简编》(第十册,第391页),均云:"1946年1月,《妇女文化》第一卷第一、三、五期刊登译诗《吉檀迦利》"。该句表达的信息有三处错误:第一,译诗发表的刊期是《妇女文化》第1卷第1、3、4期;第二,既然译诗分三期刊登,笼统归到1946年1月,自然不妥;第三,《吉檀迦利》初刊时所用题名为《吉檀伽利》。

叙录。《妇女文化》1946年第1卷第1期的封面和版权页，均标明“民国三十五年元月出版”，其21—22页刊出《吉檀伽利》第1—10首，标注“太戈尔(R.Tagore)著 冰心译”，每首序号为加括号的汉字“(一)”“(二)”“(三)”；第1卷第3期的封面和版权页均标明“民国三十五年三月出版”，其112—113页刊出《吉檀伽利》第11—20首，著者和译者信息同第一期，每首序号为不加括号的汉字“十一”“十二”“十三”；第1卷第4期的封面和版权页均标明“民国三十五年四月出版”，其163—164页刊出《吉檀伽利》第21—30首，著者、译者信息和序号格式同第1期。另外，这三期《妇女文化》均在封面的“本期要目”中列出了“吉檀伽利”，但第1期和第3期标明“冰心”，第4期才准确标明“冰心译”①。同时，凌孟华还以此为底本，与1955年人民文学出版社单行本进行对校②。需要说明的是，《吉檀伽利》的翻译，应当始自1945年底。是年“十二月廿一夜”，冰心在致赵清阁的信中曾说：“这些日子心还静，夜里有时翻泰戈尔”③。既然《吉檀伽利》的翻译和发表都在重庆，故有必要将其全文移录如下：

一

你使我永生，这样做是你的快乐。这脆弱的杯，你倾了又倾，又永恒的以新生充满。

这小小的苇笛，你携带着逾山越谷，从管里吹出永新的音乐。

在你圣手的摩触下，我的小小的心，消融在无边快乐之中，发出不可言说的词调。

---

①凌孟华：《冰心译〈吉檀迦利〉的初刊本》，《中国现代文学研究丛刊》2014年第4期，第169页。

②除《冰心译〈吉檀迦利〉的初刊本》之外，凌孟华还有《冰心译〈吉檀迦利〉初刊本与单行本短长蠡测》《冰心译〈吉檀迦利〉(1—30)初刊本校录》两文发表于《爱心》2014年冬季号(总第53期)。《爱心》是冰心研究会、冰心文学馆所办刊物。

③卓如编：《冰心全集》(第八册)，海峡文艺出版社，2012年版，第26页。

你的无穷的赐予只从我小小的手里给了我。时代过去了，你还在倾注，而且还有余量待充满。

二

你命令我歌唱的时候，我的心似乎要因着骄傲而破裂；我仰望你的脸，眼泪涌到我的眶里。

我生命一切的凝涩与冲突融化成一片甜柔的谐音——我的赞颂像一只欢乐的鸟，振翼飞越海洋。

我知道你欢喜我的歌唱。我知道只因我是个歌者，才到得你的面前。

我用我歌曲的远伸的翅端，触到你的脚，那是我从来不敢想望能触到的。

在歌唱中欢醉，我忘却了自己，你本是我的主人我却称你为朋友。

三

我不知道你怎样唱"我的主人！"我永远惊奇地静听。

你音乐的光辉照亮了世界，你音乐的生命的气息穿过诸天。你音乐的圣泉，冲裂了一切阻挡的岩石，奔越四流。

我的心渴望和你合唱，而徒然只挣扎出一点声音。我要说话，但言词不成歌曲，我喊不出来。

呵，你使我的心做了你音乐无尽罗网中的俘虏，我的主人！

四

我生命的生命，我永要保我的躯体纯洁，知道你的生命的摩抚，是在我的四肢上。

我要永远从我思想中除去虚伪，知道你就是那在我心中燃起理智之火的真理。

我要从我心中驱走一切的丑恶，在花朵上寄托爱情，知道在我心的深处有你座位。

我将要努力在我的行为上来表现你，知道是你给我力量来这样做。

五

我请求一霎时的怠肆来坐在你的旁边，我手里的工作，等一下子再去完成。

离开了你的脸，我的心不懂得惰逸和休息，我的工作变成了无涯的劳乏的海中无尽的劳乏。

今天，炙热在叹息与怨望中来到我的窗前；群蜂在花树的宫庭中演奏。

这是静坐的时光，和你相对，在这沉默和洋溢的闲暇里，我来唱生命的呈现。

六

采下这花来也拿去罢，不要迟延！怕他萎谢了落在尘埃里。

也许在你的园中没有它的地位，但请以你手采折的痛苦给它光宠。怕在我警觉之先，日光已尽，供献的时光过了。

虽然它颜色不深，香气已淡，请用这花来礼拜，趁时间还早，采撷罢。

七

我的歌把她的妆饰卸掉，她没有了衣饰的骄奢，妆饰将为我们合一之玷，它要插在你我之间，它的铿锵要掩没了你的细语。

我的诗人的虚荣，在你的荣光中羞死。呵，诗圣，我已经投坐在你的脚前，让我的生命简单正直，像一枝苇笛，给你吹出音乐。

八

那穿起王子的衣袍和戴起珠宝项练的孩子，在游戏时他失去了一切欢乐；他的衣妆绊着他的步履。

为着怕破碎和污损，他不敢走进世界，甚至不敢挪动。

母亲，这不是一种利益，假如你的精美的锁炼，把他从大地健康的尘土上关起。把他进入日常人生大会的权利夺去。

九

呵，愚人，想把自己背在自己的肩上！呵，乞人，来到自己门首求乞！

把你的负担脱卸在那能担负一切者的手中，永不要忏悔的回顾。

你欲望气息，立刻会把那欲望的灯光吹熄。这是不圣洁的，不要从不洁的手中领受礼品。只应该领受从神圣的爱里所付予的东西。

十

这是你的脚凳，你是在最贫最贱最无望的人群歇足。

我想向你俯伏，我的敬礼，不能达到你在最贫最贱最无望的人群，歇足地方的最深处。

骄傲永远不能走进你穿着破衣杂走在最贫最贱最无望的人们的地方。

我的心永远找不出门路，来走到你和那无伴的最贫最贱最无望的人们作伴的地方。

十一

丢开了歌赞和数珠的捻弄罢！你在门窗严闭幽暗孤寂的殿角里，向谁礼拜呢？睁开眼，你看上帝不在你的面前！

他是在锄着枯地的农夫那里，是在敲石的造路工人那里。在日光和阴影中，他和他们同在，衣袍上蒙着尘土。脱掉你圣洁的衣袍罢，像他一样的走到泥土里。

自由？从那里找自由呢？我们的主很喜乐的把创造的锁链带上：他和我们永远锁在一起。

从静坐中走出来罢，撇开供养的香花！你的衣服污损了，又有什么害处呢？去迎接他，在劳力的眉汗里和他站在一起。

十二

我旅行的时间是长的，旅途也是长的。

天刚破晓，我就驱车起行，我的旅程，穿过广漠的世界，让星辰来引路。

这是离你最近的，最速的路程。这训练是最奥妙的，而且引成最单纯的音调。

这旅客要在每一家门口敲着，直至敲到他自己的家门，而且他要在外面飘流，最后才能到达那最深邃的宝座。

我的眼睛向远阔处凝望，直到我合上眼说“你在这里！”

这问语，这呼声“啊，那里？”融化在千股的泪泉里，在“我在这里”的答语中，这洪帛泛滥了世界。

十三

我要唱的歌今天没有唱出。

每天我在乐器上调理结索。

时间没有到来，歌词也未曾填好；只有愿望的痛苦在我心中。

花蕊没有开放，只有风在一旁叹息。

我没有看到他的脸；也没有听到他的语声；只叫他轻悄的足音，经过我门前的路上。

悠长的一天销磨在为他预备坐席；但是没有点上灯，我不能请他进屋。

我生活在“相见”的希望中，但这“相见”还没来到。

十四

我的欲望有许多，我的哀求是可怜的，但你永远用坚决的拒绝来拯救我；这坚忍的恩慈，在我的生命中澈底的工作。

一天一天的你使我不辜负那单纯伟大的才能，这才能是我没有请求，你就付予的——这天空，这光明，这身体，这生命和这心才——从过多欲望的危险中拯救了我。

有时候，我疲缓的挨延，有时候我急忙醒起寻找我的路向；但你总是忍心的隐藏起来。

一天一天的你使我不辜负你以完美的接纳，用你一再的拒绝，从我软弱动摇的欲望拯救了我。

十五

我到来为你歌唱，在你的室中，我有一个屋角的座位。

在你的世界中我无事可作；我无用的生命只能无目的底放出歌声。

在你黑暗的殿中，半夜敲着礼拜钟声的时候，命令我，我的主人，站在你面前歌唱。

在晨光中调好金琴，宠贶我罢，命令我到你的面前。

十六

我接到世界过节的请简，我的生命受了祝福。我的眼睛看见了，我的耳朵也听见了。

在宴会中，我要奏乐，我也尽力演奏了。

现在，我问，那时候终于来到了么，我可以进去瞻仰你的容颜，并献上我静默的敬礼么？

十七

我只在等待着“爱”最后将我交到他手里。这是我迟误的原因，我对此忽略负咎。

他们用律法和规章紧紧的来约束我；但是我总躲着他们，因为我等待着“爱”最后将我交到他手里。

人们责备我，说我粗心；我也知道他们的责备是对的。

市廛已过，忙人的工作都完毕了。叫我不应的人含着怒回去。我只在等候着“爱”最后将我交到他手里。

十八

云霾堆积，黑暗渐深，叮①，爱，为什么你让我独自等在门口呢？

在日中最短的时候，我在人群之中，但在这孤寂黑暗的天时，我只企望着你。

---

①“叮”，此字疑为“呵”。

若是你不容我见面，若是你完全把我抛弃，我就真不知道将如何度过这悠长的雨天。

我不住的凝望阴空，我的心和不宁的风一同彷徨悲叹。

十九

若是你不说话，我就以你的沉默来填满我的心，并且忍受着。我要安静等候像黑夜在星光中无眠，忍耐地低首。

清晨一定要来，黑暗也要消隐，你的声音在金泉里流穿天空。

那时你的话语，在我的一切鸟巢中生翼，你的音乐，要在我林丛花朵中开放。

二十

在莲花开放的那天，可怜呵，我的心情在飘荡，我竟毫不知晓。我的篮子是空的，花朵留而不采。

只是现在常常有一段忧愁笼盖了我，我从梦中惊起，觉得南风中有一股奇异的芳馨。

这模糊的芬芳，使我冀求得心痛。我觉得这似乎是夏天渴望的气息，寻求完满。

我不知道它离我是这么近，还是属于我的，而且这完美的芬芳，是在我自己心的深处开放。

廿一

我必须放出我的船去，时光都在岸边迟延消磨了——可怜的我！

春天把花开过又告别了。如今在枯残的花朵的负累下，我等候而又留连。

潮声渐喧，河岸的荫滩上，黄波起落。

你凝望着什么样的空虚！你不觉得有一种惊喜，和着对岸远远的歌声，从空气中飘来么？

廿二

在霪雨七月的深阴里，你用秘密的脚步行走，像夜一般的静悄，躲过更夫。

今天晨光闭上眼，不理东风的大声呼喊，一张厚幕拉过长醒的碧空。

林野住了歌声，家家闭户。在这冷悄的街上，你是孤独的旅人。呵，我唯一的朋友，我所最爱的，我的屋门是开着的，不要像梦一般的走过。

廿三

你在这风暴的夜晚作爱的旅行么，我的朋友？天空像绝望者在哀号。

我今夜失眠。我不住的开门向黑暗中凝望，我的朋友。

前面我看不见一点东西，我不知你要从那一条路来。

是从墨黑的河岸边，是从愁惨的树林里，在幽暗纷乱中，你是在摸索你的路程来到我这里么，我的朋友？

廿四

假如一天已经过去了，鸟儿也不歌唱，假如风也吹倦了，那就让黑暗的厚幕盖上我，如同在黄昏时你用睡眠的衾被裹（裹）上土地，而且温柔地将残萎的莲瓣合上。

那旅行者，在到达之前，粮袋已经空了，衣服破裂污损，气力也用尽了，你去掉了他的羞涩与困穷，把他的生命再新起来，像一朵花，在你的仁慈的黑夜笼盖之下。

廿五

在这愁倦的夜里，让我帖服地把自己交给睡眠，把信赖交给你。

容我不勉强我不宁的心魂，来准备你的礼拜。

是你拉过夜的帘幕，盖上白日的倦服，使这眼神，在苏醒时清新的喜乐中更新。

廿六

他来了坐在我的身旁,但我没有醒起。这是多可诅咒的一觉呵,呵,可怜的我!

他在夜静时来了!手里提着琴,我的梦魂因这音乐而回响。

唉,为什么每夜就这样的消失了。呵,他的气息抚触了我的睡眠,为什么我总错过了他?

廿七

光明[1],光明在那里呢?用欲望之火把它点上罢!

灯在这里,但没有一丝火焰,——这是你的命运么,我的心!呵,你还是死了好!

悲苦在你门上敲着,她传话说你的主人醒着呢,他叫你在夜的黑暗中奔赴爱的试验。

天空被云霾遮满,雨也不停的下。我不知道我心里有什么在鼓动,——我不懂那意义。

一闪的电光,在我的视线上抛下一道更深的幽暗,我的心摸索着寻找到夜的音乐呼唤我的地方去。

光明,光明在那里呢!用欲望之火把它点上罢!雷声在响,风怒吼着穿过太空。夜像磐石一般的黑。不要让时间在黑暗中度过罢。用你的生命把爱的灯点上。

廿八

网罟是很坚韧的,但在我要撕裂它的时候,我的心痛了。

我所要的只是自由,但为希望自由,我却觉得羞愧。

我确知那无价的财宝,是在你那里,而且你是我最好的朋友,但我不忍心把光塞我房里的金练扫尽。

我遮盖的衾被是尘土与死亡;我恨它,但是我热爱地抱住它。

---

①原文此处顶格。

我的债负很多，我的失败很大，我的羞耻秘密而又烦重；但我来恳求财富的时候，我战栗，唯恐我的请求得了允诺。

廿九

我用我的名字囚闭的那个人，在地牢中哭泣。我不住忙忙的筑起一道围墙；在这道墙高起接天的时候，我的“真我”已被阴影遮没了。

我为这高墙自傲，我用泥土砌严，唯恐在这名字上还有罅隙；在小心谨慎中，我失去了“真我”。

卅

我独自出门寻找，但在这静寂黑暗中，谁在跟随着我呢？

我走到路边上，但我没法躲他。

他的阔步使尘土飞扬；每一个字我说的，他都添上的高语。

他是我的“小我”，我的主人，他毫不知耻；但我同他到你的面前，我却觉得惭愧。

冰心在重庆对《吉檀伽利》的翻译，似乎是到此为止，但在《建国青年》①1946年第2卷第1期第22页，有冰心的《一篇祈祷》②，开篇即是《吉檀伽利》的第三十五首：

在那里，心是无畏的，头也抬得高昂；

在那里，智识是自由的；

①《建国青年》，1946年3月1日创刊于重庆。其发刊词《新中国、新青年、新使命》（邓雪冰撰）云：“新的中国，需要新的青年，更需要新的青年认识，运用，掌握，制造这个新的年代以完全达成其新的使命。这是我们客观的体认，是我们发刊的旨趣，也是我们对青年们一点恳切的希望。”主要栏目有国内国际半月、学术论著、专论、大事小评、文艺、青年园地等。初为半月刊，1946年5月迁至南京出版，1947年第4卷第4期起改为月刊。1948年第4卷第2期后与《时代》半月刊合并，刊名采用后者。

②该文发表时，标题和作者均用冰心的手书。2012年《新文学史料》第4期，刊有刘涛的《冰心四十年代散佚诗文辑说》，对此曾有钩沉发覆。

在那里,世界并没有被家国之墙隔分片段;

在那里,话是从真理之深处说出;

在那里,不懈的努力向着"完全"伸臂;

在那里,理智的清泉并没有消失在疲乏的结习的沙漠之中;

在那里,心是被你指导着,走向那永远放宽的思想和行动——

走入那自由的天国,我的父,让我的国家醒起来罢。

"这是印度最伟大的诗人,最虔诚的爱国者,为他黑暗,愚昧,狭仄,分裂的国家,一篇最恳挚最哀切的祈祷,看那末句'我的父,让我的国家醒起来罢。'真是千言并在一句,声泪俱下!"文章是冰心"六,八,三十五年"作于"南京铜银巷",但诗的翻译却应当是在重庆。至于翻译的动机,冰心在文中也有剖白:

好久没有动笔了,说是生活不安定也好,但最不安定的,还是这颗茫茫无着的心。八年抗战之中,生活是不安定的,但似乎还有一种希望,一种努力,一种忍受,一种为着不安定而生的自喜和自慰。胜利以后,相反的,这种希望是消灭了,努力是无用了,忍受也没有了力气,自喜和自慰的心情,也受了大大的打击。许久许久,拿不起笔来。有时在友人敦促之下,勉强翻译些富于哲学意味,宗教色彩的诗文,例如太戈尔的《吉檀伽利》,想以哲学冷静的言语,来镇压自己不安定的心。忽然在重庆的一个雨夜,夜深人静,在雨声中翻①到这一节——吉檀伽利第三十五首——我的心和我的执笔的手都忽然颤动起来。抬头呆望隔江晶冷的繁灯,望了半天,忆起古人有"感怀不寐,慷慨抑郁,起诵楞严,求寂终乱!"之句,我的眼泪忍不住落下来了,"我的父,让我的国家醒起来罢!"

①此字不清。似"读(讀)"又似"翻(繙)"。刘涛《冰心四十年代散佚诗文辑说》作"读"。不过,鄙意以为是"翻",有"翻译"之意,与后文"执笔的手"呼应。

据此可知：冰心对《吉檀伽利》的翻译，始于抗战胜利后的重庆。其中公开发表者有30首，第35首也有迹可寻。至于第31至34首，想必在重庆也已完成初稿。

三、《日本观感》

解志熙在《人与文的成熟——冰心四十年代佚文校读札记》中曾说："冰心的创作态度素来严谨，所以她并不是一个多产作家，但将近八十年的创作历程毕竟非比寻常而创获不菲，在这过程中自然难免有些作品散佚集外，期待着研究者去发现和收集。即使经过近年研究者的辛勤搜集，一些线索表明冰心还有作品和言论散佚在外。"①然后举例："据范伯群先生的《冰心著译年表》，冰心还有一篇讲演词《日本观感》，发表在1947年6月出版的《妇女文化》第2卷第4期，这有可能也是散佚的文献，但也有可能是现有的哪篇讲演词的重刊，我没有看到这期《妇女文化》，难以判断。"②该文虽与重庆无多关涉，但却是考察冰心与《妇女文化》时重要的一环。现据手头文献，移录如下：

（冰心女士乃本刊编辑顾问，去秋偕其夫吴文藻先生赴日。吴先生系驻日代表团文化组组长。最近冰心女士回国参加参政会议，发表对日言论，极具心得。本文是她五月二十九日在青年团中央团部的演讲辞——编者）

---

①解志熙：《人与文的成熟——冰心四十年代佚文校读札记》，《鲁迅研究月刊》2010年第1期，第91页。

②解志熙：《人与文的成熟——冰心四十年代佚文校读札记》，《鲁迅研究月刊》2010年第1期，第92页。

战后的日本给我的印象太深了，在日本的时候，我常常想什么时候，有机会将战后的日本告诉我国青年。今天，实现了我多时的希望了。

去年十一月十三日①，由上海乘飞机到东京羽田机场。到的时候，不过是晚上八点钟，可是路上除了美军和美军车之外，看不见一个人，也碰不到一辆车。冷静得很。第二天坐了一辆车子到东京各处看看，觉得东京受到战争的破坏，可以说远在重庆以上，美国对东京的轰炸，非常有计划，非常澈底。凡是可以利用的建筑，都没有破坏，否则，都炸的炸，烧的烧了。这么大的一个东京，只剩下几十所大建筑物和文化区及国会。

第一先说说日本的衣食住行。现在这些都成了大问题。住的方面：因为房子都炸毁烧光了。我有一个朋友，他一家八口，只能挤在六条席子的房间里。连烧剩的银行保险柜里也都要住人。因此，大多数的人住在郊外。行的方面：也成问题。人多住在郊外，日夕往来郊外城中，车中的拥挤，在车停了的时候，人挤出来②多，你简直不相信那车子竟能戴③这许多人。所以地下铁道常常有挤死人的事情，④食的方面：更是可怜。当天不一定能买到你需要的东西。常常在有卖的时候便要储藏起来，以应急需。衣的方面：可以说人人都是衣衫褛褴⑤。就是五月三日，日本天皇接受民众欢呼时所穿的衣服，也很陈旧。至于教授学生们，都是穿的破旧衣服，稍为有一双像样的鞋子，都要留待见贵宾了。这是日本城里的一般生活。

---

①由此也可知道冰心达到日本的确切时间是1946年11月13日。但卓如编《冰心全集》（海峡文艺出版社，2012年）所附《冰心生平著作年表简编》却云，1946年“11月9日，到日本东京”（第十册，第391页）。

②此处疑有“之”字脱落。

③“戴”，当为“载”。

④此处当用句号。

⑤“褛褴”，当是“褴褛”。

日本的农村，比较城里好一点。那里有米，有生产，人们的生活比较稍为舒服，城里人常常用他们的东西到农村去换取农产品，所以农人对于奢侈品也有机会用到了。

其次说到日本的人物，在邦交没有恢复以前，没有外国人可以自由到日本去，我是以中国驻日代表眷属资格去的。因此我是头一个文化人和他们见面。

日本妇女——日本妇女非常可爱，可是也非常可怜，她们在家庭中没有地位，致于①社会政治方面，更是如此。纵使有，也等于装饰品！试举几个例子：东京的妇女刊物，如《主妇之友》和《妇人公论》等主编者都是男人，我问他们，妇女的刊物为什么不让妇女自己编，再问他们怎么知道妇女所要说的是什么？所想的是什么？所要做的是什么？所要求的是什么？他们都笑而不答，我在这静默当中意味到他们的意思——男人要妇女想什么她们就想什么，男人要她们做什么，她们就做什么，的确，连缝纫服装，烹调饮食，都给男人控制了！

有一天，有两位女议员来看我，她们由男议员领来。她们献花献果之后，便很恭敬地坐下，默然不语，我便先发问，可是都是由男议员代答，我很惊奇。我想也许她们也是男议员带她们来的。

还有一个例子。我认识一个家庭，太太是美国留学生，她告诉我：结婚这么多年来她和她丈央②不曾谈过一句关于知识的语。③ 问她原故，她说，日本丈夫和妻子只谈柴米油盐，从不谈关于知识学问的。日本自在盟军管制之上④，教育制度改成了六六四制。那就是小学六年，中学六年，大学四年。同时开放大学，招收女生，可是男

①“致于”，当作“至于”。

②“丈央”，当是“丈夫”。

③“语”，当作“话”。

④“之上”应当是“之下”。

生竟不热心。这和我国五四运动的情形相反。我在日本,常常为妇女说话。我说:日本军国主义把国家弄到今天这个地步,都是因为妇女没有地位,不能说话。男人只是孤意独行的往前撞。多少年来,日本像一个人,只用一条腿往前跳,所以有今日的结果。此后,日本人应当改变妇女地位,相辅而行,像一个健全的人,用双足一步一步向前迈进。是的,我替日本妇女说出了她们不敢说的话。

日本学生——日本学生很可爱,和普天下的青年学生一样,脸上流露着可爱的天真诚恳。这是一张文化脸。我常常和他们说,我不能否认是曾恨过日本的,因为在中国我所见过的日本人,都是野蛮横暴的军人。到今日,我才真正的看见日本人,见到日本的文化人。其实东亚人应当共谋东亚所应走的路。假如有一天,能将中日的青年学生,会在一起,同携共进,那样东亚才有和平,才可免除危险!我们不应抱复仇心里①,因为这样,倒反迫日本青年踏上另一条路了。我们应多多供给他们各种出版物,使得大家了解。现在英美青年都在和日本青年公开通信,我们也应有这种联络。

日本教授——来访我的多是懂中文或英文的。后来也有不懂中英文的教授来谈。他们确是日本的国粹,有礼貌,谦虚,肯静听别人说话。他们对中国文化的研究很有心得。西京大学东方文化研究所的图书馆很大,单是中国书就有十五万册。我看见这样,一方面很高兴,同时也很难过。高兴的是还有这么一块干净土,能够保存这些图书。难过的是我们中国自己许多的图书馆都被破坏了。他们也表示难过抱歉,希望中国人能了解他们。我对他们解释说,中国人恨的是日本帝国主义,并不是恨日本人啊。

第三谈谈日本的山水。日本山水具体而微。它的好处是在人工。日本每一个国民都知道如何培养树木花草,没有人糟塌它。他们喜爱郊游,野食。他们走的时候,必是将果皮饼屑纸片收拾带走。

①"心里",宜作"心理"。

而且秩序很好,处处安静,并无嘈杂喧攘的烦扰。所以一切风景特别显得雅致,幽静。说到日本人喜欢的颜色,也是暗淡的,什么都是灰白黑三色。绝不见大红。纵有红色,也是朱红,十分刺目。日本最有名的樱花,色淡白,连开易谢又不结果。这是不适合我们中国人之爱好的。

第四说到华侨华侨的。地位比战前高多了。[①] 待遇比较日本人好,实物配给也较多。中国驻日代表团为盟国管制委员会中集体之一。办公人员有一百多人,连眷属有二百多人,大家都很紧张快乐。因为工作都是对外——对美对苏对英对日——所以都极小心。工作分为四组:军事组、政治组、经济组、教育文化组。团中的青年军官,他们是受美国军事训练的。他们的工作和一切的表现,都受着盟国人的敬重。

总之,日本是战败了,他们正在彷徨。现在盟国管制下,渐渐趋向民主了。可惜我们战后还在打仗。要不然,日本人还要加倍。敬慕我国,[②]有人怕日本复兴,要提防她。我觉得不然。日本复兴不可怕,所可怕的是我们不复兴!我们要铲去仇恨的心里,关心日本可爱的青年。伟大的人,总是先伸出同情的手的。他们[③]两国青年应共同努力谋取东亚所应走的路。

(宜文记)[④]

文前的编者案非常重要。它为冰心的这次演讲,提供了丰富而准确的背景信息。对于此文,凌孟华在《1947 年冰心在国内几次关

①这两句的句读宜为:“第四说到华侨。华侨的地位比战前高多了。”

②这两句的句读宜为:“要不然,日本人还要加倍敬慕我国。”

③“他们”,当是“我们”。

④冰心:《日本观感》,《妇女文化》1947 年第 2 卷第 4 期,第 4—5 页。

于日本观感的演讲之钩沉与辨证》①也有辑校，并举大量文献互证。

与此密切相关的是陆以真②的《冰心女士谈对于日本妇女的印象》，发表在1947年8月15日上海出版的《妇女》③第2卷第5期，第6—7页。全文共六节。今再作移录：

丈夫和妻子研究学问是耻辱

日本的妇女很使我失望。在我未去日本之前，我以为日本妇女的地位一定比中国要好些，但是一去之后，我替她们难过，替她们悲哀。譬如说：日本的女人，在家庭里根本就没有发言权。我有二个④朋友，一个是生长在美国的，回到日本来之后，嫁了个美国留学生，他们一起到华盛顿去，好几年之后，她的丈夫死了，她才又回到日本来做事。有一次我跟她谈起，她说她的丈夫这多年来就从来没有跟她谈到过智识上的任何问题，他们所谈的全是柴、米、油、盐……这些家常的琐事。

这不是非常奇怪的事情吗？他俩都是留学生，她念的是经济，她的丈夫是念政治的，他们之间不是有许多问题可以谈论吗？然而在日本人心里，丈夫和妻子研究学问是一种羞耻的事情。

另外有一位朋友是教书的，除了以她的收入养活一家人之外，

①王炳根主编：《冰心论集》(2012)，上海交通大学出版社，2013年版，第465—469页。该文后以《1947年冰心日本观感演讲之钩沉与补正》为题，发表于《文艺争鸣》2013年第10期。

②陆以真，女作家杨志诚笔名，浙江舟山人。生于1918年12月。曾任《妇女》月刊编写，《联合晚报》特约记者。抗战胜利后参与创办上海文艺青年联谊会，上海解放后任《解放日报》记者、编辑、社长室秘书，1957年调任《新民晚报》党组成员、编委、办公室主任，1979年离职休养。

③《妇女》，1945年10月创刊，上海中华基督教女青年协会主编，月刊。主要设有论坛、妇女生活、事工介绍、文艺、消息、一月妇女、会务花絮、人物素描、影评、青草地等栏目。1949年6月终刊，共出40期。

④“二个”，现多作“两个”。下文亦有类似用法。

她还要处理家事,但是她在家庭中依然没有任何的权利,依然是被虐待的。——这种例子在日本真是太多了。

宴会请客，太太是女侍

在中国,男女也是不平等的,但是还比较好,尤其是母亲,她在家庭中无论如何有一点地位。但是日本的家庭如果有宴会请客,不论请的是丈夫的朋友,或者是女客,女主人是没有和客人坐在一起的规矩的。她必须在旁边侍候,敬酒,侍应完毕就跪在门口送客。假使有什么座谈会之类的集会,女人是很少出席的。

日本的歌妓(就是艺妓)是公开的,这对于日本的家庭妇女是一种很大的损害。但是在日本,妇女职业部门是这样的狭隘,只有侍女和茶馆中的歌妓才全部是女的,此外小学教员也有女的,校长以上就几乎全是男的担任了。日本大学里的女学生很少,女的大学教授根本一个都没有!

妇女刊物的编辑是男人

自从我到了日本之后,日本各个妇女刊物如《妇女之友》《主妇之友》《妇女生活》等的编者就纷纷来访我。奇怪的是,这些刊物的编者都是男的,“他们怎么会知道女人的需要呢?”我的心里想。但是在日本,男人的需要决定着女子的需要,因此妇女刊物的总编辑也几乎全由男的来担任,这也就不足为奇了。

自从麦克沃塞下令日本国会之必须要有女议员之后,日本才有了三十九个女议员。但是日本人民对她们是不满意的,她们只注意小节,最多是注意一些智识妇女的问题,因此第二次选举时,女议员就减为十五人。这有一个原因:上次选举时每人可以投二票,选一男一女;此次每人投一票,一党选一人。女的在党中地位低,被选的也就少了。

没有感想的女议员

日本女人平时不敢说话的，有一次有一个女议员来看我，也带着男的同来，女的就不开口，只有男的才说话。

我也曾经到日本国会参观过，发觉日本的女议员不大谈得出话来。我问她们："做了女议员，有什么感想？"她们说："没有什么感想。"一个年纪大些的才说了一句"我们希望各国对日本战犯从轻发落"。

因此我们觉得日本人虽然从中国学去了许多学问，如雕刻、建筑等（西京，奈良的古迹还是唐宋时候的），但是却没有从外国学到科学的思想和哲学，一向相信"领袖不可侵犯，皇权不败"，因此一旦失败就莫名其妙，简直不知道自己该往何处走！

同样是受压迫的

日本妇女对天皇还是崇敬服从的，虽然程度上是差得多了。日本现在人民的生活很苦，米、蔬菜有配给，暗市物价就比上海高二十倍，银行存款冻结，每月只可提七百元，因此他们大多衣衫褴褛；当然发财的人是有的，三井三菱，新圆阶级等仍旧没有没落。

日本妇女常常问我："中国对我们怎样看法？"我就告诉她们："我们对日本人民没有仇恨，我们只说'打倒日本帝国主义'，因为五十年来，日本对中国的欺侮是日本军阀所制造的罪孽。事实上，你们受军阀的压迫和残害比我们还厉害，比我们还可怜。因此，军阀是军阀，你们是你们。"

我觉得日本要实行真正的民主，就必须改变他们民族优越的观念，明白他们是和其他民族平等的；其次就是不要以为男人比女人高，这样就好了，民主的实行可以依照一般规定的程度做去。

和日本的人民携起手来吧！

我希望以后中国能多有人到日本去，如“中国妇女访日团”“参观团”等，及跟她们亲善——我到处讲亲善，但是所谓“文化亲善，共存共荣”必须跟从前要改变方式和内容了，现在即刻可以做的是：(一)中日妇女刊物书籍的交换；(二)中国妇女团体的活动和日本妇女取得联系；(三)经常的通讯，促进彼此的了解。

我们必须和她们携手，给日本的妇女以帮助和感应。

解志熙在《补遗与复原：冰心四十年代佚文辑校录》(《鲁迅研究月刊》2009年第12期，第105—106页)对此有过校录，不过，也留有遗憾。首先是该文有一按语：

像一个谜一样，战后日本妇女的生活状况，在我们中国人的心底，是一个迷糊不清的问题。“日本在迈向民主之途了”“日本妇女参预政治了”，这些乐观的论调虽然不时出现在报端，然而因为它是一种抽象浮泛的报导，因此还不能使我们获得清晰明确的观念，相信日本妇女到现在为止，已经获得了多少真正平等的权利和解放。

驻日盟军总部限制各国人民的移入，更把战后的日本和世界各国的实际情况隔阂了起来，除了各国的代表团之外，没有一个外国人能在战后这一段长远的时间内踏上日本的土地。谢冰心女士的丈夫吴文藻先生是“中国驻日代表团”政治组[①]主任，因此她才得以“眷属”的身份，随着代表团居住在日本，我们现在能够从她的口里探得一些日本妇女生活的状况和她个人旅日的印象，这不能不说是一种偶然的幸运。

①当是文化组。

但在校录时，却将此删得无影无踪。

其次，校录之后的文字，与原文存在若干不一致的地方，后经凌孟华补正，计有五处，兹不再赘。

最后，也是最重要的一点，原文题目为《冰心女士谈对于日本妇女的印象》，作者署名“陆以真”，但在校录时，却将题目改为《冰心女士对于日本妇女的印象》，只在注释中说明“本篇由陆以真记录”（第109页）。2012年《冰心全集》（第三册）收入此文，又更名为《对于日本妇女的印象》（第96页），文末注“陆以真记录”“解志熙辑校”（第99页）。但此中亦有问题存在：第一，细味上述两文，《日本观感》是演讲体，而《冰心女士谈对于日本妇女的对象》却颇类采访体。原题中的“谈”字，按语中的“从她的口里探得”，似可证明这篇文字来自陆以真对冰心的采访。第二，从用字上看，冰心在其《写作经验》中，明确反对“二本书”的说法，认为其“难听”，但本文却有“二个朋友”“二票”一类的表达，可见此文虽以冰心的口吻讲述，其文字还是多出于陆以真之手。第三，冰心的演讲辞，大多在标题之下署名“谢冰心”，或注明“讲”，或无“讲”字。然后再注明记录者姓名，或并列，或置于文末。而本文作者的署名，已明确标注为“陆以真”。有鉴于此，能否将作者从陆以真改为冰心，并进而纳入《冰心全集》，值得仔细斟酌与审慎考虑。

原文校读

《鸽子》校读

"1940年除夕"①,冰心曾作有《鸽子》②一诗。据《冰心全集》,其文字如下:

砰　砰　砰,
三声土炮;
今日阳光好,
这又是警报!
"我忙把怀里的小娃娃交给了他,
城头树下好藏遮,
两个孩子睡着了,

---

①如前所述,是年除夕,冰心一家曾在"三六九"点心店吃年夜饭。可以推想:如果写诗在前,自然无暇做饭;如果写诗在后,途中是否有所见闻,才会触发冰心的灵感,也未可知。

②"鸽子",指日机。无独有偶,T.S.艾略特也曾使用"鸽子"的意象来指代德国的轰炸机。1942年,他在《小吉丁》(《四首四重奏》之一)里,描写德国空军空袭伦敦的场景:"当黑黝黝的鸽子喷吐着忽隐忽现的火舌/在地平线下掠飞归去以后/在硝烟升腾的三个地区之间/再没有别的声息……""鸽子喷吐着炽烈的恐怖的火焰/划破夜空,掠飞而下/烈焰的火舌昭告世间/它免除了死者的过错和罪愆。"(汤永宽译文)

我还看守着家。”
驮着沉重的心上了小楼,
轻轻的倚在窗口;
群鹰在天上飞旋,
人们往山中奔走。
这声音
惊散了稳栖的禽鸟,
惊散了歌唱的秋收。

轰 轰 轰,
几声巨响,
纸窗在叫,
土墙在动,
屋顶在摇摇的晃。
一翻身我跑进屋里,
两个仓皇的小脸,
从枕上抬起:
“娘,你听什么响?”
“别嚷,莫惊慌,
你们耳朵病聋了,
这是猎枪。”
“娘,你头上怎有这些土?
你脸色比吃药还苦。”
我还来不及应声,
一阵沉重的机声,
又压进了我的耳鼓。
“娘,这又是什么?”
“你莫做声,

这是一阵带响的鸽子，
让我来听听。”
檐影下抬头，
整齐的一阵铁鸟，
正经过我的小楼。
傲慢的走，欢乐的追，
一霎时就消失在
天末银灰色的云堆。
咬紧了牙齿我回到屋中，
相迎的小脸笑得飞红，
“娘，你看见了那群鸽子？
有几个带着响弓？”
巨大的眼泪忽然滚到我的脸上，
乖乖，我的孩子，
我看见了五十四只鸽子，
可惜我没有枪！

一九四〇年除夕，重庆。①

《全集》有附注云：“本篇最初发表于《妇女新运》第 87 期。”根据王炳根的意见，此处的《妇女新运》当指周刊，而“妇女新运周刊”是借国民党《中央日报》所辟的栏目，故按图索骥，得其原文：

砰，砰，砰，
三声土炮；
今日阳光好，
这又是警报！

①卓如编：《冰心全集》（第二册），海峡文艺出版社，2012 年版，第 493—495 页。

我忙把怀里的小娃娃
交给了他，
“城头树下好藏遮，
两个病孩子睡着了，
我还看守着家。”

驮着沉重的心上了小楼，
轻轻的倚在梯口；
群鹰在天上飞旋，
人们往山中奔走。
这几声
　惊散了稳栖的禽鸟
　惊散了歌唱的秋收

轰　轰　轰，
几阵巨响，
纸窗在叫，
土墙在动，
屋顶在摇摇的晃。

一翻身我跑进屋里，
两个仓皇的小脸，
　从枕上抬起：
“娘，你叫什么响？”
“别嚷，莫惊慌，
你们耳朵病聋了，
这是猎枪。”

"娘,你头上怎有这些土?
你脸色比吃药还苦。"
我还来不及应声,
一阵沉重的机声,
又压进了我的耳鼓。

"娘,这又是什么?"
"你莫做声,
这是一群带响弓的鸽子,
我去听听。"

檐影下抬头,
整齐的一群铁鸟,正横过我的小楼。
傲慢的走,欢乐的追,
一霎时就消失在
　天末银灰色的云堆
咬紧了牙齿我回到房中,
相迎的小脸笑得飞红,
"娘,你看见了那群鸽子?
有几个带着响弓?"

豆大的泪点忽然
滚到我的脸上,
"乖乖,我的孩子,
我看见了五十四只鸽子,
可惜我没有枪!"

廿九年除夕重庆

原文的文字、标点与段式，与《全集》所录者，均有较大的出入。此诗发表于“中华民国三十年一月六日 中央日报 星期一 第四版”，为“妇女新运”周刊第87号。刊头下有这些信息：“妇女指导委员会文化组编，地址：曾家岩求精中学，电话：二三〇四号，每周星期一出版。”据该期《编者的话》，“妇女新运”周刊的诞生是在1940年1月14日。笔者以为，为使读者获得更明晰的信息，此后《全集》的附注，也该做出相应的改动。

《鸽子》一诗，又载《满地红》1941年第3卷第3期第30页，署名“冰心”。整个文字，除第九节倒数第二行“娘，□看见了那群鸽子？”因有“你”字脱落而空格外，余者无异。“《满地红》（1939.7—1943.6）/广东省曲江满地红旬刊社编；综合性刊物/总1：1—5：6”。[①]“各地文化服务社青年书店及各大书店”代售。满地红出版社，“广东曲江邮箱二二五号”。该期是在“中华民国三十年二月二十日出版”，已由旬刊改为半月刊。另有“《满地红：当代文艺·乙刊》（1942.9—1942.12）/胡春冰、陈子殷编，广东曲江该刊出版；文学刊物/总1—4”。[②]

①丁守和、马勇、左玉河等主编：《抗战时期期刊介绍》，社会科学文献出版社，2009年版，第732页。

②丁守和、马勇、左玉河等主编：《抗战时期期刊介绍》，社会科学文献出版社，2009年版，第732页。

《再寄小读者》之一、二、三

《第一信》[①]

亲爱的小朋友：

今天真是和你们重新通讯的光明的开始，山头满了阳光，日影从深密的松林中，穿射过来，幻成几根迷蒙的光柱。晴光中，一双翠鸟，低贴着潭水飞来，娇婉的叫了几声，又掠入满缀着红豆的天青丛里。岩下远近的青峰，隔着淡淡的云影，稳静的重叠的排立着。嘉陵江，绿锦似的，宛宛的向东牵引。隔江的山城，无数淡白的屋顶，错杂的隐在淡雾里。眼前一切，都显出安静，光明和欢喜。

这正是象征着我这时的心境！自从民国十二年开始和小朋友通讯，一转眼又是二十年了。在这两次通讯中间，我又以活跃的童心，走了一大段充满了色，光，热的生命的旅途。我做了教师，做了主妇，又做了母亲。我多读了几本书，多认识了几个朋友，多走了几万里国内国外的道路。这二十年的生命中虽没有什么巨惊大险，极

①《全集》作“通讯一”。

痛狂欢，而在我小小的心天①里，也有过晓晴般的怡悦，暮烟般的怅惘，中宵梵唱般的感悟，清晨鼓角般的奋兴。许多事实，许多心绪，可以告诉给我的最同情的小朋友的，容我在以后的通讯里，慢慢的来陈述。

小朋友，这些年里，我收到你们许多信件，细小端楷的字迹，天真诚挚的言词，每次开函，都使我有无限的感谢和欢喜。为了这些信件，这几年来，我在病榻上，索居中，旅途里，永远不曾感到寂寞，因为我知道有这许多颗天真纯洁的心，南北东西的在包围追随着我！

因此，在民国三十二年元日，我借了大公报的篇幅，来开始答谢我的小读者。这通讯将不断的继续下去，希望因着更多的经验，我所能贡献给小朋友的，比从前可以更宽广深刻一些。

愿这第一封信，将我的开朗欢悦的心情，带给每个小读者！

愿抗战后的第六个新年，因着你们，而更加快乐，更见光明！

你的朋友 冰心 十二·十二·三十一②·歌乐山。

本篇最初发布于《大公报》“（第一张）中华民国三十二年一月一日（星期五）（第三版）重庆”。署名“冰心”。

《通讯二》

小朋友：

今天让我们来谈“友谊”。

友谊是人我关系中最可宝贵的一段因缘——朋友虽列于五伦之末，而朋友的范围却包括得最广，你的君，臣（现在可以说是领袖，

---

①“心天”，《全集》作“心灵”。

②《全集》作“一九四二年十二月十二日”。

上司),父,子,兄,弟,夫,妇,同时都可以是你的朋友。

朋友是不分国籍,不限年龄,不拘性别的;只要理想相同,兴趣相近,情感相洽,意气相投的人,都可以很坚固的联结在一起。世界上有多少崇高理想的实现,艰巨事业的创立,伟大艺术的产生,都是一班志同道合的朋友,共同努力,相互切磋的结果。这种例子,在中外古今的历史上,是到处可以找到的。

同时,不但相似相同的人格,容易成为朋友,而朋友往往还是你空虚的填满,缺憾的补足,心灵的加深——你自己率直豪爽,你更佩服你朋友的谦退深沉;你自己热情好动,你更欣赏你朋友的冲淡静默;你自己又①愁善病,你更羡慕你朋友的健硕欢欣。各种不同的人格,如同琴瑟上不同的弦子,和谐合奏,就能发出天乐般悦耳的共鸣。

¤　¤　¤

交友是一种艺术。

热情,活泼,而富于同情心的人,常常能吸引许多朋友,而磁石只吸引着钢铁,月亮只吸引着海潮。

你能择友,则你的朋友将加倍的宝贵你的友情。

不要只想你能从朋友那里得到什么,也要想你的朋友能从你这里得到什么。

肯耕种的才有收获,能贡献的才配接受。

友谊是宁神药,是兴奋剂。

使你堕落,销沉②的,不是你的好朋友。同时也要警惕,你是否在使你的朋友奋兴,向上?

友谊是大海中的灯塔,沙漠里的绿洲。

---

①此处疑有“多”字脱落。《时兆月报》第1卷第3期中作“你自己又多愁善病”。《全集》作“你自己多愁善病”。

②“销沉”,《全集》作“消沉”。

当你的心帆飘流于“理”“欲”的三叉江口，波涛汹涌，礁石嶙峋，你要寻望你朋友的一点隐射的灵光，来照临，来指引。当你颠顿在人生枯燥炎热的旅途上，你的辛劳，你的担负，得不到一些酬报与①支持的时候，你要奔憩在你朋友的亭亭绿荫之下，就饮于荡涤烦秽的甘泉。

古人有句说：“最难风雨故人来。”——不但气候上有风雨，心灵上也有风雨！

你的心灵曾否走失于空山荒野之中，风吹雨打，四顾茫茫，忽然有你的朋友，开启了“同情”的柴扉，延请你进入他“爱”的茅庐，卸去你劳苦的蓑衣，拭去你脸上的泪雨，而把你推坐在“友情”的温暖炉火之前。

同时你也常常开着同情的心门，生起友爱的炉火，在屋前瞭望。

友谊中只有快乐，只有慰安，只有奋兴，只有连结。

友谊中虽然也有痛苦，古人的诗文中，不少伤逝惜别之句，然而友谊是不死的，友谊是不因离别而断隔的。“海内存知己，天涯若比邻”②“得一知己，可以无恨”，这痛苦里是没有“寂寞”的，因为我们已经享有了那些朋友的友情！“寂寞”——心灵上的孤独，才是世界上最可怕的东西！

¤ ¤ ¤

小朋友，在人生路上，我们虽然是孤身启程，而沿途却逐渐加入了许多同行的好伴，形成了一个整齐的队伍，并肩携手，载欣载奔，使我们克服了世路的险峻崎岖，忘却了长行的疲乏劳顿，我们要如何感谢人世间有这一种关系，这一段因缘？

愿你们永远是我的好朋友，假如我配，就请你们也让我永远③做

---

①“与”，《全集》作“和”。

②《全集》此处有逗号。

③《全集》此处无“永远”二字。

你们的好朋友。

冰心

十二·二十二·三十一[①],重庆。

本篇最初发表于《大公报》,“(第一张) 中华民国三十二年一月四日 (星期一) (第三版) 重庆”。1943 年《田家半月报》第 10 卷第 6 期的“儿童”专栏,以《再寄小读者》为题,再次发表前两封信,分别为:“一、第一信”和“二、第二信”(第 8—9 页)。文字小异。“《田家半月刊》(1934.8—1948.5)/田家半月刊社编;本刊在山东济南创刊,原名《田家半月报》,由华北基督教农村事业促进会文学部编辑出版,后迁至湖南长沙、四川成都、重庆等地出版,1947 年迁回北平改名《田家》;基督教刊物/总 1:1—14:20”[②]。值得注意的是,文后有一则编者识,云:

冰心女士,是国内一位很有名气的女文学家(本名叫谢婉莹,冰心是她在发表作品时所用的笔名),她的作品,有一种特殊的风格,隽逸,细腻,纤秾,自然,有一位文学家在提到她的作品时曾说:“读冰心女士的文章,好似吃鸭儿梨一样。”这赞语并不溢美。她很喜爱儿童,在她写的一首题作《可爱的》小诗里,开头两句就说:“除了宇宙,最可爱的只有孩子。”所以她在廿年前(一九二三)在美国养病时,把她“在国外的经历,和病中的感想”,以及“许多另碎[③]的有趣故事……用小孩子口气,说天真话”,以《寄小读者》为题,给国内的小朋友们写了二十九封信,这些信,一时竟脍炙在儿童们甚至成人们的口里。抗战以后,虽然不常读到她的作品,但她曾用了几月的

①《全集》作“一九四二年十二月二十二日”。

②丁守和、马勇、左玉河等主编:《抗战时期期刊介绍》,社会科学文献出版社,2009 年版,第 214 页。

③“另碎”,当作“零碎”。

工夫,编辑了一本合于儿童阅读的《儿童抗战诗选》(?)可知她仍在文艺上用工夫。最近她又在重庆大公报上,开始发表其近作《再寄小读者》,虽然我们还只见到了三篇,无由知其整个内容,但正如她自己所说:“我多读了几本书,多认识了几个朋友,多走了几万里国内国外的道路……”所以我们可以预知它一定比以前的《寄小读者》在内容上更见精彩,因此我们特转载两篇给读本报的小朋友们,想来小朋友们一定是很欢喜的。(第9页)

上述介绍,寥寥数语,便将冰心与儿童的关系,勾勒得线条分明,颇见功力。其中有一条重要的信息,就是冰心曾编辑《儿童抗战诗选》,这是研究者至今未见言说的史料。如《兵役》(半月刊)1939年第2卷第14期第23页,曾刊发《出征抗日歌》:

(一)
同胞们!
快当兵!
大家起来兴兵役;
赴前线,杀敌人!
同胞们!
逃避兵役非良民,
游手好闲是祸根;
要安全,快当兵!
同胞们!
要认清,
日本鬼子在我们中国太横行!
占去了我们的土地,
杀戮了我们的人民;
奸抢烧杀都做尽,

闹得我们鸡犬不安宁！

（二）

同胞们！

快当兵，

大家都把国民责任尽，

一条心，杀敌人，

国报仇，祖宗荣；

男儿汉，人上人，

国史垂名，

乡党尊敬！

同胞们！

莫心惊，

鬼子最怕我们四川兵，

既勇敢，又齐心，

南北战场，都早显了圣；

我们要，快入营，

拿起刀枪步后尘，

不杀尽鬼子不回程！

作者署名“冰心”。谢冰心既曾编辑《儿童抗战诗选》，则此“冰心”或有可能就是谢冰心。《兵役》（1938.9—1939.5）由四川省军管区司令部编辑，四川省军管区司令部兵役指导委员会发行，王缵绪题写刊名。本期是1939年4月1日出版，但内文页眉却作“第一卷”，与封面不一致。

《田家半月报》的编者虽云冰心编过《儿童抗战诗选》，但对书名并不确定，而是以问号附于后。笔者经过广泛搜检，也未见其出版信息。不过，倒有《抗战诗歌选》一书，正中书局1941年2月初版，编者却是魏冰心[1]。魏冰心亦常以“冰心”为笔名发文，且曾创作过儿童抗战诗，如《拿枝笔》（选录时有删节）：

拿枝笔，作篇文，赞美忠勇的军人：
□[2]军人，齐振奋，开上前方打日本；
拿起枪，举起刃，冲锋肉搏破敌阵。
不成功，便成仁，卫国卫家卫子孙。

拿枝笔，写封信，慰劳战区的义民：
好义民，最可钦，变卖财产献金银；
做向导，传音讯，帮助军队把敌擒。
既尽力，也尽心，保国保家保相邻。
……
拿枝笔，吟首诗，发表自己的意志：
我自己，立个誓，从今要做好孩子；
孝父母，敬老师，爱护人人尽职责。
练身体，求知识，奋发自强雪国耻。

此诗发表于《儿童月刊》（四川）1943 年新第 7 期，第 15 页。“《儿童月刊》（19？—1941.4；1941.12—1943.5）/重庆该社编，本刊从 14 期起与《抗战儿童》合刊出版；儿童刊物/总 1—15；新 1—7”[3]。“魏冰心”与“谢冰心”一字之差，且有诗歌见于《抗战儿童》，无意中将两人混同，也是极可能的事。

①刘福春、徐丽松编：《中国现代文学总书目 · 诗歌卷》，知识产权出版社，2010 年版，第 168—169 页。

②此字脱落。参照上下文，当是“好”。

③丁守和、马勇、左玉河等主编：《抗战时期期刊介绍》，社会科学文献出版社，2009 年版，第 12 页。

《通讯三》

亲爱的小朋友:

昨夜还看见新月,今晨起来,却又是浓阴的天!空山万静,我生起一盆炭火,掩上斋门,在窗前桌上,供上腊梅一枝,名香一炷,清茶一碗,自己扶头默坐,细细的来忆念我的母亲。

今天是旧历腊八,从前是我的母亲忆念她①母亲的日子,如今竟轮到我了。

母亲逝世,今天整整十三年了,年年此日,我总是出外排遣,不敢任自己哀情的奔放。今天却要凭着"冷"与"静",来细细的忆念我至爱的母亲。

十三年以来,母亲的音容,②渐远渐淡,我是如同从最高峰上,缓步下山,但每一驻足回望,只觉得山势愈巍峨。③ 山容愈静穆。④ 我知道我离山愈远,而这座山峰,愈会无限度的增高的。

激荡的悲怀,渐归平靖,十几年来涉世较深,阅人更众,我深深的觉得我敬爱她,不只因为她是我的母亲,实在因为她是我生平⑤所遇到的,最卓越的人格。

她一生多病,而身体上的疾病,并不曾影响她心灵的健康。她一生好静,而她常是她周围一切欢笑与热闹的发动者。她不曾进过私塾或学校,而她能欣赏旧文学,接受新思想。⑥ 她一生没有过多余

---

①《全集》此处有"的"。

②《全集》此处无逗号。

③《全集》此处为逗号。

④《全集》此处亦为逗号。

⑤"生平",《全集》作"平生"。

⑥《全集》此处为逗号。

的财产，而她能急人之急，周老济贫。她在家是个娇生惯养的独女，而嫁后在三四十口的大家庭中，能敬上怜下，得每一个人的敬爱。在家庭布置上，她喜欢整齐精美，而精美中并不显出骄奢。在家人衣着上，她喜欢素淡质朴，而质朴里并不显着①寒酸。她对子女婢仆，从没有过疾言厉色，而一家人都翕然的敬重她的言词。她一生在我们中间，真如父亲所说的，是“清风入座，明月当头”，这是何等有修养，能包容的伟大的人格啊②！

十几年来，母亲永恒的生活在我们的忆念之中。我们一家团聚；③或是三三两两的在一起，常常有大家忽然沉默的一刹那，虽然大家都不说出什么，但我们彼此晓得，在这一刹那的沉默中，我们都在痛忆着母亲。

我们在玩到好山水时想起她，读到一本好书时想起她，听到一番好谈话时想起她，看到一个美好的人时，也想起她……④假如母亲尚在，和我们一同欣赏，不知她要发怎样美妙的议论？要下怎样精确的批评？——⑤我们不但在快乐的时候想起她，在忧患的时候更想起她，我们爱惜她的身体，抗战以来的逃难，逃警报，我们都想假如母亲仍在，她脆弱的身躯，决受不起这样的奔波与惊恐，及⑥因着她的早逝，而感谢上天。但我们也想到，假如母亲尚在，不知她要怎样热烈，怎样兴奋，要给我们以多大的鼓励与慰安……⑦但这一切，现在都谈不到了。

在我一生中，母亲是最用精神来慰励我的一个人，十几年“教

---

①“显着”，《全集》作“显出”。

②“啊”，《全集》作“呵”。

③《全集》此处作逗号。

④《全集》此处用破折号。

⑤《全集》此处无破折号。

⑥“及”，《全集》作“反”。

⑦《全集》此处作破折号。

师”“主妇”“母亲”①的生活中，我也就常用我的精神去慰励别人。而在我自己疲倦，烦燥②，颓丧的时候，心灵上就会感到无边的迷惘与空虚；③我想：假如母亲尚在，纵使我不发一言，只要我能倚在她的身旁，伏在她的肩上，闭目宁神在她轻轻的摩抚中，我就能得到莫大的慰安与温暖，我就能再有勇气，再有精神去应付一切，但是，④十三年来，⑤这种空虚，竟无法填满了，悲哀，失母的悲哀呵！

一朵梅花，无声的落在桌上。香烬⑥，茶凉，⑦炭火也烧成了灰。⑧我只觉得心头起栗，站起来推窗外望，一片迷茫，原来雾更大了！雾点凝聚在松枝上。千百棵松树，千万条的松针尖上，挑着千万颗晶莹的泪珠……

恕我不往下写罢⑨，——有母亲的小朋友，愿你永远生活在母亲的恩慈中。没有母亲的小朋友，愿你母亲的美华，⑩永远生活在你的人格里！

你的朋友冰心

一，十三，三十一⑪，歌乐山。

本篇最初发表于《大公报》，“（第一张）中华民国三十二年一月十八日（星期一）（第三版）重庆”。关于本文的写作时间，此处是

①《全集》三者之间有顿号。

②“烦燥”，《全集》作“烦躁”。

③《全集》此处为叹号。

④《全集》此处用冒号。

⑤《全集》此处无逗号。

⑥“烬”，《全集》作“尽”。

⑦《全集》此处用叹号。

⑧《全集》此处用逗号。

⑨“罢”，《全集》作“吧”。

⑩《全集》此处无逗号。

⑪《全集》此处作“一九四三年一月三日”。

"一,十三,三十一",而《冰心全集》却署为1943年1月3日,故需要考辨。首先是其年份,原文分明作"三十一",即1942年,是则,其写作时间反倒在"第一信"之前,逻辑上说不过去,且和发表时间的间隔,未免过于漫长。之所以署作"三十一",可能是承接前两篇的惯性而来。其次是日期,原文发表时,由于排印的失误,"十三"之"十",并未垂直位于"一"的下面,而是略微靠近"歌乐山",因此恐被编者视作衍字而忽略。

上述三篇,又曾在《时兆月报》1943年第1卷第4期①的"现代文选"中发表(第27—28,32页),"民国三十二年四月出版",距离初次发表为时不远;标题则改作《寄小读者的三封信》,其下分别是:"(第一信)""(通讯二)"和"(通讯三)",而通讯三的写作时间,也赫然标着"一.三.三十一"。由此看来,关于此则通讯的写作年代,虽曾一错再错,但日期的误认,却在发表不久便已出现。

---

①关于《时兆月报》,前文在述及冰心《我的童年》时,已有大概的介绍。其第1卷第4期,刊头有"重庆版"字样。创刊号和第2期的刊名,均用林森题字,且此两期的出版时间,分别是1943年1月1日和2月1日。自第3期起,刊名不再用林森题字,出版时间亦无日期。据第4期版权页,该刊主编:苏醒之;编辑:蔡书绅;发行人:柯百里;编辑部:重庆 大溪沟 建设路十四号;总发行所:重庆 柏溪 大堡。而创刊号中则另有特约编辑:刘启承、王震辉、姜从光、孟昭义,其总发行所为"四川重庆大溪沟建设路十四号"。

《谈生命》的文本流变

1999年3月4日《文汇报》第12版，曾发表陈子善的《生命的璀璨瑰丽》，文中说："52年前，冰心先生写过一篇散文《谈生命》，发表于当时京沪铁路管理局主办的《京沪周刊》第1卷第27期。《京沪周刊》是份小而冷僻的综合性刊物，以报道铁路新闻，探讨铁路修建为主，兼及时事经济，文艺只是点缀。因此，冰心先生这篇情感真挚深邃、文笔清新柔美的散文长期湮没，为各种冰心作品集和研究资料集，包括迄今搜录最为齐全的《冰心文集》（6卷本，上海文艺出版社）和《冰心全集》（8卷本，海峡文艺出版社）所失收，不为人知。……现在，冰心先生走了。她老人家的谢世，标志着五四新文学运动最后一位成就卓著、影响深远的作家隐入了历史。作为一个中国现代文学研究者，我未能有幸亲承冰心先生謦欬，但我想起她老人家90年代初以来给我的好几封亲笔信，想起她赠我的题词，想起她慨然惠允担任我参与主编的民国女作家小说经典'虹影'丛书的名誉主编，对她老人家的宽厚、亲切和关爱，一直心存感激。为表示我的深切的哀悼之情，现把这篇半年前无意中得之于冷摊的先生佚文《谈生命》公之于世，以为纪念。"然而，《谈生命》实则就是《再寄小读者》之四，认为《冰心全集》"失收"，恐是陈子善未及详察之故。笔者寻到有关此文的五种版本,文字、标点和段落,多有出入。现分别移录,并在歧异处加以标注,其中圆括号表示初版的文字,方括号表示脱落的文字,而六角括号则表示增衍的文字。

该文最初发表于1944年12月25日重庆《大公报》第一张第三版,题名《寄小读者(通讯四)》,作者署“冰心”。原文如下:

亲爱的小朋友:

一位从军的小朋友,要我谈生命,这问题很费我思索。

我不敢说生命是什么,我只能说生命像什么。

生命像向东流的一江春水,他从最高处发源,冰雪是他的前身。他聚集起许多细流,合成一股有力的洪涛,向下奔注,他曲折的穿过了悬崖削壁,冲倒了层沙积土,挟卷着滚滚的沙石,快乐勇敢的流走,一路上他享乐着他所遭遇的一切:有时候他遇到巉岩前阻,他愤激的奔腾了起来,怒吼着,回旋着,前波后浪的起伏催逼,直到他过了,冲倒了这危崖,他才心平气和的一泻千里。

有时候他经过了细细的平沙,斜阳芳草里,看见了夹岸红艳的桃花,他快乐而又羞怯,静静的流着,低低的吟唱着,轻轻的度过这一段浪漫的行程。

有时候他遇到暴风雨,这激电,这迅电,使他心魂惊骇,疾风吹卷起他,大雨击打着他,他暂时浑浊了,扰乱了,而雨过天晴,只加给他许多新生的力量。

有时候他遇到了晚霞和新月,向他照耀,向他投影,清冷中带些幽幽的温暖:这时他只想憩息,只想睡眠,而那股前进的力量,仍催逼着他向进走……

终于有一天,他远远的望见了大海,呵!他已到了行程的终结,这大海,使他屏息,使他低头。她多么辽阔,多么伟大!多么光明,又多么黑暗!大海庄严的伸出臂儿来接引他,他一声不响的流入她的怀里。他消融了,归化了,说不上快乐,也没有悲哀!

也许有一天，他再从海上蓬蓬的雨点中升起，飞向西来，再形成一道江流，再冲倒两旁的石壁，再来寻夹岸的桃花。

然而我不敢说来生，也不敢相信来生！

生命又像一棵小树，他从地底聚□起许多生力，在冰雪下欠伸，在早春润湿的泥土中，勇敢快乐的破壳出来。他也许长在平原上，岩石上，城墙上，只要他抬头看见了天，呵，看见了天！他便伸出嫩叶来吸收空气，承受日光，在雨中吟唱，在风中跳舞。他也许受着大树的荫遮，也许受着大树的覆压，而他青春生长的力量，终使他穿枝拂叶的挣脱了出来，在烈日下挺立抬头！

他过着骄奢的春天，他也许开出满树的繁花，蜂蝶围绕着他飘翔喧闹，小鸟在他枝头欣赏唱歌，他会听见黄莺清吟，杜鹃啼血，也许还听见枭鸟的怪鸣。

他长到最茂盛的中年，他伸展出他如盖的浓荫，来荫庇树下的幽花芳草，他结出累累的果实，来呈现大地无尽的甜美与芳馨。

秋风起了，将他的叶子，由浓绿吹到绯红，秋阳下他再有一番的庄严灿烂，不是开花的骄傲，也不是结果的快乐，而是成功后的宁静的怡悦！

终于有一天，冬天的朔风，把他的黄叶干枝，卷落吹抖，他无力的在空中旋舞，在根下呻吟。大地庄严的伸出臂儿来接引他，他一声不响的落在她的怀里。他消融了，归化了，他说不上快乐，也没有悲哀！

也许有一天，他再从地下的果仁中，破裂了出来，又长成一棵小树，再穿过丛莽的严遮，再来听黄莺的歌唱。

然我不敢说来生，也不敢信来生。

宇宙是一个大生命，我们是宇宙大气中之一息。江流入海，叶落归根，我们是大生命中之一叶，大生命中之一滴。

在宇宙的大生命中，我们是多么卑微，多么渺小，而一滴一叶，也有他自己的使命！

要知道：生命的象征是活动，是生长，一滴一叶的活动生长，合成了整个宇宙的进化运行。

要记住：不是每一道江流都能入海，不流动的便成了死湖；不是每一粒种子都能成树，不生长的便成了空壳！

生命中不是永远快乐，也不是永远痛苦，快乐和痛苦是相生相成的。等于水道要经过不同的两岸，树木要经过常变的四时。

在快乐中我们要感谢生命，在痛苦中我们也要感谢生命。快乐固然兴奋，苦痛又何尝不美丽？我曾读到一个警句，是："愿你生命中有彀多的云翳，来造成一个美丽的黄昏。"——"May there be enough clouds in your life to make a beautiful sunset."

世界，国家和个人生命中的云翳，没有比今天再多的了。

小朋友，我们愿不愿意有一个成功后快乐的回忆，就是这位诗人所谓之"美丽的黄昏"？

祝福你的朋友冰心。

三十三年，十二，一，雨夜歌乐山。

此为文本一。1945年，《新评论》第11卷第1号，又以《谈生命》为题，重刊此文（第28—29页），作者署"谢冰心""民国三十四年一月三十日出版"，距首次发表一月有余。其文如下：

我不敢说生命是什么，我只能说生命像什么。

生命像向东流的一江春水，他从最高处发源，冰雪是他的音乐（前身）。他聚集起许多细流，合成一股有力的洪涛，向下奔往（注），他曲岩（折）的穿过了悬崖削壁，冲倒了层沙积土，挟卷着滚滚的沙石，快迅（乐）勇敢的流走，一路上[他]享乐着他所遭遇的一切：有时候他遇到巉折（岩）前阻，他愤激的奔腾了起来，怒吼着，回旋着，前波后浪的[起]伏身(催)逼,直到他过了,冲倒了这危崖(厓),他才心平气和的一泻千里。

有时候他经过了细细的平沙,斜阳芳草里,看见了夹岸红艳的桃花,他快乐而又羞怯,静静的流着,低低的吟唱着,轻轻的度过这一段浪漫的行程。

有时候他遇到暴风雨!这激电,这迅电,使他心魂惊骇,疾风吹卷起他,大雨击打着他,他暂时浑浊了,扰乱了,而雨过天晴,只加给他许多新生的力量。

有时候他遇到了晚霞和新月,向他照耀,向他投影,清冷中带些幽幽的温暖:这时他只想憩息,只想睡眠,而那股前进的力量,仍催逼着他向进走……

终于有一天,他远远的望见了大海,呵!他已到了行程的终结,这大海,使他屏息,使他低头。她多么辽阔,多么伟大!多么光明,又多么黑暗!大海庄严的伸出手(臂)儿来接引他,他一声不响的流入她的怀里。他消融了,归化了,说不尽(上)快乐,也没有悲哀!

也许有一天,他再从海上蓬蓬的雨点中升起,飞向西来,再形成一道江流,再冲到(倒)两旁的石壁(壁),再来寻夹岸的桃花。

然而我不敢说来生,也不敢相信来生!

[空行]

生命又像一棵小树,他从地底聚集(□)起许多生力,在冰雪下欠伸,在早春润湿的泥土中,勇敢快乐的破壳出来。他也许长在平原上,岩石中(上),城墙里(上),只要他抬头看见了天,呵,看见了天!他便伸出嫩叶来吸收空气,承受日光,在雨中吟唱,在风中跳舞。他也许受着大树的荫遮,也许受着大树的覆压,而他青春生长的力量,终使他穿枝拂叶的挣脱了出来,在烈日下挺立抬头!

他过着骄奢的春天,他也许开出满树的繁花,蜂蝶围绕着他飘翔(翔)喧闹,小鸟在他枝头欣赏唱歌,他会听见黄莺清吟,杜鹃啼血,也许还[听]见枭鸟的怪嗥。

他长到最茂盛的中年，他伸展出他如盖的浓荫，来荫庇树下的幽花芳草，他结出累累的果实，来呈现大地无尽的甜美与芳菲(馨)。

秋风起了，将他的叶子，由浓绿吹到绯红，秋阳下地(他)再有一番的庄严灿烂，不是开花的骄傲，也不是结果的快乐，而是成功后的宁静的怡悦！

终于有一天，冬天的朔风，把他的黄叶干枝，卷落吹抖，他无力的在空中旋舞，在根下呻吟。大地庄严的伸出手(臂)儿来接引他，他一声不响的落在她的怀里。他消融了，归化了，他说不尽(上)快乐，也没有悲哀！

也许有一天，他再从地下的果仁中，破裂了出来，又长成一棵小树，再穿过丛莽的严遮，再来听黄莺的歌唱。

然而我不敢说来生，也不敢信来生。

[空行]

宇宙是一个大生命，我们是宇宙大气中之一息。江流入海，叶落归根，我们是大生命中之一叶，大生命中之一滴。

在宇宙的大生命中，我们是多么卑微，多么渺小，而一滴一叶，也有他自己的使命！

要知道：生命的象征是活动，是生长，一滴一叶的活动生长，合成了整个宇宙的进化运行。

要记住：不是每一道江流都能入海，不流动的便成了死湖；不[是每]一粒种子都能成树，不生长的便成了空壳！

生命中不是永远快乐，也不是永远痛苦，快乐和痛苦是[相生]成相(相成)的。等于水道要经过不同的两岸，树木要经过常变的四时。

在快乐中我们要感谢生命，在痛苦中我们也要感谢生命。快乐固然兴奋，苦痛又何尝不美丽？我曾读到一个警句，是："愿你生命中有彀多的云翳，来造成一个美丽的黄昏。"——(May have enough clouds in your life to make a beautiful sunset.)("May there be enough clouds in your life to make a beautiful sunset.")

世界,国家及(和)个人生命中的云翳,没有比今天再多的了。

小朋友,我们愿不愿意有一个成功后快乐的回忆,就是这位诗人所谓之"美丽的黄昏"?

此即文本二。较之文本一,其最显著的变化,就是删去通讯的抬头、正文第一段、祝颂语、具名和日期。在此基础上,改题为《谈生命》,可谓深得斯旨。不过,文中的错字、误排、漏排者,亦比比皆是。而值得注意的,有七点:1."冰雪是他的音乐(前身)";2."大海庄严的伸出手(臂)儿来接引他";3."说不尽(上)快乐";4."他也许长在平原上,岩石中(上),城墙里(上)";5."他结出累累的果实,来呈现大地无尽的甜美与芳菲(馨)";6."May have(there be)enough clouds in your life to make a beautiful sunset";7."世界,国家及(和)个人生命中的云翳"。

差不多与此同时,《书报精华》1945年第1期,也转载了此文,题作《谈生命·寄小读者之四》(第78—81页),首次将两个不同的题目统一起来。"《书报精华》(1945.1—1949.5)/陕西省西安书报精华社编;文摘刊物/总1—51"①。

亲爱的小朋友:

一位从军的小朋友,要我谈生命,这问题很费我思索。

我不敢说生命是什么,我只能说生命像什么。

生命像向东流的一江春水,他从最高处发源,冰雪是他的前身。他聚集起许多细流,合成一股有力的洪涛,向下奔注,他曲折的穿过了悬崖削壁,冲倒了层沙积土,挟卷着滚滚的沙石,快乐勇敢的流走,一路上他享乐着他所遭遇的一切:有时候他遇到巉岩前阻,他愤

①丁守和、马勇、左玉河等主编:《抗战时期期刊介绍》,社会科学文献出版社,2009年版,第172—173页。

激的奔腾了起来，怒吼着，回旋着，前波后浪的起伏催逼，直到他过了，冲倒了这危崖，他才心平气和的一泻千里。

有时候他经过了细细的平沙，斜阳芳草里，看见了夹岸红艳的桃花，他快乐而又羞怯，静静的流着，低低的吟唱着，轻轻的度过这一段浪漫的行程。

这(有)时候他遇到暴风雨！(，)这激电，这迅电，使他心魂惊骇，疾风吹卷起他，大雨击打着他，他暂时浑浊了，扰乱了，而雨过天晴，只加给他许多新生的力量。

有时候他遇到了晚霞和新月，向他照耀，向他投影，清冷中带些幽幽的温暖：这时他只想憩息，只想睡眠，而那股前进的力量，仍催逼着他向〔前〕进走……

终于有一天，他远远的望见了大海，呵！他已到了行程的终结，这大海，使他屏息，使他低头。她多么辽阔，多么伟大！多么光明，又多么黑暗！大海庄严的伸出臂儿来接引他，他一声不响的流入她的怀里。他消融了，归化了，说不上快乐，也没有悲哀！

也许有一天，他再从海上蓬蓬的雨点中升起，飞向西来，再形成一道江流，再冲倒两旁的石壁，再来寻夹岸的桃花。

然而我不敢说来生，也不敢相信来生！

生命又像一棵小树，他从地底聚集(□)起许多生力，在冰雪下欠伸，在早春润湿的泥土中，勇敢快乐的破壳出来，(。)他也许长在平原上，岩石上，城墙上，只要他抬头看见了天，呵，看见了天！他便伸出嫩叶来吸收空气，接(承)受日光，在雨中吟唱，在风中跳舞。他也许受着大树的荫遮，也许受着大树的覆压，而他青春生长的力量，终使他穿枝拂叶的挣脱了出来，在烈日下挺立抬头！

他过着骄奢的春天，他也许开出满树的繁花，蜂蝶围绕着他飘翔喧闹，小鸟在他枝头欣赏唱歌，他会听见黄莺清吟，杜鹃啼血，也许还听见枭鸟的怪嗥。

他长到最茂盛的中年,他伸展出他如盖的浓阴(荫),来荫庇树下的幽花芳草,他结出累累的果实,来呈现大地无尽的甜美与芳馨。

秋风起了,将他的叶子,由浓绿吹到绯红,秋阳下他再有一番的庄严灿烂,不是开花的骄傲,也不是结果的快乐,而是成功后的宁静的怡悦!

终于有一天,冬天的朔风,把他的黄叶干枝,卷落吹抖,他无力的在空中旋舞,在根下呻吟。大地庄严的伸出臂儿来接引他,他一声不响的落在她的怀里。他消融了,归化了,他说不上快乐,也没有悲哀!

也许有一天,他再从地下的果仁中,破裂了出来,又长成一棵小树,再穿过丛莽的严遮,再来听黄莺的歌唱。

然我不敢说来生,也不敢信来生。

宇宙是一个大生命,我们是宇宙大气中之一息。江流入海,叶落归根,我们是大生命中之一叶,大生命中之一滴。

在宇宙的大生命中,我们是多么卑微,多么渺小,而一滴一叶,也有他自己的使命!

要知道:生命的象征是活动,是生长,一滴一叶的活动生长,合成了整个宇宙的进化运行。

要记住:不是每一道江流都能入海,不流动的便成了死湖;不是每一粒种子都能成树,不生长的便成了空壳!

生命中不是永远快乐,也不是永远痛苦,快乐和痛苦是相生相成的。等于水道是(要)经过不同的两岸,树木要经过常变的四时。

在快乐中我们要感谢生命,在痛苦中我们也要感谢生命。快乐固然兴奋,苦痛又何尝不美丽?我曾读到一个警句,是:"愿你生命中有彀多的云翳,来造成一个美丽的黄昏。"——"May there be enough clouds in your life to make a beautiful sunset."

世界,国家和个人生命中的云翳,没有[比]今天再多的了。

小朋友，我们愿不愿意有一个成功后快乐的回忆，就是这位诗人所谓之“美丽的黄昏”？

祝福你的朋友冰心。

三十三年，十二，一，雨夜歌乐山。

此系文本三。值得注意的变化有：1.“这（有）时候他遇到暴风雨！（，）”；2.“仍催逼着他向〔前〕进走”；3.“接（承）受日光”。不过，总的说来，与原文基本一致。

1947年，《京沪周刊》第1卷第27期，再度刊发《谈生命》（第11页），署名“冰心”。“中华民国三十六年七月三十日出版”。文章如下：

我不敢说生命是什么，我只能说生命像什么。生命像向东流的一江春水，他从最高处发源，冰雪是他的前身。他聚集起许多细流，合成一股有力的洪涛，向下奔注，他曲折的穿过了悬崖削壁，冲倒了层沙积土，挟卷着滚滚的沙石，快乐勇敢的流走，一路上他享乐着他所遭遇的一切：有时候他遇到巉岩前阻，他愤激的奔腾了起来，怒吼着，回旋着，前波后浪的起伏催逼，直到他过了，冲倒了这危崖[，]他才心平气和的一泻千里。有时候他经过了细细的平沙，斜阳芳草里，看见了夹岸红艳的桃花，他快乐而又羞怯，静静的流着，低低的吟唱着，轻轻地（的）度过这一段浪漫的行程。有时候他遇到暴风雨，（！）这激电，这迅雷（电），使他心魂惊骇，疾风吹卷起他，大雨击打着他，他暂时浑浊了，扰乱了，而雨过天晴，只加给他许多新生的力量。有时候他遇到了晚霞和新月，向他照耀，向他投影，清冷中带些幽幽的温煖：这时他只想憩息，只想睡眠，而那股前进的力量，仍催逼着他向前（进）走…… 终于有一天，他远远的望见了大海，呵！他已到了行程的终结，这大海，使他屏息，使他低头，她多么辽阔，多么伟大！多么光明，又多么黑暗！大海庄严的伸出臂儿来接引他，他一声不响的流入她的怀里。他消融了,归化了,说不上快乐,也没有悲哀!也许有一天,他再从海上蓬蓬的雨点中升起,飞向西来,再形成一道江流,再冲倒两旁的石壁,再来寻夹岸的桃花。然而我不敢说来生,也不敢相信来生!生命又像一棵小树,他从地底聚集(□)起许多生力,在冰雪下欠伸,在早春润湿的泥土中,勇敢快乐的破壳出来。他也许长在平原上,岩石上,城墙上,只要他抬头看见了天,呵!(,)看见了天!他便伸出嫩叶来吸收空气,承受日光,在雨中吟唱,在风中跳舞,(。)他也许受着大树的荫遮,也许受着大树的覆压,而他青春生长的力量,终使他穿枝拂叶的挣脱了出来,在烈日下挺立抬头!他遇(过)着骄奢的春天,他也许开出满树的繁花,蜂蝶围绕着他飘翔喧闹,小鸟在他枝头欣赏唱歌,他会听见黄莺清吟,杜鹃啼血,也许还听见枭鸟的怪鸣(嗥)。他长到最茂盛的中年,他伸展出他如盖的浓荫,来荫庇树下的幽花芳草,他结出累累的果实,来呈现大地无尽的甜美与芳馨。秋风起了,将他叶子,由浓绿吹到绯红,秋阳下他再有一番的庄严灿烂,不是开花的骄傲,也不是结果的快乐,而是成功后的宁静和(的)怡悦!终于有一天,冬天的朔风,把他的黄叶干枝,卷落吹抖,他无力的在空中旋舞,在根下呻吟,大地庄严的伸出臂儿来接引他,他一声不响的落在他的怀里。他消融了,归化了,他说不上快乐,也没有悲哀!也许有一天,他再从地下的果仁中,破裂了出来。(,)又长成一棵小树,再穿过丛莽的严遮,再来听黄莺的歌唱,然[而]我不敢说来生,也不敢信来生。宇宙是一个大生命,我们是宇宙大气中之一息。江流入海,叶落归根,我们是大生命中之一叶,大生命中之一滴。在宇宙的大生命中,我们是多么卑微,多么渺小,而一滴一叶[,也有他自己的使命!要知道:生命的象征是活动,是生长,一滴一叶]的活动生长[,]合成了整个宇宙的进化运行。要记住:不是每一道江流都能入海,不流动的便成了死湖;不是每一粒种子都能成树,不生长的便成了空壳!生命中不是永远快乐,也不是永远痛苦,快乐和痛苦是相生相成的。等于水道要经过不同的两岸,树木要经过常变的四时。在快乐中我们要感谢生命,在痛苦中我们也要感谢生命。快乐固然兴奋,苦痛又何尝不美丽?我曾读到一个警句,是[:]"愿你生命中有彀多的云翳,来造成一个美丽的黄昏[。]"[——"May there be enough clouds in your life to make a beautiful sunset."]世界,国家和个人〔的〕生命中的云翳没有比今天再多的了。[小朋友,我们愿不愿意有一个成功后快乐的回忆,就是这位诗人所谓之"美丽的黄昏"?]

此系文本四。其特点,一是无分段;二是文字脱落极多。需要注意的变化,有:1."这激电,这迅雷(电)";2."仍催逼着他向前(进)走";3."他遇(过)着骄奢的春天";4."也许还听见枭鸟的怪鸣(嗥)";5."成功后的宁静和(的)怡悦"。

文本五是《冰心全集》第三卷中的《再寄小读者·通讯四》(第373—376页),全文如下:

亲爱的小朋友:

一位从军的小朋友,要我谈生命,这问题很费我思索。

我不敢说生命是什么,我只能说生命像什么。

生命像向东流的一江春水,它(他)从最高处发源,冰雪是它(他)的前身。它(他)聚集起许多细流,合成一股有力的洪涛,向下奔注,它(他)曲折的穿过了悬崖削壁,冲倒了层沙积土,挟卷着滚滚的沙石,快乐勇敢的流走,一路上它(他)享乐着它(他)所遭遇的一切——

有时候它(他)遇到□(巉)岩前阻,它(他)愤激的奔腾了起来,怒吼着,回旋着,前波后浪的起伏催逼,直到它(他)〔涌〕过了,冲倒了这危崖(厓),它(他)才心平气和的一泻千里。

有时候它经过了细细的平沙,斜阳芳草里,看见了夹岸红艳的桃花,它(他)快乐而又羞怯,静静地(的)流着,低低地(的)吟唱着,轻轻的度过这一段浪漫的行程。

有时候它(他)遇到暴风雨,这激电,这迅雷(电),使它(他)心魂惊骇,疾风吹卷起它(他),大雨击打着它(他),它(他)暂时浑浊了,扰乱了,而雨过天晴,只加给它(他)许多新生的力量。

有时候它(他)遇到了晚霞和新月,向它(他)照耀,向它(他)投影,清冷中带些幽幽的温暖:这时它(他)只想憩息,只想睡眠,而那股前进的力量,仍催逼着它(他)向前(进)走……

终于有一天,它(他)远远的望见了大海,呵!它(他)已到了行程的终结,这大海,使它(他)屏息,使它(他)低头。她多么辽阔,多么伟大!多么光明,又多么黑暗!大海庄严的伸出臂儿来接引它(他)。(,)它(他)一声不响的流入她的怀里。它(他)消融了,归化了,说不上快乐,也没有悲哀!

也许有一天,它(他)再从海上蓬蓬的雨点中升起,飞向西来,再形成一道江流,再冲倒两旁的石壁,再来寻夹岸的桃花。

然而我不敢说来生,也不敢相信来生!

[空行]

生命又像一棵小树,它(他)从地底[里]聚集(□)起许多生力,在冰雪下欠伸,在早春润湿的泥土中,勇敢快乐的破壳出来。它(他)也许长在平原上,岩石中(上),城墙里(上),只要它(他)抬头看见了天,呵,看见了天!它(他)便伸出嫩叶来吸收空气,承受日光,在雨中吟唱,在风中跳舞。它(他)也许受着大树的荫遮,也许受着大树的覆压,而它青春生长的力量,终使它(他)穿枝拂叶的挣脱了出来,在烈日下挺立抬头!

它(他)过着骄奢的春天,它(他)也许开出满树的繁花,蜂蝶围绕着它(他)飘翔喧闹,小鸟在它(他)枝头欣赏唱歌,它(他)会听见黄莺清吟,杜鹃啼血,也许还听见枭鸟的怪啼。

它(他)长到最茂盛的中年,它(他)伸展出它(他)如盖的浓荫,来荫庇树下的幽花芳草,它(他)结出累累的果实,来呈现大地无尽的甜美与芳馨。

秋风起了,将它(他)的叶子,由浓绿吹到绯红,秋阳下它(他)再有一番的庄严灿烂,不是开花的骄傲,也不是结果的快乐,而是成功后的宁静的怡悦!

终于有一天,冬天的朔风,把它(他)的黄叶干枝,卷落吹抖,它(他)无力的在空中旋舞,在根下呻吟。大地庄严的伸出手(臂)儿来接引它(他),它(他)一声不响的落在她的怀里。它(他)消融了,归化了,它(他)说不上快乐,也没有悲哀!

也许有一天,它(他)再从地下的果仁中,破裂了出来,又长成一棵小树,再穿过丛莽的严遮,再来听黄莺的歌唱。

然我不敢说来生,也不敢信来生。

宇宙是一个大生命,我们是宇宙大气中之一息。江流入海,叶落归根,我们是大生命中之一叶,大生命中之一滴。

在宇宙的大生命中,我们是多么卑微,多么渺小,而一滴一叶,也有它(他)自己的使命!

要知道:生命的象征是活动,是生长,一滴一叶的活动生长,合成了整个宇宙的进化运行。

要记住:不是每一道江流都能入海,不流动的便成了死湖;不是每一粒种子都能成树,不生长的便成了空壳!

生命中不是永远快乐,也不是永远痛苦,快乐和痛苦是相生相成的。等于水道要经过不同的两岸,树木要经过常变的四时。

在快乐中我们要感谢生命,在痛苦中我们也要感谢生命。快乐固然兴奋,苦痛又何尝不美丽?我曾读到一个警句,是:“愿你生命中有彀多的云翳,来造成一个美丽的黄昏[。]”——“May there be enough clouds in your life to make a beautiful sunset。(.)”

世界,国家和个人生命中的云翳,没有比今天再多的了。

小朋友,我们愿不愿意有一个成功后快乐的回忆,就是这位诗人所谓之“美丽的黄昏”？

祝福你的朋友 冰心

一九四四(三十三)年[,]十二〔月〕[,]一〔日〕,雨夜〔,〕歌乐山。

作为该文的最终完成形式,文本五除将文本一中的“他”普遍地改为“它”,还将“的”部分地改作“地”。这是汉语规范化的要求使然。另外新增的两点变动,一是结尾的日期,由先前的民国纪年,改成公元纪年;二是“直到它(他)〔涌〕过了”一句,补充了一个“涌”字。其余的变化,则在文本二和文本三中,已经出现。如:“也许长在平原上,岩石中(上),城墙里(上)”和“大地庄严的伸出手(臂)儿来接引”,出自文本二;而“这激电,这迅雷(电)”和“向前(进)走”,则取自文本四。文本五堪称是文本一、二、三、四的合成与完善,但在空行处却留下遗憾。

考察《再寄小读者·通讯四》的文本流变,除须关注其文献价值之外,也不能忽略冰心在抗战时期的“生命”意识。战争年代,生命的脆弱与顽强同时呈现,在此语境中,冰心对生命的思考更加深入。

“庚辰元月”,冰心“时客云南呈贡”,曾录《往事(二)》之十中的一段文字,书赠顾一樵,其文字已如前述。冰心的条幅,温故知新,既有旧友重逢的喜悦,也有劫后余生的感慨。

1942 年春月,冰心又写作《生命》一诗,发表在同年 11 月的《妇女新运》第 4 卷第 9 期第 8 页。其诗如下:

莫非你冷,
你怎秋叶似的颤抖①
这里风凉,
待我慢慢拉着你走。

---

①《全集》此处有分号。

你看天空多么清灵，
这滴滴皎洁的春星；
新月眉儿似的秀莹，
你头上有的是快乐，光明。

你看灯影多么美妙，
纺窗内透出橘色的温柔；
这还不给你一些儿温暖？
纵然你有海样的深愁。

看温情到了你指尖，
看微笑到了你唇边——
你觉得生命投到你怀里不，
你寻找了这许多年。

三十一年春月歌乐山。

此诗似乎是为吴文藻而作。该年暮春，吴文藻曾身染肺疾，几度命悬一线。冰心在《我的老伴——吴文藻》(之二)中对此有过回忆：

我记得一九四二年春，文藻得了很重的肺炎，我陪他在山下的"中央医院"也就是"上海医学院"的附属医院，住了将近一个月，他受到内科钱德主任的精心医治，据钱主任说肺炎一般在一星期内外，必有一个转折期，那时才知凶吉。但是文藻那时的高烧一直延长到十三天！有一天早上，护士试过了他的脉搏，惊惶而悄悄地来告诉我说："他的脉搏只有三十六下了。"急得我赶紧跑到医院后面的宿舍里去找王鹏万①大夫夫妇——他的爱人张女士是我的同学——那时我只觉得双腿发软,连一座小小的山坡都走不上去!等我和王大夫夫妇回到病房来时,我想他一定"完"了!回头看见窗前桌上放着两碗刚送来的早餐热粥,我端起碗来一口气都喝了下去。我觉得这以后我要办的事多得很,没有一点力气是不行的,谁知道再一回头看到文藻翻了一个身,长长地吁了一口气,迸出一身冷汗。大夫们都高兴地又把被子给他盖上,说:"这转折点终于来了!"又都回头对我笑说,"好了,您不用难过了……"我擦着脸上的汗说:"你们辛苦了!他就是这么一个人,什么都慢!"

我的身心交瘁的一个多月过去了,却又忙着把他搬回山上来……回家后还是亏了一位文藻的做买卖的亲戚,送来一只鸡和两只广柑,作为病后的补品,偏偏我在一杯广柑汁内,误加了白盐,我又舍不得倒掉,便自己仰脖子喝了下去!

回家后,大女儿吴冰向我诉苦,说五月一日是她的生日,富奶奶(……)只给她吃一个上面插着一支小蜡烛的馒头。这时文藻躺在家里床上,看到爬到他枕边的、穿着一身浅黄色衣裙,发上结着一条大黄缎带的小女儿吴青(这也是富奶奶给她打扮的),脸上却漾出了病后从未有过的一丝微笑!②

正是因为这次经历,所以诗中充满了急切的呼唤,深情的叮咛和温柔的劝勉,以及病人转危为安后的欣慰。

至1944年12月的《谈生命》,则通过一位从军朋友的询问,引

①王鹏万(1906—1996),北京人。1930年北洋医学院毕业后,即赴法国波尔多大学医学院进修耳鼻喉科。1932年回国,先后在北平协和医院、南京中央医院耳鼻喉科工作,翌年任主治医师、副主任医师。1940年随上海医学院迁址昆明、重庆,任耳鼻咽喉科副教授、教授。1944年任重庆上海医学院教务主任、附属医院副院长。1945年兼任重庆市民医院院长。

②卓如编:《冰心全集》(第六册),海峡文艺出版社,2012年版,第311—312页。

出自己对生命的思悟。文章以“一江春水”和“一棵小树”作譬,揭示出生命道路的一般规律和一般法则,洋溢着高亢昂奋的意志和豁达乐观的精神,对于抗战中的读者而言,自有一种鼓舞人心、激励斗志的作用。

《我的同班》校读

《我的同班》最初发表于《星期评论》重庆版1941年12月25日第40期，署名男士。后收入《关于女人》，系其第九篇。现据1945年11月开明书店初版本（第53—59页），得其文字如下：

L女士是我们全班男女同学所最敬爱的一个人。大家都称呼她"L大姐"。我们男同学不大好意思打听女同学的岁数，惟据推测，她不会比我们大到多少。但她从不打扮，梳着高高的头，穿着黯淡不入时的衣服，称呼我们的时候，总是连名带姓，以不客气的，亲热的，大姐姐的态度出之。我们也就不约而同，心诚悦服的叫她大姐了。

L女士是闽南人，皮肤很黑，眼睛很大，说话作事，敏捷了当。在同学中间，疏通调停，排难解纷，无论是什么集会，什么娱乐，只要是L大姐登高一呼，大家都是拥护响应的。她的好处是态度坦白，判断公允，没有一般女同学的羞怯和隐藏。你可和她辩论，甚至吵架，只要你的理长，她是没有不认输的。同时她对女同学也并不偏袒，她认为偏袒女生，就是重男轻女。女子也是人，为什么要人家特别容让呢？我们的校长有一次说她"有和男人一样的思路"，我们都以为这是对她最高的奖辞。她一连做了三年的班长，在我们中间，没有男女之分，党派之别，大家都在“拥护领袖”的旗帜之下，过了三年医预科的忙碌而快乐的生活。

在医预科的末一年，有一天，我们的班导师忽然叫我去见他。在办公室里，他很客气的叫我坐下，婉转的对我说，校医发现我的肺部有些毛病，学医于我不宜，劝我转系。这真是一个晴天霹雳！我要学医，是十岁以前就决定的。因我的母亲多病，服中医的药不大见效，西医诊病的时候，总要听听心部肺部，母亲又不愿意。因此，我就立下志愿要学医，学成了好替我的母亲医病。在医预科三年，成绩还不算坏，眼看将要升入本科了，如今竟然功亏一篑！从班导师的办公室里走出来的时候，我几乎是连路都走不动了。

午后这一堂是生理学实验。我只呆坐在桌边，看着对面的L大姐卷着袖子，低着头，按着一只死猫，在解剖神经，那刀子下得又利又快！其余的同学也都忙着，没有人注意到我。我轻轻的叫了一声，L大姐便抬起头来，我说：“L大姐，我不能同你们在一起了，导师不让我继续学医，因为校医说我肺有毛病……”L大姐愕然，刀也放下了，说：“不是肺痨罢？”我摇头说：“不是，据说是肺气枝涨大……无论如何，我要转系了，你看！”L大姐沉默了一会，便走过来安慰我说：“可惜的很，像你这么一个温和细心的人，将来一定可以做个很好的医生，不过假如你自己身体不好，学医不但要耽误自己，也要耽误别人。同时我相信你若改学别科，也会有成就的。人生的路线，曲折得很，塞翁失马，安知非福？”

下了课，这消息便传遍了，同班们都来向我表示惋惜，也加以劝慰，L大姐却很实际的替我决定要转那一个系。她说：“你转大学本科，只剩一年了，学分都不大够，恐怕还是文学系容易些。”她赶紧又加上一句，“你素来对文学就极感兴趣，我常常觉得你学医是太可惜了。”

我听了大姐的话，转入了文学系。从前拿来消遣的东西，现在却当功课读了。正是“歪打正着”，我对于文学，起了更大的兴趣，不但读,而且写。读写之余,在傍晚的时候,我仍常常跑到他们的实验室里去闲谈,听L大姐发号施令,商量他们毕业的事情。

大姐常常殷勤的查问我的功课,又索读我的作品。她对我的作品,总是十分叹赏,鼓励我要多读多写。在她的指导鼓励之下,我渐渐的消灭了被逼改行的伤心,而增加了写作的勇气。至今回想,当时若没有大姐的勉励和劝导,恐怕在那转变的关键之中,我要做了一个颓废而不振作的人罢!

在我教书的时候,L大姐已是一个很有名的产科医生了。在医院里,和在学校里一样,她仍是保持着领袖的地位,作一班大夫和护士们敬爱的中心。在那个大医院里,我的同学很多,我每次进城去,必到那里走走,看他们个个穿着白衣,挂着听胸器,在那整洁的甬道里,忙忙的走来走去。闻着一股清爽的药香,我心中常有一种说不出来的感觉,如同一个受伤退伍的兵士,裹着绷带,坐在山头,看他的伙伴们在广场上操练一样,也许是羡慕,也许是伤心,虽然我对于我的职业,仍是抱着与时俱增的兴趣。

同学们常常留我在医院里吃饭,在他们的休息室里吸烟闲谈,也告诉我许多疑难的病症。一个研究精神病的同学,还告诉我许多关于精神病的故事。L大姐常常笑说:“×××,这都是你写作的材料,快好好的记下罢!”

抗战前一个多月,我从欧洲回来,正赶上校友返校日。那天晚上,我们的同级有个联欢大会,真是济济多士!十余年中,我们一百多个同级,差不多个个名成业就,儿女成行(当然我是一个例外!),大家携眷莅临,很大的一个厅堂都坐满了。觥筹交错,童稚欢呼,大姐坐在主席的右边,很高兴的左顾右盼,说这几十个孩子之中,有百分之九十五是她接引降生的。酒酣耳热,大家谈起做学生时代的笑话,情况愈加热烈了。主席忽然起立,敲着桌子提议:“现在请求大家轮流述说,假如下一辈子再托生,还能做一个人的时候,你愿意做一个什么样的人?”大家哄然大笑。于是有人说他愿意做一个大元帅，有人说愿做个百万富翁……轮到我的时候，大姐忽然大笑起来，说：“×××教授，我知道你下一辈子一定愿意做一个女人。”大家听了都笑得前仰后合。当着许多太太们，我觉得有点不好意思，我也笑着反攻说：“L大夫，我知道你下一辈子，一定愿意做一个男人。”L大姐说：“不，我仍愿意做一个女人，不过要做一个漂亮的女人，我做交际明星，做一切男人们恋慕的对象……”她一边说一边笑，那些太太们听了纷纷起立，哄笑着说：“L大姐，您这话就不对，您看您这一班同学，那一个不恋慕您？来，来，我们要罚您一杯酒。”我们大家立刻鼓掌助兴。L大姐倚老卖老的话，害了她自己了！于是小孩们捧杯，太太们斟酒，L大姐固辞不获，大家笑成一团。结果是滴酒不入的L大医生，那晚上也有些醉意了。

盛会不常，佳时难再，那次欢乐的集会，同班们三三两两的天涯重聚，提起来都有些怅惘。事变后，我还在北平，心里烦闷得很，到医院里去的时候，L大姐常常深思的皱着眉对我们说：“我呆不下去了。在这里不是‘生’着，只是‘活’着！我们都走罢，走到自由中国去，大家各尽所能，你用你的一枝笔，我们用我们的一双手，我相信大后方还用得着我们这样的人！”大家都点点头。我说：“你们医生是当今第一等人材，我这拿笔杆的人，做得了什么事？假若当初……”大姐正色拦住我说：“×××，我不许你再说这些无益的话。你自己知道你能做些什么事，学文学的人还要我们来替你打气，真是！”

一年内，我们都悄然的离开了沦陷的故都，我从那时起，便没有看见过我们的L大姐，不过这个可敬的名字，常常在人们口里传说着，说L大姐在西南的一个城市里，换上军装，灰白的头发也已经剪短了。她正在和她的环境，快乐的，不断的奋斗，在蛮烟瘴雨里，她的敏捷矫健的双手，又接下了成千累百的中华民族的孩童。她不但接引他们出世，还指导他们的父母，在有限的食物里，找出无限的滋养料。她正在造就无数的将来的民族斗士！

我希望在不久的将来，我们回到故都重开级会的时候，我能对她说:"L大姐,下一辈子我情愿做一个女人,不过我一定要做像你这样的女人!"

1944年,《春秋》第2卷第2期发表《清宵之忆——记一个女同学》(第13—15页),署名"冰心"。抗战时期的《春秋》杂志,先后有三种。其一,"《春秋》(1938.9)/上海春秋旬刊社编;时事评论刊物/总1";其二,"《春秋》(1940.2—1942.12)/刘玄一编,重庆春秋社出版;综合性刊物/总1:1—3:9";其三,"《春秋》(1943.8—1949.3)/上海春秋杂志社编,本刊原名《春秋月报》;综合性文艺刊物/总1:1—6:4"①。此处的《春秋》,系第三种。初见该文,以为是冰心的又一佚作。但究其内容,却是《我的同班》。两文比对,除标题迥异外,余者亦多有出入:

ㄌ(L)女士是我们全班男女同学所最敬爱的一个人。大家都称呼她"ㄌ(L)大姐"。我们男同学不大好意思打听女同学的岁数,惟据推测,她不会比我们大到多少。但她从不打扮,梳着高高的头,穿着黯淡不入时的衣服,称呼我们的时候,总是连名带姓,以不客气的,亲热的[,]大姐姐的态度出之。我们也就不约而同,心悦诚服(心诚悦服)的叫她大姐了。

ㄌ(L)女士是闽南人,皮肤很黑,眼睛很大,说话作事,敏捷了当。在同学中间,疏通调停,排难解纷,无论是什么集会,什么娱乐,只要[是]ㄌ(L)大姐登高一呼,大家都是拥护响应的。她的好处是态度坦白,判断公允,没有一般女同学的羞怯和隐藏。你可〔以〕和她辩论,甚至吵架,只要你的理长,她是没有不认输的。同时她对女同学也并不偏袒。(,)她认为偏袒女生[,]就是重男轻女:(;)女子

①丁守和、马勇、左玉河等主编:《抗战时期期刊介绍》,社会科学文献出版社,2009年版,第513页。

也是人,为什么要人家特别容让呢?我们的校长有一次说她“有和男人一样的思路”,我们都以为这是对她最高的奖辞。她一连做了三年的班长,[所以]在我们中间,没有男女之分,党派之别,大家都在“拥护领袖”的旗帜之下,过了三年医预科的忙碌而快乐的生活。

在医预科的末一年,有一天,我们的班导师忽然叫我去见他。在办公室里,他很客气的叫我坐下,宛(婉)转的对我说,校医发现我的肺部有些毛病,学医于我不宜,劝我转系。这真是一个晴天霹雳!我要学医,是十岁以前就决定的。[因]我的母亲多病,服中医的药不大见效,西医诊察(病)的时候,总要听听心部肺部,母亲又不愿意,因此,我就立下志愿要学医,学成了好替我的母亲医病。在医预科三年[,]成绩还不算坏,眼看将要升入本科了,如今竟然功亏一篑!从班导师的办公室里走出来的时候,我几乎[是]连路都走不动了。

午后这一堂是生理学实验。我只呆坐在桌边,看着对面的劢(L)大姐卷着袖子,低着头,按着一只死猫,在解剖神经,那刀子下得又利又快。(!)其余的同学[也]都忙着,没有人注意到我。我轻轻的叫了一声,劢(L)大姐便抬起头来。我说:“劢(L)大姐,我不能同你们在一起了,导师不让我[继续]学医,因为[校医说]我[的]肺有毛病……”劢(L)大姐愕然,刀也放下了,说:“不是肺痨罢?”我摇头说:“不是,据说是肺气枝胀(涨)大……无论如何,我要转系[了],你看——(!)”劢(L)大姐沉默了一会,便走过来安慰我说:“可惜得(的)很,像你这么一个温和细心的人,将来一定可以做个很好的医生。(,)不过假如你自己身体不好,学医不但要耽误自己,也要耽误别人。同时我相信你若改学别科,也会有成就的。人生的路线[,]曲折得很,塞翁失马,安知非福?”

下了课,这消息便传遍了。(,)同班们都来向我表示惋惜,也加以劝慰,ㄌ(L)大姐却很实际的替我决定要转那一个系。她说:“你转大学本科,只剩一年了,学分都不大够,恐怕还是文学系容易些。”她赶紧又加上一句:(,)“你素来对文学[就]极感兴趣,我常常觉得你学医是太可惜了。”

我听了〔ㄌ〕大姐的话,转入[了]文学系。从前拿来消遣的东西,现在却当功课读了。正是“歪打正着”,我对于文学,起了更浓(大)的兴趣,不但读,而且写。读写之余,在傍晚的时候[,]我仍常常跑到他们〔的〕实验室里去闲谈,听ㄌ(L)大姐发号施令,商量她(他)们毕业的事情。

大姐常常殷勤的查问我的功课,又索读我的作品。她对〔于〕我的作品,总是十分叹赏,鼓励我要多读多写。在她的指导鼓励之下,我渐渐的消灭了被逼改行的伤心,而增加了写作的勇气。至今回想,当时若没有大姐的勉励和劝导,恐怕在那转变的关键之中,我要做[了]一个颓废而不振作的人罢!

在我教书的时候,ㄌ(L)大姐已是一个很有名的产科医生了。在医院里,和[在]学校里一样,她仍是保持着领袖的地位,作一班大夫和护士们敬爱的中心。在那个大医院里,我的同学很多,我每次进城去,必到那里走走,看他们个个〔都〕穿着白衣,挂着听胸器,在那整洁的甬道里[,]忙忙的走来走去。闻着一股清香(爽)的药味(香),我心中常有一种说不出[来]的感觉,如同[一个]受伤退伍的兵士,裹着绷带,坐在山头,看他[的]伙伴们在广场上操练一样;(,)也许是羡慕,也许是伤心,虽然我对于我的职业,仍是抱着与时俱增的兴趣。

同学们常常留我在医院里吃饭,在他们的休息室里吸烟闲谈,也告诉我许多疑难的病症。一个研究精神病的同学,还告诉我许多关于精神病的故事。[L]大姐常常笑说:“[×××,]这都是你写作的材料,快好好的记上(下)罢!”

[抗]战前一个[多]月,我从欧洲回来,正赶上校友返校日,(。)那天晚上,我们的同级有个联欢[大]会,真是济济多士!十余年中,我们一百多个同级,差不多个个名成业就,儿女成行(当然我是一个例外[!]),大家携眷莅临,很大的一个厅堂都坐满了。觥筹交错,童稚欢呼。(,)大姐坐在主席的右边,很高兴的左顾右盼,说这几十个孩子之中,有百分之九十五是她接引降生的。酒酣耳热,大家谈起作(做)学生时代的笑话,情况愈加热烈了。主席忽然起立,敲着桌子提议:“现在请[求]大家轮流述说,假如下一辈子再托生,还能做一个人的时候,你愿意做一个什么样的人?”大家哄然大笑。于是有人说[他]愿意做[一]个大元帅,有人说愿做个百万富翁……[。]轮到我的时候,大姐忽然大笑起来,说:“[×××教授,]我知道你下一辈子一定愿意做一个女人!(。)”大家听了都笑得前仰后合。(;)当着许多太太们,我觉得有点不好意思,我也笑着反攻说:“ㄌ(L)大夫,我知道你下一辈子[,]一定愿意做一个男人。”ㄌ(L)大姐说:“不,我仍愿意做一个女人,不过要做一个漂亮的女人,我做交际明星,做一切男人们恋慕的对象……”(按:原文无分段)

她一边说一边笑,那些太太们听了〔,〕纷纷起立,哄笑着说:“ㄌ(L)大姐,你(您)这话就不对。(,)你(您)看你(您)这一班同学[,]那一个不恋慕你(您)?来,[来,]我们要罚你(您)一杯酒。”我们大家立刻鼓掌助兴。ㄌ(L)大姐倚老卖老的话,害了她自己了!于是小孩们捧杯,太太们斟酒,ㄌ(L)大姐〔“〕固辞不获〔”〕,大家笑成一团。结果是滴酒不入的ㄌ(L)大医生,那晚[上]也有些醉意了。

盛会不常,佳时难再,那次欢乐的集会,同班们三三两两的天涯重聚,提起来都有些怅惘。事变后,我还在北平,心里烦闷得很,到医院里去的时候,ㄌ(L)大姐常常深思的皱着眉对我们说:“我呆不下去了。在这里不是‘生’着,只是‘活’着! 我们都走吧(罢),走到遥远的地方(自由中国)去,大家各尽所能,你用你[的]一枝笔,我们用我们的一双手。(,)我相信[大后方]还用得着我们这样的人!”大家都点点头。我说:“你们医生是当今第一等人材,我们(这)拿笔杆的人,做得了什么事! (?)假若当初……”大姐正色拦住我说:“[×××,]我不许你再说这些无益的话。你自己知道你能做些什么事,学文学的人还要我们来替你打气,真是!”

一年内,我们都悄然的离开了[沦陷的]故都。(,)[我]从那时起,[我]便没有看见过[我们的] ㄌ(L)大姐,不过这个可敬的名字[,]常常在人们口里传说[着],说ㄌ(L)大姐在某(西南的)一个城市里,换上[了]劲(军)装,灰白的头发也已经剪短了。她正在和她的环境,快乐地(的)[,]不断的奋斗,在蛮烟瘴雨里,她的敏捷[矫健]的双手,又接下了成千累百的中华民族的孩童。她不但接引他们出世,还指导他们的父母,在有限的食物里[,]找出无限的滋养料。[她正在造就无数的将来的民族斗士!]

我希望在不久的将来,我们回到故乡(都)重开级会的时候,我能对她说:“ㄌ(L)大姐,下一辈子我情愿做一个女人,不过我一定要做像你这样的女人!”

从中可以见出:原文里的英文字母“L”,在后文一律改为注音符号“ㄌ”,最显著的,则是“自由中国”“大后方”“西南”“民族斗士”等词,在沦陷区的上海,都变为不宜甚或禁用。由此可见:在汪伪的文艺统制之下,言论自由空间的缺失。再反观文章题目,之所以改作“清宵之忆”,也许就别具深意焉。

需要指出的是,本文的主人公“L大姐”,其原型就是林巧稚(1901—1983),中国现代妇产科的奠基人。冰心曾自陈:“1943年我用‘男士’的笔名写的那本《关于女人》里面的《我的同班》,就是以林大夫为模特儿的，虽然我没有和她同过班，抗战时期她也没有到过后方。"[1]冰心的三个孩子，即宗生、宗远、宗黎，都是林巧稚亲手接生。当冰心的第三个孩子降生时，林巧稚曾笑对冰心说："我们的孩子是个女的！我们又多了一份抗日的力量！"[2]

---

①冰心：《悼念林巧稚大夫》，《冰心全集》（第六册），海峡文艺出版社，2012年版，第174页。

②康清莲、赵洪梅、程永伟：《山路上的繁星——冰心在重庆》，重庆大学出版社，2010年版，第98页。另，朱水涌有《冰心与林巧稚》一文，见王炳根主编《冰心论集（三）》（海峡文艺出版社，2004年）第376—384页，可作参考。

附录

上海沦陷区所刊冰心的三篇文字辨读

《冰心全集》自1994年初版以来，至2012年，已经三版。其间，对冰心佚文，多有新的发现。2012年2月25日，卓如在《第三版编后记》中也说："冰心的作品很多，而且发表于中外诸多报刊，全集难免遗漏，有待继续发掘、增补。"①抗战时期，冰心有三篇文字曾见于上海沦陷区的杂志，但尚未引起研究者的充分关注。今就此略作辨读，以期能对《冰心全集》有所补益。

一、《现代女作家书简·冰心》

××先生：

来信敬悉。关于作稿，岂明先生已催过两次了，只因牙疾，不能写作，抱歉之极。"××特辑"很动人，颇想写他一写，题目一时不能定，因为我作稿，常常是后定题目的，在可能范围内拙稿总拟在五月中旬奉上不错。此请撰安！

①卓如编：《冰心全集》（第十册），海峡文艺出版社，2012年版，第432页。

冰心拜　五月一日

《书简》发表于《风雨谈》第 11 期，第 74 页。1944 年 4 月出版。《风雨谈》，文艺月刊，1943 年 4 月创刊于上海，“风雨谈社”编辑兼发行，柳雨生为其“代表人”，太平出版印刷公司出版。1945 年 3 月出至第 17 期时，由 24 开本改为 16 开本。同年 8 月，出至第 21 期停刊。柳雨生在《创刊之辞》中标榜“盍各言尔志”的本旨，主张古今中外，东西南北，无一不可作写文章的题材，无一不可作编杂志的对象。其内容以创作为主，兼顾翻译、批评。周作人谈古说今、冲淡闲适的散文随笔受到编者的格外推崇，在刊物中占有突出地位。其经常撰稿人有小说作者冯和仪（笔名苏青）、予且、丁谛、谭惟翰、包天笑，戏剧作者沈凤、罗明，诗歌作者南星、路易士、废名等①。

该期“现代女作家书简”共计 15 通。作者依次为：丁玲、许广平、冰心、陈衡哲、苏雪林、陆小曼、王映霞、沉樱、袁昌英、沅君、凌叔华、冰莹、苏青。由于关键信息的缺失，对书简的来龙去脉，很难做出判断，笔者曾对此有过推考，结果却未获其要。②

不过，信中的“岂明先生”，自是周作人无疑。两人之间，倒不乏交往。1923 年春，时任燕京大学国文系主任的周作人，曾负责指导燕大女校学生谢婉莹的毕业论文《论元代的戏剧》。从周作人的日记来看，此后师生之间，除书信往来之外，1923 年 7 月 31 日，“谢女士来访”。所谓“来访”，是指冰心去八道湾拜访周作人。1929 年 10 月 15 日，“午至南大地，吴文藻君及冰心招午餐”。此时，距离二人完婚刚好四个月。1934 年 7 月，周作人在日本探亲时，曾接受井上红梅的采访，否认自己有不少“在文坛上崭露头角的得意门生”，认

①唐沅、韩之友、封世辉等编：《中国现代文学期刊目录汇编》（第五卷），知识产权出版社，2010 年版，第 3142 页。

②熊飞宇：《上海沦陷区所刊冰心的四篇文字辨读》，《海南师范大学学报》（社会科学版）2014 年第 7 期。

为"来学校听我讲课的人很多,但关系密切的只有两三位",即俞平伯、废名和冰心女士①。抗战爆发后,冰心远走西南,周作人则附敌。1941年,冰心在其《寿郭沫若先生》,感慨"五四以来的作者,大都风流云散,夭逝的夭逝,改行的改行,真正忠于文艺的数不到几个了!……最近文艺界中,变节的如周作人先生,病逝的如许地山先生,都是我们极大的损失"。② 文中,冰心对周作人虽仍尊"先生",但对他的"变节",却颇为惋惜。

后翻阅《冰心全集》,无意间得此信件全文:

陶先生:

来信敬悉,关于作稿,岂明先生已催过两次了,只因牙疾,不能写作,抱歉之极。《北平特辑》很动人,颇想写他一写,题目一时不能定,因为我作稿,常常是后定题目的。在可能范围内拙稿总拟在五月中旬奉上不误。此请撰安。

语堂先生前代候。

冰心拜

五月一日③

此信题作《致陶亢德》,写作年代为1936年,舒乙征集。时陶亢德为《宇宙风》的编者。信件内容是冰心对其约稿的回复。同月21日,冰心又有一函致陶亢德:

①颜浩:《〈语丝〉时期的苦雨斋弟子》,《鲁迅研究月刊》2001年第12期,第64页。

②王炳根选编:《冰心文选·佚文卷》,福建教育出版社,2007年版,第64—65页。

③卓如编:《冰心全集》(第八册),海峡文艺出版社,2012年版,第11页。

陶先生：

收条一纸，寄奉，并谢。

欧行通讯，已有多处相约，编辑们都是相熟朋友，颇觉得难于应付。将来或写出各种形式文字，如“欧行通讯”“欧游杂记”等，分头登寄。《宇宙风》当然会有一份，行程定经美赴欧，七月初定可到沪，旅程通讯住址俟到沪后再函告不误，匆复。

祝

撰安

冰心

五、二十一

后《宇宙风》终得冰心一稿。据《冰心生平、著作年表简编》，1936年6月，《宇宙风》第十八期发表其《一日的春光》。“欧行”一事，是指该年暑期，冰心赴欧美游历，先后到达日本、美国、英国、意大利、法国、德国、苏联等国家。至1937年6月29日，方从欧洲回到北平。①

二、《孤鸿（卜算子）》

《万象》第3卷第7期（1944年1月1日出版）有一幅插页（第68页），为冰心手书的《孤鸿·卜算子》，署名“谢婉莹”。其文如下：

缺月挂疏桐，漏断人初静。时见幽人独往来，缥缈孤鸿影。

①陈恕：《冰心全传》，中国青年出版社，2010年版，第501页。对于这次游历，该书在正文中却说：“1938年9月，冰心、吴文藻离开上海，开始了第二次‘扁舟横渡太平洋’的航程。”（第159页）其中，“1938年”当为1936年。

惊起却回头，有恨无人省。拣尽寒枝不肯栖，枫落吴江冷。[1]

此词当是苏轼的《卜算子·缺月挂疏桐》。然与通行的版本相较，异者有三：

首先是题目。偶见题作《卜算子·雁》。不过，现行的各选本，均有一小序“黄州定慧院寓居作”。唐圭璋认为，上片写鸿见人，下片则写人见鸿。[2] 人而似鸿，鸿而似人，非鸿非人，亦鸿亦人。诗人本意，乃在托鸿以见人。由此可见，“鸿”实为该词诗眼。冰心如此书写，或许有所本，但以“孤鸿”为题，却具点睛之妙。

其次，“时见幽人独往来”句，今以“谁见幽人独往来”居多。至于“时见”与“谁见”孰优孰劣，此处不作论列。

再则是末句。王世贞《山谷书东坡卜算子词帖》(《弇州山人四部稿》卷一三六)云：“词尾‘寂寞沙洲冷’，一本作‘枫落吴江冷’，‘枫落’是崔信余诗语，不如此尾与篇指相应。”[3]“崔信余”，“崔信明”之误。《旧唐书·郑世翼传》载：“时崔信明自谓文章独步，多所凌轹。世翼遇诸江中，谓之曰：‘尝闻“枫落吴江冷”。’信明欣然示百余篇。世翼览之未终，曰：‘所见不如所闻。’投之于江。信明不能对，拥楫而去。”《新唐书·文艺传上·崔信明》亦载：“信明蹇亢，以门望自负，尝矜其文，谓过李百药，议者不许。扬州录事参军郑世翼者，亦骜倨，数恌轻忤物，遇信明江中，谓曰：‘闻公有“枫落吴江冷”，愿见其余。’信明欣然多出众篇，世翼览未终，曰：‘所见不逮所闻。’投诸水，引舟去。”余秋雨在《吴江船》对此句称道说：“‘枫落吴江冷。’这是谁写的诗句？寥寥五个字，把萧杀晚秋的浸肤冷丽，写得

---

①唐圭璋编纂、王仲闻参订、孔凡礼补辑《全宋词》(简体增订本，中华书局，1999年版，第一册，第381页)文字与之同。

②唐圭璋：《唐宋词简释》，上海古籍出版社，1981年版，第94页。

③曾枣庄：《苏东坡词全编》(汇评本)，四川文艺出版社，2007年版，第108—109页。

无可匹敌，实在高妙得让人嫉恨。”①虽如此，末句作“枫落吴江冷”，更多的可能是出自后人的臆改②。

观冰心此柬，字迹秀挺，书写流利。插页曾附图一帧，为明人木刻，作者不详。

三、《建立更生的新文化》

1942年，《和平杂志》③第1卷第6期，为“庆祝兴亚七七纪念”，发表《建立更生的新文化》一文（第21—25页），作者署名“冰心”。

文章认为：“一个民族的盛衰，不仅系于土地的广大，及人民的众多。优越的文化，往往是决定一个民族盛衰的因素，因为是推进社会的原动力。所以要创造一个新的社会，要建设一个新的国家，均须着手于文化的改造。……但要创造新文化，先要明白文化的发展现状，尤其要明白那些民族发展的文化的特质。”但是，“在目前中国社会中……所看到的文化发展现状，主要的有下列几种情形”：“一、侵略我民族利益之‘白色帝国主义’的资本主义之文化”；“二、危害我民族生命之‘共产主义’的赤色文化”；“三、不顾民族生存，专

①余秋雨：《文化苦旅》，东方出版中心，1992年版，第193页。

②凌郁之：《吴江枫叶细，片片报诗成——崔信明“枫落吴江冷”品读》，《古典文学知识》2011年第3期，第22页。

③“《和平杂志》（1942.2—1942.7）/上海和平杂志社编；政治刊物/总1：1—6”（丁守和、马勇、左玉河等主编《抗战时期期刊介绍》，社会科学文献出版社，2009年版，第469页）。不过，据姚福申、叶翠娣、辛曙民的《汪伪新闻界大事记》（上），至1942年9月8日，汪伪“宣传部驻沪办事处处长冯节发表谈话，宣布取缔上海四种违法刊物：《国民月报》《和平杂志》《大东亚宣传报》《大东亚月报》。这些刊物都带有投机性质，或盗用汪精卫、林柏生名义伪造电文，或擅用汪伪宣传部名义强迫商民登广告或勒索补助金”（《新闻研究资料》总第48辑，中国社会科学出版社，1989年版，第191页）。

图一已发展之‘个人主义’及‘个人集团’”；“四、阻碍东亚建设的‘乡土观念’，‘家族观念’以及一切宗法社会的‘封建思想’”；“五、黄老思想的‘无政府主义’”；“六、戕贼民族生命力的堕落的，淫荡的，自杀的‘颓废文化’”。明白于此，“我们要从和建中创造民族的新生命，首先要创造一个以东亚为本位的更生的新文化”，其主要“原素”包括：“以东亚的文明精神”为“最高原则”；“必须具有最勇敢的精神，最伟大的气魄”；“必须具备有最坚强的决心”；“必须有一种坚强的自信”。

观此文大旨，与谢冰心的思想和主张大相径庭，其文风亦迥然有别。如前所述，民国时期，以“冰心”为名的作者甚多，故钩稽冰心佚文时，不可不辨。另一方面，则可能是伪作。这种情况多有发生，如张恨水在抗战胜利后，从重庆回到北平，“发现沦陷期间有100多部内容荒诞不经、下流无耻的作品，一律盗用张恨水的名字在市面流传”①。

①谢蔚明：《那些人 那些事》，上海远东出版社，2013年版，第115页。

书报介绍：关于女人

（男士著，天地出版社出版，民国三十二年九月初版）

“男士”在文坛上也许是一个陌生的名字，但聪明的读者们，如果细细欣赏《关于女人》这本书中轻松的笔调，细腻的描写，与乎优美的辞句，便会晓得“男士”先生在文坛上不但不陌生，并且还是一位不少青年男女倾倒崇拜的名作家呢。

《关于女人》这本书，一翻开来便给了我们一个新鲜的印象——抄书代序——作者借曹雪芹在红楼梦中所说的“……闺阁中历历有人……”的一段话说明他写作的动机。在本书中，作者说出了他对女人的见解，并用他优美的文笔描述了十三位令人敬爱的女性。

在《关于女人》的一本书中，除了代序和后记外共有十五篇文章：第一篇《我最尊敬体贴她们》。作者在这篇文章中，用最客观的态度，把战时妇女的苦衷都仔细刻划①出来了。他说出了妇女怎样茹苦含辛在这伟大的时代中尽她们的双重责任。他说：“假如抗战提高了中国的地位，提高了军人，司机，乃至一般工人的地位，则我以为提得最高的还是我们那些忍得住痛耐得住苦的妇女。”第二篇

①“刻划”同“刻画”。

《我的择偶条件》,文中所提出的条件,虽然多是着重于嗜好与习惯上的小节,但也未始不含有相当的至理,他的好处在于处处都是就自己已有的去求人来配合,不是如一般人的只是一味苛求于对方而不反躬自问。

除这两篇文章外,作者在其他十三篇文章中描述了十三个女人:第一个是他的母亲,一位有新思想而又能干的老太太,有知人之明,又有极高的鉴赏力,她帮忙过革命工作,同时也注意一切新文化运动,她留心看报,不让时代把她丢下。作者说:"我则以我的母亲乃是世界上最好的母亲中最好的一个……她不但是我的母亲而且是我的知友。……"第二个是他的教师,作者说:"她是我们的女教师中间最美丽最和平最善诱的一位。她的态度严肃而又和蔼,讲述时简单而又清晰。"而对于她的温柔的性格,美丽的仪表,都有细腻的描述,他还为她写了《雅歌》式的赞美诗。跟着三篇,作者写了他的三位弟妇:他的二弟妇是他的表妹,她和他的二弟是青梅竹马两小无猜的结合。关于他俩的恋爱经过作者自己说帮过他们不少忙。这位二弟妇是一个能干的小主妇,并且是作者父母朝夕的安慰,一位确能代替子职的好媳妇。三弟妇是一位能适应时代环境的新女性,稳[重],知足,乐观。抗战前是一位时髦的娇小姐,抗战后却能屈居在工厂旁的一间草房,炎夏的天气中,在斗室中煮饭洗衣服,汗流如雨,嘴里还能唱歌。并常笑说:"多出一点气可以少出一点汗。"四弟妇是一个稳静大方,温柔活泼,爱淘气的小姑娘,在校里家中,都做了她周围人们爱慕的对象。她不特是作者的弟妇,同时也是他的学生。第六个女人是作者的奶娘,她是一个忠实的乡下人,特别忠心于她的主人,爱惜物力,常常监视着其他的工人,唯恐他们取巧作弊。她还有一个特点,就是痛恨日本人和台湾人,因为她家的几亩田地和杂货铺是给台湾人占去的,她的丈夫因此气死。所以她除了希望她的小主人好好读书,大了中举人,中进士,作大官,挣大钱,娶个好媳妇,儿孙满堂外还希望他能跨海打东洋,替她报仇,吐气。

第七个女人是L大姐,一个有名的产科医师,她的敏捷矫健的双手,接下了成千累百的中华民族孩童。第八个女人是作者的同学C女士,她是一个“一看就美,越看越美”的女性。她多才多艺,而且为人温柔大方,人望又好,男同学对她固然敬慕,女同学们对她也是极其爱戴,她在学校的每一个团体中,总是负着重要的责任。第九位——“我的朋友的太太”。这位太太是一个科学家,同时又很富于审美的观念。她是一个最人性最女性的女人。第十位——“我的学生”,这位小姐是最值得我们佩服的。她是一个生长在澳洲的华侨,聪明,活泼,淘气,善变。举凡开会,赛球,骑车,散步,演讲,排戏等没有一样少得了她,并且常常打扮得漂漂亮亮的和外交界或使馆界的人们吃饭,跳舞。但这一切活动并没有影响到她的功课,她以很高的荣誉毕了业。和一位不苟言笑的学地质学的同学结了婚,家里的布置简直是全盘西化,工人,厨子,园丁,司机,以及打杂工人等一大堆。在战事发生几年后,作者在云南一个偏僻的县治旅行,却在无意中遇见了这一位女学生在溪边洗衣服,后来她请作者到她们山中的家去住两天,这山家的一切设备虽比从前简陋得多,但都是她们夫妇双手创造的,她们的一家在那里过得非常快活,并且一切虽因陋就简,但却非常清洁。她本人后来因为热心看护他的病人而至损伤了自己的健康卒至送命。第十一位——“我的房东”,她是一位六十余岁的法国老小姐,一个小说家,她爱好文学、美术和音乐。她为着事业和自己的健康甘心牺牲她的婚姻生活。第十二位是作者的学生而又是后来的邻居,这是一位最使人同情的女性。在她的学生时代,她是一位很有文学天才长于写作极有希望的未来女文学家。因为这样,她的父母都让她尽力向这方面发展。所以一切针线女工、厨房工作等琐碎家务她都不过问。但到战事发生后,作者在后方一个城市中和她邻居时,她的环境却完全改换了。她做了四个孩子的母亲,全部时间消磨在家务里。她要出去找职业,婆婆反对;她要写文章卖钱,丈夫说得不偿失。她只好整天肿着眼泡低头出入,洗衣烧饭忙个不停。但对于这一切家务她原本生疏，因此她不但不能发展她自己的天才，反而常受着婆婆的责备和丈夫的抱怨。她的父亲还写信来说："南国浓郁幽艳的风光，又不知添了你多少诗料……"她也只有低叹："文章误我，我误爹娘。"最后一个女人是张嫂，她是一个活泼利落的农村少妇，也是大后方中一个重要的生产工人，耐劳，健康，勤快。生孩子的前一天还在山下做工，刚生过孩子便坐在床上织渔网。但工作已把她的青春洗刷得不留一痕丝迹①，才二十五岁的人，便已苍老得像三四十岁的人了。但她很安分，永远不发问，不怀疑，不怨望。日出而作，日入而息——挑水，砍柴，洗衣，种地，一天里风车儿似的，山上山下的跑，只要有光明照在她的身上，总是看见她在光影里做点什么。有月亮的夜里，她还打了一夜的豆子。

"男士"先生在《关于女人》中所描述的十三位女性，虽然都很平凡，在我们的生活中也常会遇到，但她们却表现了女性的"真""善""美"。正如作者后记中所说："我对于女人的看法，自己相信是很平淡，很稳静，很健全。她既不是诗人笔下的天仙，也不是失恋人心中的魔鬼，她只是和我们一样的有感情有理性的动物，不过她感觉得更锐敏，反应得更迅速，表现得也更活泼，也更深沉；更细腻也更尖刻……世界上若没有女人……这世界至少要失去十分之五的'真'，十分之六的'善'，十分之七的'美'。"

（巧）

（本文发表在1943年10月《妇女新运》第5卷第10期，第51—52页）

①"一痕丝迹"当为"一丝痕迹"。

钩沉：日占区有关冰心的三篇评论文章

冰心作为现代中国新文学史上独树一帜的女作家，自登上文坛伊始，便受到评论界的密切关注。相关文章，不断见于报刊杂志。范伯群编《冰心研究资料》①（知识产权出版社，2009年），辟有《研究资料目录索引》，罗列较详；林德冠、章武、王炳根主编《冰心论集（下）》（海峡文艺出版社，2000年），其第三辑即《冰心研究资料目录索引》，对前者有进一步的补充和丰富，但两者均未臻于完备，尤其是抗战时期，在日占区尚有一些评论文章，亟待引起研究者的关注。今撷其部分篇章，以示同好。整理以保持原貌为准，需要修订之处，则以注释加以说明。

万书绅辑：《冰心女士》

一、传略

一代女作家谢冰心女士（婉莹），在去年（二十九年）十一月里，

①该书最初由北京出版社1984年12月出版，列入"中国现代文学史资料汇编（乙种）"。2009年4月再版时，内容几无修订。

以害肺病便无声无臭的死于物资缺乏的昆明了！年来很有几位学人，都相继死掉。冰心女士之死，文坛上又弱一个，同时，也是中国学术界重大的损失！她的病以至于死，远因却在执教燕京时便害着肺病。初，毕业于福州女师，民十二，才在燕京毕业，毕业后，与许地山（落花生）一同去美，得有硕士学位[①]那时她们[②]俩便在热恋着，由于冰心女士的孤僻，也可说许一个人在单恋吧？所以她们俩终于没有结婚，返国后同服务燕京时，白劳许很可怜的写了一大堆，“无法投递之邮件”。她说：“我不能同许结婚。”我们想想[③]一，大概因她比许要大[④]十几岁，二，也许因她从小生于海，她的性情始终是如海的冷静吧？所以在民十八，她合[⑤]吴文藻结婚了，她开始小说写作是远在未出国门的时候。她与吴要同服务燕京，但燕京章则说：“夫妇俩人同来校服务时，是不能拿两份钱的。”在民二十，二月里，她的男孩“宗生”出世后，便一同去职了。

她生于一九〇三年（？），小时在吃饭的时候，常常听她外祖母给讲海的故事，她的写作永远不离母亲和海，在这时便潜伏着了。记得她在燕京时，老是梳着她那很宝贵的发髻，旁人劝她剪了去，她说：“不剪。”就这样无理由的答覆。她和吴在家庭里，“御夫”，很拿手，有客人来时，她陪同谈话，常常说：“文藻！倒茶来！”“文藻！接电话去！”而吴也真善驯，毫不之怪，这也都成她们俩的习惯了。

事变后，和吴同去西南联合大学任教授，后来害着病，请不到好医生，买不到好药品，去年在一个风雪之夜里，没有母亲，没有海，没有月，便死去了！

---

①此处当有句号。文中的其余标点，也多有不切当处。

②“她们”，现多作“他们”。下同。

③此处宜有冒号。

④此处有误，应是许地山年长。

⑤“合”，当用“和”。

二、作品

1.小说:超人①。往事。去国。南归。姑姑。冬儿姑娘。

2.新诗:繁星。春水。迎神曲(一三四首)等。

3.散文:寄小读者。冰心游记。闲情。哲理的散文诗。

4.翻译:先知。凯罗纪伯伦(叙亚利②)。

三、思想与性格

1.宗教的意味:对宇宙感觉神密③,对于什么事情好像都不明白,富于想像力,缺乏实际和经验。酷嗜迷信,极信命运,随命运之所至,事事不忘求。

2.孤冷的性格:精神是活泼的,但是性格却孤僻得了不得。梁实秋说她冷热无常,正如塞北的夏天,这也④她到底不能与许地山相投的因素。

3.爱自然:她说:"我们都是自然的婴儿,卧在宇宙的摇篮里。"所以她的生活与行为也都趋向自然,决对⑤不勉强。可是无时不在希望与自然接近,伟大,美,神密。

4.爱海:这好像她的唯一的爱了,常说:"说几句爱海的孩气的话"。"海阔天空"。最喜欢蓝色和灰色,因为她的庄严淡雅。论语上说:"智者动,仁者静,智者乐水,仁者乐山。"她也说:"海是动的,活泼的,使人有透视的能力。"可以知道,近水人聪明,近山人诚实,冰心女士全是近水的聪明。

5.母爱:在新文学运动声⑥中,陈西滢说:"除了母亲和海,冰心女士好像表示世界上没有爱了。"她自己在春水里说:"我在母亲的

---

①本文在叙及作品时,均无书名号。

②"叙亚利",当作"叙利亚"。

③"神密",现作"神秘"。下同。

④此处脱落一"是"字。

⑤"决对",现作"绝对"。

⑥原文如此。

怀里，母亲在小舟里，小舟在月明的大海里。”她有母爱，同时还在爱小孩。

四、批评

1.诗：她的哲理诗，小诗，五六句以上者很少，这完全是受了太戈的尔①影响。成仿吾在诗之防御战里（见创作周报第一期），告诉后者说：不可学她。拿她和宗白善②相比。批评她的哲理诗说：“冰心女土③亦不过善于把一些高尚的，抽象的文字集中来罢了。”“论理的或概念的与过于抽象的文字，总列为诗形，而终不能说是诗。”梁实秋在繁星与春水里说：“冰心是一个冷若冰霜的教训者。”这一些完全是人生的教训。又说：“她的词句，选择的谨严美丽。……句法太近于散文体。”他的意思是应当注重韵。朱自清有一次在燕大讲演，知道冰心女士没有在座时说：“零碎的篇儿，零碎的思想。”这两句话批评得很对。

2.小说：《创作周报》第十二期成仿吾在《评〈超人〉》里说：“冰心女士没有实生活之体验，只有思想。完全是窃取旁人的经验。全凭想像力。”那么冰心女士便不是二十世纪的人了，较比④丁玲，黄庐隐相差太远。又说：“她的诗人的天份很高，艺术家的手腕很足，就是这篇小说里，都比那些诗翁的大作还要多些诗意，她那丰富的想像，与真势⑤的心性都很可爱，精细的描写，与伶俐的笔致，也都能把女性的特长，发挥得出。”但是他又说：“无论诗与小说都有几分被抽象的叙述胀坏了的模样，这也许是冰心重想像，而不重观察的结果。”一褒一贬，正中肯綮，真能叫我们为冰心女士一则以喜，一则以惧！

---

①“太戈的尔”显系错排，当作“太戈尔的”。

②“宗白善”当作“宗白华（華）”。

③“女土”当作“女士”。

④“较比”多作“比较”。

⑤“真势”，或当作“真挚”。

陈西滢说:“她的小说里有优美的散文诗。”在《评〈超人〉》里却说:“一望而知是个没有出校门的聪明的女子的作品,人物和情节都离实际太远了。”也是褒贬兼半,而批评得恰到好处。朱自清说她的小说日记体和书函体太多了,日记体和书函体,都是小说中之下焉者,她没有艺术手腕,一味描写,毋乃过于太平,他便直接予以贬词了。

3.散文:郁达夫在《新文学大系·散文》(第二集)导言里说:“冰心女士的散文的流俐,文字的典雅,思想的纯洁,在中国可好算独一无二的作家了。”他这几句话太有些恭维得过火了——尤其是“独一无二”这一句。他又说:“我们读了冰心女士的作品,便可了解中国历史上才女的心情,文必己出,哀而不伤,动中法度,是女士的生平,也就是女士文章之极致。”我们研究冰心女士,历史上才女的心情,她是能代表的。朱自清批评说:“白话文言化,中文西文化,高尚纯洁的思想,清绮流俐的文字。”中文西文化,是她西文学之高深的表现,高尚纯洁的思想,自是公论,他在字里行间老像对冰心有一种恶意的批判。周作人在徐志摩纪念序里说:“仿佛是鸭儿梨的样子,流俐清脆。”总之,在批评她的人,全逃不掉“流俐”二字,冰心女士的文章,能得到“流俐”二字的众评,也就很值得我们读了。

五、结论

冰心女士真个死去了,今后我们应当如何的纪念她,才能表示我们对这一代女作家的倾慕之心呢?冰心女士的性情,我们拿《红楼梦》的两个人来比喻,她是介乎林黛玉与薛宝钗之间的。可惜的是,他①在昆明近几年来有什么著作,我们没法拿来读,不然,北国文坛,不乏健将。归根到底,给她来一个盖棺论定,也是好的。现在在下面给欲研究冰心女士者介绍几本书:《现代中国女作家》,黄英著。《冰心论》,李希同著。均北新版。《评〈超人〉》《诗之防御战》,成仿吾著。《散文·第二集·导言》,郁达夫。《西滢闲话》,陈西滢。

---

①“他”当作“她”。

《〈繁星〉与〈春水〉》，梁实秋。

此文发表于北京《妇女杂志》1941 年第 2 卷第 4、5 期合刊，第 89—90 页。抗战时期，有三种《妇女杂志》先后出刊。其一：“《妇女杂志》(1939.2—1939.10)／王灵娴编，奉天(今沈阳)该刊出版；妇女刊物／总 1:1—8”。其二，“《妇女杂志》(1940.9—1945.7)／北平妇女杂志社编；妇女刊物／总 1:1—6:7”。其三，“《妇女杂志》(1945.8)／北平中华周报社编；妇女刊物／总 1:1”[①]。此处当为第二种。万书绅，生平不详，另有《黄庐隐的遭遇及其他》，见《妇女杂志》第 2 卷第 6 期(第 76—78 页)。

本文的写作，是源于作者听到冰心去世的传言，如其所说：“一代女作家谢冰心女士(婉莹)，在去年(二十九年)十一月里，以害肺病便无声无臭的死于物资缺乏的昆明了！”无独有偶，当时北平一家娱乐性刊物《全家福》，对冰心的“去世”也有报道：

小朋友们：告诉你们一个恶劣的消息，你们可不要哭，娘刚给我擦完泪，你们如果哭，我又得落泪，还怎么说话呢！

咱们失去了一个大朋友，一个爱护我们的人，大家猜猜是谁！就是冰心啊！冰心死了，真死了。她最喜爱咱们吧！他[②]告诉咱们娘爱的“真挚”，娘爱的“伟大”，她总是写这些文章，现在她可满足了，她可快乐了，因为他找着了她的娘，躺在她娘的怀里笑。是的，娘的爱真挚，娘的爱伟大。一会儿我告诉娘一声，你们也告诉你们的娘一声，咱们再结伴牵手，去我[③]她的坟好吗？为的是给他[④]鞠三

①丁守和、马勇、左玉河等主编：《抗战时期期刊介绍》，社会科学文献出版社，2009 年版，第 344 页。

②“他”当统一作“她”。下文同。

③原文如此。

④“他”，当作“她”。

个躬啊！小朋友们，咱去吧；但是，可别忘了告诉娘。①

报道虽有卖弄噱头之嫌，但足见传言的流布甚广。1940 年 11 月，冰心应宋美龄之邀，移家重庆，其突然离去，引发不知情者的猜疑，于是乃有冰心病殁于昆明的流言。

正是在确信冰心已死的前提下，万书绅才对有关冰心的评论文字，分门别类地予以辑录。这些“盖棺论定”，虽然来得过早，但研究者自可看到时人对冰心的臧否。

陈冰若：《谢冰心女士评传》（上）

一 小传

冰心女士，姓谢，名婉莹，冰心二字是她写文章时惯用的笔名。福建省福州人。现年三十八——？——岁，适前燕京大学法学院院长吴文藻博士。大概现在至多只有两个小孩子。家庭状况，极为安适优美。所以，论才藻她自足以媲美北宋之李清照，朱淑真；而讲到命运，似又殊远胜过之。

因为她是福建的原籍，所以她父亲亦是一位海军界的名宿，与海军名将萨镇冰先生是很要好的朋友。她所以从很小的时候便常能与海军界的人物相往还，常能到兵舰上面去玩耍。因了这个特优的机遇，使得她能够很透澈的认清了“海”和海的美。她一面被动的受了海的陶冶；一面更主动的作了海的热烈的钟爱者。我们若说造成这么一位伟大纯挚——甚至可以说是圣洁——的女作家的功劳，有二分之一以上要归之于“海”的话，也许不会有人说是在过分吧？

①温莉：《冰心死了，大家失去了爱护者》，《全家福》1941 年第 3 卷第 7 期，第 29 页。《全家福》（1939.1—1944.9），北平全家福杂志社编辑部编。文中所谓“娘爱”，亦即母爱。

她自己亦曾这样说过：

“我从小是个孤寂的孩子，住在芝罘东山的海边上。三四岁刚懂事的时候整年整月所看见的，只是：青郁的山，无边的海，蓝衣的水兵，灰白的军舰。所听见的，只是：山风海涛，嘹亮的口号，清晨深夜的喇叭。生活的单调，使我的思想的发展，不①和常态的小女孩不同其径路。我终日在海隅山陬奔游，和水兵们作朋友。……”

其幼年境遇之优越，难得，真是令人羡煞！

她的兄弟很多，大概都比她小些。都也取名有一个“冰”字。最小的弟弟现在犹攻读于某大学文学院呢。她与弟兄们的手足之情都异常笃厚，至于其对母亲之纯孝与挚爱，自不待证诸其文章而后知了。

她的母亲是一个多愁善感的女性，充分的慈爱的光辉，使她感到温暖。在这样优适温和的环境之下，凝固了她作品的中心意识。在这意识上使她认识了宇宙与人生，因之她的生活上充满了顶强烈的热力与爱心，她的宗教观，也同样的建筑在无尽的爱的上面。

还有，她的舅父杨子敬先生——老同盟会会员——和她的表舅父王夆逢先生都是晚清时代的很渊博的大师宿儒，先后都教过她读书，使她受益很大，尤其是王夆逢先生教她读唐诗，培植了她在诗的方面的修养，这更是不可淹没的一件事。

她在四岁的时候，便能跟着母亲认字片，亦称得起是一个“女神童”哩！

她的文章的一大半是“母爱”所织成的。同时，她前半生的精神亦全寄于爱她的母亲。在民国二十二三年上，她的母亲不幸死去了。这不啻是给她的心灵上以一个足以致命的打击，这在她那脆弱的心灵真是太禁受不得了。她于悲痛之余，写了一部小书，便是《南归》。此文曾接连刊载于《晨报》之副刊中，后亦曾印为单行小册。

---

①“不”字似多余。

内容真是一字一泪，充溢至情，令人直不忍卒读。普通有好多人都认为这是一本小说，而在个人的见解，却总以为应该算是长篇的散文。在全集自序中她仍在念念不忘她的慈母：

“重温这些旧作，我又是如何的追想当年戴起眼镜，含笑看稿的母亲！我虽然十年来讳莫如深，怕在人前承认，怕人看见我的未发表的稿子。而我每次作完一篇文字，总是先捧到母亲面前。她是我的最热诚的批评者……假若这时她也在这里，花香鸟语之中，廊前倚坐，听泉看山。……上海虹桥的坟园之中，数月来母亲温静的慈魂，也许被不断的炮声惊碎！今天又是清明节……不知上海兵燹之余，可曾有人在你的坟头，供上花朵？……安眠罢我的慈母！上帝永远慰护你温静的灵魂！”

哀感凄楚，读之令人起无限同情！

她本人的个性，亦可以由其文字整个看出。是那样的温婉柔和，十足的是一个中国资产阶级修养完美的典型女性。在前些年，有好多小的书店等私自刊行她的全集，甚至于把好多别人假造的文章都滥竽充数的填塞进去。这若在别人遇着，早又非拼命不可了。而在她，则虽然亦有些生气，但亦无何大举兴诉等事，倒自称“不敢掠美”云云。这才是真纯耶稣教信徒的态度！

婚后之生活，在她亦未能例外，两口儿少不得亦是有些小小的不太容恰的地方。而她全能很和婉的使它无形消解，“离婚”二字之加余①她和吴博士二人头上之危险，是全用不着我们来替耽心的。

自从失去了慈爱的母亲以后，她只好便专心一志的自己去作慈爱的母亲了。亦仍能恬适的生活着，文章却是自此越发写得少了，有人说这乃是受了她的建康②的影响；在某杂志《岁朝试笔》中，她自称文思日入“涩”境，恐亦是实情吧！

---

①“余”当作“于”。

②“建康”，当作“健康”。

二 作风

在《冰心全集自序》中,一开头她自己曾这样的说:

“我从来没有刊行全集的意思。因为我觉得:一、如果一个作家有了特殊的作风,使读者看了他一部分的作品之后,愿意能读他作品的全部。他可以因着读者的要求,而刊行全集。在这一点上,我向来不敢有这样的自信。二、或者……”

由此看来,似乎她并没有个人独特的作风了。其实,不然,这只好说是她的过分的自谦而已。在前面我们已经说过,她的母亲的多愁美感①,慈爱温和的性格给她的影响很大。所以才促成了她独有的全以“爱”织成的纯洁优美,至情充溢的特别风格的文章。当然,不管是小说,诗,以至于散文都是一样的。

有很多人在毁谤冰心女士,说她的作品如将“母爱”和“海”的歌颂抽出以外,则将空无一字一物了。诚然,我们的确亦应该坦白的来承认这一点,并且,实亦不足,不必为贤者讳。即便连冰心女士自己,恐怕亦许都不会否认的。若在一个平凡的人写文章,只是反复的在说这一点点东西,亦许会是不值一顾的了。而在冰心女士,则决不足病,甚且可以说她的优点亦正在此。因为些什么原故呢?她——冰心女士,有她自己特有的天赋以及环境,使她能够对于“母爱”及“海”——因为我不能在她的作品中找到关于她对“孩子”的透澈认识的句子,所以不敢把“孩子”加在一起。——有了透澈的真的认识及钟爱,所以她才反来复去的总在描写,讴颂这些。她说的都是出于衷臆,发自至情,每一个字都跳跃着爱,正如一个个美丽的花环连结在一起,交织着放散幽香。虽她的五六十万字的著作即再增加其字数至十倍百倍,而仍只是说这些东西,仍不出这个小小的范畴,也决不会重复,也决不会有损于她的作品之伟大价值。记得

①“多愁美感”疑是“多愁善感”。

个人在十多岁时,初解读书,看了她的一些文章以后,几几乎①可以说是中了迷。本了人类模仿的习性,便每写文章——其实也称不起“文章”,只是找不到别的适合的字眼来说,姑且借来用而已。——必离不开这些,“唉呀”“美丽”等等的写个不停,连自己亦不知到底是些什么,真正的认识与感想自更决②谈不到了。后来自己发觉直是在无病呻吟,太觉肉麻,才渐次改了。

冰心还有一个特点,便是无论写什么文章,总免不掉要“写景抒情”。如她在全集自序③里还有:

“雄伟突兀的松干,撑着一片苍绿,簇拥在拦④前。柔媚的桃花,含笑的掩映在松隙里,如同天真的小孙女,在祖父怀里撒娇,左右山嶂,夹着远远的平原,在清晨的阳光下拥托着一天春气。石桌上,我翻阅了十年来的创作;十年前,二十年前的往事,都奔凑到眼前来。我觉得不妨将我的从未道出的……”

这么一段文字。固然,在序文中插入这样的文句,殊为我们前所罕见,并且亦颇嫌冗赘。而经她婉妙的写来,我们似觉得这枯燥漫长的序文中又颇须要来这么一点儿调剂一下了。

或者亦许因为她是女人吧!她的才气终究难称浩大磅礴,文章中极缺乏所谓“积极的意识”。并且,若干年来,也似很少进步。我们看她自己说:

“……我觉得我如同一个卖花的老者,挑着早春的淡弱的花朵,歇担在中途。在我喘息挥汗之顷,我看见许多少年精壮的园丁,满挑着鲜艳的花,葱绿的草,和红熟的果儿,从我面前如飞的过去。我

①“几几乎”,犹“几乎”。[明]陈治纪《书张文忠公文集后》:“夫伊尹之放桐,周公之徂东,当其时,盖亦几几乎不免于不臣不弟之过矣。”

②“决”当作“觉”。

③本文的书名号也是时有时无。

④“拦”当作“栏”。

看着只有惊讶,只有艳羡,只有悲哀。……”

由这些,我们亦可见到她未尝无自知之明了。

读冰心女士之文章,可以说很像是饮微温的白开水,不感到什么刺激,只尝到于冲淡之中微微有些甜味。大家读陶诗,不曾听见有谁因为向他要求“积极的意识”得不到,而表示什么不满,而我们何苦对冰心女士独相责特苛呢?

三 小说

冰心女士从很小的时①便和小说发生了关系:

“刮风下雨,我出不去的时候,便缠着母亲或奶娘,请她们说故事。把《老虎姨》《蛇郎》《牛郎织女》《梁山泊》《祝英》台②等,都听完之后,我又不肯安分了。那时我已认得二三百个字……舅舅知道我爱听故事,便应许我每天功课做完,晚餐之后,给我讲故事。头一部书讲的,便是《三国志》。三国的故事比《牛郎织女》痛快得多。我听得晚上舍不得睡觉。每夜总是奶娘哄着,脱鞋解衣,哭着上床。而白日的功课,却做得加倍勤奋。舅舅是有职务的人,公务一忙,讲书便常常中止。有时竟然间断了五六天。我便急得热锅上的蚂蚁一般。天天晚上,在舅舅的书桌边徘徊。然而舅舅并不接受我的暗示!至终我只得自己拿起《三国志》来看,那时我才七岁。

我囫囵吞枣,一知半解的,直看下去。许多字形,因着重复呈现的关系,居然字义被我猜着。我越看越了解,越感着兴趣,一口气看完《三国志》,又拿起《水浒传》和《聊斋志异》。”

她从三四岁便已经听母亲和奶娘说故事,到七岁的时候已能自己看《三国志》《水浒传》,甚至于文字深奥婉转的“左传章法”的《聊斋志异》!真可以说是一个天赋特厚的“神童”了。

因了她的特殊优越的与小说接触的机会,遂造成了她个人的超

①“时”之后疑有“候”字脱落。

②“《祝英》台”当作“《祝英台》”。

人的小说修养。她在更看了林琴南先生绎①的《孝女耐儿传》《滑稽外史》《块肉余生述》等之后，遂自己动手创作。处女作名为《落草山英雄传》，是介乎《三国志》《水浒》中间的一种东西。据她自己说，因为“金鼓齐鸣，刀枪并举。”到第三回，便已重复到几十次之多，遂行停止。这一篇小说的不好，当然我们是相信的。但是它的未能完成，未能发表，总是很可惜的。七八岁的小孩子写小说，这不是很稀罕的么？以后她又用文言写了一部《梦草斋志异》，全为仿《聊斋志异》所作，惜亦未能成功。

以后她又只是努力去看书了。从《说部丛书》目录中，挑选一角两角的小说，倩人②到芝罘市中唯一的书店“明善书局”（?）去买。彼时她正在学造句和作小文。做得好时，先生便批上“赏小洋一角”。她为要得钱来买小说，便努力作文。于是，她的文章写得大见进步。

到她十一岁时，她已把《说部丛书》整个的看完，更看了《西游记》《封神演义》《红楼梦》《水浒传》《天雨花》《再生缘》《儿女英雄传》《精忠说岳传》，以及《东周列国志》等等。

一九一三年——民国二年——她到北京，起始看《小说月报》《妇女杂志》等。闲暇时她便为弟妹们说故事。不是根据看书，却也不完全杜撰。是将她所看过的新旧译著几百种的小说，人物布局，差来错去的拼凑，竟也自成片段，也能使小孩子们，聚精凝神，笑啼间作。这却也是无心中的创作训练的工夫呢！这个时期中，她亦曾有过《女侦探》《自由花》……等几篇创作，惜亦都没有发表。

她的小说最初与人们相见的大概是《两个家庭》，这同时。③ 亦是她最初用“冰心”二字作笔名的时候，以后便接着有《斯人独憔悴》

①“绎”现多作“译”。

②“倩(qìng)人”即“请人”。

③此处句号多余。

《去国》《庄鸿的姊姊》等发表，都是刊载在《晨报》的副刊上的。

因了她自己绳准之严苛，所以在她的全集中，我们所可能看到的最早的一篇，大概只好便要算是《去国》。也许这时候年级还青，还正在普通青年的烦闷期，所以这时候她的作品是全充满了忧伤不快的调子。

《去国》一文中意识有些不妥，同时亦是她的作风很特殊的一篇，所以我们不想用它来作例。现在让我们来看一看《超人》：

"……屋角几堆黑影。时间一分一分的过去了。

慈爱的母亲，满天的繁星，院子里的花。不想了，——烦闷……闷……

黑影漫上屋顶去，什么都看不见了，时间一分一分的过去了。

风大了，那壁厢放起光明。繁星历乱的飞舞进来。星光中间，缓缓地走进一个白衣的妇人，右手撩着裙子，左手按着额前。走近了，清香随将过来；渐渐的俯下身来看着，静穆不动的看着……"

其酸楚悒郁，确是赚人悲泪的文章。

到《第一次宴会》，则正是她燕尔新婚，过着蜜月的时候所写出的。除掉文致的婉约多情仍与从前一样外，心情不那么烦闷了，下笔自然便轻快许多。手法亦极见老练。

"……壁炉里燃着松枝，熊熊的喜跃的火焰，映照得客厅里细致的棹椅，发出乌油油的严静的光亮；厅角的高桌上，放着一盏浅蓝带穗的罩灯；在这含晕的火光和灯光之下，屋里的一切陈设，地毯，窗帘，书柜，瓶花，壁画，炉香……无一件不妥帖，无一件不温甜。……"

这大概便是她个人的家庭理想，甚至于她的家庭亦许会就是这样的，在过去，她便是一个资产阶级的宠儿，她的创作中便一直是要以资产阶级的女性为中心。她的缺点据说便在这里；而我们勿宁说她的优点亦便是在这里。因为，文章最要条件是真实，要真实，自然便要什么人说什么人的话。坐在软软写字椅上写矿工的辛苦，妓女的悲哀，无病呻吟，隔靴搔痒，反不会写得精彩贴切。她这种不强不知以为知的态度，正是我们所应该效法和称赞的。

到婚后，她的资产阶级典型女性的环境与作风已是发展到了满宫满调的境界。少妇与处女的心境是不同的，其文章中之表现也绝对的迥殊，在冰心女士自亦如此。有她的两期的文章摆在那里，人人可鉴，总不会说笔者这种说法是羼入主观见解或是直觉意识的。

《分》则是她生第一个孩子的纪念作品，手法益发成熟，并且还有些积极意识的句子。

"……挣扎着又睁开眼，说，'宰猪的！多痛快，白刀子进去，红刀子出来！我大了，也要学我父亲，宰猪，——不但宰猪，也宰那些猪一般的尽吃不做的人！'

我静静的听着，到了这里赶紧闭上眼……"

这样的话，在她前此的作品中担保是决找不到的。可惜的是后此她的作品太少见了，否则，她如能仍继续的创作，她的作风之翻然改变，都未必不可能呢。

最后，我们来看她最后的一篇小说——我们所最后见到的，说来亦有七八年了，这大概是在寿命仅仅是短短的两年的《文学季刊》的创刊号中——《冬儿姑娘》。不过三千多字，通篇为一个人一口气说的话，在形式上可以说是一个很新颖的尝试，文章亦极有力量。虽是一篇短篇中之短篇的作品，但却从任何方面来看，都不失为成功的。

以后她当还少不得会有作品的，只是不曾发表；或者发表了，而作者未得见到，亦未可定。那便不是所能加以批判或介绍的了。（未完）

该文发表于北京《国民杂志》1942年第2期，第59—63页。《国民杂志》，月刊，是华北沦陷中后期的重要文化刊物，1941年1月1日创办于北平，属武德报系统。其宗旨在于对"中国固有文化……

加以新的检讨与新的估定”。第1卷主编是王君时,后数度易人,先后有伊藤左千夫、柳龙光、王则、祝彦威、王真夫等。参加编务的另有王维、张金寿、谢人堡等作家。陈冰若大约也是此刊的编务人员。在创刊时的座谈会上,有人问及“国民杂志征稿简则所列之内容应依如何之比例方为洽切”,即由陈冰若作答①。该刊分政治时事、文艺、科学与史地知识三大部分,曾推出“短篇小说特辑”“新人短篇文艺作家推荐特辑”“书简特辑”“杂文特辑”“译文特辑”“幽默创作特辑”“剧运之辑”“罗曼·罗兰逝世纪念特辑”,举办过两次长篇小说悬赏征文,并曾开展有关“小说的内容形式问题”的讨论。1944年12月1日,出满4卷48期后停刊。其现代作家评传,有徐志摩、谢冰心、丁玲、林语堂。黄万华就曾标举过陈冰若的《谢冰心评传》②。

陈文在题下有“作者识”,云:

提起谢冰心女士来,真可以说也满够得上家喻户晓的人物了。但是近来,也许是她许久没有写文章又没有在此地的原故吧?好象是关于她的话很少听见有人说起了。为了恐怕大家会遗忘了这一位伟大纯挚的女作家,所以我们特地来写一点关于她的文章。

---

①《座谈会》,《国民杂志》(创刊号),第152页。其回答云:“大致可以百分之七十专载社论与专门著述一类之文字,而以余者刊载文艺作品,以资调剂。其《国际》与《译文》二者每不易划分,故无妨混合之,而在于临时之酌量。如能另有一二页地位将一月来之国际新闻作一幽默之叙述,一若过去《西风》中之《雨丝风片》者,似亦甚好。至《科学》与《卫生》,鄙意以为科学——狭义之科学——既包含卫生,而卫生亦不能舍科学而独立,故似亦不必拘泥。”“小说之篇幅大抵冗长,故其分量不得不多,同时应力以短篇创作为主。余若散文,杂俎诗歌等均宜择其短小精悍者,分配于各页适当地位,似此不但版面生动同时亦可以避免枯燥乏味。”

②黄万华:《史述和史论:战时中国文学研究》,山东大学出版社,2005年版,第176页。作者在叙述《国民杂志》时说:“所刊重要作品有关永吉的《牛》、杨鲍的《生之回归线》等长篇小说,袁犀的《薛宝祥的一生》、公孙嬿的《真珠鸟》等短篇小说,吴拨的《古城的收获》、陈冰若的《谢冰心评传》、陶哲堂的《林语堂评传》等文论,陈锦的《水落石出》等剧本。”

过去,关于冰心女士的文章,人们确已写得够多的了。我们现在似乎亦找不出什么新的路子来写她。推陈出新,既属诡辩。那么怎么办呢?只好说是,见仁见智,所取不同,"一遍折洗一遍新"好了。

由此可见,陈冰若的初衷,是担心读者对冰心的遗忘,才撰写此文,以提起大家的注意。该文明确题为"评传",在相关论著中,属于首次。不过,遗憾的是,文章只见上部。或许下半部分也曾发表,但因刊物缺失,故未能窥足全貌。

田厅:《评谢冰心》

以文笔流丽,秀洁生动而于中国初期文坛显露头角的,那是谢冰心一个女著作家。

当谢冰心十五六岁时,那时她文学根柢已经不错,时常能做出清丽的小说及新诗。她初次用冰心笔名发表作品的时候,有她的表兄曾有力的予她热烈的鼓励,每逢一周没有作品发表的时候,她表兄竭力的逼她写作,说她很赋有文学天才。她的表兄是刘放园,主编晨报①副刊的,他的鼓励,无疑是有力的箭,深深地射着了她的心,定了她前途一生的生活,所以她能在文坛上有文名,的确她表兄有力于她,但一面也是处在含文学意的家庭,及有一双博学的父母。

一、她的童年和小说

冰心一生事迹略传,可看她全集中的自序,她下生后便被无边的海水,灰白的军舰围绕着,海风咸涛,惹起她从冰小思郁②起来,倥

①本文亦不用书名号。

②"从冰小思郁",原文如此,但极不通。

侗的海水，造就了她的怪脾气，这都是环境给她立的基础，七岁是①她会讲三国志，八九岁模仿三国水浒作过小说。这由此可见她自小聪明，所以在她幼年时代，便是她缩小的将来文学生活，因之，她的文学题材大半取之于回忆——童年的回忆。

然而她以回忆找取题材的，也是受了基督教义的影响，潜隐地形成了她所谓“爱的哲学”②不得不专向母爱，童年，大海③自然景物去寻求爱的温柔的方面的题材了。所以她的思想不往无产阶级着想，是很肤浅的，以至于她的小说很受思想的限制，所写都是资产阶级的女人生活，再也想不到穷人窟圈中去，可见她其时家事繁琐，思想颇形消极，不曾体察无④阶级的平民社会情形。

她的小说中，有几篇写她本身的事情，第一次宴会，分，都是灵感的冲动，前篇是写婚后生活的舒适，庆幸自己得了好环境，后篇是她生儿子后写的，仅是趣味。凡关于她反面描述本身的小说，都不是有力的，加之她生活多变更，取材很弱，无一些蕴藉，所以小说在她没有成功。姑姑，离家的一年二⑤篇仅是遣兴之作，除掉感情深挚点，未免太空虚，人生的感觉简直没有。对人生意义比较深切的是去国，超人，冬儿姑娘，斯人独憔悴，国旗，庄鸿的姊姊，悟等篇⑥除此对人生，社会问题的感觉，其他寂寞，鱼儿，两个家庭，三年，剧后，都是在安逸中所写，有的似专写给儿童们读的，我们由此连想到她写作的态度，写作时的心情。

综观她小说，或许心情，性格如此，有时笔调极变得低缓，天真，吻合着孩子的口气，整个小说作品中，人生观，宇宙观，很少部分显

①“是”当作“时”。

②此处宜有逗号。

③此处也当有逗号。

④此处疑有“产”字脱落，或出于故意。

⑤“二”宜作“两”。

⑥此处当有句号。

露出来，在她个人，或许是活泼地，可爱的，温柔的。

二、“自然”对于她的散文

“白马呵！海岸呵！荷枪的军人呵！模糊中有无穷的怅惘。”——梦

这是她往事的追怀，在这里知道她对往事的亲切，由这里更能看到她每一篇作品中有童年的回忆，在散文中大半如此。其散文集里，梦，笑……数篇代表了她童年往事的自述，此类外，范围又扩大到母爱，自然景物上去，这是一个新的发展，在风格上始终保持着“温柔清丽”的一贯态度，无限之生的界限，山中杂记，闲情，到青龙桥去，南归等几篇有的在初步回忆中写出的，很富有强盛的蓬勃力。后来，她母亲死去，南归一篇又在那痛苦的泪光中写出了，之后，她的心情便平静了，悲痛思念的泪减去了她向外发展力，颠沛漂泊的远行，改变了思想的消沉。

山中杂记的写成，是在远行之中，那时养病在美国沙穰的一个山中，当时的心情是惆怅的，写出的都是宁静的，清颖的。在散文的形式上是一个稍微的左倾改变，但思想是另一个新阶段的。杂记里记述着可爱的事，也歌颂着大海，始表示着改新的态度。

一九二三年之后，她在美国，散文方面，体裁上着实正式换了形式，那就是“通讯”①三年之中，写了二十九篇，连续地发表在晨报儿童园地里，在这里，充分地发挥那天真的，清妙地，简洁诗意的笔调及心境，那时她的生活最舒适快乐了，每一篇都是极其自由态度所写欣喜之作，她这一次的变态②，成就了一部成功伟作，在中国散文坛上，也是一部生色有力的杰著，就是《寄小读者》。

之后，她又写了数十篇往事，内容酷似散文诗一流，作者自己说：“这是繁星和春水的放大写照。”我们更能了解作者当时的心情，

①此处宜有句号。

②此处的“变态”，与现在的通用义不同，为“改变态度”之意。

无论如何，在她作品方面，不能不说是一部有力之作，除了寄小读者，就是往事，简洁流利的文字，真使人清爽，其思想，可从中体察出来了。

三、泰戈尔与她的诗

繁星是冰心第一集小诗，里面纯是零零碎碎的思想，内里虽有几首蕴富颇深新诗①含有哲理，大半都是平泛之作，无有好坏，只是清新的喜人的。以后又来了一本春水，形式内容，全系一样，思想略比繁星进步。这十册小诗的成因，自然是她的年来吞咽着说不出的话，可是在形式上，全是模仿去年死去的印度诗人秦②戈尔的飞鸟集（这是冰心自己说过的）。此集为西谛翻译，发表时，全国文士对之极为注目，思想的惊人，体裁的惊人，这两大力量，引起了各诗作家的模仿，冰心亦得力于它，所以其诗的形式一切，都是印度式了。

后来，她写一题一首的诗，这是她才要换方针的时候，虽然风格上形成了短诗的风韵，但气派仍离不开老泰一派，泰戈尔的慕真爱美的感情表现，不是可学得的，她只采取了形式，她的晚祷，倦旅，纸船，迎神曲，赴敌，思想，只形成了冷热不均的心情，如果她能以她自己所说的：

“诗人！笔下珍重，众生的烦闷，待你来慰安呢！”（春水十九）这笔下珍重的工夫，的确诗人们都须要注意，她只知说，并不知注意，未免可笑。她本无恶劣倾向的，如果她能以人生，宇宙调和在哲学的爱里，对各方有深切的，独具一种审查的能力，当然她在诗坛里永久散照光芒。

现在她除了春水，繁星，冰心诗集等三册外，别一无所见，遗留在诗坛上的，仅是一个轻轻的冰心的轮廓。

冰心全部作品，足以道及的很少，小说仅廿多篇，有力的可说没

①此处宜有逗号。

②“秦”当为“泰”。

有，所以一般人并不欢迎她的小说，而是诗和散文，散文中有轻妙味道，周作人说："冰心志摩的散文，可归一派，仿佛鸭儿梨的样子，流丽清脆，在白话的基本上，加入古文，方言，欧化种种成分，使引车卖桨[①]之徒的话，进而为一种富有表现力的文字。"这里引证几句，实比说老半天的要明白的多，我们就此要明白，她成功于散文，寄小读者予大功给文学不浅。诗的方面，数年来太沉寂了。希望她在各方面努力。

无论诗，散文或小说。

此文发表于《兴亚》[②]月刊1942年第12期的"杂俎"一栏，第16—18页。"《兴亚》月刊(1941.1—1943.9)/(江苏徐州)苏淮特别情报宣传局第二科编辑股编;政治宣传刊物/总1941:1—1943:9"[③]。田厅，其生平无从考查。不过，该文也有题记："你们不要判断人，免得你们被判断。——圣经；因为我没有什么被判断的资格，于是我便大胆的写了。——作者。"据其语气，作者也是以无名之辈自居。

上述三文，均出现在当时日占区的刊物上，由此可见冰心的影响，堪称深入、持久、广远。三者在观点上，也不乏交集。如万书绅摘引成仿吾的批评，认为冰心作品的主题只是"母亲"和"海"，此外

①"桨"，当作"浆"。

②"兴亚"为19世纪70年代在日本兴起的一种社会思潮。1880年11月11日，兴亚会成立。由曾根俊虎起草的该会宗旨认为，亚洲已成"碧眼人掠夺之地"，白人"无道"，日中"同文同种""辅车相依"，因此，要同心同德，密切合作，振兴亚洲(王屏:《近代日本的亚细亚主义》，商务印书馆，2004年版，第57—58页)。1883年1月20日，兴亚会更名为亚细亚协会。1900年并入东亚同文会。抗战时期，日军在所占地区，也曾成立和平兴亚会，一般叫兴亚会，亦称和平会。另外，1938年12月18日，日本内阁又成立兴亚院，负责处理有关中国的政治、经济及文化事务。1939年3月10日，又设兴亚院联络部。北平、张家口、青岛、上海、厦门均有其派出机构，在当地日军最高指挥官领导下，从事对中国的经济、政治、文化的侵略活动。

③丁守和、马勇、左玉河等主编:《抗战时期期刊介绍》，社会科学文献出版社，2009年版，第327页。

则别无一物。陈冰若虽不否认,但认为这些"描写"和"讴颂"都是"出于衷臆,发自至情"。又如田厅在文中指责冰心"不往无产阶级着想""所写都是资产阶级的女人生活,再也想不到穷人窟圈中去""不曾体察无阶级的平民社会情形",陈冰若则认为,与其说这是她的缺点,毋宁说是其优点,因为"坐在软软写字椅上写矿工的辛苦,妓女的悲哀,无病呻吟,隔靴搔痒,反不会写得精彩贴切"。所以,不应该以"积极的意识",对冰心"相责特苛"。

冰心女士怎样写起小说（作家介绍）

苇君

享受最盛誉的女作家冰心女士，在抗战期中的后方，一直在西南联大任教，除零碎在报章杂志上发表过一些短篇外，她的《关于女人》署名“男士”发表后，以细致深刻的描绘，流畅清明的造句，销行一时。真不愧为文坛老手。

这里我们要介绍冰心女士的写作生活，自然要从五四运动说起，自胡适之先生提倡白话诗后，她就开始小说与诗的写作，到民国十年左右，她已经是国内一个最知名的女作家了。说到冰心的诗与小说，一向被少女和少年所爱好的，正如她说：“我有坚定的信仰和深厚的同情。在平凡的小小的事物上，我们宝贵着自己的一方园地。我要栽下平凡的小小的花，给平凡的小小的人看。”

在冰心的诗与小说中，是充满了自然与慈母之爱，她的《寄小读者》在抗战前便已销到十版以上，大后方虽然一时绝版，后来也已翻印了。在这里，我不想批评她的作品，只是把她的学生时代和怎样写起作品来，介绍给我们青年读者：

在她的作品中，我们可以看到许多对于海的歌颂的字句，这正因为她幼年的生活是住在芝罘东山的海边上，她的父亲是海军军官,所以她随着父亲是熟习海上的生活。她十二岁以前就读了许多部小说,但她最不欢喜的是封神演义,最觉得无味的是红楼梦,这同一般年青孩子读小说是有着不同的心境,①

辛亥革命以后,她们全家回到了故乡福州,她的祖父有满架满屋的古书,这引得她整天黏在祖父的身边,这开始她对于旧学发生了兴趣,也得力她表舅的诱导,那时她便开始学对对子和做诗了。

她在福州进过福州女师,但只有几个月,又给她开始接触了浅近的科学,一九一三年,他们全家又跟着他②父亲到北平去,这一年中,她不但读了许多小说,而且看她母亲定阅③的妇女杂志和小说月报之类,在一九一四年的秋天,她进了北平贝满女中的一个教会学校。

冰心女士是怎样写起小说来的呢?那正是五四运动时期,她在协和女大,后来并入燕京大学,改称为燕大女校,五四运动起时,女学界联合会中,她担任宣传股,要她写宣传文字,除了在会刊上发表以外,还要她找报纸上来发表,于是她用学名谢婉莹在晨报副刊发表了一些,那时晨报副刊是她表兄刘放园编辑的。

她开始写小说,应该是从两个家庭说起的,因为那时她写了些宣传文字,她的表兄觉得她很能写,便不断地寄新潮,新青年,改造等书给她看,并鼓励她,使她从书本上知道了杜威和罗素,也知道了托尔斯泰和太戈尔,这时她才懂得小说内是有哲学的。当她在鼓励与兴趣中,完成了《两个家庭》用笔名冰心寄给她的表兄,三天之后,便在晨报副刊上登出了,她是觉得有无限的高兴。又在她表兄鼓励之下,她几乎每星期都有作品,如《斯人独憔悴》《去国》《庄鸣的姊姊》便是在那时完成的一些短篇小说。

---

①此处逗号宜用句号。此文书名号使用不统一,兹全文照录。

②“他”,当作“她”。

③“定阅”,当作“订阅”。

以后她写诗，最早的一首诗是《繁星》，也是在晨报副刊上发表的，以后她出了《繁星》和《春水》两本诗集，她的诗浓厚的受了太戈尔的影响。以后，她又在文学研究会主持的小说月报上发表小说《笑》《超人》《寂寞》等，便是那时期的作品。

一九二三年秋天，她到美国去，在美三年她的作品最值得叙述的，便是以通讯为体裁的《寄小读者》，一共二十九封信，每一封信中都寄托了她的真诚和热烈的感情。

一九二六年她回国，便在燕大任教，这时期她是沉默的。一九二九年夏，她和吴文藻博士结婚，这时期，她只写了两篇小说：《三年》和《第一次宴会》。一九三一年她写了一篇《南归》是纪念她死去的母亲，以后她只写了一篇《客厅》。

抗战前一年，她同她的丈夫吴文藻博士，去参加美国哈佛大学三百周年纪念会，又去欧州①考察和参观，在海外共八个月回国不久，抗战便发生了。

抗战后，一直在昆明西南联大，其中担任“新运妇女会”文化组组长和参政员等职务，抗战胜利后又回到北平燕大任教了。

本文发表于《青年前锋》周刊1946年复刊第6、7期合刊，第15页。“《青年前锋》(1945.6—1945.10;1946.8—1946.10)/南京青年前锋周刊社编，本刊在重庆创刊；青年刊物/总1:1—15；复1—7”②。文章在资料和文法上都颇多错谬。不过，作为研究资料，《冰心研究资料》(范伯群编，知识产权出版社，2009年)所附《研究资料目录索引》和《冰心论集》(林德冠、章武、王炳根主编，海峡文艺出版社，2000年)所附《冰心研究资料目录索引》均未收，故立此存照，聊备一观。

---

①“欧州”，当作“欧洲”。

②丁守和、马勇、左玉河等主编：《抗战时期期刊介绍》，科学文献出版社，2009年版，第433页。

参考文献

［1］卓如.冰心全集［C］.福州：海峡文艺出版社，2012.

［2］冰心.我自己走过的路［M］.北京：人民文学出版社，2007.

［3］王炳根.冰心文选·佚文卷［C］.福州：福建教育出版社，2007.

［4］范伯群.冰心研究资料［M］.北京：知识产权出版社，2009.

［5］范伯群，曾华鹏.冰心评传［M］.北京：人民文学出版社，1983.

［6］万平近，汪文顶.冰心评传［M］.重庆：重庆出版社，2001.

［7］肖凤.冰心评传［M］.北京：中国社会出版社，2006.

［8］卓如.冰心全传［M］.石家庄：河北教育出版社，2007.

［9］陈恕.冰心全传［M］.北京：中国青年出版社，2011.

［10］康清莲，赵洪梅，程永伟.山路上的繁星——冰心在重庆［M］.重庆：重庆大学出版社，2010.

［11］林德冠，章武，王炳根.冰心论集［C］.福州：海峡文艺出版社，2000.

［12］王炳根.冰心论集（三）［C］.福州：海峡文艺出版社，2004.

［13］王炳根.冰心论集（四）［C］.福州：海峡文艺出版社，2009.

［14］王炳根.冰心论集（五）［C］.福州：海峡文艺出版社，2011.

［15］王炳根.冰心论集（2012）［C］.上海：上海交通大学出版社，2013.

［16］王炳根.冰心：非文本解读［M］.福州：海峡文艺出版社，2003.

［17］吴泰昌.我知道的冰心［M］.北京：生活·读书·新知三联书店，2010.

［18］重庆市沙坪坝区地方志办公室.抗战时期的陪都沙磁文化区［M］.重庆：科学技术文献出版社重庆分社，1989.

后　记

本书是我博士启动基金项目“重庆时期冰心的创作与活动研究”的最终成果。

中学时期，因为课文《小桔灯》(冰心原作为《小橘灯》)得识冰心，更因为二姐熊冬梅而喜爱冰心。家中至今珍藏着一本泛黄的《寄小读者》，那是我们姐弟俩曾经的读本和共同的话题。不过，这种喜爱，也只是停留在阅读和感悟的层面，远远谈不上所谓的“研究”。

2012 年 4 月 12 日，我在重庆图书馆工作时，与前来查阅资料的凌孟华老师相遇。孟华于我亦师亦友，虽较我年小，却是我研究生时期的班主任。凌老师告知，重庆师范大学与冰心文学馆联合举办的冰心文学第四届国际学术研讨会将在下半年召开。于是，我便有了走近冰心的愿望。而第一步，即是对冰心在抗战时期佚文的关注与掘发。

是年 7 月，我又应聘调入重庆师大文学院。9 月初，接孟华师转冰心文学馆的要求，着手考察冰心与“新运妇指会”的关系。10 月 4 日，我在研讨会开幕后，以此为题，诚惶诚恐地做了生平第一次的大会报告。报告的内容，受到当时与会的吴青的首肯。

同时，由于襄与会务，我接待并接触了部分专家学者。其中，惠我良多者，莫过于福建师范大学的江震龙教授。因我身处重庆，有近水楼台之便，先生建议，可从抗战时期的图书、期刊、报纸、档案、文物等入手，对此一时期的冰心，展开全面而系统的研究。后来，又将自己收集的资料和整理的文档，通过邮件，毫无保留地悉数发来。

目前,拙稿虽已完成,但感觉距离先生的要求,即便是距离自己的初衷,都尚有长路可走。不过,最主要的,是难以言表的感激。

同样需要感激的,还有冰心文学馆原馆长王炳根先生以及研究部的鲁普文。对于我的研究计划,王馆长首先是做出肯定,并从资料上给予了帮助。《冰心论集》,从第一辑至第五辑,均是先生嘱咐普文兄所寄。而通过这次会议,我与普文兄,更是建立了良好而持久的友谊。

研究冰心,离不开文献的支撑。工作期间,我曾奔走于重庆图书馆、沙坪坝图书馆、重庆档案馆、三峡博物馆等,所获甚丰。感谢我昔日的同事张丁、唐伯友、陈桂香……不惮其烦,为我查找资料。没有他们的鼎力相助,书稿的完成简直难以想像。

值得一提的是,自冰心研究开始不久,我便于2013年元旦“乔迁”新屋。蜗居位于小杨公桥金悦城,窗户正对着歌乐山。当年的潜庐虽已不再,但“冰心楼”却在视野之内。搁笔远眺,常能感觉到冰心当年的风华扑面而来。而本书的编著,也更像是一次穿越时空的对谈,这是何等的赏心乐事!但令人痛不欲生的是,楼上恶邻,嗜赌如命,最喜呼朋引伴。彼时,高跟与麻将杂沓,小孩与宠物交驰,直如狼奔豕突,更有夜半的吞云吐雾,恍若毒瘴来袭。如此这般,通宵达旦,且周而复始。敲门、投诉、报警,无一济事。本书缺陷,或许俯拾皆是,但实在也是心有余而力不足。

前面提到的二姐,毕业于达县师专中文系。因三考方中,心灵受到极大的挫伤。工作三年,未及成家,旋即抑郁而终,年仅27岁(1964.11.11—1992.01.18)。二姐读高中时,曾与《山路上的繁星——冰心在重庆》的作者康清莲女士先后同学。1993年,我在她的遗像旁,作有一首小诗《苦涩的晶莹——题赠亡姐冬梅》,时至今日,这仍是我对她最好的悼词:

一个人的一生全在这儿了

曾经为思想活过
曾经为个性活过
雨季已被土地收藏
低平的远方，兀然
浮出一个孤独的岛屿

尊重这善良的死亡吧，不要
把脏污的手伸进沉寂
她只是转过身，悄悄地
揩那多愁善感的泪滴

秋雨冬寒的黄昏里，你来
静静的，阅读卷曲的枯叶
哭泣的天空叹息着一个故事
你就获知了这亡人的一切

本书即将付梓，愿冰雪聪明而又心高气傲的姐，怀抱一片“冰心”，在天上快乐地安息！

熊飞宇
2014年8月31日18时40分
烈士墓金悦城9-16-6